»Weh dem, der keine Heimat hat!«
Heimat, was ist das eigentlich? Museum unserer Kindheit und Fluchtpunkt der Erinnerung? Gegenbild der Fremde oder der Hirsch an der Wand? Ein Ort, eine Landschaft, ein Paß?
Was hält uns zu Hause, was treibt uns, das Neue zu suchen? Gibt es Neues aus der Heimat? Oder ist alles beim Alten geblieben? Ist der röhrende Hirsch auch im neuen Jahrtausend noch zu vernehmen? Fragen, die immer wieder neu gestellt werden müssen – als Bilanz und Selbstvergewisserung, als Aufforderung zur Standortbestimmung.
In der Anthologie »Neues aus der Heimat! Literarische Streifzüge durch die Gegenwart« gehen die großen Autoren der deutschen Gegenwartsliteratur auf Entdeckungstour: Neugierig nehmen sie Sahnetorten und Wildschweinköpfe in den Blick, erkunden Stadtlandschaften wie ländliche Idyllen und entdecken mit Erzählungen, Gedichten und Essays das Schöne, das Fragliche und Ambivalente unserer Heimat und Heimatlosigkeit.

Ihre Heimat haben die Herausgeber verlassen, um als Lektorat für deutschsprachige Literatur des Fischer Taschenbuch Verlages durch Textlandschaften zu streifen:
Petra Gropp (geb. 1974 in Mainz am Rhein), *Jürgen Hosemann* (geb. 1967 in Mayen/Eifel), *Günther Opitz* (geb. 1967 in Vohenstrauß/Oberpfalz) und *Oliver Vogel* (geb. 1966 in Wermelskirchen/Bergischer Kreis).

Unsere Adresse im Internet: www.fischerverlage.de

Petra Gropp, Jürgen Hosemann,
Günther Opitz, Oliver Vogel (Hg.)

Neues aus der Heimat!

Literarische Streifzüge durch die Gegenwart

Fischer Taschenbuch Verlag

Veröffentlicht im Fischer Taschenbuch Verlag,
einem Unternehmen der S. Fischer Verlag GmbH,
Frankfurt am Main, Mai 2004

© 2004 Fischer Taschenbuch Verlag
in der S. Fischer Verlag GmbH, Frankfurt am Main
Satz: Fotosatz Otto Gutfreund GmbH, Darmstadt
Druck und Bindung: Clausen & Bosse, Leck
Printed in Germany
ISBN 3-596-16311-0

Inhalt

Herbert Achternbusch

Die Heimat ist ein Kamel

Heimat gibt es natürlich nicht. Denn dann dürften wir nicht sterben. Die Wolken dürften sich nicht bewegen. Alles wäre an seinem Platz. Der Hirsch auf der Anhöhe, ich auf dem Wanderweg. Auch die Blätter bewegten sich nicht, hüpften nicht über die Straße, aber hüpfen sie denn über die Straße?
Nein!
Sie hängen in der Luft erstarrt, ewig wie die Wolken unbeweglich. Und stumm. So ein dummes Zeug, daß das Oktoberfest wieder aufgebaut ist in München. Steht es denn nicht das ganze Jahr da?
Also Heimat ist das Ewige, das Unbewegliche, das Lautlose. Wenn einer weint, dann hat er die Träne im Auge. Oder er hat sie auf der Wange. Oder sie fällt auf den Boden. Oder sie liegt auf dem Boden Tag und Nacht, zwischen beiden es keinen Unterschied gibt. Denn in dem Moment, in dem die Träne auftritt, fällt sie ja nicht. Ist sie eine fallende Träne, ist sie keine auftretende mehr. Auch wenn sie liegt, ist sie keine fallende mehr. Was ist Ihnen lieber, daß es die Träne nur in dem jeweiligen Zustand gibt, denn der Ablauf ist keine Existenz, oder gar nicht? Es gibt gar nichts, ist zu einfach gesagt.
Also auch keine Heimat. Sie ist was Umgrenztes und gibt sich grenzenlos. Außerhalb des Dialekts ist sie degoutant! Das Hoamatl, sagt man im Dialekt, das Heimatlein. Das Mitleid gilt aber nur dem Wort, ein wenig dieser Heimat, aber schon gar nicht einem.
Heimatvertriebene haben es leicht. Das muß man sofort glauben. Das sind Menschen, die ihre Heimat verloren haben. Wenn

sie nach Jahrzehnten die Heimat wieder aufsuchen, ist sie in den Boden versickert. Da stand das Haus. Und wenn das Haus steht: Da stand der schwarze Schrank. Und wenn der damals schon alte Apfelbaum noch steht, möchte man am liebsten sagen: Da stand der alte Apfelbaum.

Ich gehe schon lange nicht mehr dorthin, was ich als Heimat bezeichnen hätte können. Die Mutter hat die Gabel fallen gelassen, die Gabel steckt noch immer in der Luft. Bewegungslos und für immer, da kann der Mond noch so oft sein Auge aufschlagen und für immer, er wird es immer wieder machen. Nicht so die Gabel. Sie steckt in der Luft, wenn es Ihnen lieber ist: Sie steckt im Rücken der Heimat – aber das wäre schon wieder ein gedankenloser Kitsch.

Sagen wir zur Erleichterung: Die Gabel steckt in der Luft wie in einem blauen Kamel.

Henning Ahrens

Blaues Feuer

Damals hieß mein Bruder Zick, und ich hieß Zack, und wir wohnten in einer Stadt, von der nach dem Zweiten Weltkrieg nicht viel übrig geblieben war. Sie lag am Meer, und unsere aus Trümmersteinen erbaute Doppelhaushälfte stand in einer Gegend, in der Professoren und höhere Beamte, Ärzte und Anwälte lebten und in die unsere Pflegeeltern nicht recht hineinpassten: Tante Agathe hatte das Haus von ihrem Vater geerbt, einem in der Nazizeit zu Wohlstand gelangten Tiefbauingenieur, und Onkel Max schweißte U-Boote zusammen und durfte nicht über seine Arbeit sprechen. Die Doppelhaushälfte stand auf einem Hügel, von dem aus wir Stadt und Werft überblicken konnten, und wir hatten einen Garten, der zu einem Birkenwäldchen abfiel.

Wenn Zick und ich abends auf Stühlen am Fenster unseres Kinderzimmers standen, glaubten wir, unter den Werftkränen das blaue Feuer der Schweißgeräte zu sehen. Das ist Onkel Max!, sagte Zick, und Onkel Max machte seine Arbeit gut, denn keines der von ihm zusammengeschweißten U-Boote war je auseinander gebrochen. Manchmal tauchte eines auf, wenn wir am Meer spazieren gingen. Probefahrt, sagte Onkel Max, das Ding ist für – und er nannte den Namen eines fernen Landes. Sobald wir wieder zu Hause waren, ging Tante Agathe in ihr Zimmer und bastelte Collagen aus dem Treibgut, das sie am Ufer gesammelt hatte: Vom Salzwasser blankpolierte Scherben und Hölzer, Metallreste und Bänder, und aus irgendwelchen Gründen hielten Zick und ich diese Bastelei lange Zeit für den Grund, warum Onkel Max eines Winters, als das vom Sturm aufgewühlte

Meer große Stücke aus der Steilküste riss, nach der Arbeit eine andere Frau aufzusuchen begann. Wir standen auf unseren Stühlen am Fenster, sahen die roten Lichter am Schornstein des Heizkraftwerks und das blaue Feuer der Schweißgeräte, hörten den Wind und ahnten nicht, dass unser Onkel auf dem Ostufer im Bett einer Frau lag, deren Mann auf der Werft bei einem Arbeitsunfall ums Leben gekommen war. Am Fenster stehend, stellten wir uns unseren Onkel ganz anders vor: Stahlbleche schweißte er zusammen, vor dem Gesicht die Schutzmaske, die er uns einmal gezeigt hatte, und in der Hand das blaue Feuer. Er machte seine Arbeit gut, nie war ein U-Boot auseinander gebrochen, und unterdessen saß Tante Agathe in ihrem Zimmer und bastelte Collagen. Sie verband die Fundstücke mit Kupferdraht, und wenn sie sie vor ein Fenster hängte, schien die Sonne durch die Glasscherben und ließ sie leuchten. Dann lächelte sie, und manchmal kochte sie auch, meist, wenn Onkel Max von der Schicht nach Hause kam. Sie putzte auch manchmal, aber am häufigsten hielt sie sich in ihrem Zimmer auf. Wir durften hinein, wenn wir etwas wollten oder brauchten, aber sie kam selten heraus.

Damals begann ich, an den Fingern zu pulen. Wenn ich mich abends eingekuschelt hatte, biss ich mir die Haut vom Rand der Nagelbetten und lutschte das Blut ab oder wickelte ein Taschentuch um den Finger, und wenn es unten im Wohnzimmer laut wurde, erstarrte ich und lauschte. Zick schlief meist schon. Er war jünger als ich und bekam nicht viel mit. Wenn ich meine Tante beim Frühstück fragte, was abends los gewesen sei, sagte sie: Nichts. Iss weiter. Du musst zur Schule.

Das war der Winter mit den schlimmen Stürmen. Abends, wenn es dämmerte, standen Zick und ich auf den Stühlen am Fenster und sahen zu, wie die Krähen aus der Stadt geflogen kamen und sich auf der Buche und den Birken versammelten. Dort ruhten sie aus, kreischten und putzten ihr Gefieder, und schließlich flogen sie wie ein schwarzer Wirbelwind über unser Dach. Zick und ich reckten die Köpfe und sahen ihnen nach. Wir wussten nicht, wo sie ihre Schlafbäume hatten, und wir wussten auch nicht, dass unser Onkel schon längst nicht mehr das blaue Feuer in der Hand hielt, sondern auf dem Ostufer bei der fremden Frau lag. Wenn er nach Hause kam, wurde schweigend gegessen, und dann verschwand Tante Agathe in ihrem Zimmer, um sich über ihre Collagen zu beugen, und Onkel Max brachte uns zu Bett. Schlaft gut, Jungs, sagte er, und manchmal knipste er, wenn das Licht aus war, sein Feuerzeug an, dessen Flamme am unteren Ende genauso blau war wie die seines Schweißgerätes. Er schwenkte das Feuerzeug und schloss die Tür hinter sich, und wir konnten hören, wie er die Treppe hinunterging und im Wohnzimmer den Fernseher anstellte, und wenn ich lange genug wach blieb, konnte ich hören, wie er sich mit Tante Agathe stritt. Die Wörter verstand ich nicht, aber ihre Stimmen waren so schrill wie das Kreischen der Krähen, und es klang, als stritten sie sich um den Ast, auf dem sie rasten wollten.

Komischerweise weiß ich von jenem Winter nur noch, dass es ziemlich stürmisch war und Zick und ich auf Stadt und Werft blickten. Schule und Spiele – alles habe ich vergessen. Wir standen am Fenster und hielten Ausschau nach dem blauen Licht, und dann kam der Abend, an dem das Kreischen zum Geschrei wurde. Ich lag im Bett und horchte und biss mir dabei die Haut von den Fingern, und dann hörte ich Tante Agathe schreien: Du Hurenbock! Eine Tür knallte und bald darauf noch eine, dann rauschte nur noch der Fernseher, und ich lag da und biss an den Fingern, bis ich einschlief. Morgens brachte uns Onkel Max zur Schule, und als Zick nach Tante Agathe fragte, antwortete er, dass sie eine Weile verreist sei.

Und er wandte sich um und ging davon.

Abends standen wir wieder auf unseren Stühlen am Fenster und sahen ein blaues Feuer, doch es war nicht Onkel Max, denn er hatte sich krankschreiben lassen, um sich um uns kümmern zu können. Vier oder fünf Abende standen Zick und ich am Fenster und schauten den Krähen zu, und dann kam Tante Agathe zurück und ging in ihr Zimmer und kam nicht heraus, solange Onkel Max im Haus war.

Unser Onkel wurde ein anderer Mann. Er kaufte mehrmals in der Woche Blumensträuße, klopfte abends, wenn wir im Bett lagen, an Tante Agathes Zimmertür und bat darum, sie möge herauskommen. Aber sie kam nicht. Er legte ihr die Sträuße vor die Tür, und dort blieben sie liegen. Jeden Morgen, wenn wir hinunter zum Bad gingen, sahen wir von der Treppe aus die Blumen auf der Schwelle, und mit jedem Tag wurden sie welker. Und jeden Abend klopfte Onkel Max an die Tür unserer Tante, aber sie machte nicht auf. Einmal hörten wir ihn weinen, und obwohl er mir hätte Leid tun müssen, bekam ich eine Wut auf ihn: Dies war nicht mehr der Mann mit dem blauen Feuer, der Mann, der U-Boote zusammengeschweißt hatte, die nicht auseinander brachen. Dies war ein Mann, der bettelte und flehte und sich immer wieder für etwas entschuldigte, das ihm unsere Tante offenbar nicht vergeben wollte. Streit gab es nicht mehr, weil sich die beiden nicht mehr zusammen im Wohnzimmer aufhielten, aber ich biss weiter an meinen Fingern, und abends stand ich mit Zick am Fenster und schaute auf die Stadt. Gehämmer drang von der Werft zu uns hinauf, und ein blaues Feuer sahen wir auch, nur stellten wir uns dabei nicht mehr unseren Onkel vor. Unser Onkel war jetzt der Mann mit den Blumen in der Hand.

Wer ist eigentlich unser richtiger Papa?, fragte Zick.

Ich weiß es auch nicht, sagte ich.

Das war der Winter mit den schlimmen Stürmen, die bis zum Frühjahr anhielten. Als wir im März zum ersten Mal wieder ans Meer fuhren, musste man oben auf der Steilküste über die nassen Äcker laufen, weil der Weg so oft weggebrochen war. Steine und Lehm hatten sich auf den Strand ergossen, und entwurzelte Bäume standen mit ihren Ballen wie Inseln auf dem Ufergeröll. Zick und ich wollten nicht glauben, dass Wind und

Wellen all das hatten anrichten können. Doch, sagte Onkel Max, das können sie, und dabei schaute er aufs Meer. Der Wind peitschte das Wasser zu Schaum, und in der Ferne war eine Insel zu sehen. Das ist Dänemark!, sagte Onkel Max, aber Zick und ich hatten nur Augen für die Steilküste, die nicht mehr wieder zu erkennen war. Am liebsten wären wir einen der neu entstandenen Abhänge hinuntergeklettert, über Lehmbrocken, Steine und Grassoden, aber unser Onkel verbot es, weil die Steilküste fast zwanzig Meter hoch war. Er hatte Angst, dass wir ausrutschen und fallen könnten. Das machte mich wütend, denn Zick und ich waren im letzten Sommer bis in die Spitze des Apfelbaums geklettert, der im Garten vor dem Birkenwäldchen stand.

Auf dem Rückweg kaufte Onkel Max einen Strauß Astern, aber auch dieser Strauß blieb auf der Türschwelle liegen, und abends klopfte er wieder an Tante Agathes Tür, aber Tante Agathe machte nicht auf.

Warum knutschen sie sich nicht?, fragte Zick, als wir im Bett lagen und die Krähen schon auf ihren Schlafbäumen saßen.

Ich weiß nicht, sagte ich, und mir fiel auf, dass sich Onkel Max und Tante Agathe nie geküsst hatten.

Der Papa von Dennis und Annalisa knutscht seine Mama oft, sagte Zick.

Das ist nicht seine Mama, du Blödmann!, sagte ich. Das ist die Mama von Dennis und Annalisa.

Wer sind eigentlich unsere richtigen Eltern?, fragte Zick.

Das weiß ich auch nicht, sagte ich und lutschte das Blut vom Daumen.

Damals hieß mein Bruder Zick, und ich hieß Zack, und wir wohnten in einer Stadt, von der nach dem Zweiten Weltkrieg nicht viel übrig geblieben war, und die Blumen lagen wochenlang vor Tante Agathes Tür. Ab und zu wurden sie weggeräumt, und wir fanden die verwelkten Sträuße auf dem Komposthaufen im Birkenwäldchen. Onkel Max ging wieder zur Werft und kam abends pünktlich nach Hause, und Tante Agathe verließ manchmal ihr Zimmer, um zu kochen oder zu putzen oder am Meer Treibgut für ihre Collagen zu sammeln. Immer aßen wir schweigend, und Onkel und Tante sahen sich nicht an, und das machte mich wütend.

Nach dem Essen standen Zick und ich auf unseren Stühlen am Fenster und schauten auf die Stadt.

Warum hat der Schornstein rote Lichter?, fragte Zick.

Damit kein Flugzeug dagegen fliegt, sagte ich.

Dann war es Frühling. Die Birken trieben Blätter, und Zick und ich kletterten bis in die Spitze des Apfelbaums. Von dort hatten wir einen guten Blick: Wir sahen Tante Agathe, die in ihrem Zimmer Scherben und Muscheln, Steine und Tang mit Kupferdraht verband, und wir sahen, wie Onkel Max in eines der von ihm zusammengeschweißten U-Boote stieg, um eine Probefahrt zu machen. Wir sahen, wie das U-Boot aus der Werft auslief und abtauchte, aber wir sahen es nicht mehr auftauchen.

Wir kletterten aus der Spitze des Apfelbaums und sprangen vom untersten Ast ins Gras.

Das U-Boot ist auseinander gebrochen!, schrie Zick und rannte heulend ins Haus.

Ich heulte nicht. Ich war wütend. Und als ich in die Küche kam, klammerte sich Zick an Tante Agathes Beine und schrie immer wieder: Das U-Boot ist auseinander gebrochen!, und Tante Agathe hatte ihm eine Hand auf den Kopf gelegt, und in der anderen Hand hielt sie eine Collage. Das Licht fiel hindurch und ließ die Scherben leuchten – grün und orange.

Onkel Max kommt nicht wieder, sagte unsere Tante. Ich rufe jetzt eure Mutter an.

So kam es, dass wir mit einem Mal die Stadt verließen, von der nach dem Krieg nicht viel übrig geblieben war, und zu unserer Mutter in ein Dorf auf dem Land zogen. Wir mussten Mama statt Tante sagen, und unsere Mama nannte mich Jakob, und Zick nannte sie Lukas.

Wer ist eigentlich unser richtiger Papa?, fragte Lukas, als wir im Bett lagen.

Das weiß ich auch nicht, sagte ich.

Und wo ist Onkel Max?, fragte Lukas.

Ich schwieg. Und stieg aus dem Bett und stellte mich auf den Stuhl, um aus dem Fenster zu schauen. Auf dem Hof gegenüber unserer Wohnung rangierte der Bauer im Dunkeln mit Trecker und Anhänger. Die Scheinwerfer des Treckers sah ich, aber ich sah weder Werft noch Meer noch Stadt.

Auch das blaue Feuer sah ich nicht. Und als ich wieder ins Bett kroch und mich einkuschelte, hörte ich, wie auf dem Hof gegenüber etwas umfiel. Ein lautes Scheppern, und der Bauer schrie: Verdammte Scheiße!

Da schlief ich ein.

Ilse Aichinger

Deutschlandbilder

Wie sagt man: Zuerst die gute Nachricht? Oder doch viel lieber zuerst die schlechte? Mein Bild von Deutschland war lang, ehe ich es kannte, die gute Nachricht. Die nördlichen Gegenden ermutigten mich auf der Landkarte. Vor allem war ich auf dieser Kinderlandkarte Ostpreußen verfallen, »Namen, die keiner mehr nennt«. Eben deshalb. Es kam mir vor, als wäre dort selbst das Wetter ehrlicher und keinesfalls tückisch.

Ich hätte mir dieses Deutschlandbild so wenig nehmen lassen wie die Freude auf den Ferienbeginn und während der Ferien die Freude auf den Schulbeginn. Daß zu Deutschland auch Castrop-Rauxel und Wuppertal-Elberfeld gehörten, strich ich schon, ehe ich davon wußte. Es war anders als Österreich, offener. Ich sah den Heldenplatz in der Realität, und den im Burgtheater. Die Realität war um einiges schlimmer. Und ich konnte mir einen solchen Heldenplatz in Berlin, Hamburg oder Köln nicht vorstellen.

Filmtitel sind Vorfreuden. Hartmut Bitomskys Titel *Deutschlandbilder* gab nicht nur her, was er versprach: Aus jeder Szene wurde ein geheimer Code. Beispiel: Zum Titel »Gemeinschaft« eine Kaffeetasse nach der anderen, aufgereiht in Reih und Glied. Kaffee wird eingegossen, Zucker hineingeworfen, alles bleibt unberührt. Vom Jahr 1933 an wurde jedes Jahr von Bitomsky in einer knappen Bildbemerkung charakterisiert.

Die Jahre waren dabei extrem gegenbesetzt. Man konnte zum Jahr 1944 nicht Stauffenberg und die Bendlerstraße sehen, sondern kleine Kinder, vorwiegend Mädchen, die Kreisspiele spielten und herumhüpften, von einer Erzieherin beobachtet und gegängelt.

Nach Kriegsende erwachten besonders im trostlosen Österreich die alten Wünsche nach anderer Gemeinsamkeit. So sah ich 1951 die Gruppe 47: ein Zeltlager, Pfadfinder. Und dazu auch noch die Ostsee. Damals sagte ich zu einem der mir fremden Teilnehmer: »Es ist schön hier.« Wir standen am Strand und sahen auf die blaue Ostsee. »Was ist schön?« sagte er grob und behielt recht: Schön waren für mich das East End in London und ein Blick auf die Straßen des dritten Wiener Bezirks. Hieß »schön« doch: etwas wiederzuerkennen. Ich wollte das Wort lieber streichen, es war pauschal.

Die Reichsautobahn aber, in einem weiteren Film von Bitomsky, sollte schön sein. Sie war nicht, wie vermutet, für Waffen- und Truppentransporte gedacht, dem hätte sie nicht standgehalten. Sie war das Glamour-Girl der Nazis, die Marlene Dietrich, die sie nicht hatten. Es ging um Brot und Spiele. Die Spiele waren das Wichtigere.

Die Arbeiter, die man im Film sah, schienen stolz. Sie arbeiteten gemeinsam an einer Sache, die einmalig sein sollte: Musiker und Maler und Epiker ohne Aufträge, nicht ernst genommene Künstler – wie Hitler, der an der Kunstakademie in Wien abgelehnt wurde. Eine ganz gute, fast zarte Zeichnung der Karlskirche habe ich gesehen. Man hätte ihn aufnehmen sollen. Aber ihm hätte nichts genügt. Als den größten Feldherrn aller Zeiten empfand nicht nur er selbst sich. Tiefer und ebenso unheilbar waren seine Wahnvorstellungen von Architektur, von der Schönheit des Straßenbaus, den Wegen durch Deutschland, dem Blick darauf.

Alte Propagandafilme in *Reichsautobahn* verkünden nicht zu lange Geraden, lange Kurven, einladende Rastplätze. Die eingeblendeten Spielfilme mit hübschen Blondinen und Herrenreitern endeten glücklich und meistens im Gebirge, dem erklärten Lieblingsziel der Flachlandbewohner. Und man war alles gemeinsam: aus der Ebene, aus dem Gebirge, zu Lande und zu Wasser.

Die Gemeinsamkeit durfte aber nie privat werden. »Für immer geschieden«, nannte es eine witzige Bemerkung: Wer oben fuhr, konnte nicht hinunter, wer rechts fuhr, nicht nach links. So blieb man gemütlich beisammen, die deutsche Landschaft gab gemütliche Ziele vor, erreichbar, aber nur kurz verlockend.

Nur eins mußte unverlierbar sein: die Gemeinsamkeit, das ferne Ziel. Infanteristen, Kanoniere oder Matrosenfrauen daheim, wo einem das Dach auf den Kopf fiel, bevor es die Bomben daran hinderten. Und die Infanteristen, Kanoniere und Matrosen, in gerahmten Fotos an den Stubenwänden: uniformiert, dekoriert und glücklich, endlich weg zu sein: Krieg. Die Meeresstraßen, die Luftwege, die Autobahnen: alle, die nahe Ziele fernhielten. Die Heimat, die nicht nur damals zum Moloch wurde.

Zsuzsa Bánk

Árpi

Árpi hatte zu spät versucht, nachts mit seinen Freunden über die Grenze zu gehen, sie hatten zu lange gewartet. Sogar nach den fünf Tagen himmlischer Ruhe, wie sie später genannt wurden, in denen niemand wußte, was war oder was kommen würde, selbst da hatten sie noch gewartet, auf was, hatte Árpi nicht mehr sagen können. Erst als sie ahnten, was geschehen war, mit ihnen und diesem Land, als sie sicher waren, jetzt würden sie es nicht ändern können, vielleicht nicht einmal später, weil etwas aufgehört hatte, sich zu bewegen, weil es mitten in seiner Bewegung einfach stehengeblieben war, erst da setzten sie sich in einen Zug, der Richtung Westen fuhr.

Sie stiegen weiter südlich als meine Mutter und Vali aus einem Zug, fielen in einem Dorf auf, weil sie eine Fahne trugen und Lieder sangen, so laut, daß die Menschen im Dorf nach einem Blick auf die Straße Tore und Fensterläden schlossen. Sie wurden von Grenzposten entdeckt und festgehalten und hinter dem Zoll in eine Amtsstube gebracht, in der es nach Rauch und Bohnerwachs stank. Sie mußten warten, auf was, wußte keiner, vielleicht nicht einmal der Grenzposten, der die ganze Nacht über vor der Tür stand und eine Zigarette nach der anderen rauchte, Árpi und seinen Freunden aber nicht eine davon anbot. Als Árpi versuchte, auf ihn einzureden, mit den wenigen Worten Russisch, die er kannte, und seine Sätze begann mit *jeder von uns* und *wir alle*, schaute der Grenzposten zu Boden. Árpis Worte konnte er zwar hören, aber nicht eines davon verstehen, und ein wenig sah er aus wie ein Kind, das auf seine Strafe wartet und nicht wagt, seinen

Kopf zu heben, aber vielleicht wollte es Árpi auch nur so sehen. Als er den Soldaten fragte, ob er ihn nicht hören, nicht verstehen könne, ob er deshalb langsamer sprechen solle, und dabei seine Hand am Ohr kreisen ließ, fast wie eine Drohung, ach, und ob er vielleicht auch für sie eine Zigarette hätte, eine von diesen guten dunklen russischen, sie würden es ihm danken, legte einer von Árpis Freunden die Hand auf Árpis Arm, um ihm zu bedeuten: Hör auf damit, laß ihn, es ist sinnlos.

Nach Mittag wurden sie abgeholt, in den Laderaum eines Wagens gedrängt und weggefahren, ohne daß ihnen jemand gesagt hätte, wohin man sie bringen würde. Auf einem Boden aus Filz saßen sie, getrennt durch eine Wand aus Blech von zwei Soldaten im Fahrerhaus, die während der ganzen Fahrt nicht sprachen. Árpi und seine Freunde konnten nicht sagen, wie lange sie unterwegs waren. Sie hatten kein Gefühl dafür, sie hatten es verloren, in der Nacht davor oder spätestens dann, als man sie zum Wagen gestoßen hatte.

Sie versuchten, durch zwei Schlitze an den Seiten zu schauen, eine Straße zu sehen, ein Schild, irgend etwas, das ihnen hätte zeigen können, wo sie waren und wohin sie sich bewegten. Aber nichts konnten sie erkennen, nur den Regen hörten sie, nachdem sie losgefahren waren. Mindestens eine Stunde lang fiel er, vielleicht länger, in einem Moment so heftig, daß sie glaubten, er könne das Dach einreißen. Als Árpis Freunde anfingen, vor Kälte zu zittern und gegen den Schlaf zu kämpfen, hielt der Wagen, zwischen Gartenlauben, Mauern und Zäunen. Einer der Männer öffnete die Türen, entließ Árpi und seine Freunde mit einem Tritt in den Hintern und warf ihnen die Fahne nach. Sie liefen los, taumelnd, fast blind nach der langen Fahrt im Dunkeln, und drehten sich nicht mal mehr um nach dem Wagen, der jetzt zwischen Zäunen, hinter einem Häuschen aus Holz verschwand.

Sie gingen so lange, bis sie die ersten Häuser der Stadt sehen konnten, suchten sich ein Boot, groß genug für alle drei, sprangen hinein, einer nach dem anderen, setzten sich nebeneinander, ganz dicht, und breiteten eine Rolle Kunststoff, die unter einem Haufen Schnüre im Boot lag, über sich aus. Auf dem Wasser zu sein machte ihnen trotz der Kälte nichts aus, es beruhigte sie sogar, auf einem Fluß in einem Boot zu schaukeln. Einer fing an, die Nationalhymne zu pfeifen, dann sang er sie, erst im Scherz, dann ein wenig ernster, Gott segne undsoweiter, und mit dieser Stimme, mit dieser Melodie an seinem Ohr schlief Árpi ein.

Bevor es hell wurde, wachten sie auf, fast gleichzeitig, in feuchten, kalten Kleidern, mit steifen Händen und einem Hunger, den sie in den Stunden und Tagen davor vergessen hatten und der jetzt um so stärker war. Sie liefen weiter am Fluß entlang, hinter ihrem kalten Atem, vorbei am Gellért, das sie kannten, von einer Postkarte oder einem Foto, das ihnen jemand aus der Hauptstadt geschickt hatte, und schließlich über eine Brücke nach Pest, um dort an einem Bahnhof in den ersten Zug zu steigen, der sie wieder in die Nähe der Grenze bringen würde.

Bei Árpis zweitem Versuch, nach Österreich zu laufen, hielten die Grenzposten ihn und seine Freunde im Licht eines Scheinwerfers fest, weil sie sich zu spät, vielleicht zwei Sekunden zu spät, auf den Boden geworfen und die Köpfe unter ihren Armen versteckt hatten. Sie wurden von Soldaten gefaßt und noch draußen auf den Feldern getrennt und abgeführt. Alle fünf, sechs Schritte drehten sie sich um und winkten einander zu, so, als wollten sie sich ein Zeichen geben, ohne zu wissen, wie dieses Zeichen aussehen oder was es bedeuten sollte. Als Árpi sich ein letztes Mal nach den anderen umdrehte, waren sie verschwunden, irgendwo auf diesen Feldern, unter diesem Streifen Himmel, als hätte es sie nie gegeben, und dieses Bild war es, das jetzt abends zu Árpi zurückkehrte, wenn er die Straße vor dem Lager auf und ab ging, dieser letzte Blick über die Felder.

Noch in dieser Nacht wurde Árpi mit einem Transporter in die Nähe seiner Heimatstadt gebracht, nur zwei Dörfer, dann noch ein paar Straßen weiter, und später fragte er sich und die anderen im Lager, warum er nicht nach Hause gegangen war, um sein Leben dort weiterzuleben, um es fortzusetzen, die letzten Tage einfach zu übergehen wie etwas, das nicht passen wollte, das nicht einzufügen war. Er fragte sich, was es gewesen war, das ihn dazu gebracht hatte, es wieder und wieder mit dieser Grenze zu versuchen, mit diesem Strich Land, diesem flachen Graben zwischen Ost und West. Diesmal entließen sie Árpi nicht mit einem bloßen Fußtritt. Sie sperrten ihn ein, in eine der Schulen, die man jetzt benutzte, weil es keine Gefängnisse mehr gab, die noch jemanden hätten aufnehmen können. Gleich in der ersten Nacht sprang Árpi aus einem Fenster im oberen Stock, verletzte sich den Fuß, versuchte hinkend, das Schulgelände zu verlassen, wurde erwischt von einem Wachposten, der ihn mit Stiefeln die Treppen hochtrat, Stufe für Stufe zurück zum Klassenzimmer.

Árpi legte sich auf den Boden, auf die Dielen aus Holz, zwischen die Schulbänke, und seinen Fuß, den er mit einem nassen Tuch verbinden durfte, stützte er an die Wand. Er blieb so liegen, tagelang, schaute sich die Schulbänke von unten an, ließ seinen Blick wandern, von Bank zu Bank, und hoffte darauf, die Schwellung an seinem Fuß würde zurückgehen. Bei Tageslicht schlief er ein, und nachts, wenn die anderen schliefen, blieb er wach. Immer wieder befühlte er seinen Knöchel und hörte dabei auf die Geräusche im Hof und auf der Straße, auf Stimmen, auf einen Motor, auf das Schlagen einer Tür, auf die Räder eines Wagens, auf das Bellen eines Hundes. Er wartete so lange, bis er seinen Fuß wieder bewegen und mehr als zwei Schritte laufen konnte.

Jeden Tag versicherte Árpi den Soldaten, er wolle nicht in den Westen, nein, und den anderen im Klassenzimmer sagte er, er wolle zurück in seine Heimatstadt, nur noch dorthin, zurück zu seiner Familie, zu Mutter und Vater, und er wiederholte es oft genug und laut genug. Als sein Fuß fast geheilt war, tat er sich mit jemandem zusammen, einem Lajos, und sprang nach ihm aus dem Fenster, in der ersten Nacht, in der sie zwei Wachposten abgezogen hatten. Sie rannten über den Hof, kletterten über den Zaun, Árpi zog sich an den Armen hoch, weil sein Fuß ihn schmerzte, und dann liefen sie die Straße hinunter, schnell, keuchend, stolpernd, ohne einen Blick zurück, hinaus aus dem Städtchen, dessen Wege leer und still waren in dieser Nacht. Über die Felder kamen sie bis zum nächsten Dorf, und hinter den letzten Häusern nahmen sie einen Weg, von dem sie glaubten, er würde Richtung Westen führen. Und dort, erst dort, vor einem Graben, über den Árpi nicht springen konnte, blieben sie stehen, schnappten nach Luft, kamen wieder zu Atem, schauten sich an und fingen an zu lachen, zuerst nur leise, dann lauter, schließlich so laut, daß sie glaubten, man hätte es bis zur Schule hören müssen.

Diesmal teilte Árpi den Weg zur Grenze in kleine Abschnitte, weil er glaubte, so keine Spuren zu hinterlassen, für wen auch immer. Erst nahmen er und Lajos einen Zug, aus dem sie nach vier Stationen ausstiegen, weil er kaum schneller fuhr als sie liefen, selbst mit Árpis verletztem Knöchel. Eine Weile gingen sie über die Landstraße, und jedesmal wenn sie einen Motor hörten, drehten sie sich um, sofort bereit, in einen Graben zu springen, wenn am Ende des Weges ein Wagen mit Soldaten aufgetaucht wäre. Dann fuhren sie mit einem Bus, nicht länger als zwei, vielleicht drei Stunden, und es wunderte sie, daß sie niemandem auffielen, so, wie sie da saßen, ohne Gepäck, mit schmutzigen Haaren und Kleidern, mit einem Fuß, von dem Árpi den Schuh gezogen hatte und den er jetzt auf einem Sitz ruhen ließ.

Als es dunkel wurde, sagte Árpi, er könne nicht einen Meter mehr laufen mit diesem Fuß, und auch Lajos müsse sich ausruhen, wenn sie beide heil über diese Grenze kommen wollten, und dann klopften sie irgendwo südlich von Szombathely an ein Tor, Árpi konnte später nicht mehr sagen, warum ausgerechnet dort, bei diesem Haus, bei diesem Hof, vielleicht war es das Licht in seinen Fenstern, vielleicht war es auch nur die Müdigkeit, die sie nicht weitergehen ließ. Der Fremde stellte keine Fragen, er schaute an beiden hinab, sein Blick blieb an ihren schmutzigen Kleidern und an Árpis losem Schuh haften. Als Árpi erklärte, er und Lajos seien Studenten aus Szombathely, die hier in der Nähe ausgeraubt worden seien und am nächsten Morgen wieder zurückwollten, winkte der Mann ab und schaute sie an, als hätten sie ihn beleidigt. Für die Nacht überließ er ihnen die Scheune, schloß das Tor hinter ihnen und sagte, rauchen sollten sie nicht.

Am Morgen bat er Árpi und Lajos zu sich in die Küche, stellte Brot auf den Tisch, dazu ein Stück Butter, und als für einen Moment niemand etwas sagte, fing in Árpis Kopf ein Schmerz an, sich auszubreiten. Kein Schmerz, wie man ihn haben kann nach einer Nacht, in der man zuviel getrunken hat, oder nach einem Fieber, einer Anstrengung, sondern ein Schmerz, von dem Árpi ahnte, er würde sich so schnell nicht auflösen, vielleicht gar nicht mehr. Obwohl sie noch gut dort hätten sitzen können, in dieser Küche, in der es kein Radio, keine Uhr gab, nichts, was sie hätte drängen können, verabschiedeten sich Árpi und Lajos bald, und der Fremde lehnte es ab, auch nur einen Forint von ihnen zu nehmen – wo sie doch ausgeraubt worden seien.

Abends kamen sie in Grenznähe an, liefen über die Felder, nicht mehr dort, wo Árpi und seine Freunde es zuvor versucht hatten, sondern viele hundert Meter weiter südlich, weil Árpi sagte, es sei ein Unglücksstreifen, den sie meiden müßten. Árpis Fuß hörte auf zu schmerzen, oder Árpi vergaß, daß sein Knöchel verletzt war, weil es ein Abend war, an dem man solche Dinge vergessen konnte. Árpi und Lajos ließen sich in den Schlamm fallen, sobald sie den geringsten Laut hörten, ein Zischen, ein Rascheln, oder wenn sie ein Licht sahen, dort, wo vorher nichts zu sehen gewesen war. Auf Knien rutschten sie, stützten sich auf die Ellbogen, vermieden das Flüstern und gaben sich höchstens Zeichen. Später sagte Árpi, der Himmel habe angefangen, sich zu drehen, und mit ihm hätten sich auch die Felder gedreht, und er und Lajos hätten kaum mehr gewußt, in welche Richtung und wie lange sie sich noch so auf den Ellbogen würden durch den Dreck schieben müssen. Als sie glaubten, einen Motor zu hören, sprangen sie auf und rannten los, so schnell sie konnten, so schnell es Árpis Fuß erlaubte, über Steine, Stöcke, einen Graben hinab und wieder hinauf, durch ein kleines Stück Wald, bis zu einem Hof, ohne Lichter, ohne Zaun, und in der Dunkelheit öffneten sie eine Tür, die erste, auf die sie stießen, um sich zu verstecken, um wieder zu Atem zu kommen, und dort, in einem Schweinestall, fluchten sie und spuckten auf den Boden, weil sie glaubten, im Kreis gelaufen zu sein.

Lajos zündete ein Streichholz an, das wenige Licht fiel auf eine Wand, auf der etwas in großer Schrift stand, was sie kaum erkennen konnten. Lajos trat mit der Flamme in seiner Hand näher, las die Worte langsam und laut, und als er nicht eines davon verstehen konnte, weil es nicht seine Sprache war, legte er seine Hände zusammen und hielt sie hoch, immer noch mit dem Streichholz, zuerst vor seine Stirn, dann hoch zur Wand. Árpi ließ sich auf den Boden fallen, mitten ins Heu, Lajos fing an zu lachen, erst zögernd, leise, dann schneller, lauter, zeigte auf die Schweine und rief, es sind österreichische Schweine!, wunderbare österreichische Schweine!, und Árpi zündete noch ein Streichholz und noch ein Streichholz an, damit sie etwas sehen konnten, und Lajos ging auf die Tiere zu, packte ein Schwein an seinen Ohren, was schwer war, küßte es, auf seinen schmutzigen Kopf, und fragte, Árpi, sei ehrlich, hast du jemals ein so schönes Schwein gesehen?, und Árpi sagte, nein, niemals habe ich ein so schönes Schwein gesehen – ich schwöre.

Christoph Bauer

Unerwartet glückliche Wendung
im Leierkastenmann-Prozeß

Nein, nein, Herr Richter, das ist doch alles ganz verkehrt, Sie bringen ja alles durcheinander, nicht ich gehöre auf die Anklagebank, sondern dieser Strolch da mit seinem aufgeklebten Kaiser-Wilhelm-Schnauzbart, dieser monströse Verbrecher mit seinem grotesken runden Hut, dieser terroristische Leierkastenmann, der mit seiner Höllenmaschine seit Jahren aufs gemeinste an unseren Nerven zerrt, dieses Scheusal gehört auf die Anklagebank und ins Kittchen, auf viele Jahre gehört er eingesperrt, bei Wasser und Brot und unter schweren Züchtigungen. Der Leierkastenmann hat doch seinen teuflischen Leierkasten extra mit einer ausgeklügelten Apparatur ausgestattet, die einen ungeheuren, einen mörderischen Lärm erzeugt, mit voller Absicht bläst er schon seit Jahren in unvorstellbarer Lautstärke seine unerträglichen Paul-Lincke-Schmonzetten in unsere Ohren und in unsere Köpfe. In seinem krankhaften Sadismus quält dieser perverse Leierkastenmann uns bis weit über die Schmerzgrenze hinaus mit seinem verlogenen Kitsch, der doch genauso wenig mit der Folklore, geschweige denn mit der Kultur unserer Stadt zu tun hat, wie all die anderen gräßlichen Klischees. Zilles Milieu, wenn ich das schon höre, da wird einem ja übel, da kommt einem ja gleich das Frühstück hoch, Eckensteher Nante, alles Quatsch, alles ganz falsch, oder Berliner Weiße, denken Sie nur an die Berliner Weiße, eine einzige Infamie ist die Berliner Weiße, kein Berliner trinkt jemals eine Berliner Weiße, schon gar nicht eine mit Schuß, eine grüne Weiße oder rote Weiße, dieses schauerliche Gebräu, das die Touristen mit größtem Widerwillen und unter sofortigem und heftigem

Protest ihrer Geschmacksnerven und Mägen trinken, während sich der Berliner schadenfroh an einem anständigen Bier labt, sowenig wie die Berliner Weiße gehört der Leierkastenmann zu unserer Stadt, und das gilt natürlich auch für diese unerträglichen Paul-Lincke-Gassenhauer, die nichts anderes sind, als eine böswillige Verunglimpfung. Leierkastenmänner wurden von uns seit jeher geächtet und mit alten Schuhen und löchrigen Töpfen beworfen, mit verdorbenem Obst und faulen Eiern. Man leerte die Nachttöpfe über ihnen aus und jagte sie zum Teufel. Zu keiner Zeit waren Leierkastenmänner gern gesehen, wie man weiß. Wenn Sie, Herr Richter, einmal auch nur für den Bruchteil einer Minute den terroristischen Darbietungen dieses Leierkastenmanns beigewohnt hätten, ich sage Ihnen, Sie bäten lieber Ihren Zahnarzt, auf dem Nerv einer Ihrer angegriffenen Backenzähne ein heiteres Pizzikato zu spielen, als diese Marter noch einmal erleben zu müssen.

Der Richter sah jetzt sehr nachdenklich aus, und augenscheinlich war seine Zunge mit einer stummen Prüfung seiner Backenzähne beschäftigt.

Nun, fuhr ich fort, man könnte, um die Sache noch anschaulicher zu machen, mich auch fragen, ob ich es vorzöge, bei lebendigem Leib erst skalpiert, dann meiner Finger- und Zehennägel mittels einer rostigen Zange beraubt zu werden und schließlich ein ausgiebiges Fußbad in einer Friteuse verabreicht zu bekommen oder noch einmal Paul-Lincke-Rotz vom Leierkastenmann um die Ohren gehauen, und glauben Sie mir, hohes Gericht, werte Schöffen, ich würde mich für Ersteres entscheiden, lieber würde ich mich von koreanischen Köchen auf kleiner Flamme im Wok garen und mir von koreanischen Feinschmeckern noch im Todeskampf die Gliedmaßen abschneiden lassen, als noch einmal die *Berliner Luft* von diesem Verbrecher, diesem perversen Gewalttäter und Sittenstrolch, diesem Monstrum, dieser Bestie von einem Leierkastenmann, in mein friedliches Gemüt geprügelt zu bekommen.

Und wie oft habe ich es mit dem Leierkastenmann im Guten versucht, habe ihn ermahnt und auf ihn eingeredet, wenn ich ihn zum Beispiel im Tiergarten dabei erwischt habe, wie er die friedlichen Menschen dort, die Spaziergänger und Denker, Liebespaare und Ballspieler, sich sonnende Müßiggänger und Bier trinkende Tagediebe, und natürlich auch die friedlichen Tiere, die Mäuse und Kaninchen und Vögel, mit seinem infernalischen Lärm aufgeschreckt, gemartert und schließlich in die Flucht geschlagen hat, ich habe ihm gesagt, nehmen Sie doch ein bißchen Rücksicht, Sie Barbar, hier ist ein Ort der Ruhe und Erholung und kein Rummelplatz, trollen Sie sich und verschwinden Sie, habe ich zu ihm gesagt, stellen Sie sich mit Ihrer Schreckenskiste von mir aus unter eine Autobahnbrücke, auf eine Großbaustelle, in einen Bunker, aber nicht in unsere Parks und nicht in unsere Straßen, sonst setzt's was. Und meinen Sie, er hätte sich meine Worte zu Herzen genommen? Nichts da, nicht einmal beachtet hat er mich, einfach weitergekurbelt hat er, dieser Radaubruder. Einmal, als er gerade in der Sophie-Charlotten-Straße Krawall machte und ich mit meinem Fahrrad des Weges kam, versetzte ich ihm aus voller Fahrt einen tüchtigen Tritt in den Hintern, aber auch das konnte ihn nicht von seinem kriminellen Treiben abhalten. Und wissen Sie, Herr Richter, als er sich dann neulich in aller Herrgottsfrühe ausgerechnet unter meinem Balkon aufpflanzte und mich mit Paul Linckes *Berliner Luft* aus dem Bett warf, riß mir der Geduldsfaden und platzte mir der Kragen, und ich sagte, na warte, Bürschchen, in deine Berliner Luft mischt sich gleich eine ordentliche Portion Berliner Wasser, deine Berliner Luft werden wir jetzt mal ein bißchen anfeuchten, mal sehen, wie dir das schmeckt, du gewissenloser Berserker, und ich füllte rasch einen Eimer mit kaltem Wasser.

In aller Herrgottsfrühe, sagen Sie, fragte der Richter, in seinen Akten sei von zehn Uhr vormittags die Rede.

Ja, es war um zehn, und sehen Sie, Herr Richter, da hatte ich gerade mal drei Stunden Schlaf gehabt, sitze ich doch meist bis zum Morgengrauen mit einem guten Tropfen auf meinem Balkon und arbeite. Und ich habe eine schöne Arbeit da nachts auf meinem Balkon, ich hecke lustige Streiche aus, ich plane große künstlerische Werke, wissenschaftliche Studien schreibe ich da im Geist, trinke weiter meinen Rotwein, denke zwischendurch an meine Lieblingskellnerin und werde immer kühner und heiterer, schreibe Romane und Dramen in meinem Kopf, hin und wieder auch mal ein kleines Gedicht, vorzugsweise über Tiere, was meinen Sie, wie viele lustige Tiergedichte ich da nachts auf meinem Balkon schon verfaßt habe, ich höre eine hübsche Beethovensonate, schaue den hungrigen Schwalben bei ihren morgendlichen Kampfflügen zu, trinke noch ein paar Gläschen und gehe schließlich zufrieden und berauscht zu Bett, das ist meine Arbeit, dafür werde ich bezahlt. Ich habe also erst drei Stunden geschlafen, den Kopf noch voller Rotwein, und da kommt dieser Verbrecher und wirft mich mit der *Berliner Luft* aus dem Bett. Das ist doch ein starkes Stück.

Wie viele Liter der Eimer denn gefaßt hat, wollen Sie wissen? Nun, mein Guter, es war ein ganz normaler Eimer, ein Standardeimer sozusagen, und ich denke, zehn Liter werden's wohl gewesen sein, vielleicht ein bißchen mehr, denn ich füllte den Eimer natürlich bis zum Rand, und beim Abflug war noch alles drin, ich habe nichts verschüttet. Die Bemerkung des Staatsanwalts, es hätte doch vielleicht auch der Inhalt eines gewöhnlichen Wasserglases ausgereicht, um dem Leierkastenmann meinen Unmut zu verstehen zu geben, ist, mit Verlaub, wenig sachgerecht und ganz und gar nicht hilfreich oder, wie die Diplomaten sich ausdrücken würden, nicht zielführend. Wie ich Ihnen bereits ausführlich geschildert habe, handelt es sich bei dem Leierkastenmann um einen unbelehrbaren, gänzlich verstockten Bösewicht, der sich durch nichts und niemanden von seinen Lärmangriffen abbringen läßt. Friedlicher Protest verfängt bei diesem Subjekt nicht, man könnte da ebensogut versuchen, gegen den Lärm einer startenden Mondrakete mit einem zarten Wiegenlied anzusingen, versuchen, einen Vulkanausbruch mit seidenen Tüchern einzudämmen oder ein abstürzendes Flugzeug mit bloßen Händen aufzufangen. Es ging mir daher nicht darum, ihn nur zu verscheuchen, nein, ich wollte natürlich seinen Leierkasten in Trümmer legen, weshalb ich den Eimer ja auch nicht einfach über ihm ausgeschüttet, sondern als kompaktes Geschoß sorgfältig direkt über dem Leierkasten positioniert und dann losgelassen habe, so daß er sich, der Schwerkraft sei Dank, stetig beschleunigend dem Leierkasten näherte und diesen schließlich mit großer Wucht erreichte und zerlegte.

Wir müßten wohl kein kostspieliges ballistisches Gutachten einholen und keine komplizierten physikalischen Berechnungen anstellen, bemerkte der Richter ganz pragmatisch und von Weltwissen durchdrungen, um zu konstatieren, daß ein aus dem vierten Stock sorgfältig und geradeaus, lotrecht zur Erde, wie der Geometer sagen würde, also nicht im Bogen, nicht irgendwie schief oder schräg, sondern geradewegs und schnurstracks fast aus Traufhöhe vom Balkon hinunter auf den Leierkasten fallengelassener Eimer mit der Ladung von wenigstens zehn Kilogramm Wasser eine erhebliche Beschleunigung und entsprechende Aufschlagswirkung und Durchschlagskraft entwickle, so unterwegs von oben nach unten, nicht wahr?

Sehr wahr, mein Herr, eine sehr treffende Beschreibung. Was nun aber den Affen des Leierkastenmanns, diese erbarmungswürdige Kreatur, angeht, so trifft mich an seinem Tod keine Schuld, schließlich war mir zwar klar, daß sich das arme Geschöpf angesichts des sich schnell nähernden Schattens des heransausenden Eimers durch einen Sprung vom Leierkasten retten würde, aber ich konnte doch kaum davon ausgehen, daß das Tier ausgerechnet auf die Straße springt und ausgerechnet in diesem Augenblick ein Auto vorbeibraust und den Affen überfährt. Sagen wir einfach, der Affe ist von seinem kaum zu ertragenden Schicksal erlöst, er nutzte die Gunst der Stunde und setzte seinem Leben, das ein einziges Martyrium war, ein Ende. Denn versetzen Sie sich doch nur mal für einen Augenblick in die Lage des Affen, stellen Sie sich vor, Sie müßten tagein, tagaus auf einem Leierkasten sitzen, aus dem ungeheuerlicher Kitsch in ungeheuerlicher Lautstärke dröhnt. Obwohl das in Ihrem Fall, Herr Staatsanwalt, wenn ich mir diese Bemerkung erlauben darf, vielleicht ganz lustig aussähe, Sie in Ihrer schwarzen Kutte auf dem Leierkasten, mit einem kleinen roten Filzhütchen auf dem Kopf. Nun gut, kommen wir zum Schluß und halten fest, daß die Schadensersatzansprüche des Leierkastenmanns natürlich null und nichtig sind. Was den Leierkasten betrifft, müssen wir sagen, daß es sich um eine Waffe handelte, die beseitigt werden mußte. Wenn man einem finsteren Tyrannen eine Giftgasfabrik zerstört, zahlt man ihm hinterher auch keinen Schadensersatz, nicht wahr, und für den Affen müßte der Halbstarke aufkommen, dieser andere Primat, der mit seinem bayrischen Auto wie ein Henker durch die Straße gerast ist, mit einem Affenzahn, wenn mir dieser Ausdruck in diesem Zusammenhang gestattet ist, mit einem Affenzahn ist er durch die Straße gerast und hat den Affen überfahren. In diesem Fall allerdings wird der Affe nicht ersetzt, weil man dem sadistischen Leierkastenmann natürlich kein Tier mehr anvertrauen darf, würde er doch gleich wieder entgegen allen Regeln des Tierschutzes, die Gesetze dreist verhöhnend, den neuen Affen auf einen neuen Leierkasten setzen. Und das kann doch niemand wollen.

Ich bitte Sie nun also, Herr Richter, mir die Bescheinigung für die Kasse auszustellen, damit ich mir mein Zeugengeld abholen kann, und jetzt den Leierkastenmann an meiner Stelle auf die Anklagebank zu setzen. Ich empfehle Ihnen, ihn in Fesseln legen zu lassen, denn er wird sich wehren, er wird wild um sich schlagen, er wird toben und schreien und üble Beleidigungen und Verwünschungen ausstoßen, Schmutzwörter aus der untersten Schublade wird er gebrauchen, und Sie geben ihm dafür am besten gleich ein paar Wochen extra, und schließlich verurteilen Sie ihn wegen Beleidigung und groben Unfugs, Körperverletzung und Tierquälerei, Nötigung und Erregung öffentlichen Ärgernisses, Unruhestiftung und Landfriedensbruch zu nicht weniger als zehn Jahren unter verschärften Haftbedingungen mit anschließender Sicherungsverwahrung. Schönen Dank und auf Wiedersehen.

Das Publikum war begeistert. Ich verbeugte mich artig und verließ unter tosendem Applaus den Saal.

Ricarda Bethke

Berliner Elegien

Berliner März

Die Nacht hat wieder so viele nicht deutbare Laute.
Welche Autotüren klappen? Welche Schreie werden geschrien?
Was für ein Glas klirrt? Techno wummert, wo?
Das widerhallt in Weitläufigkeiten von
Hinterhöfen, Seitenflügeln, Toreinfahrten,
Baustellen –
Wüstungen des nordöstlichen Stadtteils.

Viel zu früh singt in der frostigen Frühe
eine polnische Nachtigall gegen das Brüllen
enttäuschter Jugend an,
die den eisernen Steg aushebt,
krachend über das Pflaster wirft,
wodurch die Baugrube zur Fallgrube wird.
Mit Pflastersteinen schon mal so was wie Barrikaden baut.

Schlaflos bleib ich. Mühsam erheb ich mich.
Die Sonntagssonne steht märzhell und hoch.
Vergebens läuten die Glocken.

Noch spätere Klage

Nicht mehr das so frei scheinende Lachen?
Nicht mehr das sich so hoch Hinausnehmen
mit lautem Reden steigend in Übernützliches?
Nach so vielen Jahren endlich stumm.

Wie viele haben sich da schon erschlagen.
Sei doch endlich still, so endet die Tragikomödie.
Ich bin endlich still.
Still vor dem nicht zu erlangenden und nicht zu gebenden Wort
der liebenden Entbindung zu neuer Verbindung.
Still nach dem großen Geschrei.
Still nach dem Maskentanz vieler Jahre,
nach der lauthalsen Dämonenbeschwörung
der tränenreichen Zusicherung weiterer Jahre.
Still nach den Messerstichen der gesetzmäßigen Gegensatz-
    Setzung.
Die stachen die Decke des freundlichen Duldens durch,
wie viele Ineinanderbergungen es auch gegeben hatte
unter der Decke in so vielen Jahren.

Stumm nun und nebeneinander und hinter den immer langsamer und schwerer
wieder schwerfällig sprechenden und schwerfällig bebeutelten
armen Anderen, immer hinter ihnen
gehen wie stumm, aber mehr nebeneinander als je
durch die Treppenhäuser dieser neuen Ordnung.
Ordnen uns nach, schon wieder.
Bedenkend, wie wir denen vor uns zugeordnet sind.
Lange müde des Dienstes an ihnen.
Wir warten geduldig, bis sie die letzte Treppenstufe,
den nächsten Absatz, die Plattform erreicht haben.

Ekeln wir uns gegen das Menschliche?
Essen wir unsere Suppe stumm.
Ganz ohne die abgehobenen Ebenen,
ganz dicht neben den anderen Armen, Herzschweiß schwitzend.
Die Augen senken wir auf das Pflaster,
und wir heben den Blick und merken uns
die grauen Fassaden von gestern.
Morgen sind sie neu und gehören uns nicht mehr.

Gehst du noch neben mir?
Auf dem Gras im Park ruhn alte Blätter wie altes Metall,
so ruht auf unserer Stummheit die Patina der Erfahrung.
Ginge ich dort in ein Haus, käme nicht mehr heraus,
du verstündest mich.
Gingest du dort hinein, um nie mehr zurückzukommen,
ich hätte dich gut verstanden.
Aber das alte Metall mit seinem Glanz der Erinnerung
führt weiter unsere Füße nebeneinander hin.
Wir senken die Köpfe beide.

Scham

Spät bin ich erwacht, heiß im Gesicht vor Scham,
denn unsere Mütter sind tot, denen wir nicht oft genug
über das Haar strichen.
Und die Kinder, denen wir über das Haar streichen,
bevor wir sie auf die Straßen hinausschicken,
haben, wenn sie zurückkommen, den kalten Blick.

Für Thomas und die anderen

Was?
Soll ich jetzt das Klageweib sein?
Unchristlich erzogen, weiß ich gar nicht,
wie man salbt und betet und weint.
War ich doch unter euch mehr so eine,
die am Morgen heftiger Nächte
Gläser abwusch, wütend auf den Exzeß,
die die leeren Flaschen in den Glascontainer
an der Friedhofsmauer schmiß.
Das krachte und klirrte
und störte die Ruhe der Toten.

Mit Kindern und Enkeln
über Friedhöfe ziehend
wegen besserer Luft,
wurde mir vor Gräbern nicht trübe,
bis ich so viele vertraute Namen
auf den Steinen fand, daß ich begriff,
jetzt sind wir dran.

Neben mir sitzt er, der Müde,
auf dem Friedhof im Herbstlicht,
ein Schatten von dem, was er gewesen ist,
spricht mit knappem Atem und eisgrauem Bart
zu der schwarzen Amsel im welken Laub
leise vom grausamen Leben,
er, der vor wenigen Jahren
mit der Amsel
im sonnigen Park
von seinen Hoffnungen sprach.

Ach, die ihr unsere Fixsterne ward
und unsre streunenden Hunde,
wir dachten, es sei noch Zeit.
Was vertreibt euch grad jetzt von der Erde?
Ihr ängstlich Geliebten?
Was macht euch
so hastig hintereinander kalt?

Auf wieder gefestigtem Grund

Ich bin jetzt dort zu Hause,
wo am Abend Kinderpaare
die Pappbecher von McDonald's
auf Bordsteinkanten stelln,
wo in der Frühe die blassen Flaschenwerfer
aus dem Techno-Schuppen
für meine Radreifen
Splitterteppiche streun.

An kahlen Köpfen
auf jungen Schultern
geh ich nachts
niedergeschlagenen Blickes vorbei,
stolpernd über das Mustergemenge
des geflickten Pflasters.
Die vielfarbigen Fächer
alter Bürger Steig Steine
verlieren ihre Ordnung,
werden ersetzt durch das Chaos
toten Betons.

In restaurierte Restaurants,
wo die Literaten lesen,
geh ich zu Fuß durch das Dunkel
und trage den Kot meiner Straße
auf die polierten Bretter,
die weißen Kacheln
ganz ohne Scham.

Nur auf dem Weg zu den Gräbern,
trete ich plötzlich nicht mehr
zögernd auf Marmor, Schiefer, Granit
aus den zerstörten Gedenksteinen,
die man hastig mit den Namen nach unten
als Pfad durch das Wuchern
der geöffneten Grenzen gelegt hatte.

Jetzt tritt mein Fuß sicher
auf das saubere, sorgfältig geschichtete Kiesbett.
Schnurgerade durch reinen Rasen
führt es zum Obelisken,
der die Hugenotten ehrt,
die einst ihr Leben
für Preußen ließen.
Soi fidèle, jusqu'à la mort ...

Den Lärm der neuen Kriege
hör ich hier nicht.

Und weil meine Wälder,
aus wildem Grün
den neuen Palästen wichen
und gerodet wurden
die asiatischen Götterbäume,
die russischen Trümmerbirken,
die ganze fröhliche Wurzelbrut,
die aus zerbombtem, geflicktem Asphalt
aufschoß, während des schwankenden Friedens
und der Fragwürdigkeit von Besitz,
geh ich nun auf gefestigtem Grund
nur noch in den Wald,
wo unsere Toten ruhn.

Marcel Beyer

Im Westen, auf dem Platz

I

Wir kommen her, ich seh genau
die Wiese vor mir, die ich kannte,
alles wie angemalt: der Teer,
das Alutor, die Pfosten. Keiner

mehr da. Man lebt lackiert. Und dort
die Schwarzamsel ist angekokelt.
Kein halber Tag, kein ganzer Satz,
kein Fußball in der Luft. Du wanderst

vom Kirchberg Richtung Bettikum,
du siehst den Westen, und ich bohre
die Schuhspitze ins Grün. Doch wann
wuchs ich hier auf? Sag mal, wann krachte

es? Die Flutlichtanlage. Nun
brennt mein Schädel, die Augen gehn an.

II

Was flog? Ich hör es noch,
zum Abend wirst du
weich. Mein Kopf, mein
hingehuschter Kopf,

und meine Füße wieder,
die Abartigkeit. Da wächst
Holunder gut am Hang,
UNSERE GANZE

HIMBEERMARMELADE
am Rand des Urstromtals,
unten der Platz.
Was ist geflogen? Hier

gibt es keine Dialekte
mehr – Tonlage ist
schon alles, eben, alter
Rasen. Ich habe zugeschaut,

zwei, drei Halbzeiten lang,
mehr eine Art von
Intersprache, du tust nicht
mal für die Ersatzbank

taugen, Jung. Das war der
Rhein, der Bruch, da
kannst du graben. Und
Kalk, das Knochenmehl

oder die Vogelkacke mit
dem Wägelchen verteilt,
im Sommer siehst du
schnurgerade Linien, wenn

du mit deiner Schläfe in
die Wiese gehst. Sonst
Löcher, Stollen. Pokale,
Waden, Himbeermarmelade,

nachkolorieren möchte ich
das nicht. Eine Feldlerche,
später Sonntagnachmittag,
unsichtbar, weiter oben.

III

Was drängelt sich ins Feld? Ich sage mal
Rotweiß, Grünweiß, Geleefrüchte und
spröde Haut, Ellbogen, Reiterhosen
am Glühweinstand. Teils schwerblütig, teils

scharf. Liguster, Knabenkraut, hinter der
Linie ein Fasan. Ausschnitt, Vergrößerung,
und jetzt erinnere ich mich an den
ersten spielfreien Tag, am Tisch die Mutter

eines Klassenkameraden nach dem Essen,
SCHON INTERESSANT, WAS DU DIE
GANZE ZEIT BETRACHTEST, unter
den Augen, über den Tellern, was drängelt da.

IV

Was zog? Der Wäschegummi
wahrscheinlich. Ein Rebhuhn
macht sich am Fangzaun
zu schaffen, dann das Licht,

sachte, sachte. Leer der Platz,
leer der Blick ins feuchte
Gebiet mit Betonrand,
die Brocken. Kein Dialekt,

aber alte Lateiner alle, Ligisten
und Konter und Resultate,
die römische Sportanlage bei
Sonnenuntergang, bis hin

zum Kunstwort, Borussia. Nie
in der Mannschaft, nie am
Radio. Hör dir die Reime an,
die das Gesagte prägen,

die Rufe übers Feld. Mir steht
das nicht, ich halte meinen
Atem flach, klatschnasse
Schuhe wieder, kein Trikot und

kein Geländewagen. Was möglich
schien und was geschah,
die Handvoll Rebhuhnflaum,
der Wäschegummi sowieso.

V

Wir machen los, noch unbelaubt
die Pappeln hin zum Feld. Wer nannte
mich SEPPEL, dreißig Jahre her?
Vielleicht ein Jugendtrainer, einer,

von dem mir außer diesem Wort
sonst nichts geblieben ist. Man pokelt,
man baggert an der Sprache, SPATZ
oder SPERLING? Stundenlang. Anders

bringt man hier kaum die Zeit herum.
Die Ballerei, Garagentore,
Echogebrüll, Tabletten dann
am Küchenfenster. Und ich achte

still auf die Tiere, auf Rebhuhn,
Schwarzamsel, Feldlerche und Fasan.

Klaus Böldl

Randerscheinungen

Vor einiger Zeit war ich zum ersten Mal wieder an dem Ort, wo ich die ersten dreieinhalb Jahre meines Lebens verbracht habe, am Rand einer kleineren Stadt. Die Erinnerungen an diesen Kindheitsraum waren unbestimmt, zum Teil vielleicht nur irgendwann einmal geträumt. Beziehungs- und schwerelos schwebten sie in mir, wie in die Laufbahn eines erloschenen Himmelskörpers geraten: Da war eine schimmernde Grasböschung mit bläulichen Kleeinseln, grüne Fensterläden an einer sonnenhellen Hauswand, baumhohe Mädchen, das Funkeln eines Flusses zwischen sommerschweren Laubmassen; ein Bahndamm, die Schienen bedrohlich gleißend in Erwartung des Abendzuges, dessen gellende Pfiffe mir Angst machten, wie sonst nichts auf dieser noch so zusammenhängenden Welt. All das umgab mich jetzt auf einmal wieder, es war wie aus meinem Inneren hervorgesucht und in die Tatsächlichkeit eines glühheißen Augustvormittags gestellt, wo es sich ein wenig verloren und wie geblendet von dem ungewohnten Tageslicht zeigte. Mit jedem Schritt aber, den ich tat in dieser in Jahrzehnten sich gleich gebliebenen Stadtrandwelt, hoch über dem historischen Stadtzentrum gelegen und dicht an der Staatsgrenze, verdichtete sich das Gefühl heimzukehren auf eine bisher ungekannt elementare Weise. Vor allem, als ich, gar nicht weit von dem weiß getünchten Kindheitshaus, auf einem Weg ging, an dem ein wasserarmer Mühlbach entlanglief, hatte ich die Empfindung, eine meiner frühesten Erinnerungen überhaupt in die Wirklichkeit zurückübersetzt zu finden. Nicht dass ich mich an den Verlauf dieses Weges erinnert hätte oder gar daran, dass er zu einem

Gasthaus führte. Und der Bach, der da ganz am Grunde meines Bewusstseins vor sich hinplätscherte, umso leiser und gedankenverlorener, als er im Sommer wenig Wasser führt (und es geht um einen Sommermoment), war in meiner Frühgeschichte noch kein Mühlbach gewesen, noch nicht einmal tatsächlich ein Bach, sondern ein Glucksen und Schäumen neben dem Weg, ein Flimmern und Blitzen, halb verstellt von einer Gestalt, die mich an der Hand den Weg entlangführte, der schon nach ein paar Metern mitten hinein ins Vergessen zielte. Jetzt strotzte der Bach vor Wirklichkeit, und das deutlichste Zeichen seiner Hineingehörigkeit in die Gegenwart war vielleicht der ungute gelbliche Schaum, der sich um die aus dem Wasser herausragenden Steine gesammelt hatte. Trotzdem erkannte ich dieses Wasser ebenso wie die weit ausladenden Laubmassen über mir und den graustaubigen Gehweg vor mir als geisterhaften Widerschein einer lange verschütteten Kindheitserinnerung. Es sind wahrscheinlich gerade diese abseitigen, niemandem sonst etwas bedeutenden Plätze, an Ortsrändern, an Bahndämmen oder Fabrikzäunen, die plötzlich durchlässig und durchsichtig werden können für die Vergangenheit, in mystischen Momenten, wie diesmal, sogar bis auf den Grund aller Erinnerung hinunter. Wollte man für die Empfindung, die entsteht, wenn der gerade stattfindende Augenblick unvordenklich weit zurückliegende Erinnerungen wiederholt, einen Begriff finden, man könnte annähernd und behelfsmäßig von einem Heimatgefühl sprechen.

Seit jenem Augusttag, der nun selbst schon wieder zu einer fernen Erinnerung geworden ist, bin ich noch ein paar Mal in Passau gewesen. Jedesmal bin ich am Innufer entlanggewandert, von der Ortsspitze bis zu der Brücke, die Fünferlsteg heißt, nach dem ehemals von den Passanten erhobenen Zoll, und manchmal bin ich auch noch weitergegangen, bis zu der Gegend, wo meine Großeltern bis zu ihrem Tod gewohnt hatten. Sehr breit und tatsächlich gletschergrün ist der Inn kurz vor seiner Mündung in die Donau, und manche der Mauern, die sich über dem Innstadtufer abzeichnen, reichen bis in die Römerzeit zurück. Auf neue Eindrücke war ich auf diesen wiederholten Spaziergängen nicht aus; eher darauf, dass die schon beim ersten Mal gemachten tiefer, schärfer und zugleich zusammenhängender würden. Als ob die neuen Erinnerungen die alten auffrischen und räumlicher machen könnten. In manchen Augenblicken erfüllte sich diese Hoffnung, und die Strudel auf dem Fluss unter der Brücke, die Sommerbäume, die kleinen, italienisch anmutenden Häuser der Innstadt, das Gemäuer des Römerkastells, die Gärtnerei am Ufer, die Severinskirche mit ihrem in der Sommerhitze flimmernden Friedhofskreuzen: alles trat in einen irgendwie gar nicht anders vorstellbaren und daher womöglich heimatlichen Zusammenhang ein. In »unser« Viertel aber habe ich mich nicht mehr hinaufgewagt; ich hatte das Gefühl, die Wiesenböschung, die grün gestrichenen Fensterläden an der hellgrauen Fassade, den träge wie Laub rauschenden Mühlbach nicht noch einmal aus ihrer Erinnerungsversunkenheit aufschrecken zu dürfen.

Michael Braun

Unter die Linden

I

Vor meinem Vaterhaus steht keine Linde, da steht eine ganze
Allee. Nicht im Hofe oder an der Auffahrt, so üppig waren die
Verhältnisse nicht daheim, aber doch nur einen Kilometer entfernt und damit in Fußgehweite für kleine Jungens von acht,
denen die Langeweile im Nacken saß. Hunderte Bäume standen
da einer hinter dem andern, hunderte Jahre alt, älter als Oma
Hedwig und Opa Alfred und der Bundespräsident zusammen.
Sinnierten da seit siebzehnnochwas und legten mit jedem Pen-
delschlag von Sommersonne und Winterschnee Ringe und Patina an, gaben sich mit jedem Herbst eine Spur gravitätischer und
trotzten doch frühlings der Gravitas stets aufs Neue. Nur in Spät-
sommernächten, wenn hoch oben die Wolken aus der Island-
Ecke einfielen und stromlinienförmig Arme nach tief unten grif-
fen, knackte es im lebend-verwachsenen Gebälk der Linden, und
krachend machten sich ganze Baumviertel auf die Reise zum Mittelpunkt der Erde. Morsche, faule Teile, die auf den Wegen lagen
und so erdig und moosig rochen wie der Wald sonst nur im hin-
tersten, laubigsten Eck. Dann kam in der Woche drauf der Land-
schaftsbeauftragte der Kommune, schepperte mit seinem Drei-
rad-Buggy in englischem Rasenmähergrün über den Stolperpfad
unter den Linden, fuhr das tote Geäst ab und schaffte wieder
Ordnung im Hain. Denn um Ordnung ging es im Prinzip; beim
Fürsten, dem Erbauer der Linden und einem barocken Control
Freak erster Güte, musste alles in Reih und Glied stehen: Alleen
gen Norden Westen Osten, und in der Mitten strahlte der Glanz

der Gnade der Geburt. Nun ja. Das herrliche Haus arbeitete seit Generationen daran, die Von und Zus vor die Tür zu setzen, ließ ab und an zur Unterstreichung seines Ansinnens das Dachgebälk über einem der Flügel einstürzen oder ein Turmfenster in der Nacht zerspringen. Doch die Erben höherer Geburt, obgleich alle paar Jahrzehnte ausgewechselt und erneuert, wohnen immer noch in ihrer Bude hinter den Linden; es heißt, sie hätten kein Geld mehr fürs Dach des Herrenhauses und die Gemeinde müsse sich gar schon um die Bäume kümmern, der Herr Graf sei alt und kriege die störrischen Dinger nicht mehr gebändigt. Die liefen aus ihrer Form, schössen in Stunden der Unachtsamkeit gen Himmel, machten sich krumm nach all dem erzwungenen Gerade-Gewachse ihrer Jugend. Und was das alles koste?

II

Enter Oma Hedwig. Drei Männer hat sie beerdigt: Opa Heinrich, Opa Alfred, Opa Helmut. Die wandelte hier zwischen den Bäumen, ihren Enkel Michel, acht nervende Jahre alt, an der Linken. Die schleppte sich durch die Allee mit ihren Wunden und Narben und dem ganzen beschissenen Leben: Oma Hedwig, die die Männer immer nur abhauen sah, die hinterherging, die Ewig-Seufzende, ewig Abschied Nehmende. Sie hatte wochentags, wenn sie gegen fünf einen Spaziergang unternahm, mich dabei, aber niemals einen Schirm, das lag ihr nicht, das Übervorsichtig-Unnatürliche; man wurde im Klima des norddeutschen Flachlandes mit seinen atlantischen Tiefausläufern aus der Tagesschau folglich oft nass mit Großmuttern. Was nicht zuletzt an ihrer Art des Spazierengehens lag: Sie schritt nicht federnden Schrittes frisch voran, sondern – sie war um die Hüften rundlich gebaut wie Babuschka – um-ihre-eigene-Achse kreiselnd, ging mehr seit- denn vorwärts, vom linken aufs rechte Bein schaukelnd und wieder zurück, und irgendwie kam sie mit dieser Zeitlupen-Masche vom Fleck. So langsam, dass es nervte und Flink-Michel Kreise laufen konnte um die Alte und lief, aber doch: Es ging. Zwischen den vier Reihen der Allee legte sie dann ein lustig Liedlein auf die Lippen, was Erbauliches, Gehausmeinherz und Jesumeinefreude, und alle zehn Bäume hustete sie. Selbst bei gutem Wetter begegnete man nur selten Leuten unter den Linden. Und wenn doch, dann reagierte man so wie im Himmel: Ach, Sie auch hier? Hätte ich ja nie gedacht.

III

»Michi«, sagte sie und sprach mich ›Mieee-chi‹ aus, was ich unausstehlich fand; »Mieee-chi«, sagte sie, »es gibt solche Menschen und solche.« Die zum einen, die Irdisches mochten: Berge, Täler, Gründe. Das Feste, Statische, Unerschütterliche; das waren die Öden, erklärte Oma Hedwig. Und dann gebe es noch jene, die die Landschaften im Himmel liebten, das sich Bewegende, Ungreifbare, Fließende. Oma Hedwig gehörte zur zweiten Abteilung, den Stundenlang-ins-Blau-Starrenden; sie rühmte die Himmel, die von Stürmen über dem Meer und Eisbergen, Ersaufenden, Erretteten erzählten. Da starrte sie, im Ge – hen in Zeit – lu – pe kreiselnd und mich an der Hand, über die Wipfel der Linden vom Grün ins Blau und war still.

IV

Nach dem Krieg war sie hierhin gezogen, die Flüchtlingsfrau mit Sohn und ohne Mann, und der Mann, ihr erster, hatte erst sein Kinn verloren und viele Wochen danach sein Leben. Siegfried, so hieß der einzige Sohn, Vater ihres einzigen Enkels. Als er tot war, der Geliebte, und hinter ihr lag wie die Flucht, hatte sie auf dem Gut angefangen, als Magd. Nicht weil sie die Gräfin so apart gefunden hätte; herrisch war die Gebieterin der Allee anno sechsundvierzig und stolz. Sondern weil ihr Hobby Kartoffeln hieß und unter den knarzenden Linden welche wuchsen – genau auf dem Erdstreifen, auf dem an meinem achten Geburtstag Anfang Juni längst wieder Schlüsselblumen standen. Ich erinnere, wie Oma Hedwig am Rand dieses Meeres aus Blüten vor mir auf den störrischen, eingerosteten Knien hockte. Sie streichelte die Köpfe der Blumen und besah den Pollen auf ihren Fingerspitzen, roch das Gelb.

V

Noch heute würde Oma Hedwig in Zeitlupe unter den Linden flanieren, wäre da nicht der Rolli von der Pflegeversicherung, mit dem es sich nicht so gut seitwärts kreiseln lässt. Sie hält es mit Grönemeyer: mag Musik nur, wenn sie laut ist, besonders das Gehausmeinherz, gesungen vom Gemeindechor mit Vibrato und Geträllere. Gen Himmel blickt sie unter Schmerzen – Hals und Rücken und das ganze klapprige Gestell machen solch Spielchen nicht mehr mit, ebenso wenig wie das Kartoffelngraben, aber die Kartoffeln bringt eh fix und fertig der Dienst, der auch die Insulinspritzen in den Bauch setzt. Sie sitzt da nun in ihrer Wohnung, gravitätisch zwar und der Gravitas trotzend, aber doch mit rosa Schnittnelken auf dem Wohnzimmertisch und einem Alpenveilchen im Topf auf der Fensterbank, während die Lindenblätter im Herbst durch die Allee getrieben werden wie Schafe zur Schur: Es sei Zeit, sagen ihre Augen, so mieeed geworden und in die Ferne verkleinert von dickem Optikerglas, eingerahmt von Haut wie gespanntes Pergament. Der Sommer war zwar nicht groß, aber was macht das schon? Sie hustet viel und legt sich oft hin, schon mal probeweise. Damit sie unter den Linden mit Heinrich, Alfred und Helmut mithalten kann: beim Liegen in der Ewigkeit.

Thomas Brussig

Churchills kalter Stumpen

Es gibt im Leben zahllose Gelegenheiten, die eigene Adresse preiszugeben, und Michael Kuppisch, der in Berlin in der Sonnenallee wohnte, erlebte immer wieder, daß die Sonnenallee friedfertige, ja sogar sentimentale Regungen auszulösen vermochte. Nach Michael Kuppischs Erfahrung wirkt Sonnenallee gerade in unsicheren Momenten und sogar in gespannten Situationen. Selbst feindselige Sachsen wurden fast immer freundlich, wenn sie erfuhren, daß sie es hier mit einem Berliner zu tun hatten, der in der Sonnenallee wohnt. Michael Kuppisch konnte sich gut vorstellen, daß auch auf der Potsdamer Konferenz im Sommer 1945, als Josef Stalin, Harry S. Truman und Winston Churchill die ehemalige Reichshauptstadt in Sektoren aufteilten, die Erwähnung der Sonnenallee etwas bewirkte. Vor allem bei Stalin; Diktatoren und Despoten sind bekanntlich prädestiniert dafür, poetischem Raunen anheimzufallen. Die Straße mit dem so schönen Namen Sonnenallee wollte Stalin nicht den Amerikanern überlassen, zumindest nicht ganz. So hat er bei Harry S. Truman einen Anspruch auf die Sonnenallee erhoben – den der natürlich abwies. Doch Stalin ließ nicht locker, und schnell drohte es handgreiflich zu werden. Als sich Stalins und Trumans Nasenspitzen fast berührten, drängte sich der britische Premier zwischen die beiden, brachte sie auseinander und trat selbst vor die Berlin-Karte. Er sah auf den ersten Blick, daß die Sonnenallee über vier Kilometer lang ist. Churchill stand traditionell auf seiten der Amerikaner, und jeder im Raum hielt es für ausgeschlossen, daß er Stalin die Sonnenallee zusprechen würde. Und wie man Churchill kannte, würde er an seiner

Zigarre ziehen, einen Moment nachdenken, dann den Rauch ausblasen, den Kopf schütteln und zum nächsten Verhandlungspunkt übergehen. Doch als Churchill an seinem Stumpen zog, bemerkte er zu seinem Mißvergnügen, daß der schon wieder kalt war. Stalin war so zuvorkommend, ihm Feuer zu geben, und während Churchill seinen ersten Zug auskostete und sich über die Berlin-Karte beugte, überlegte er, wie sich Stalins Geste adäquat erwidern ließe. Als Churchill den Rauch wieder ausblies, gab er Stalin einen Zipfel von sechzig Metern Sonnenallee und wechselte das Thema.

So muß es gewesen sein, dachte Michael Kuppisch. Wie sonst konnte eine so lange Straße so kurz vor dem Ende noch geteilt worden sein? Und manchmal dachte er auch: Wenn der blöde Churchill auf seine Zigarre aufgepaßt hätte, würden wir heute im Westen leben.

Michael Kuppisch suchte immer nach Erklärungen, denn viel zu oft sah er sich mit Dingen konfrontiert, die ihm nicht normal vorkamen. Daß er in einer Straße wohnte, deren niedrigste Hausnummer die 379 war – darüber konnte er sich immer wieder wundern. Genauso wenig gewöhnte er sich an die *tägliche Demütigung,* die darin bestand, mit Hohnlachen vom Aussichtsturm auf der Westseite begrüßt zu werden, wenn er aus seinem Haus trat – ganze Schulklassen johlten, pfiffen und riefen »Guckt mal, 'n echter Zoni!« oder »Zoni, mach mal winke, winke, wir wolln dich knipsen!«. Aber all diese Absonderlichkeiten waren nichts gegen die schier unglaubliche Erfahrung, daß sein erster Liebesbrief vom Wind in den Todesstreifen getragen wurde und dort liegenblieb – bevor er ihn gelesen hatte.

Michael Kuppisch, den alle Micha nannten (außer seine Mutter, die ihn von einem Tag auf den anderen Mischa nannte) und der nicht nur eine Theorie darüber hatte, wieso es ein kürzeres Ende der Sonnenallee gab, hatte auch eine Theorie darüber, warum *seine* Jahre die interessanteste Zeit wären, die es je am kürzeren Ende der Sonnenallee gab oder geben würde: Die einzigen Häuser, die am kürzeren Ende der Sonnenallee standen, waren die legendären Q3a-Bauten mit ihren winzigen engen Wohnungen. Die einzigen Leute, die bereit waren, dort einzuziehen, waren Jungvermählte, von dem Wunsch beseelt, endlich gemeinsam unter einem Dach zu leben. Doch die Jungvermählten kriegten bald Kinder – und so wurde es in den engen Wohnungen noch enger. An eine größere Wohnung war nicht zu denken; die Behörden zählten nur die Zimmer und erklärten die Familien für »versorgt«. Zum Glück passierte das in fast allen Haushalten, und als Micha begann, sein Leben auf die Straße auszudehnen, weil er es in der engen Wohnung nicht mehr aushielt, traf er genügend andere, denen es im Grunde so ging wie ihm. Und weil fast überall am kürzeren Ende der Sonnenallee fast dasselbe passierte, fühlte sich Micha als Teil eines Potentials. Wenn seine Freunde meinten »Wir sind eine Clique«, sagte Micha »Wir sind ein Potential«. Was er damit meinte, wußte er selbst nicht genau, aber er fühlte, daß es was zu bedeuten hatte, wenn alle aus der gleichen Q3a-Enge kamen, sich jeden Tag trafen, in den gleichen Klamotten zeigten, dieselbe Musik hörten, dieselbe Sehnsucht spürten und sich mit jedem Tag deutlicher erstarken fühlten – um, wenn sie endlich erwachsen sind, alles, alles anders zu machen. Micha hielt es sogar für ein hoffnungsvolles Zeichen, daß alle dasselbe Mädchen liebten.

Günter de Bruyn

Unzeitgemäßes

Mit den Berliner Denkmalsdebatten hatten wir in den vergangenen Jahren schon genug Kummer; erst mit dem Streit um
die Gedenkstätte in der Neuen Wache, der mit einem schwa-
chen Kompromiß endete und deshalb dazu neigt, ab und zu
wieder aufzuflammen; dann die ernste und von allen Seiten
auch ernstgenommene Diskussion um das Mahnmal für die
ermordeten Juden Europas; und schließlich nicht etwa eine
Debatte über den Vorschlag eines Wiedervereinigungsdenk-
mals, dem kein Echo vergönnt war, sondern das Lustspiel um
den schriftverzierten Pflanzenkübel, der nun inzwischen
tatsächlich im Lichthof des Reichstagsgebäudes steht. Daß
sich die Bundestagsabgeordneten, die dem Trog mit der
Leuchtröhrenbeschriftung DER BEVÖLKERUNG mit knapper
Mehrheit zustimmten, so gräßlich blamierten, hatte möglicherweise mit ihrer übergroßen Achtung vor Kunst und Künstlern, mehr aber wohl mit der Verführung durch die reichhalti-
ge Symbolik der Installation zu tun.
In der Debatte und deren Resonanz in den Medien war seitens
der Befürworter viel von der Freiheit der Kunst die Rede, weniger von der der Kunstbetrachter und Käufer, die, glaubt man
den Stimmen der schließlich siegreichen Ja-Sager, weder Kunst
als solche erkennen können, wozu nur Künstler und Sachver-
ständige fähig seien, noch darüber streiten dürfen, ob sie ein
Kunstwerk kaufen oder nicht kaufen wollen, weil das angeblich
die Freiheit der Kunst beschränkt.
Diese wurde in der Abstimmung dann also mit zwei Stimmen
Mehrheit gerettet, nachdem viele kluge und weniger kluge

Worte gesprochen worden waren, von denen neben dem treffenden »Bio-Kitsch« auch die so glasklare wie nichtssagende Definition der Kunst, nämlich: »Kunst ist Freiheit«, in Erinnerung geblieben ist. Wenig beachtet wurde bei dem Jubel der Befürworter, der Verbitterung der Gegner und dem schadenfrohen Gelächter der Zuschauer, daß mit der Abstimmung auf höchster staatlicher Ebene auch eine sprachliche Festlegung getroffen wurde, die die Väter des Grundgesetzes, die bekanntlich alle Macht vom Volk ausgehen ließen, posthum beschämen, die ostdeutschen Bürgerrechtler von 1989, die das Volk gegen die Machthaber ausspielten, ins Unrecht setzen und die Wörterbücher verändern müßte – die Festlegung nämlich, daß der Begriff Bevölkerung mehr und Besseres als der Begriff Volk bedeute, weil der die Fremden mit einschließe, was doch die Schlußfolgerung zuläßt, daß der Künstler und seine Befürworter das Volk des Grundgesetzes als ethnisches, nicht aber als Staatsvolk verstehen. So schlimme Folgen wie die unselige Reform der Rechtschreibung wird freilich dieser Mißbrauch staatlicher Kompetenz nicht haben, weil er schnell wieder vergessen sein wird.

Daß derselbe Künstler, der das Wort Volk seines früheren Mißbrauchs wegen der Fremdenfeindschaft verdächtigt und es mit dem Wort Bevölkerung berichtigen möchte, dem nicht weniger mißbrauchten Boden, auch Scholle genannt oder Heimaterde, symbolische Ehren zuteil werden läßt, zeugt doch zumindest von einem wenig gradlinigen Denken, das aber die von seiner Kunst begeisterten Abgeordneten, die mit einem Zentner ihrer Heimaterde an dem Werk teilhaben sollen, nicht zu stören schien.

Doch erst wenn unsere bodenständigen Repräsentanten den Blumenkübel von 21 Metern Länge und 7 Metern Breite mit heimatlicher Erde gefüllt haben werden, wird das Kunststück seine volle Bedeutung entfalten. Dann tritt nämlich zu der unklaren Aussage der Leuchtschrift und der eindeutigen Botschaft der deutschen Erde die Symbolkraft der Natur noch hinzu. Denn nicht Rosenbüsche oder Blumenrabatten sollen den Riesenkübel zieren, er soll vielmehr naturbelassen bleiben; es soll da wachsen, was da will und kann. Ungehegt und unbeschnitten soll sich hier freies Pflanzenleben entfalten – und so vom Kampf ums Dasein, vom Gesetz der natürlichen Auslese künden. Das Stärkere, so will uns der Künstler wohl sagen, also das Unkraut, setzt sich am Ende durch.

Abgesehen von einer fröhlichen Abgeordneten der Grünen, die sich vornahm, die natürlichen Ausleseprozesse durch schalkhaft eingeschmuggelte Sonnenblumenkerne zu überlisten, hat sich leider keiner unserer gewählten Vertreter zu diesem Aspekt der künstlerischen Aussage geäußert. Man beschränkte sich meist auf die Interpretation der umstrittenen Leuchtschrift, die die Giebelfeldinschrift des Reichstagsgebäudes, die bekanntlich lautet: Dem deutschen Volke, desavouieren oder doch relativieren soll. Dabei wurde, wie man erraten konnte, weniger das so oder so aufzufassende Volk, als vielmehr das Adjektiv deutsch als störend empfunden, das in manchen politisch tonangebenden Kreisen immer einen Abwehrreflex zur Folge hat.

Gerade den Überlebenden jener Generationen, die Hitlers Krieg dezimierte, also den heutigen Alten, ist diese Abwehrgeste etwas Vertrautes, doch auch Überholtes, etwas, das man, der Vernunft gehorchend, überwunden hat. Nach der Kapitulation und der Aufdeckung der von Deutschen begangenen Verbrechen wünschte sich mancher aus Scham, Schulderkenntnis oder der Angst vor der Vergeltung, dem Fluch, dieser Nation anzugehören, entkommen zu können, und da das nicht möglich war, sich wenigstens von ihr zu distanzieren, sie insgesamt zu verteufeln, alles Unangenehme als typisch deutsch zu bezeichnen und sich zum Weltbürger zu stilisieren, der veraltetes Nationales hinter sich hat. Der moralische Gewinn der Niederlage, so konnte man sich einreden, bestand auch in der Erkenntnis, daß es mit den Nationen zu Ende war.

Die gesamte Geschichte der zweiten Hälfte des zwanzigsten Jahrhunderts strafte diese Auffassung Lügen. In Deutschland bewährte sich der nationale Zusammenhalt bei der Aufnahme und der erfolgreichen Integration der aus den Ostgebieten Vertriebenen, bei dem Erhalt der gemeinsamen Staatsbürgerschaft während der Teilung und schließlich bei der friedlichen Wiedervereinigung. Im Prozeß der Auflösung des sowjetischen Herrschaftsgebietes kam es überall in Mittel- und Osteuropa zu einem Wiedererstarken nationalen Empfindens, auf dem Balkan sogar zu ethnisch begründeten Kriegen. Und die an dem Zusammenschluß der Europäischen Union beteiligten Nationen haben die Utopie eines europäischen Gesamtstaates stillschweigend begraben und steuern die realistischere Variante eines Bundes der Vaterländer an.

Diese Entwicklungen und auch die Erfahrung, daß die Angehörigen anderer Nationen auf deutsche Selbstverleugnung meist mit Mißtrauen reagierten, brachten in den späteren Jahren neben dem Gewinn an Realitätssinn auch die Einsicht, daß die Mißachtung nationalen Seins und Herkommens nicht nur selbstbetrügerisch, sondern auch bequem und anmaßend war. Trügerisch war die Annahme, daß wir bereits in einer postnationalen Ära lebten und wir die Kultur, die uns geprägt hat, willentlich einfach loswerden könnten. Bequem war es zu glauben, mit der Nation auch deren Schuld beiseite schieben zu können. Und anmaßend war es, die Nachbarländer, die ihr Nationales noch achten, für veraltet zu halten und wieder einmal darüber belehren zu können, wie man an unserem, diesmal nicht nationalistischen, sondern die Nation mißachtenden Wesen genesen kann.

Die verächtlichen Töne, in denen Leute, die nationale Identitäten für obsolet halten, über Franzosen und Polen reden, weil die sich Sorgen um ihre Sprache machen, muß die Besorgnis wecken, daß hier ein neuer, seltsam verkehrter Chauvinismus entsteht. Wer über die Dänen lacht, weil sie so gern ihre Nationalfahne zeigen, fühlt sich über diese Zurückgebliebenen erhaben, verfällt also genau in den Fehler, den er angeblich bekämpft. Zwar vermeidet er tunlichst, die Verachtung des Eignen anderen Völkern ebenfalls zu empfehlen, aber unausgesprochen ist die Aufforderung zur Nachfolge da.

Die Absicht, den Deutschen das Deutsche, das in der Vergangenheit so mißbraucht wurde, möglichst ganz auszutreiben, ist wahrscheinlich aus edlen Motiven erwachsen, würde aber, falls sie Erfolg hätte, zu anderen als den beabsichtigten Ergebnissen führen. Mit dem Identitätsmangel würde eine Gleichgültigkeit gegenüber der deutschen Geschichte einsetzen, Vergangenes würde Verpflichtendes ganz verlieren, die bedrückende Last würde abgewälzt werden. Denn die Verantwortung für die von Deutschen begangenen Verbrechen kann nur jemand, der sich als Deutscher versteht, empfinden. Das Vergessen des in den Hitlerjahren Geschehenen, vor dem zu warnen wir nicht müde werden, träte, wenn wir uns des Nationalen entledigten, mit Sicherheit ein.

Auch eine noch monumentalere Gedenkstätte für die ermordeten Juden als die in Berlin geplante würde daran nichts ändern. Denn wie sollten die Nachgeborenen, die von nationaler Kultur nicht mehr geprägt sind und sich nur noch Europa oder der Welt oder dem Nichts zugehörig fühlen, für die Verbrechen an den Juden mehr Verantwortung als für die an den schwarzen Sklaven, den Indianern, den Armeniern empfinden, wenn sie vor der an sich aussagelosen Betonwüste am Rande des Tiergartens stehen.

Hilde Domin

Rückkehr

Das Meer als Heimat? »Auf dem Atlantik«, sagte eine, »bau ich
mein Haus. Beide Kontinente sind unmöglich. Ich lebe zwischen
ihnen.« Dabei fliegt sie bestimmt, statt ein Frachtschiff zu nehmen, damit sie etwas davon hat, von ihrem Ozean. »In England
soll es sein, wo mich die Atombombe zerstäubt«, sagte ein
anderer, seinerseits kein gebürtiger Engländer. Was für ein
größeres Lob für eine Wahlheimat als »Hier möchte ich begraben sein«.
Wie kam ich nur darauf? Hier könnte ich sterben. Das ist sicher.
Am Main, am Rhein. Auch in Bayern. Ohne Widerstreben. Daran merkt man, daß man hier zuhause ist. Daran mehr als an
allem. Die Überfahrt im Dämmerzustand, infolge der Drogen.
Weil wir so hohes Meer hatten. Ich hatte Angst, nach der langen Abwesenheit. Die Eltern nicht in Deutschland begraben.
Irgendwo drüben. Das Grab der Eltern habe ich nie gesehen.
»Wenn nur die Friedhöfe in Ordnung sind«, dachte ich auf dem
Schiff bei der Rückkehr. Immer dasselbe, wie in einer Narkose.
»Wenn ich mich an einen Grabstein anlehnen kann, dann kann
ich bleiben. Sonst werde ich nie wieder heimisch werden.«
Immer dachte ich an die Gräber auf der Überfahrt. Der einsame Friedhof. Frieden. Die Toten haben wenig Besuch. Ihre Kinder sind alle ausgewandert. Oder selber tot. Als wir kamen, früh
im Frühjahr, und die Steine von denen sahen, die da lagen, und
von denen, die nicht da lagen, die nirgends liegen aber doch da
liegen, und über allem, über den Wegen und über den Gräbern,
ein Gespinst, ein dichtes Gewebe von grünen Ranken voll win-
ziger blauer Blütensterne, da sah ich, daß alle wohl aufgehoben

waren, so natürlich aufgehoben, so zuhause, daß ich die Angst verlor. Als ich die blaue Blütendecke sah, die niemand ausgebreitet hatte, aber die niemand wegnehmen würde, eine natürliche Decke, da begann ich die Menschen daraufhin anzusehen, ob ich wieder mit ihnen leben und wieder bei ihnen zuhause sein könnte. Und dann konnte ich es. Es war ganz leicht, es kam ganz von selbst, als ich die Angst verloren hatte.

Ziehende Landschaft

Man muß weggehen können
Und doch sein wie ein Baum:
Als bliebe die Wurzel im Boden,
als zöge die Landschaft und wir ständen fest.
Man muß den Atem anhalten,
bis der Wind nachläßt
und die fremde Luft um uns zu kreisen beginnt,
bis das Spiel von Licht und Schatten,
von Grün und Blau,
die alten Muster zeigt
und wir zuhause sind,
wo es auch sei,
und niedersitzen können und uns anlehnen,
als sei es an das Grab
unserer Mutter.

Nadja Einzmann

Dieses Land

Dieses Land ist sehr ihr Land. Das weiß sie, seit sie anderswo war. Seit sie anderswo war, fühlt sie sich hier ganz zu Hause. Sie denkt sich nicht mehr so oft fort. Schön ist ihr Land nicht, sie weiß, daß es schönere gibt. Groß und weit, endlos ist es nicht und klein und niedlich, bergig auch nicht. Eines zum Vorzeigen und Ausstellen, ach nein, so ist ihr Land nicht. Und auch sehr charmant ist es nicht, das ist nicht sehr angenehm. Natürlich hat es einiges zu bieten, wie jedes Land, vom Süden in den Norden, Kleinteiliges, Menschen, Pittoreskes. Aber, wie schon gesagt, welches Land hat das nicht? Sie mag nicht jeden, der in diesem Land lebt, aber einige gibt es doch, einige liebt sie sogar. Sie liest gerne, wenn etwas über dieses ihr Land als Ganzes geschrieben wird, wenn über dieses Land geschrieben wird, als sei es ein Wesen. Oft ärgert sie sich dann. Ein Wesen ist so ein Land ja nicht. Wesen sind ja nur die Menschen, die darin leben und die Häuser in diesem Land gebaut haben und die Straßen und Fabriken und die Felder angelegt haben. Es fällt ihr leicht, an ihr Land als an ein Wesen zu denken. Ein Wesen, das schläft, sich langweilt, sich fürchtet oder wütet. Dabei, ein Wesen ist ihr Land ja nicht, ein Wesen ist ja kein Land, nur die Menschen, die in diesem Land leben, sind Wesen, und die Tiere und Kühe sind Wesen. Das weiß sie natürlich auch. Sie findet, daß ihr Land sich mit vielem sehr viel Mühe gibt. Mühe, findet sie, gibt sich ihr Land schon.

Dieter Forte

Fragmentarische Gedanken
zum allgemein gebräuchlichen Wort
Heimat

Ich weiß nicht, was Heimat ist, und ich weiß nicht, ob die, die aus Gewohnheit ihre Heimat Heimat nennen, nur verdrängen, daß auch sie keine Heimat mehr haben.

Ich habe keine Heimat. In mir entwickeln sich keine heimatlichen Gefühle, wenn ich durch die Straßen des Quartiers gehe, in dem ich geboren wurde. Hier leben jetzt die als Gastarbeiter bezeichneten Menschen aus ganz Europa und gewissen Teilen Afrikas und Asiens, die wohl auch keine Heimat mehr haben. Angenehme Gefühle an gewissen Punkten der Stadt, eine vertraute Häuserfront, eine schöne Straße, ein alter Park, die Sprache meiner Jugend mit ihren vom Dialekt eingefärbten Redensarten, der Rhein als ewiger Fluß, die Erinnerung an die Nächte in den Jazzkellern, aber diese Musik kam nicht aus der Heimat, sie kam aus der Fremde, und wurde doch zum Trost in der vom Krieg zerstörten Welt, die keiner mehr Heimat nannte. Ich kann nicht auf ein Geburtshaus verweisen, es existiert nicht mehr. Eine Luftmine hat es pulverisiert. Auch die Straße existiert nicht mehr, sie wurde neu erbaut, die Fassaden der Häuser sind mir unbekannt, ich kenne hier keinen Menschen. Das Stadtviertel hat sich so sehr verändert, daß ich darin ein Fremder bin.

Meine Vorfahren kamen aus Italien und Frankreich nach Deutschland, Seidenweber, Hugenotten, Glaubensflüchtlinge; sie kamen als stolze Bergleute aus Polen und suchten Arbeit. Länder, Landschaften, Städte und Dörfer waren nur kurzfristiger Aufenthalt, beliebiger Wohnort, bindungslos, erinnerungslos, bis man weiterzog. Heimat war nur in den alten Geschichten, lange erzählt, bis sie verblaßten. Heimat waren die großräumigen Familienverbände, bis auch sie zerfielen. Heimat war die mitgebrachte Sprache, die man langsam vergaß. Heimat waren Rituale, an denen man noch festhielt, als sie ihren Sinn schon verloren hatten.

Heimat waren daher für mich die halb vergessenen Geschichten, Bilder von Menschen, die sich nach einer Hochzeit vor einem Fotografen versammelten, Orte, die vielfach umbenannt, hinter vielfach veränderten Grenzen nur noch auf einer Landkarte zu finden waren.

Heimat war mir die Sprache, sie blieb mir, sie ist mir nun Hab und Gut, das einzige, was ich weitergeben kann.

Aber Sprache hat nicht viel mit Orten, Familien, Straßen, Häusern, Landschaften zu tun.

Ich wohne in einem Land, dessen Sprache ich schwer verstehe und trotz aller Bemühungen nicht spreche, in einer Stadt, deren Traditionen und Sitten und Gewohnheiten mir fremd sind.

Aber haben die, die in ununterbrochenen Reden und Festen und Zeremonien Heimat heraufbeschwören, noch eine Heimat? Oder übertüncht dieses Wort nur die Angst der Menschen, die spüren, daß auch ihre Heimat bis zur Unkenntlichkeit fremd geworden ist, daß nur noch das zutrauliche, liebgewordene, vielgewünschte Wort blieb, Heimat. Sie werden darüber nicht nachdenken wollen, sie werden darüber erst recht nicht reden wollen, weil ihre Heimat ihnen ja gewiß ist, und sie besiegeln ihre Gewißheit mit dem ununterbrochen herbeizitierten Wort Heimat.

Aber selbst Herkommen und Seßhaftigkeit ist nicht mehr Garant der eigenen, besitzenden Heimat. Unsere Welt hat sich in den letzten Jahrzehnten rascher verändert als je zuvor. Nicht nur die Städte und ihre Einwohner sind sich zum Verwechseln ähnlich geworden, jedes Dorf, jeder Weiler hat sein jahrhundertealtes Bild von sich verloren und will es doch nicht wahrhaben, gegen besseres Wissen.

Vielleicht fällt es mir mehr als anderen auf, daß das Heimatliche im Dasein keine Sicherheit verspricht. Obwohl allenthalben, ich weiß, ich lese und höre es täglich in den Medien, das Gegenteil behauptet wird.

Wo ist Heimat, wenn selbst Erbhöfe sich in industriell geführte Produktionsanlagen verwandeln; Seilbahnstationen ehemals einsame Berge zu Tausenden mit Touristen bevölkern. Wo ist der Unterschied zwischen Seßhaften und Umherziehenden, wenn Mobilität und Flexibilität gefordert wird und viele nur noch am Wochenende *daheim* sind, oder am Wochenende *Last Minute* ausfliegen, irgendwohin, wohin ist fast schon egal. Flüchtige und Flüchtlinge, Neuankommende und auf immer Fernbleibende.

Wir sind immer mehr nur noch auf Zeit zu Hause, hier und da, zufällig und begrenzt, in kurzen Aufenthalten. Wer denkt schon bei einem gut bezahlten Arbeitsplatz in einer anderen Stadt, in einem anderen Land, an die Heimat. Man wandert aus und gründet einen Heimatverein. Denn da, wo man herkam, gab es ehrlicherweise ja auch nur noch ein Heimatmuseum. Die Werte haben sich verändert, es gibt neue Lebensinhalte, Lifestyle diktiert das Rollenverhalten, mit den alten, ehemals vertrauten Worten ist nicht mehr viel anzufangen. Ein neues Zuhause ist bald auch eine Heimat. Wer zehn Jahre in Mailand, Paris, New York lebt, nennt diese Städte seine zweite Heimat. Und wenn die Kinder zur Schule gehen, ist die Frage danach gänzlich überholt. Das Wort hat seine fast urkundliche und ausschließliche Bedeutung verloren.

Vielleicht übt das Wort Heimat, in seinem alten Sinn aus einer anderen Zeit stammend, nur noch einen Zwang auf unsere Gefühle aus, ein unbestimmtes Weh, dem wir uns mit unseren beständigen Reisen, unseren Zweitwohnungen und Alterssitzen in fernen Ländern zu entziehen suchen. Denn wir haben längst andere Ziele, und die liegen seltsamerweise in der Fremde und nicht mehr in der Heimat. Trotz der zunehmenden Heimatsendungen in den Medien, deren verfälschendes Bild kaum noch zu übersehen ist. Trotz der zunehmenden Heimatreden, deren Vokabular ebenfalls unübersehbar aus dem vorigen Jahrhundert stammt, so daß wir der Worte nicht mehr sicher sind.

Wo sind wir daheim? Eine beschwerliche Frage ohne leichte Antwort. Und je enger und begrenzter unsere Antwort ist, desto unglaubwürdiger ist sie, je großzügiger und weiter, desto glaubhafter.

Dieses Europa, das jenseits aller nationalen Grenzen, die sich so oft und so beliebig verschoben haben, seit Jahrhunderten aus ununterbrochenen Wanderungsbewegungen, aus der Vermischung ganzer Völker besteht, ein Kontinent aus Emigration und Immigration, der gerade darin seine Identität findet, denn hier hat keiner lange für sich gelebt, hier haben alle Wurzeln in anderen Ländern, ein jahrhundertealtes Durcheinander von Menschen, Lebensformen, Sprachen und Traditionen, dieses Europa kann uns allen nur in Toleranz und Offenheit eine wirkliche neue Heimat sein.

Und zum Schluß, uns allen zum Trost, die weisen Gedanken des Baslers Jacob Burckhardt: »Im Grunde sind wir ja aber überall in der Fremde, und die wahre Heimat ist aus wirklich Irdischem und aus Geistigem und Fernem wundersam gemischt.«

Julia Franck

Der Hausfreund

Mein Vater liegt im Bett.

»Wo ist Mama?« frage ich ihn. Er gähnt, stöhnt und zieht sich die Decke über den Kopf. Das Bett neben ihm ist leer.

»Sie ist im Bad und macht sich schön«, murmelt mein Vater in die Decke. Ich lasse ihn in Ruhe, er arbeitet oft nachts, und wir nehmen dann den ganzen Tag über Rücksicht. Im Bad steht meine Mutter, die Zahnbürste steckt in ihrem Mund, sie bürstet ihre langen schwarzen Haare.

»Darf ich?« frage ich und stelle mich auf die Zehenspitzen, um an ihren Arm und die Bürste zu reichen. Ich liebe es, die Haare meiner Mutter zu kämmen, sie sind dick und schwer wie die Mähne eines Pferdes. Ich kann mir vorstellen, daß ich ihr Fell striegele, fast erreicht meine Hand die Bürste. Aber meine Mutter nimmt ihren Arm höher und sagt, wir haben keine Zeit. Meine Mutter trägt ein fliederfarbenes Nachthemd. Ich mag alle Farben, die meine Mutter mag. Ich setze mich auf den Rand der Badewanne und versuche, mit meinen nackten Zehen die Wand gegenüber zu erreichen.

»Laß das«, sagt meine Mutter, »zieh dir lieber Strümpfe an, es ist kalt, und willst du den Rock anbehalten?« Ich nicke, es ist mein Lieblingsrock. Daß sie das ständig vergißt, sie muß ja immer an soviel denken. Meine Mutter denkt gerne viel und seufzt manchmal, wenn ich sie dabei unterbreche und ihr meinerseits etwas erzählen möchte. Ich warte dann, bis der geeignete Augenblick da zu sein scheint. Meine Mutter schüttelt den Kopf, nimmt die Haare zusammen und steckt sie hoch. Sie beugt sich zu mir und öffnet den Hahn am Badeofen. Das Wasser strömt auf die gelben Ränder in der Wanne. Dampf steigt auf, die Hitze riecht salzig. Meine Mutter zieht ihren Nicki aus, und ich sage ihr, daß sie wie Morgan aussieht, die durch den Nebel von Avalon schreitet.

»Rück mal ein Stück«, sagt meine Mutter und drückt gegen meine Knie, damit ich auf dem Badewannenrand ein Stück zur Seite rutsche. Sie hockt sich vor den Badeofen und öffnet die kleine eiserne Tür. Sie bückt sich nach vorn, pustet und zündet sich an der Glut eine Zigarette an. Sie pustet noch einmal. Die Kohlen glimmen auf. Ich halte mir die Nase zu. Meine Mutter lacht und sagt, ich solle machen, daß ich rauskomme.

Im Kinderzimmer ist der ganze Boden mit Papierschnipseln übersät. Gelbe, rote, schwarze. Meine Schwester Hanna sitzt auf dem Teppich, sie kaut auf ihrer herausgestreckten Zunge und pult beflissentlich einen gelben Schnipsel von meiner Fahne.

»Nicht«, schreie ich.

»Doch«, sagt sie, »wenn man das abmacht, ist das eine West-Fahne.«

»Du sollst das nicht abmachen«, sage ich zu ihr.

»Das sieht sowieso doof aus«, behauptet sie, »man kann das gar nicht richtig erkennen.«

Es klingelt.

»Ich gehe«, ruft Hanna, läßt meine Fahne fallen und springt auf. Ich schubse Hanna zur Seite, als ich sie kurz vor der Tür einhole. Draußen steht Thorsten und lacht uns an. Er breitet die Arme aus, aber wir wollen nicht hineinspringen, wenigstens ich nicht, weil er seine Fellweste wieder anhat, und überhaupt kommt er immer dann, wenn wir mit unserer Mutter etwas unternehmen wollen.

»Mama badet«, sage ich zu Thorsten.

»Und Papa schläft«, sagt Hanna.

»Ach so«, Thorsten kommt zur Tür rein, »dann mache ich noch einen Kaffee, bis sie fertig ist, wollt ihr auch was?« Er tätschelt mir und Hanna über den Kopf. Wir folgen Thorsten in die Küche und zeigen ihm, wo der Kaffee steht.

»Ich will Sirup mit Wasser«, ruft Hanna, sie springt auf Thorstens Schoß. Thorsten gießt Hanna Sirup ins Glas und fragt mich, ob ich auch möchte. Ich schüttele den Kopf.

»Wir haben heute aber keine Zeit«, teile ich Thorsten mit, und da sein Schoß jetzt besetzt ist, möchte ich lieber nachsehen, was meine Mutter macht und wann wir losgehen können. Als ich ins Badezimmer komme, wäscht sie sich gerade die Achseln. Ihre Brüste sind voller Schaum, so daß man die Brustwarzen gar nicht erkennen kann.

»Soll ich dich abduschen?« frage ich meine Mutter, aber sie möchte das gern selbst machen, weil ich immer gleich alles naß spritze. Sie trocknet sich ab und fragt, ob der Papa noch schläft. Natürlich. »Dann lassen wir ihn schlafen, da freut er sich, wenn er mal ein bißchen Ruhe hat.« Meine Mutter schlüpft in ihr rotes Samtkleid und schminkt sich die Lippen.
Sie hat einen dunkelroten Lippenstift, den mein Vater sehr gerne hat, und ich auch. Meine Mutter ist die Schönste.

»Soll ich dir die Haare kämmen?« frage ich.

»Ach was«, meine Mutter lacht und öffnet die Haarspange, »die sind gut so.« Die Haare fallen ihr über die Schultern und reichen fast bis zur Taille. Vielleicht sollte ich ihr sagen, daß Thorsten da draußen in der Küche sitzt und ich nicht will, daß er mitkommt. Aber meine Mutter würde das nicht verstehen wollen, weil sie Thorsten schon immer kennt und sich freut, wenn er kommt, und auch immer so komisch lacht, wenn mein Vater zu ihr sagt, daß der Hausfreund wieder da gewesen sei und einen Zettel an der Tür hinterlassen habe. Und mein Vater lächelt dann auch. Wir haben ja viele Hausfreunde, aber Thorsten kommt in letzter Zeit einfach zu oft, und ich überlege, ob ich meiner Mutter das mal sagen sollte, schließlich hat sie es vielleicht noch gar nicht gemerkt, sie muß ja immer an soviel denken, daß ihr manche Dinge gar nicht auffallen. So wie sie gestern abend auch vergessen hatte, uns ins Bett zu schicken, und wir dann bis nachts um eins spielen konnten. Meine Mutter sprüht sich etwas aufs Handgelenk.

»Was ist das?«

»Opium.« Sie lacht geheimnisvoll und flüstert: »Von Onkel Klaus aus dem Westen.«

»Du riechst viel besser ohne Parfum«, sage ich meiner Mutter. Sie streicht mir über den Kopf und schiebt mich vor sich aus der Tür. In der Küche schleicht sie sich an Thorsten heran und hält ihm ihre Hände vor die Augen, und er tut so, als wisse er nicht, wer sie sei. Dann beugt sie sich über ihn und drückt ihr Gesicht in seins. Daß Thorsten uns oft besucht, kann ich gut verstehen.

Thorsten sagt, er habe meiner Mutter etwas mitgebracht. Er drückt ihr etwas in die Hand. Ich will zu gerne sehen, was es ist, aber sie möchte es nicht zeigen. Sie lacht und nimmt einen Schluck Kaffee aus Thorstens Tasse.

»Können wir?« fragt er. Meine Mutter sagt zu uns: »Husch, husch, zieht eure Schuhe und Jacken an, und sagt dem Papa tschüß, aber leise.«

Ich frage meinen Vater, ob er nicht doch mitkommen will, alle Leute sind am Ersten Mai auf der Straße und feiern, sogar die Volksarmee kommt und Erich Honecker, und alle haben rote Nelken und freuen sich, und wir haben in der Schule schon vor Wochen die Fahnen gebastelt, schließlich kommt sogar Thorsten mit. Hanna bläst in ihre Triola. Ob er nicht die Trommeln hört? Komm, sage ich, und versuche ihm die Decke wegzuziehen. Nein, mein Vater möchte, daß wir allein gehen, damit er ein bißchen schlafen kann. Meine Mutter kommt herein, küßt meinen Vater auf den Hals und flüstert ihm etwas ins Ohr, er umarmt sie, und ich versuche zwischen die Arme von den beiden zu gelangen, auch ich umarme meinen Vater, bis er sagt, daß er keine Luft mehr bekommt, aber ich lasse ihn nicht los, er kitzelt mich am Bauch und an den Armen, einfach überall. Hanna ruft: »Ich auch, ich auch.«

Ich würde gerne bei meinem Vater bleiben, aber meine Mutter sagt, wir sollten Rücksicht nehmen, und sie zieht mich und Hanna aus dem Zimmer. Bevor sie die Tür schließt, sehe ich noch, wie mein Vater sich die Decke über den Kopf schlägt. Er ist bestimmt froh, daß wir endlich gehen.

Im Flur steht Thorsten und bietet Hanna seine Schultern an. Ich nehme die Hand meiner Mutter, in der anderen Hand halte ich die Fahnen.

In der S-Bahn will ich aus dem Fenster sehen und neben mir soll meine Mutter sitzen. Aber sie möchte nicht, sie flüstert mit Thorsten und dann sprechen sie russisch, damit wir sie nicht verstehen.

»Immer müßt ihr so geheimnistuerisch sein«, sagt Hanna. Thorsten und unsere Mutter lachen über uns. Meine Nelke geht wieder vom Stiel ab, und ich versuche sie festzustecken, bis Thorsten sie mir aus der Hand nimmt und behauptet, er könne sie ganz machen. Aber er schafft es nicht und gibt mir statt dessen seine.

Am Alex steigen wir um. Hanna und ich würden gerne dableiben. In dem Brunnen baden Kinder, und wir wollen auch baden. Aber unsere Mutter sagt, wir würden erst zu Thorsten gehen, da gebe es auch den Stabilbaukasten, den wir so mögen. Wir wollen lieber mit unseren Fahnen zu der Musik und da sein, wo alle anderen Menschen sind. Unsere Mutter verspricht uns, daß Thorsten bunten Puffreis zu Hause hat.

Thorsten nickt und sagt, er habe auch Sirup. Uns bleibt ja eh nichts anderes übrig. Deshalb muß ich noch längst nicht Thorstens Hand nehmen, ich will nur die meiner Mutter. Meine Mutter hat ihren Pelzmantel an, obwohl es schon warm ist und sie schwitzt. Auf dem Bahnhof krieche ich unter ihren Mantel. Meine Mutter riecht gut. Hanna versucht durch den Mantel meinen Kopf zu fühlen, und ich strecke beide Fäuste nach außen, damit sie die für meinen Kopf hält. Wir fahren mit der U-Bahn und steigen nach wenigen Stationen aus.

Thorstens Wohnung ist klein, und es riecht. Das sind die Mülltonnen, erklärt Thorsten und zeigt nach unten in den Hof. Ich glaube, es ist Thorstens Fellweste, aber das will er natürlich nicht zugeben. Hanna und ich bekommen eine Schale mit Puffreis auf den Küchentisch gestellt. Wir teilen sie nach Farben auf. Rot ist meine Lieblingsfarbe, Grün ihre. Thorsten nimmt meine Mutter an die Hand und zieht sie in sein großes Zimmer und schließt die Tür. Hanna möchte, daß ab heute Rot ihre Lieblingsfarbe ist und ich mir eine andere aussuche. Sie spinnt, das kommt gar nicht in Frage, Rot war schon immer meine, daran kann ich jetzt auch nichts ändern. Wir können hören, wie meine Mutter und Thorsten kichern. Da hätten sie gar nicht die Tür zumachen müssen. Hanna ist langweilig, sie hat keine Lust zu spielen. Wir wollen endlich los. Ich gehe zu der Tür, hinter der Thorsten und meine Mutter verschwunden sind. Sie klemmt, ich versuche mehrmals die Klinke, aber die Tür will nicht aufgehen.

»Mama!« rufe ich. Hinter der Tür ist es ruhig. Hanna kommt zu mir und drückt gegen die Tür.

»Geht nicht«, sage ich.

»Mama!« ruft Hanna jetzt lauter. Hinter der Tür bleibt es still. Ich trete mit dem Fuß gegen die Tür und rüttele an der Klinke, Hanna trommelt im Takt mit ihren Fäusten an die Tür und ruft fröhlich abwechselnd: »Mama! Thorsten! Mama! Thorsten! Mamathor stenma mathorstenma ma!«

Dann hören wir Schritte, und die Tür springt auf. Ich falle auf die Knie und Hanna über mich drüber.

»Warum macht ihr denn die Tür zu?« frage ich, als unsere Mutter lacht und sagt, wir sollen aufstehen. Sie steht mitten im Raum, und Thorsten, der uns aufgemacht hat, setzt sich auf das Bett. Er zieht einen Strumpf an.

»Wir wollen jetzt endlich losgehen«, sagt Hanna und springt auf Thorstens Schoß. Thorsten fragt meine Mutter, ob sie ihm seine Schuhe geben könne, und sie hebt die Schuhe unter dem Tisch auf und bringt sie ihm ans Bett.

»Ich zieh dir die Schuhe an, ja?« bietet Hanna ihm an, wie Schweinebaumel läßt sie sich rückwärts von seinem Schoß zu Boden fallen und versucht, ihm so die Schuhe anzuziehen. Meine Mutter muß mal Pipi, ich folge ihr. Sie sagt, ich solle draußen warten. Zu Hause darf ich immer mit rein.

»Wir essen erst mal was«, beschließt meine Mutter, als sie aus dem Bad kommt. Sie möchte Risibisi kochen.

»O nee, ich dachte, wir gehen zum Ersten Mai.«

Thorsten sagt, man könne nicht zum Ersten Mai gehen, das sei ein Tag und kein Ort oder eine Person. Thorsten weiß alles immer ziemlich besser, deshalb ist er auch ziemlich doof. Ich habe keine Lust, bei Thorsten zu sein. Jedesmal wenn wir bei Thorsten sind, will meine Mutter dableiben, und es wird häufig ganz spät, bis wir gehen können. Wir mußten sogar schon mal bei Thorsten schlafen, weil es Nacht wurde und keine U-Bahn mehr fuhr.

Meine Mutter steht am Herd und brät Zwiebeln. Sie sagt, daß wir heute abend eine Überraschung vorhaben, und deshalb sollten wir gut gegessen haben. Thorsten stellt einen flachen Karton auf den Boden und meint, wir dürften jetzt mit seinem Stabilbaukasten spielen. Aber ich habe keine Lust und Hanna auch nicht.

»Was für eine Überraschung?« frage ich meine Mutter.

»Eine Überraschung ist eine Überraschung«, sagt sie und fängt an zu singen. Thorsten steht neben meiner Mutter und riecht an ihren Haaren, dann sagt er leise etwas zu ihr, das ich nicht verstehen kann.

»Thorsten muß gar nicht so tun«, flüstere ich Hanna ins Ohr. Hanna dreht sich zu den beiden um.

»Ich glaube, Thorsten hat Mama lieb«, flüstert Hanna zurück.

»Na und, deshalb müssen wir doch nicht den ganzen Tag hier bei Thorsten in der Wohnung sein.« Ich halte mir die Nase zu und tue so, als müsse ich gleich brechen. Das findet Hanna auch. Obwohl ich mir nicht sicher bin, ob sie ihn nicht heimlich genauso lieb hat, schließlich springt sie immer gleich auf seinen Schoß, wenn meine Mutter da nicht sitzt.

Wir sollen zum Tisch kommen und essen, sonst gibt es keine Überraschung.

»Na und, ist mir doch egal«, sage ich und verschränke die Arme. Thorsten spielt mit Hanna Flugzeug, er füttert sie, dabei ist sie gar kein Baby mehr.

»Was guckst du denn so böse?« fragt er mich.

»Ich guck nicht böse«, erkläre ich ihm und drehe ihm den Rücken zu. Jetzt ist es schon dunkel draußen, und wir waren nicht beim Ersten Mai. Thorsten macht mich wirklich wütend, der versteht einfach gar nichts.

»Jetzt streitet euch nicht«, meine Mutter rollt die Augen. Ich sage zu ihr: »Sei doch nicht so nervös.« Das sagt mein Vater auch immer zu ihr. Sie reagiert nicht darauf, sondern fragt Thorsten, wo denn die Zigaretten seien. Thorsten zündet eine an und reicht sie meiner Mutter über den Tisch. Die beiden starren sich an.

»Was ist jetzt«, frage ich, ich will nach Hause. Niemand antwortet mir. Es klingelt. Thorsten gibt Hanna die Gabel in die Hand und geht zur Tür. Ein Freund von Thorsten ist gekommen. Meine Mutter, der Freund und Thorsten stehen im Flur und sprechen leise miteinander. Überraschungen sind doof, ganz doof, ganz ganz doof. Das sage ich auch zu meiner Mutter, als sie wieder in die Küche kommt.

»Jetzt eßt erst mal, und dann gehen wir los.«

Ich kaue auf dem Reis und den Erbsen, wälze sie einzeln auf der Zunge, bis meine Mutter mich anschreit, ich solle mich mal normal benehmen, das sei unmöglich. Ihre Stimme dehnt sich seltsam auseinander, wie bei unserem Plattenspieler, als Peter und der Wolf immer tiefere Stimmen bekamen, und mein Vater sagte, daß der Motor nicht mehr schnell genug laufe. Hanna hat auch so eine tiefe Stimme. Sie hat den Kopf vor sich auf die Arme gelegt und tut so, als schlafe sie. Ich muß gähnen.

»Hanna«, sage ich, und meine Zunge ist ganz schwer. Thorsten sieht aus wie in einem Spiegelkabinett. Da waren wir in Treptow, mit der Achterbahn, und Thorsten hatte da auch schon so ein doofes Lachen, echt doof, richtig doof. Ich schiebe den Teller zur Seite und lege meinen Kopf auf den Tisch, die Haare meiner Mutter hängen mir ins Gesicht. Sie wogen langsam auf und ab. Ich spüre den Arm meiner Mutter, sie nimmt mich hoch, sie wird mich in Thorstens Bett tragen, da will ich nicht schlafen. Aber sie trägt mich einfach weiter und meine Zunge ist so ein Klumpen, daß ich ihr gar nicht sagen kann, wie doof ich das finde, und auch weinen kann ich nicht, weil meine Augen so schwer sind.

Die Luft ist stickig, es riecht nach Zigarette und ist dunkel. Es brummt und schuckelt. Ich versuche etwas zu erkennen. Auf meiner Brust liegt etwas Schweres, ich greife danach, es ist Hannas Arm, sie schläft noch. Vorne höre ich die Stimme meiner Mutter, sie sagt, wir müßten jetzt links abbiegen. Mir wird vom Autofahren leicht schlecht. Ich wußte gar nicht, daß Thorsten ein Auto hat. Ich mache die Augen wieder zu. Das ist gut, denke ich, dann kann er uns jetzt abends immer nach Hause fahren, auch wenn keine U-Bahn mehr fährt.

Der Regen plattert auf das Autodach, ich sehe einen kleinen reißenden Strom über das Fenster fließen. Jedesmal wenn ein anderes Auto an uns vorbeifährt, zischt es.

»Ich habe Durst«, sage ich. Meine Mutter dreht sich zu mir um, sie streicht mir über den Kopf.

»Na, bist du wieder wach?« Sie reicht mir eine Flasche nach hinten. In der Flasche ist Brause, ich glaube, Astoria, aber die Flasche sieht anders aus. Ich denke mir, das macht nichts, vielleicht träume ich. Ich finde es seltsam, daß ich im Traum an einen Traum denken könnte. Aber das Kribbeln in meinem Arm macht deutlich, wie wenig ich schlafe. Wenn mein Arm schläft und ich das merke, dann kann ich schlecht selbst schlafen.

»Mir ist schlecht«, sage ich zu meiner Mutter.

»Ach, das geht vorbei.« Sie streicht mir wieder über die Stirn, als wäre ich krank. Thorsten schaut über seine Schulter und fragt: »Na, ausgeschlafen?«

Ausgeschlafen? Ich kneife meine Augen zu und mache sie erst wieder auf, als ich mir sicher bin, daß Thorsten nicht mehr nach hinten schaut.

»Wann sind wir zu Hause?« möchte ich wissen. Meine Mutter läßt meine Stirn nicht los.

»Wann sind wir denn zu Hause?« Ich drücke die Hand meiner Mutter weg, sie soll mir endlich antworten.

»Wie spät ist es?« fragt meine Mutter.

»Halb fünf.« Thorsten zündet sich eine Zigarette an.

»Wir brauchen noch ein bißchen, schlaf einfach, ja?« Meine Mutter stellt sich das einfach vor. Wir fahren jetzt durch Straßen, ich sehe die Laternen draußen vorbeikommen. An einer Ampel halten wir. Es gibt gelbe Straßenschilder, und ich versuche zu lesen, was auf den Schildern steht. Tempelhof, Marienfelde. Keine Ahnung, wo das sein soll. Ich mache meine Augen zu und versuche zu schlafen, mir ist schlecht. Ich spüre meinen Magen, richte mich wieder auf und muß brechen. Meine Mutter hat noch versucht, ihre Hände aufzuhalten, aber das meiste ist zwischen die beiden Vordersitze geraten. Ich weine, weil die Säure ekelig im Mund schmeckt. Meine Mutter gibt mir wieder die Brause und fragt, ob ich nicht mein blaues Halstuch abmachen wolle, mit dem könne ich mich saubermachen.

»Spinnst du?« sage ich zu meiner Mutter, »das ist doch mein Pioniertuch«, aber meiner Mutter sind Pioniertücher offenbar egal, so egal wie der Erste Mai und die Tatsache, daß mein Vater sich schon Sorgen machen wird, wo wir bleiben.

Robert Gernhardt

Heimat

Im Operncafé (4. 4. 1985)

1

Dort verschleiert sich das Wasser
(eines Brunnens)
da verschleiern sich die Blicke
(einer Frau)
hier verschleier ich
(der Dichter)
meinen wahren Zustand
(bin fix blau).

2

Aufs Gegenglück, den Geist,
ist doch gepfiffen,
der Herden Glück, das Fleisch,
ist angesagt:
Ich will heut abend nicht allein,
ich will ein Teil der Herde sein.

Das Gegenglück, der Geist,
ist was für immer.
Das Fleisch ist was für heute
oder nie:
Ich will es schnell und hier und gleich.
Der Geist ist hart, das Fleisch ist weich.

Dem Gegenglück, dem Geist,
kann jeder dienen.
Beim Dienst am Fleische erst
zeigt sich der Mann:
Ich sage das so grob wie platt,
ich habe alle Feinheit satt.

Das Gegenglück, der Geist,
ist leicht zu haben.
Ans Fleisch zu kommen
fällt bisweilen schwer:
Heut abend wird mir nichts erspart.
Der Geist ist weich. Das Fleisch bleibt hart.

Tretboote auf dem Main

Des starken Blau bedächtige Bewegung
wird sanft gelenkt von zwei sehr weißen Händen.
Noch weißer droht ein Schwan. Die schmalen Hände
beschwichtigen die Angst des großen Vogels
und drehn am Steuer. In sehr weicher Wendung
dreht da das Blau bei, so, daß Boot und Vogel
in schönem Gleichmaß durch das Wasser gleiten,
weiß-blau. Nach seinem grünen Schreibheft
sucht der Betrachter eilig, schreibt erst Gleichmaß,
dann Schwanenhals, dann Doppelung, dann Zauber,
da blickt er auf. Weit auseinander ziehen
da Weiß und Blau ganz zufällige Bahnen,
und zwischen sie schiebt sich ein Rot, aus welchem
ein Kreischen kommt, das allen Zauber endet.

Fressgass, Ende August

So laufen Männer heute rum,
so sinnlos, geistarm, körperdumm:

Sie zeigen einen nackten Arm,
der ist so blöd, daß Gott erbarm.

Diese nackten Arme, die immer aus diesen
knappgeschnittenen Shirts herausragen!

Sie zeigen einen nackten Hals,
dem fehlt's an Klugheit ebenfalls.

Diese nackten Hälse, die immer in diesen
bescheuerten Köpfen enden!

Sie zeigen einen nackten Bauch,
das Hemd ist kurz, das Hirn ist's auch.

Diese nackten Bäuche, die immer in diese
Jeans eingeschnürt werden!

Sie zeigen sich halbnackt und stolz
und sind so stumpf und dumpf wie Holz.

Diese halbnackten Männer, die immer so
bedeutend durch die Gegend schreiten!

Sie zeigen, daß sie leben.
Auch das wird sich mal geben.

**Obzöne Zeichnung
am Volksbildungsheim**

Pimmel an der Wand –
daß ich dich hier fand!

Malte ihn doch selber mal
prahlend an die Wände,
nahm ihn in natura auch
in die Künstlerhände.

Hielt ihn tags mit Filzstift fest
und ihm nachts die Treue,
taglang stand er an der Wand,
nachts stand er aufs neue.

Daß das nun schon lange her,
ist kein Grund zum Trauern.
Seht: Noch immer malen ihn
Hände an die Mauern.

Ist es auch nicht meiner mehr,
den die Maler feiern,
ist es doch noch immer er,
der von prallen Eiern

mächtig in die Höhe wächst,
um aus seiner Ritzen
den geschwungnen Lebenssaft
in die Welt zu spritzen:

Pimmel an der Wand meint nicht
meinen oder deinen.
War nie unser, wird's nie sein,
denn wir sind die seinen.

Maredo Steak-House

Die Stücke toter Tiere auf den Tellern
Die Teller in den Händen junger Menschen
Die jungen Menschen sind schwarz-rot gewandet

Die weißen Wände, roh gespachtelt, werden
Von schwarzgestrichnen Stämmen jäh durchbrochen
Wild spaltet sich das Holz der schwarzen Stämme:

Hier ist man ja mitten unter Gauchos!
Hier weht ja der schärfere Wind der Pampas!
Hier sollte man eigentlich nicht ohne Messer herkommen!

Das Deckenholz ruht schwer auf dunklen Säulen
Am Boden glänzen pflegeleichte Kacheln
Ein offnes Feuer glost durch rußges Eisen

Im Halblicht prüft der Kunde die Salate
Dann stellt er seinen Teller selbst zusammen
Für sieben fünfzig hat er freie Auswahl:

Ja, ist hier das Paradies ausgebrochen?
Ja, geht es noch ungezwungner?
Ja, fällt man sich hier als nächstes in die Arme?

Das Riesen-Entrecôte ist fast ein Pfund schwer
Der Fettkern macht es saftig und besonders
In Sauerrahm getaucht lockt die Kartoffel

Das Messer schneidet silbern in das Fleischstück
Das rote Blut quillt auf den weißen Teller
Dem Schneidenden wird plötzlich schwarz vor Augen:

Wie schön still es hier auf einmal ist.
Wie schön dunkel es hier auf einmal ist.
Wie schön es hier auf einmal ist, still und dunkel.

Auto und Baum

An einem
Deux Chevaux
Ecke Grüneburgweg/Reuterweg
las ich im
Vorübergehen
die Worte:
Leben
so einsam und frei
wie ein Baum
und so
brüderlich wie ein Wald. Sie waren
mit Filzstift
auf das Auto
geschrieben worden. Vermutlich
vom Besitzer.
Lange
     gingen
          mir
               diese
                    Zeilen
                         nach.
Erst Ecke Grüneburgweg/Eschers-
heimer Landstraße gelang es mir
                       sie
                    wie
                 der
               ab
             zu
         schüt
     teln.

Herbstlicher Baum
in der Neuhaußstraße

Wie sehr bemerkenswert ist doch
ein dunkler Baum, durch den ein Wind geht,
wenn dieser Wind schön mild ist und
der große Baum scharf gegens Licht steht,
doch so, daß er am andern Rand
sich ganz und gar vereint dem Glänzen.
So also, links vom Licht begrenzt
und rechts so lichterfüllt, daß Grenzen
im Leuchten einfach weg sind und
ein Seufzer kommt aus meinem Mund.

›Pizzeria Europa‹

Abends aber sitzen Neger
im Lokal des Italieners,
sitzen da und wählen Speisen,
die so klingen, wie sie aussehn.

Große Neger, kleine Neger
halten sich an das, was da ist,
und was da ist, das sind Speisen,
die so aussehn, wie sie schmecken.

Schwarze Neger, helle Speisen,
volle Teller, die sich leeren,
aufgetischt von schnellen Kellnern,
die so reden, wie sie heißen.

Aber dann! Es geht ans Zahlen,
schwarze Hände, grüne Scheine.
Dunkelheit verschluckt die Gäste,
die so weggehn, wie sie kamen:

Fröhlich.

Strauß spricht auf dem Römer

Als ich dann zum Römer kam,
standen da 25 000 Mann,
die hörten sich den Franz Josef Strauß
und seine Wahlrede an.

Er sagte, er müsse Kanzler werden.
Weil: Unser Land sei in Gefahr.
Ich dachte, nun müßten alle sehen,
daß der wahnsinnig war.

Die da aber, die um ihn standen,
die lachten nicht über ihn.
Sie verdrehten ihre Augen gläubig gegen
die Sonne, die sie und den Platz beschien.

Sie hatten große Schilder bei sich,
darauf stand »Hessen grüßt den Kandidaten«.
Da sah ich: Die waren selber wahnsinnig,
die so etwas taten.

Der Wahnsinnige rief den Wahnsinnigen zu,
sie sollten ihn bitte wählen.
Da reckten sich ihm so viele Hände entgegen,
daß ich es aufgab, sie zu zählen.

Ich wandte mich ab und der Sonne zu
und ließ die Irren lärmen:
Als der Wahnsinnige sich feiern ließ,
ließ ich mich wärmen.

Christina Griebel

Ein weißer Würfel

Why not sneeze?
Rrose Sélavy

Meine Eltern haben sich ein neues Haus gebaut, jetzt, da Vater sich zur Ruhe gesetzt hat, es sieht beinahe genauso aus wie das alte, sie haben es nach den Plänen von damals verwirklicht, die sie all die Jahre aufbewahrt haben, und Vater selbst soll Zementsäcke über das Gelände geschoben haben, erzählten sie mir am Telefon. Das neue Haus steht in einem anderen Stadtteil. Ich freute mich darauf, es zu sehen. Ich dachte: Sie werden endlich ihr Gerümpel fortgeschafft haben, unter der Treppe stapeln sich keine Altkleiderkartons mehr, die Nachbarsfrauen können schauen, wo sie ihre Wohltätigkeit von nun an lassen wollen. Nicht mehr bei uns, das ist das Wichtigste.

Das Haus war tatsächlich fast leer, ein weißer Kubus mit großen Fenstern und ohne Teppichboden. Ich wollte mein Zimmer sehen. Mutter zeigte mir zuerst den Rosenstrauch im neuen Garten, er hatte purpurfarbige Blüten, faul und schlaff – – – Vergiss sie.

Mutter fing wieder von den Kupfernägeln an, die der alte Nachbar – es war einer von denen, deren Frauen ihre Altkleider bei ihr abgaben – in die Stämme unserer alten Birken geschlagen hatte.

Ist gut,

sagte ich,

ist gut.

Frierst du,

fragte sie.

Nein, es ist nur – der Herbst.

Mutter rollte mich hinein.

Vor einer Woche habe ich getanzt,

erzählte ich ihr.

Ich wollte näher an die Bühne, aber allein komme ich im Gewühl nicht gut voran, ich muss den Leuten immer an die Fersen fahren, damit sie sich nach mir umdrehen. Die Musik wirbelte um mich herum, ich sah nichts außer Hosentaschen, sie hängen bei vielen sehr weit unten, und die Töne waren immer genau so, wie ich gerade meine Hände bewegte. Ich tanze doch nach der Melodie.

Mutter hatte gar nicht zugehört.

Soll ich dich zudecken,

fragte sie,

und ich sah nur noch ein Federbett, auch wenn sie wahrscheinlich an das karierte Plaid dachte, das sie immer für mich bereit halten, aber über mir schwebte ein Federbett, riesig und weiß und schwer, so eines, unter dem man die ganze Nacht friert, weil sich alle Gänsedaunen am Fußende sammeln, und man liegt still und kann sich nicht rühren, weil man nicht, auch nicht für kurze Zeit, das bisschen Wärme aus Leinenbezug und Inletstoff verlieren will, aber das dicke, untere Ende – – – ich wollte schreien –

Nein. Zeig mir mein Zimmer.

Du wirst dich freuen,

sagte sie.

Sie hat es mit der gleichen lachsfarbenen Mustertapete auskleiden lassen, die in meinem alten Kinderzimmer hing. Überall lag Papier verstreut, als hätte sie es beim Umzug in einen Altkleidersack gesteckt und im neuen Haus wieder ausgestreut, sie hat genau die gleichen, alten Möbel hineinstellen lassen wie damals, die dunklen aus der Schreinerei vom Onkel

des Vaters, diese Kommode mit den plumpen Knopfgriffen und das Bett, jenes Bett mit den hohen Enden mit den Kugeln oben auf den Bettpfosten, in die Vater als Kind Gesichter gekratzt hatte, mit einem Nagel wahrscheinlich, und dann hat er sie mit Schuhwichse ausgeschmiert, damit niemand sie sieht – vielleicht bin ich die Einzige, die überhaupt davon wusste. Nacht um Nacht haben sie mich angeschaut. Und die Kommode mit den Knopfgriffen. Ich saß darauf, sitzen konnte ich schon, und meine Beine hingen schlaff über die Kante, so wie jetzt, nur – – – Mutter kniete vor mir auf dem Boden und schnitt die Füße meines Schlafanzugs ab, er war aus Frottee, darauf kleine bunte Autos, und ihre eisige Schere war auf meiner Haut – – – Du hast Recht. Erst jetzt sehe ich ein, dass das ein einziger, riesengroßer Schwachsinn war! Sie hätte die Füße doch viel leichter abschneiden können, wenn ich den Anzug nicht angehabt hätte. Sie fielen zu Boden, einer nach dem anderen, und meine eigenen fühlten sich auf einmal kälter an.
Jetzt bin ich größer,
sagte ich,
als sie damit fertig war.

Der Boden war wie der, auf dem sie damals kniete: Knallrote Schlingenware, nicht durchgehend, es waren Teppichplatten, die einfach auf dem Estrich ausgelegt werden konnten, und sie haben sie eingesammelt und in meinem neuen Zimmer wieder verwendet, Schlingenware, sogar die Knetmasseflecken, die ich verschuldet habe, konnte ich unter dem verstreuten Papier erkennen. Und der Schrank war immer noch voll, die Möbelpacker müssen ihn auf den Rücken gelegt und mit den Türen nach oben hierher getragen haben, meine selbst gestrickten Pullover lagen noch darin, jene, die nicht bei den Obdachlosen gelandet sind, an die hintere Wand gerutscht, in ihrem Staub, mit all den Motten und Milben und deren Exkrementen.

Ich musste niesen. Mutter strahlte. Ich begann zu weinen.
Wie konntest du nur –
Auch Mutter begann zu weinen.
Aber ich wollte doch alles genau so machen, wie es dir gefällt!
Es hat mir nie gefallen.
Aber du wolltest doch immer –
Lass uns lieber rausgehen.
Aber dein Vater hat so schwer gearbeitet, genau wie ich es ihm
gesagt habe, wir haben doch alles, alles gemacht, was –
Die Türschwelle. Hilf mir! Bitte!
Aber du hast mir doch versprochen –

Wann wohl der Tag kommt, an dem ich ihr sagen werde, dass ich
nie etwas versprochen habe? Ich weiß es selbst noch nicht lang.
Ich sagte:
Es ist nicht so schlimm. Ich bin ja fast nie zu Hause.
Und hätte gern den neuen Hund gestreichelt, aber niemand hat
daran gedacht, einen zu kaufen. Der alte hat alles zerkaut,
damals, Lumpen, Lederknochen, Pantoffeln, meine Wolle, er
hat auch die lachsfarbene Tapete abgezogen, ich musste sie wieder und wieder ankleben und mit den Resten aus dem Keller
flicken, damit Vater nichts davon mitbekam, gut, dass sie so ver-
wirrend gemustert ist. Der Hund hat vor nichts Halt gemacht,
auch nicht vor dem Kabel des Bügeleisens, eines Tages hat er
sich selbst hingerichtet und liegt nun unter dem Stumpf unserer
größten Birke begraben. Im alten Garten. Natürlich. Sie haben
ihn nicht mitgenommen.

Mutter stellte mich in den Gang und schwieg. Sie schien nachzudenken. Ich – – – Es tat mir schon Leid. Alles roch frisch
gestrichen, und am Ende des Gangs stand eine Leiter, an der
noch ein Eimer mit Farbe hing. Über der Leiter, in der Ecke,
rechts, gleich unter der Decke, dort sah ich schon einen grauen
Fleck, so groß wie ein Wattebausch. Es war ein Stockfleck.

Die Wände in deinem Zimmer könnten weiß gestrichen werden, sagte Mutter.

Es muss ja nicht der Vater machen, es geht ihm nicht gut, er hat sich krumm gearbeitet bei unserem Umzug. Wir könnten Handwerker bestellen. Das Geld, es ist mir doch nur um das Geld. Das wird teuer.

Alexander Häusser

Reutlingen
oder Träumer müssen leider draußen bleiben

I

Das alles könnte Heimat sein, ist wie dafür gemacht: Weinberge und Felder, Apfelwiesen und Kleingärten, frisch verputzte Häuschen mit leuchtend roten Dächern und spitze Kirchtürme, die an Sonntage im Schlafanzug erinnern. Alles und jeder hat seinen Platz. Und wenn man nach Jahren zurückkommt, ist es so, als wäre man nie weggewesen – weil es nicht wichtig ist, ob und was sich verändert hat. Es gibt eben Bahnhöfe, da kommt man immer nur an.
Der Reutlinger Bahnhof gehört nicht dazu.

II

Ein kurzer Halt auf der Strecke von Stuttgart nach Tübingen. Kommt man auf der Fahrt ins Träumen, kann man Reutlingen durchaus verpassen – dabei haben Träumer hier ohnedies nichts verloren (außer ihren Träumen vielleicht).
Aber natürlich will man die Heimatstadt nicht verpassen, auch wenn man sich von ihr getrennt hat. Schließlich sind da noch ein paar Fragen offen, und diese Stadt blieb die Antworten bis heute schuldig. Gab sich ja immer so verschlossen – so trutzig, als würde die alte Stadtmauer noch stehen.
Man will es doch wissen, weshalb man sich hier selten geborgen und beglückt fühlte; trotz der wunderbar erotischen *Achalm*, dem mütterlich runden Hausberg. Und wieso, fragt man

sich, packte einen angesichts der Alb mit ihren waldgrünen Bergkanten und weißen Felsenkränzen, mit dem weiten Himmel über dem Land und all den Kelten-Sagen eigentlich nicht die reine Abenteuer- und Entdeckerlaune? Statt dessen endete jeder Aufbruch als Ausflug zu erbärmlichen Feuerstellen, wo immer schon die saßen, die man nicht hatte treffen wollen. Dann galt es plötzlich, im Wettbewerb die Stecken spitz zu kriegen, denn wem die Wurst ins Feuer fiel, der gehörte nicht dazu. So ein Individuum, das seine Wurst verpaßt, kam in Reutlingen schlecht an.

III

Es fiel immer schwer, hier einfach *ich* zu sagen, denkt man, wenn man auf dem Bahnsteig steht. Hauptbahnhof (eigentlich gibt es keinen anderen), drei Gleise. Man wundert sich wieder, daß der Ort hier eine Großstadt sein soll. Wo sind die über hunderttausend Eingeborenen? An den Geranien vorbei in die Unterführung – irgendeiner hat alles schön und adrett gemacht. Im offensichtlich neuen Schaukasten mit Informationen für die Gäste sind die Wappen der Partnerstädte abgebildet: Roanne, Ellesmere Port, Bouaké, Aarau, Szolnok und Duschanbe. Doch nirgendwo scheint die Welt weiter entfernt zu sein als hier, wo man sie wirklich nötig hätte. Wer mit und in Sondelfingen, Betzingen, Bronnweiler, Degerschlacht und den anderen Gemeinden aufgewachsen ist, die Reutlingen zur Großstadt machten, der sieht die Welt als Firma, die einem sowieso nur etwas andrehen will, was man mit Sicherheit nicht braucht.

Friedrich List zum Beispiel, ein Sohn der Stadt genannt – der hat die Welt gesehen. Aber auch nur, weil ihm nichts anderes übrigblieb. Auf dem Weg zur Innenstadt steht immer noch sein imposantes Denkmal, unnahbar in einem Blumenbeet. Unzählige

Male war man damals an dem Riesending vorbeigegangen, ohne überhaupt zu wissen, wer der Typ denn war. Bis man ihn als Revoluzzer kennenlernte. Der bedeutende Nationalökonom und bekannteste Selbstmörder in der Region hatte Visionen. 1820 von den Reutlingern als Abgeordneter in den Landtag gewählt, entwickelte er sich zum Staatsfeind Nummer 1. Das hatte natürlich keiner gewollt. Der Inhalt seiner *Reutlinger Petition* gegen Schlendrian und Bestechlichkeit in der Verwaltung wurde frühzeitig verraten und List zu zehn Monaten Festungshaft verurteilt. Er floh. In die Schweiz, nach England, Frankreich und Amerika. Sein Heimweh und der Stolz brachten ihn schließlich um. 1842 griff er zur Pistole. Das Denkmal hat man ihm wohl eher als Pionier der Eisenbahn gesetzt. Unermüdlich propagierte er den »wohlfeilen, schnellen, sicheren und regelmäßigen Transport von Personen und Gütern«. Mit den Gütern klappt es wohl, nur mit den Menschen gibt's da immer noch Probleme. Der letzte Bus in Reutlingen fährt seit Jahrzehnten kurz nach elf. Wehe dem, der Visionen, aber keine *Kreidler* hatte.

IV

Man muß schon gute Gründe haben, in die Heimatstadt zurückzukehren – nach allem, was nicht passiert ist. Die Familie könnte locken. Mutters Kartoffelsalat etwa oder Vaters Feierlaune nach der Arbeitswoche im Furnierwerk und dem dritten Bier. Wenn er sich das rotglänzende, goldschimmernde Hohner-Akkordeon zur Brust nahm und Schlager von fernen Ländern sang, dann trübten sich die Augen nicht nur vom Alkohol und Zigarettenrauch.
Vorsicht: Sentimentalität kann tödlich sein. Aber seine Finger flogen nur so über die Perlmuttknöpfe, und die Mutter lächelte ein Lächeln, das man nicht verstand.

Lang ist's her. Jetzt gibt es nicht einmal mehr Gräber, die man begießen könnte. Von den Eltern blieb die Sehnsucht. Ohne Ziel.

Es hilft alles nichts – man muß durch die Stadt. Man hat eine Verabredung, geht den alten Schulweg – automatisch – und schrumpft bei jedem Schritt.

Der Junge damals dachte, man würde schon hineinwachsen ins Bodenständige, würde eine Nische für sich finden in der Stadt.

V

Der Weg war eine Odyssee: in aller Herrgottsfrühe; an der dampfenden Bundesstraße längs, hinein in die dunkle Altstadt, die es nicht mehr gibt. Über Kopfsteinpflaster ging man durch Gassen, deren Geschichten als Lernstoff im Heimatbuch gelesen wurden – Gerberstraße, Lohmühle, Lederstraße.

»Es gibt nur wenige Orte im Königreich, wo eine solche Gewerbetätigkeit herrscht wie in Reutlingen« – das mußte man wissen für den Aufsatz in der ersten Stunde. »Zwar findet man wenig oder gar keine Fabriken, aber ganz Reutlingen ist eine Fabrik«, stand schon 1842 in der Oberamtsbeschreibung. Weinbau, Landwirtschaft und Handwerk; Woll- und Leineweber, Leimsieder, Messerschmiede, Drucker. Und die Gerber. Zu Anfang des neunzehnten Jahrhunderts reihten sich am Echaz-Ufer die Gerbereien; mehr als zweihundert hingen dort ihre Tierhäute zum Trocknen auf. Rotbraun wie Lohe, der Gerbstoff aus Baumrinde, zog das Wasser durch die Stadt.

Der Junge träumte sich in den Morgen, blieb viel zu lange auf der Echaz-Brücke stehen, mit dem Blick auf die Vergangenheit. *Klein-Venedig* hieß das Viertel der auf Pfählen ans Wasser gebauten Häuser; mehrstöckig mit schiefen Dächern und verfallenen Galerien. Modrig und nach Fäulnis roch es dort, und am Wehr staute sich der breite schmutzige Fluß, bevor er unter die Brücke sprudelte.

Erinnerungen. Zutaten für Träume – die für den Straßenbau rigoros zugedeckelt wurden. Chic renaturiert darf die Echaz inzwischen wieder (wo sie nicht stört) an die Oberfläche treten. Doch ihr Traumpotential ist – salopp gesagt – den Bach runter. Und mit ihm die Reste der Vergangenheit. Vielleicht waren die Häuser, die als Schandfleck galten, wirklich nicht zu retten. Man mag es nicht recht glauben. Wahrscheinlicher ist, daß keinem »das alte Klump« nur einen Heller wert war.

VI

Tübingen hat den Geist, Reutlingen das Geld, heißt es. Immer noch. Den Geldbeutel soll aber keiner sehn, er bleibt schön versteckt. Beim Gang durch die Wilhelmstraße, der Fußgängerzone und Haupteinkaufsstraße in der Stadt, sucht man zwischen Bäckereien und Schuhdiscountern vergeblich nach Designerläden und edlen Klamotten-Marken. Obwohl sie sich so mancher leisten könnte. Schließlich ist Reutlingen die *Stadt der Millionäre*. Doch seit sie diesen Stempel aufgedrückt bekam, versucht die Stadt ihn wieder loszuwerden. Das »wirtschaftliche Zentrum der Region Neckar-Alb« (so eine Hochglanz-Werbeschrift) hat es absurderweise nie versäumt, auf seine Arbeitslosen hinzuweisen. Wo sonst findet man im Textteil netter heimatlicher Bildbände mit stimmungsvollen Stadtansichten Zwischenüberschriften wie: »Wir haben auch Sozialhilfeempfänger«? Längst allerdings mehr als ihnen lieb ist. Nicht nur die großen Modemacher lauern woanders auf Kundschaft, auch die Traditionsgeschäfte sehen aus, als hätten sie schon Ladenschluß. Der Lederbranche sind die Felle buchstäblich weggeschwommen, und die Textilwerke haben ihre Schäfchen weltweit ins Trockene gebracht.
Indes sind die Schönen und Reichen Reutlingens nicht ausgestorben und fahren in unauffälligen Autos mindestens nach

Stuttgart, um sich zu erleichtern. Und nur weil sie ja auch irgendwo wohnen müssen, haben sie schwer einsehbare Villen am Fuße der Achalm erbauen lassen und bezogen. *Der Schöne Weg* ist eine Adresse ersten Ranges und das Ziel weniger begüterter Spaziergänger mit ihren Familien. Schließlich sollen es auch die richtigen Träume sein, die man den Kindern in den Kopf setzt.

Mit Künstlern beispielsweise tut man sich schwer. Der Holzschnitzer HAP Grieshaber – ebenso ein Achalm-Bewohner – hatte jedenfalls keinen schönen Weg. Bestenfalls wurde sein Leben und die Art und Weise wie er hauste von den Reutlingern als verrückt bezeichnet. Sein Garten – wo man hinsah – Kraut und Rüben, das konnte ja nichts Rechtes sein. Immerhin: für das Foyer des Rathauses ließ man ihn einst in einen großen Balken Szenen der Reutlinger Geschichte schneiden. Der Stamm habe schon an der Elfenbeinküste auf Beschwörungen geantwortet, erklärte Grieshaber, und beim Fällen »gesprochen« – wie die Afrikaner sagen. Er werde es hoffentlich in Zukunft auch gegenüber den Gemeinderäten tun.

Wer im Holz mehr als Holz sieht, war sogar für den eigenen Vater, der zum Akkordeon Lieder sang, aber fleißig im Furnierwerk arbeitete, eher schädlich für die Kinder.

Dann lieber die Sage von der massiv-goldenen Kette, die unterirdisch rund um die Achalm liegend den Berg schützen und begrenzen soll. Da wollen die Kleinen gleich mit dem Buddeln anfangen. Wer will nicht ein nützliches Glied der Reutlinger Gesellschaft sein.

VII

Ach, was soll der Groll? Warum so nachtragend? Keiner wollte einem je was Böses, man gehörte halt nie so recht dazu. Und nicht mal das wurde ausdrücklich gesagt. Der Bub war eben irgendwie funktionslos. Doch das ist vorbei! Schließlich *wurde* man jetzt eingeladen, *darf* als Sohn der Stadt in der wundervollen Bücherei aus dem lebenslangen Aufsatz lesen, den man schon in der fünften Klasse angefangen hat. Das freut – und ärgert einen.

Ach, es ist einfach der falsche Tag, das wird's sein! Am Samstagvormittag muß man hier ankommen, am Markttag. Da hätte man sich mit Zwiebelkuchen in der Hand durch die Menge schaukeln lassen können und mit einer rotbackigen Marktfrau kurze Gespräche über Gott geführt. Dass er's gut mit einem meint, wenn man nur jeden Tag aufstehn und die Arbeit machen kann. Und nebenbei hätte sie das Geld gezählt, das im Zigarrenkistchen liegt. Die Mauern des behäbigen Spitals mit der Fachwerk-Postkartenfassade wären von der Sonne warm gewesen und der alte Kaiser-Maximilian-Brunnen hätte gegluckert und gerauscht. Wenn dann noch die Glocke der mächtigen Marienkirche zwölf Uhr geschlagen hätte, die Kirche (auch das vergißt man nie), die dem Allmächtigen während einer Belagerung des Gegenkönigs in der Not versprochen worden war und deren Erbauung sechsundneunzig Jahre dauerte – ja, dann wäre alle Zeit vergessen. Aber so, an einem normalen Werktag, ist man halt wieder der Junge, der hier aufwuchs und einen Heimatkunde-Lehrer mit Reptilienaugen hatte. Der klapprige Mann fuhr dauernd auf die Alb, kroch in ihre Höhlen und sammelte Versteinerungen. Er erzählte von den Teufelsfingern und vom Erdbeben, das er noch selbst erlebt hatte. Seit Menschengedenken das stärkste. In der Nacht vom 27. auf den 28. Mai 1943 sei die Stadt in ihren Grundfesten erschüttert worden und vom Hauptturm unserer Marienkirche die Spitze samt dem mannshohen Engel in die Tiefe gestürzt. Das goldene Wahrzeichen Reutlingens habe das Dach des Mittelschiffs und einen Teil des Gestühls zerschlagen.

Die Geschichte ängstigte natürlich sehr. Der Junge ließ den Engel nicht mehr aus den Augen. Schließlich hätte der die Stadt beschützen sollen. Wann immer der Weg an der Kirche vorbeiführte, blickte man unwillkürlich zur Turmspitze hinauf.

Den entfernten Zollern-Graben, der an allem schuld sein sollte, gab es ja auch tagsüber, und der Junge hatte schon mal selbst erlebt, wie bei einem kleinen Beben die Kupferstiche von der Wand gefallen waren. Vielleicht geht man ja deshalb mit eingezogenem Kopf durch diese Stadt. Immer furchtsam, was und wer wohl demnächst daran glauben muß.

Ein Kultur- und Kongreßzentrum sollte entstehen: »Gestalterische Modernität als Ergänzung zur Altstadt, mit pulsierendem Leben, die sich in das Gesamtbild einfügt«, so die offizielle Zielsetzung. Daneben eine Stadthalle, ein Multiplex, ein Hotel, Parkplätze ... von »funktionaler Verknüpfung«, »Belebung des Wettbewerbs« und »überregionaler Strahlkraft« war die Rede. Doch die Reutlinger hatten kein Geld. Das läßt hoffen. Wo nichts ist, kann auch nichts kaputtgehen.

VIII

Eine Ecke jedenfalls, die man immer sehr gemocht hat, blieb scheinbar unverändert. Nichts Besonderes: nur das Schreibwarengeschäft, wo man gemeinsam mit der Mutter den ersten Füller kaufte (einen blauen Pelikan), das Heimatmuseum und der Teeladen. Sentimentalität ist erblich – also geht man rein.

Den Verkäufer kennt man nicht, aber das spielt auch keine Rolle. Es riecht nach Laub und Minze. Nach Sri Lanka und Räucherstäbchen. Die ganze Welt in einer Tasse, lautet ein Werbeslogan. Reutlingen hat wachsende Probleme mit der Drogenszene, schnappt man auf, ja, so sei's halt in der Großstadt. Ob man denn einen Wunsch habe, wird man gefragt – nein, danke, man schaue sich nur um. Vielleicht einen Kräutertee, eigene Mischung. Der Verkäufer holt eine grüne Packung. REUTLINGER ALBTRAUM steht auf dem Etikett, 125 Gramm. Er meint es nicht einmal ironisch.

Ich nehme eine Packung mit. Als Andenken.

Lukas Hammerstein

Heimat? Heimat!

Heimat?

Bei mir vor der Haustür röhrt der Hirsch, das ist nicht gelogen. Auf den Moorwiesen bellen die Rehe. Alle paar Tage muß ich also in die Stadt zurück, nach München, das mir eigentlich immer zu klein war. Drei Mal in meinem Leben bin ich dort gestrandet, um schließlich mein erstes helles Bier zu trinken, einen »grünen August«. Das ist bald zehn Jahre her, seitdem geht vieles besser.

Heimisch wäre ich in Freiburg, wo ich aufgewachsen bin. Nirgends geht mir das Herz so weit auf wie dort, zwischen Rebhängen und Mischwald, vor den alten Sandstein-Fassaden, auf den gepflasterten Plätzen. Ich brauche nur Alemannisch zu hören, um vor Vertrautheit nach Luft zu schnappen. Mehr als zwei, drei Tage geht das nicht.

Natürlich liebe ich das Meer, den Süden, das Paradies. Die Liebe und den Sommer und den Wein ja auch. Dazu Heimat zu sagen, wäre, wie wenn ich den Maserati eines Freundes nähme und sagte, daß es meiner ist. Manchmal fahre ich damit und fühle mich dann rasend fremd.

Wenn Franz Müntefering zu mir spricht, oder Edmund Stoiber, oder auch Wolf Biermann, ist das ein Zuhause, das ich nicht haben will. In Rom oder in Wien, wo ich längere Zeit lebte, fühlte sich vieles anders an. Heimatlich war gar nichts, dafür einiges verrückt, für einen wie mich.

Mein Herz ist eine Krähe, aus gefrornen Äckern pickt es sich etwas, um wieder aufzufliegen. Manchmal ist das leicht: Ich stehe am Bug einer Autofähre und rieche das Wasser. Ich bin unterwegs und bestimmt nicht auf der Flucht. Ich lerne jemanden kennen, den ich im letzten Leben geliebt haben muß. Ich höre laut Musik. Ich esse Spaghetti »allo scoglio« mittags an einem häßlichen Strand und trinke leichten Wein dazu.

Daß ich eine Heimat habe, würde ich nicht sagen. Daß ich mich nach einer sehne, schon. Wie die meisten bin ich leicht entwurzelt und nicht wirklich ohne Wurzeln. Ich möchte manchmal jemand sein und weiß nicht wer. Heimat wäre, nicht darüber reden zu müssen.

Heimat!

Als Kind hatte ich einen Alptraum, über Jahre. Er kam alle paar Wochen wieder, und er war immer derselbe. Eine große Kugel flog durch einen riesigen Raum, dessen Grenzen sich niemals zeigen würden. Ein vollkommen verdichtetes, gerade noch organisches Ding mit äußerst glatter Oberfläche auf dem Weg durch ein fremdes Universum. Es war dunkel und kalt, in fernster Ferne leuchteten ein paar Sterne die Einsamkeit aus. Das Tempo war ungeheuer, ich konnte den Fahrtwind spüren, das Vakuum, Verlorenheit. Die Kugel war seltsam, ein heißes kaltes Ding. Im Grunde war die Kugel ich. Mal sah ich sie wie den eigenen Körper von außen, als säßen meine Augen auf Auslegern oder Flügeln, mal blickte ich aus dem Ding wie aus hunderttausend Poren-Augen auf die endlos weite schwarze Welt. Ich durchmaß einen Raum, der irgendwie meinem Innern entsprach, den Nervenbahnen oder den Wegen, die das Blut nimmt, den Mengen an Muskeln, Fett, den Herzkammern. Ich war das Ding und dieses All zugleich. Hierin lag der Schrecken

– der Raum, durch den ich stürzte, war absolut, er fing nicht an und hörte nicht auf, ich trat nicht ein und gelangte nie hinaus; er war immer schon da, und ich sauste seit einer Ewigkeit dahin.

Vor ein paar Jahren kam der Traum zurück. Er hat sich kaum verändert, nur daß es kein Alptraum mehr ist, eher ein Geschenk. Eine große Kugel fliegt durch den Raum, an dessen Rändern ich mich niemals stoßen werde, ein organisches Ding mit glatter Oberfläche auf dem Weg durchs Universum. Es ist dunkel und kalt, weit weg leuchten Sterne eine wunderschöne Ferne aus. Das Tempo ist phantastisch, ich kann den Fahrtwind spüren, ein frisches Vakuum. Die Kugel ist noch immer seltsam, ein heißes kaltes Ding, vollkommen fremd und sehr vertraut. Die Kugel bin immer noch ich. Mal sehe ich sie von außen, als säßen meine Augen auf weiten Schwingen, mal blicke ich aus dem Ding wie aus tausend Poren auf die Welt. Ich bin das Ding und der Raum, die Welt und der durchs All jagende Punkt. Hierin liegt das Glück des Traumes – die Welt ist da, sie fängt nicht an und hört nicht auf, und mit mir ist es das gleiche.

Ludwig Harig

Heimat,
deine Sterne

I

Ach,
weißt du weißt du weißt du wieviel Sternlein stehen?
Man kann's nicht oft genug beschwörend wiederholen,
was uns im Hirn,
im Bauch und unter uns'ren Sohlen
nach einer Antwort brennt. Was ist derzeit geschehen?

Wir traten vor das Haus.
Wir standen auf den Zehen
und zählten,
zählten sie,
als sei es uns befohlen.
Wir kamen nur bis zwölf.
Wer hat sie uns gestohlen?
Mit ihnen allen gibt's bis heut' kein Wiedersehen.

Zeigt sich die Heimat uns beim großen Sternezählen?
Man sollte sich vielleicht mit neuem Zählen quälen,
damit am Ende man sie schließlich doch erreicht.

Entweder zählen wir,
wenn wir nicht lieber schlafen.
Du über alle Lust gestirnter Heimathafen,
wer segelt in dich ein? Wer besser zählen kann,
vielleicht.

Kein Friede war im Land,
er lag in weiter Ferne.
Die Jungvolkuniform,
sie kleidete uns prächtig.
Wir standen unterm Baum,
ganz friedsam und bedächtig,
und sangen:
Hohe Nacht und Heimat,
deine Sterne.

Wir sangen's laut und oft,
wir sangen es sehr gerne.
Wir waren jung und stolz und waren bildungsträchtig,
wir hielten es für deutsch,
für eines Volkslieds mächtig:
Es war nach uns'rem Sinn ein Volkslied der Moderne.

Ganz Deutschland sang das Lied – im Süden,
Osten,
Norden.
Die einen trugen Leid,
die and'ren trugen Orden,
und unterm Weihnachtsbaum versteckte sich der Tod.

Das Heimatlied erklang in lieblichen Akkorden.
Nur leider Gottes ist kein Volkslied draus geworden:
Wir hörten es im Film,
in Quax,
der Bruchpilot.

III

Was war die Heimat einst? Ein Ort von Schuld und Sühne.
Zu Ende ist die Zeit.
Die Welt ist globalistisch.
Der sanfte Heimatkult gebärdet sich touristisch,
steht unter Denkmalschutz,
ein Tummelplatz für Grüne.

Am Himmel glänzt der Mars und weist hinaus ins Kühne.
Er bläht die Backen auf,
erbost,
militaristisch,
ergreift den Ball des Monds und schleudert ihn artistisch
mal links,
mal rechts hinaus auf seiner Himmelsbühne.

Kein Weihnachtsglöckchen mehr mit bebendem Gebimmel,
kein tiefer Herzenslaut,
kein warmer Seelenfimmel,
kein heißer Heimatschwur im trauten Tête-à-tête.

Der rötliche Planet am deutschen Heimathimmel
erscheint robuster als das milde Sterngewimmel
aus uns'rer Kinderzeit,
nach der kein Hahn mehr kräht.

Lukas Hartmann

Der Spaziergang

Als er den Brief mit dem Absender des Taschenbuchverlags
bekam, war der Empfänger, ein in Deutschland wenig bekannter Schweizer Schriftsteller, zunächst freudig überrascht. Er
dachte, man werde ihm mitteilen, seine Bücher hätten sich in
den letzten Monaten besser verkauft, man plane Neuauflagen,
gewähre höhere Honorare. Aber der Brief bat bloß um einen
Beitrag für eine geplante Anthologie zum Thema Heimat. Ob es
Neues aus der Heimat gebe, wurde er gefragt; ob Heimat ein
Ort, eine Landschaft, eine Sprache, ein Pass sei. Der Schriftsteller – im Folgenden H. genannt – wusste gleich, dass er darauf
keine befriedigende Antwort hatte. Er war im Lauf der Jahre
schätzungsweise dreißig Mal um Beiträge zu diesem Thema
angegangen worden; er hatte mindestens ein Dutzend Mal
etwas dazu geschrieben, in der Tonlage zwischen heiter-ironisch
und nachdenklich-besorgt. Er hatte darauf hingewiesen, dass
der Begriff *Heimat* ein Abstraktum sei, das sich, mit seiner dif-
fusen assoziativen Aura, nicht in andere Sprachen übersetzen
lasse; andrerseits bedeute das schweizerdeutsche *Heimetli* auch
noch im heutigen Sprachgebrauch durchaus einen definierbaren
Ort, nämlich ein kleines bäuerliches Anwesen. In verschiedenen
Lebensphasen hatte H. unterschiedliche Schlüsse aus diesem
sprachregionalen Gegensatz gezogen. Er hatte sich zum Beispiel
gefragt, ob Schweizer, wie ihnen von deutschen Feuilletonisten
oft unterstellt wurde, stärker in ihrer Region verwurzelt seien
als die Deutschen und deshalb als Regionalisten gelten müssten,
zu deren Lebensgefühl zwingend die Verkleinerungsform gehöre. Er hatte das eine Mal darauf gepocht, dass er mit allen sei-

nen Helvetismen das Deutsche als Sprachheimat betrachte und davon nicht abrücken werde; und ein anderes Mal hatte er geschrieben, dass gerade die Reibung zwischen seinem Dialekt und der Hochsprache in ihm Heimat- oder besser Zugehörigkeitsgefühle erzeugen würde. Glücklich war er mit solchen Abgrenzungs- oder Aneignungsversuchen nie gewesen; sie hatten ja auch keineswegs alle Facetten seiner Auseinandersetzung mit der angestammten Sprache widergespiegelt. Aber H., ein Liebhaber des Plusquamperfekts, hatte sich, über Heimat nachdenkend, nicht nur in abstrakten Räumen bewegt, sondern auch versucht, sich ihrem sinnlich vermessbaren Begriffsuntergrund, dem Gelände der Kindheit, zu nähern. Er hatte geschrieben, zu seinem Heimatgefühl gehörten auf jeden Fall Lindenblütenduft, ein bestimmter Abendglanz auf dem Ziegeldach seines Elternhauses, der Schrei des Bussards an einem Sommertag. Später allerdings hatte er zu Protokoll gegeben, Heimat finde er überall dort, wo Menschen lebten, die ihm lieb seien, und noch später hatte er präzisiert, Heimat mache für ihn das fragile und doch dauerhafte Netz all seiner von Zuneigung bestimmten Beziehungen aus.

Was wollte er dem allem noch hinzufügen?, so fragte sich H., nachdem er den Brief gelesen hatte. Konnte er nicht Zeit sparen, indem er, durchaus im postmodernen Sinn, Zitate aus älteren Artikeln zu einem neuen zusammenmontierte? Nein, das würde er nicht tun; er hatte ja schon immer gegen den Beliebigkeitsdünkel der postmodernen Theoretiker angeschrieben und deren *anything goes* als Kapitulation vor eindeutigen Stellungnahmen betrachtet.

Es ging wohl doch nicht anders, als dass H. seinen gegenwärtigen Standort in der Heimatfrage erneut einzugrenzen versuchte. Einem Standort war er immer am nächsten gekommen, wenn er sich bewegt hatte. Er entschloss sich bei regnerischem Wetter zu einem Spaziergang, und er staunte darüber, wie heimatlich ihm all die Dinge und Wesen erschienen, die ihm, unter dem aufgespannten Regenschirm, auf seinem Weg begegneten. Gerade das Unvollkommene – das reparaturbedürftige Zauntor, das rissige Asphaltsträßchen, der umgestürzte Zwetschgenbaum – sprach am meisten von Heimat. Enthielt es eine geheime Botschaft? Fügte es sich zum Muster zusammen, das nach der Utopie des heilen Ganzen rief? Und machte vielleicht der Glanz des Utopischen – das Geborgenheitsversprechen, auf dem die Realität sich abzeichnete – das aus, was H. in diesem Moment als Heimat empfand? Ein Rotschwänzchen flog vor ihm her. Verfärbte Ahornblätter lagen am Boden. Nachbarn, die im Garten zu tun hatten, grüßten ihn. H. blieb stehen für kurze, eigentlich bedeutungslose Gespräche, die ihn dennoch wärmten. Das war nun Vollkommenheit im Flüchtigen; und auch dies hatte mit Heimat zu tun. Das Gefüge dessen, was nach seiner Gefühlslage Heimat bedeutete, wurde mit jedem Schritt reicher, komplexer. Es ergab sich sozusagen eine schwingende Struktur aus Tönen, Gerüchen, Stimmen, Formen, Farben, ein unverwechselbares Ganzes, in dessen Mittelpunkt H. stand und ging, ein fragiles Gebäude, das ihn schützend umgab und das er zugleich selbst erschuf, ein durchlässiger Echoraum, der ihm gehörte und nicht nur ihm, denn in ihm erklang ja auch, was er mit anderen teilte. So ging er weiter in der Gewissheit, dass er Heimat gleichsam mit sich und in sich trug, und er war froh darüber, dass er sein – immer auch bedrohtes – Heimatgefühl nicht mit dem geläufigen Bild der Verwurzelung eingeschränkt hatte. Es war, so dachte er, gerade diese Wurzelmetaphor, die oft genug Erstarrung gemeint und lähmende Heimattümelei ermöglicht hatte. Nein, wenn schon von Organischem die Rede sein sollte, dann würde er lieber von Geflecht sprechen, und zwar von einem, das ihn selbst durchwuchs, ohne seine Beweglichkeit zu behindern, von einem dynamischen Geflecht, das kindliches Staunenkönnen und die Fähigkeit zur Analyse miteinander verband, denn er brauchte, wie er nun wieder wusste, beides, um Heimat wahrzunehmen.

H. ging weiter, wurde ein wenig nass, kehrte um, und als er zurück war im Haus, trank er Tee mit seiner Frau, umschloss die Tasse mit beiden Händen und sagte, nun werde er doch einen Beitrag schreiben.

Josef Haslinger

Der Hansel

Sein Mund stand offen. Seine Augen drehten sich unentwegt.
Dabei bewegte er den Kopf, als würde er dem Auf und Ab eines
Skateboarders in der Halfpipe folgen. Aber damals gab es noch
keine Skateboarder, und das einzige, was der Hansel mit seinen
Augen wahrnahm, war der Unterschied zwischen Licht und
Dunkelheit. Wenn ich ihn traf, fragte ich: Hansel, wer hat heute
Geburtstag?
Er ließ den Kopf kreisen und sagte: Heute ist der 15. Mai, da
hat die alte Kiermeierin Geburtstag, dann noch der Wagner
Franz und der kleine Raffelseder Erwin. Der ist letztes Jahr zur
Welt gekommen, das war auch am Tag der kalten Sopherl.
Der Hansel lachte, und ich konnte seine braunen Zähne
betrachten. Sie standen wie verrostete Schaufelblätter im
Mund. Einmal versuchte ich, mich ihm heimlich zu nähern. Da
drehte er sich um und griff mir an den Kopf. Er sagte: Ah du
bist es, der Pepi. Sein Atem roch faulig. Auf dem Kinn und an
den Wangen standen ein paar vergessene Barthaare.
Am Sonntag trug er die Kirchenzeitung aus. Er zählte Münze
für Münze von einer Hand in die andere. Man konnte ihn nicht
täuschen. Vergelt's Gott, sagte er, wenn eine Münze zuviel war.
Meist wartete er noch ein wenig, ob man ihm etwas zu trinken
oder zu essen anbot, dann drückte er den Packen Zeitungen an
sein speckiges graues Sakko und machte sich wieder auf den
Weg. Durch das Fenster sah ich ihn am Straßenrand entlang
gehen, immer ein wenig gebückt, aber das Gesicht hatte er seit-
lich in die Höhe gedreht, als wollte er am Himmel die Orien-
tierung ablesen. Wenn ein Fahrzeug abgestellt war oder sich

sonst etwas am Weg verändert hatte, blieb er stehen. Er streckte eine Hand aus und schob vorsichtig einen Fuß vor den anderen. Die Dorfleute waren ihm nicht behilflich. Sie sagten: Der Hansel kommt allein zurecht. Und zu uns sagten sie, wir sollten den Hansel in Ruhe lassen, der Hansel könne nichts dafür. Schuld sei sein Vater, der sich versündigt habe. Da wollten wir mehr wissen.

Während der Geburt, so erzählte man uns, hat der Vater vom Hansel im Wirtshaus gesagt: Meine Alte kriegt ein Kalb. Und dann ist er heimgegangen, und der Kopf des Neugeborenen hat wirklich ausgesehen wie der eines Kalbes. Die Hebamme hat im ersten Moment das Kind erschrocken zur Seite gelegt.

Seit ich diese Geschichte kannte, war ich immer ein wenig beklemmt, wenn ich den Hansel traf. Es fiel mir nun schwerer, mich mit ihm zu unterhalten. Was konnte der Hansel dafür, wenn sein Vater sich versündigt hatte? Da hatte der liebe Gott doch den Falschen bestraft. Und ich überlegte, ob nicht auch meine Unfähigkeit, schnell zu laufen, die Strafe für eine Sünde meiner Eltern sein könnte.

Wenn der Hansel bei der Geburt ein Kalb war, sagte ich eines Tages zu meiner Mutter, dann muss er doch schon im Mutterleib ein Kalb gewesen sein, lange bevor sich sein Vater versündigt hat. Sie sah mich an, zutiefst beunruhigt über meine Entwicklung. Der liebe Gott, sagte sie, hat natürlich gewusst, dass sein Vater sich am Tag der Geburt versündigen wird, und hat den Hansel deshalb von vorneherein mit einem Kalbskopf wachsen lassen.

Als ich gut zwanzig Jahre später bei meiner Mutter zu Besuch war, stand plötzlich der Hansel in der Tür. Es war wie eine Erscheinung. Alles im Dorf hatte sich geändert, nur der Hansel sah noch genau so aus wie früher. Er schien nicht eine Spur älter geworden zu sein. Das Rollen der Augen, die Kopfbewegungen, die vergessenen Barthaare und dasselbe speckige Sakko. Er setzte sich mir gegenüber zum Küchentisch, ich starrte ihn an, ohne ein Wort zu sagen. Meine Mutter gab ihm Ribiselsaft und Linzer Schnitten. Als er den ersten Bissen in den Mund gestopft hatte, wandte er sich unvermittelt an mich: Du bist der Pepi, stimmt's? Du hast am 5. Juli Geburtstag, stimmt's?

Ja, sagte ich. Vor Freude ließ er den Skateboardfahrer ein paar Salti schlagen.

Gregor Hens

Dein Land unter

Nimm mich mit. Durch deine eigenen Landschaften, fahr mich, schieb mich. Meistens geht es ja gegen den Wind. Ein Tumult dort, eine Traube frierender Rennfahrer an einem Straßengraben. Sie schweigen und warten, wissen kaum etwas voneinander. Trotzdem entsteht Reibungswärme zwischen den Trikots. Wir schreiben ja schon November, Eisweinzeit. Man könnte meinen, du wärst eine Eiskönigin. Beste Lage. Bist aber nur die Königin von Niedersachsen, jetzt England und Wales. Mit Sitz auf dem Kaiserstuhl. Die Überseegebiete nicht zu vergessen. Die bestehen, ich bitte es zu entschuldigen, aus nichts als aus Süßwasser, Karpfenteichen, Flachland.

Steig aus, steig ein. Wir sind noch nicht da. Uns fehlt noch eine bröckelnde Küste. Ein durchsandetes, fächrig rinnendes Vogelschutzgebiet von der Größe eines pfälzischen Marktfleckens. Wenn wir ankommen sollten, jemals, dann berichtest du mir, was das für ein Gefühl ist, mit geschlossenen Augen zu steuern. Um Nordkurven, Westwälle herum und vorbei an dampfenden Ländereien und ehrwürdigen Baumbeständen. Sie zimmern eine neue, achteckige Sitzbank, hast du gesehen im Vorüberrauschen? Dem Baum ist der Gürtel zu eng geworden, weil er bis ins hohe Alter weiterwächst wie die Ohren meines Großonkels Waldheim.

In deiner Welt wird seit Wochen gezimmert und gehämmert. Deine Risse im Putz, dein Land unter. Ein Schild an der Einfahrt: Hier entsteht ein Kamin. Manchmal, sagst du, haben sie es auf mich abgesehen. Dann putzen sie, wo sie hämmern sollten, sie nageln, wo Kabel ruhen und Drähte leise blitzen, die Decke biegt sich wie eine yukatekische Hängematte und bricht herunter. Es regnet Bücher, mein Übermieter ist ein belesener Mann.

Zeig mir den Bauernhof (Volkshochschule für Reiterkinder), auf dem du dein Leben, das kleine, bis, sagen wir, zwölf gelebt hast. Holsteiner Kühe, Pferde dumm und schön wie Kühe, Fachwerk, alles feinsäuberlich schwarz-weiß geputzt und frisch gestrichen. Geweißt wie Frischs Andorra. Dabei nennen sie den Landstrich Bergisch, gehörte wohl denen von Berg. Bleierne Milch in bleierner Zeit, gescheckte Gatter, schwarze Balken vor den Augen eines mutmaßlichen Kinderschänders. Keiner will ihn gekannt haben. Schlimme Sachen, schlimm, mach die Zeitung zu. Zum Glück warst du ein Mädchen. Dafür fand dich der ein oder andere später so richtig wahnsinnig sexy. In Baden rannten sie dir förmlich die Tür ein.

In Brabant und darüber schwamm eine Brühe auf den Teichen, das kannst du dir nicht vorstellen. Stickige Gewässer, unterirdische Flussarme. Aber da war ich kaum. Fuhr immer nur durch, im Range-Rover meiner Eltern, hinten, mir wurde jedes Mal schlecht in Brabant und darüber, ich konnte ja kaum rausschauen auf das Land und erst recht nicht auf die unterirdischen Gewässer zwischen Amsterdam und der Braunkohle um Garzweiler herum. Ein Dorf, weggesackt. Wir befinden uns im Übrigen im Anflug auf Heliand International. In einer Kulturlandschaft, in der Charlemagne gemetzelt und bekehrt hat, was das Zeug hielt. Was mir nicht aus dem Kopf will, ist der Rhythmus dieser einmaligen Autobahn, das Geräusch der breiten Geländereifen auf den Asphaltplatten. Wie das Padong-Padong einer alten Eisenbahn im Mittleren Westen, wo ich auch schon die ein oder andere Jacke im Eingang habe hängen lassen.

Verstehst du etwas von Ebbe oder Flut? Vom ein oder anderen? Kennst du dich aus mit dem Schwappen der Welt? Es heißt, die beiden Phänomene gehörten zusammen. Aber dem ist nicht so. Die rund geschliffenen Glasreste, die rund geschliffenen Klinkerreste versunkener Städte, das ist eine Sache des Niedrigwassers allein. Der Mond zieht und zerrt und gibt die Überreste frei, die Unterreste einer Stadt, in der immer alle besoffen sind. Schau, aus dem Kirchturm ist ein Steinchen geworden im Laufe der Tiden, nicht größer als ein Wachtelei, karmesinrot. Der Kirchturm, er blutet noch. Die Friedhöfe, heißt es, sind gedeckelt worden, bevor das Wasser kam, das sich große Flut schimpft von achtzehnhundertsoundso. Asphaltplatten, fällt mir ein, gab es da noch nicht.

Am Ende ist es nur ein vierseitiges Gelände, notdürftig geschützt durch einen verschlammten Graben. Eine Madonna an der Einfahrt, deren Gesicht grün angesprüht wurde von einem wahren Störenfried. In der Sternwarte residiert ein Malerfürst, Kärntner nur dem Pass nach. Denn Holland liegt gleich hinter den Tennisplätzen. Aus Holland kamen die schlecht sprechenden Putzfrauen und die Haschischplättchen, die aussahen wie Linoleum. Sie wollten Drucker aus uns machen oder Priester. Auf jeden Fall ging es um Kunst und die Verbreitung einer Nachricht. Über dem Ganzen lag ein Nebel, neun Jahre lang. Ein Dunst, ein Qualm. Der Gestank von fünfhundertfünfzig ungewaschenen Pubertierenden.

Wo liegt Suffolk? Walberswick? Was für ein alberner Name für ein Dorf. Lucian, der Maler, hat dir ein teures Cottage geschenkt. Wie allen seinen Kindern, deren es zwölf oder vierzehn geben soll, verteilt über die ganze Insel, verstreut in mehreren Schößen. *Sexual incontinence* nennt man das hier. Drüben. Die Großeltern sind vor den Nazis geflohen und vor dem blinden Fluch eines Mannes, der das Unheimliche erfunden hat, damit es sich das Heimliche einverleibe.

Erste Ausfahrt

Der Lebenssinn, eine Kohlsche Kategorie *sui generis,* war für den frühen Kohl weitgehend identisch mit dem, was moderne Erziehungswissenschaft und Propädeutik heute »Erfahrungshunger« (M. Rutschky) nennen. Erfahrungshunger aber artikuliert sich immer wieder in jenem altneuen motorischen Phantasma, das als ›Lieder eines fahrenden Gesellen‹ ebenso in die europäische Geistesgeschichte eingeflossen ist wie, negativ gewendet, als ›Winterreise‹ *ad infinitum;* freilich auch in jener Dialektik, welche aus dem Spannungskontinuum des Prinzips Ausfahrt und des nicht minder substantiellen Prinzips Heimat zwingend ihre Resultante zu finden hat: »Heimat« in einem emphatisch Blochschen Sinne. So wie es ja wiederum gleichfalls alles andere als ein Zufall ist, daß jener Theoretiker des Begriffs ›Heimat‹ *par excellence,* Ernst Bloch, ebenfalls in Ludwigshafen geboren war und sich nach dieser seiner von König Ludwig I. von Bayern gegründeten Heimatstadt zeitlebens »in fast verzehrender Haßliebe« (Hofmann, a.a.O., p. 13) verzehrte. Bloch schreibt: »Ludwigshafen blieb der Fabrikschmutz, den man gezwungen hatte, Stadt zu werden: zufällig und hilflos, vom Bahndamm im Kreis entzweigeschnitten, ein Zwickau ohne Hemmungen, nach dem falschen Morgenrot von Biedermeier, das in seine Gründungszeit fiel, ein äußerst nasser Tag« (cit. nach Hofmann).

Verstehe es, wer es wolle – bzw.: So oder so ähnlich sah es natürlich später auch Kohl, hütete sich aber fast immer, es laut auszusprechen, bzw. im sehr signifikanten Unterschied zu Bloch versuchte er eben immer, das Beste draus zu machen, und ging deshalb später auch in die Politik usw. – und auch Bloch sah es dann ja zwei Jahre vor Kohls Niederkunft schon wieder etwas positiver: Ludwigshafen, stellte sogar der marxistische Denker jetzt fest, sei »klar, gleichzeitig, sachlich zwischen sich und Künftigem«.

»Dieses Solidaritätsfundament«, kommentiert Biograph Hofmann zu Recht, »konnte auch von Kohl akzeptiert werden, ohne daß er sich auf die sozialistischen Definitionen des Autors hätte berufen wollen«. Nein, das nun denn doch nicht. Mit der klassenkämpferischen Pervertierung prinzipiell nicht unrichtiger Gedankengänge durch den Marxismus u. a. wollte Kohl, so sehr er z. B. Lassalle in diesem und jenem zeitweise fast recht gab, nichts zu tun haben; davon wollte er nichts wissen.

Eher schon wieder davon, daß Ludwigshafen, so abermals Bloch, ein »ehrlicher Hohlraum« sei, den es auszufüllen gelte. Dieser Integrations- und Ausfüllungsprozeß fand für Kohl später in der hohen Politik statt – vorerst allerdings wurde er erst einmal in den Kindergarten in der Rupprechtstraße gesteckt, von der Hohenzollernstraße nur durch die schnurgerade Schwalbenstraße getrennt. Glücklich an der Hand seiner Mutter stiefelte der kleine Kohl durch die Straße hindurch, mit bangem Herzklopfen, aber immer geradeaus schauend und linsend. Die erste wirkliche Ausfahrt – mit dem Einzug und mit der Integration in den Kindergarten war sie geglückt!

Welch eine neue Welt war es, die sich nun dem kleinen Kohl erschloß! Nicht mehr nur die starre steuerliche Welt des Vaters, nicht nur mehr der Mutter häusliches Treiben, nicht mehr den ganzen Tag der Geschwister nutzlose Versuche, den Schatz im Silbersee ausgerechnet im Vorgarten des Hauses Hohenzollernstraße 89 zu finden. Nein, mit dem Eintritt in den katholischen Kindergarten eröffnete sich für den nachmaligen Spitzenpolitiker gleichsam nebenher die Erstbegegnung mit der Welt des Katholizismus, die sich Kohl später, wie viele andere frühe *connections* auch, politisch nutzbar machen sollte. Und darüber hinaus kam es, gefördert durch das treffliche Naturell schon des sehr jungen Kohl (Lebenshunger, Lerngier!) auch zu einer ersten und – soviel kann man heute rundheraus sagen – rundum gelungenen Primärsozialisation dessen, der später einmal so viele in die neue demokratische Gemeinschaft einweisen sollte.

In Deutschland hatte freilich seit dem 30. Januar 1933 die Nationalsozialistische Deutsche Arbeiterpartei das schwanke Staatsschiff übernommen (»Nationalsozialistische Machtergreifung«), und sie lenkte es zunächst ja auch, dem äußeren Anschein nach, gar nicht übel durch die Fährnisse einer unruhig-unsteten Zeit. Es kam damals u. a. zum Berliner Reichstagsbrand, zu Hindenburgs Notverordnung zum Schutz von Staat und Volk, gleich darauf zu Reichstagswahlen und zum Ermächtigungsgesetz, welches den Nazis praktisch die Beseitigung der Demokratie und die Einrichtung eines Führerstaates gestattete, ja die sog. Gleichschaltung und Alleinherrschaft (Hüttler) – alles Dinge, die früher oder später nicht gutgehen konnten (siehe Röhm-Putsch, »Kristallnacht«, Spanischer Bürgerkrieg, Weltkrieg usw.) und ja auch tatsächlich nicht gut gingen ...

Nicht daß Friesenheim so gar nicht vom scharfen neuen Wind der Zeit gestreift worden wäre, das nicht – dem Kinde Kohl immerhin blieb doch noch viel verborgen – gottseidank, wie man heute sagen darf. Der kleine Kohl ging weiter fleißig in den Kindergarten, tagein tagaus, meist schnurstracks durch die Schwalbenstraße mit ihren anmutigen, noch heute meist geschlossenen Fensterläden, im Lauf der Zeit erlaubte sich Kohl aber auch manchen Umweg über die anderen, um 1930 noch kotigen Straßen Friesenheims – sein schon damals hurtiges Gemüt neigte schon seinerzeit zu allerlei Experimenten und Kabinettstückchen. Im Kindergarten lernte Kohl beten, stricken und sogar einige Grundrechnungsarten, klug mied er das sog. »Sackgreiferle-Spielen« – und schon bald vermochte er in die nahe Grundschule, die Rupprechtschule gleich rechter Hand vom Kindergarten zu wechseln.

Und abermals tat sich eine neue Welt auf! Es war die Welt der Lehrer und Pädagogen, die Welt des Wissens, die Welt der Mitschüler. Die Konkurrenz war scharf, doch Kohl hielt gut mit. Noch heute gibt Kohls Schulzeugnis anläßlich des Absolviums der 1. Klasse, unterschrieben von Lehrer August Scharff, Zeugnis und Rechenschaft von Kohls erster gelungener Leistungsbilanz. Erstes und zweites Halbjahr erbrachten nicht nur lauter 1er und 2er – die Noten sind sogar in allen Fächern vollkommen identisch! Wo Kohl Stärken hatte, behielt er sie – wo es haperte, item. Dies Schulzeugnis mahnt uns wie ein frühes Echo der Beharrlichkeit des reifen Kohl, der Treue zu sich selber: Was er hat, das gibt er nicht mehr her (JU-Vorsitz, Staatskanzlei, Bärbel, Kanzlerschaft). Natürlich, für den sensationsdurstigen Biographen und seine Leser wäre es ja zu schön gewesen, wäre Kohl mit einer »5« in Betragen gestartet! Indessen, es sollte nicht sein – nein, lauter 1er und 2er waren es, die auf den kleinen Kohl entfielen, eine nachgerade unheimliche Konstanz und Penetranz – und wie beharrlich gut bis sehr gut Kohl der Schule auch heute noch gegenübersteht, das beweist nichts nachdrücklicher als der Fakt, daß Kohl nicht allein unlängst zum 75. Geburtstag der Rupprechtschule die Festrede hielt; nein, der Kanzler ließ es sich, wie zahlreiche Pressefotos beweisen, auch nicht nehmen, zusammen mit dem griechischen Gastarbeitermädchen Kadyne noch einmal die Schulbank zu drücken und sich von Schulkindern aus 14 Nationen (ja, Friesenheim ist wirklich ein Schmelztiegel wie sonst nur noch die Bronx) in der jeweiligen Landessprache begrüßen zu lassen. Und, nicht zu vergessen: »Die Schule machte Kohl eine Schulbank zum Geschenk« (dpa).

Im übrigen wissen die heutigen Rupprechtschulschüler die vormalige Präsenz des heute Hochberühmten in ihrer Schule wohl zu schätzen und zu würdigen. Ein privater Test des Verfassers in Friesenheim hat ergeben, daß 3 von 5 befragten heutigen Schulkindern durchaus davon Kenntnis haben, daß hier mal »der Herr

Kohl« zur Schule gegangen sei. Und das bedeutet: Nicht weniger als 60 Prozent! Mehr als Kohls späterer Intimfeind F. J. Strauß bei den letzten Landtagswahlen erzielen konnte!

War Kohl ein Musterschüler? Mitnichten. Kohl lernte zwar leicht und behende, bekam aber auch manche Tatzen und Maulschellen, hielt sich freilich damit schadlos, schlagfertig an die Mitschüler manch Gesalzene schon mal auszuteilen und sich mit Macht zur Wehr zu setzen. Ja, es setzte damals manch klägliches Wehgeschrei an der Rupprechtschule (z. B. bei Krauts Karlchen), wenn Kohl zulangte und auf seinem Recht bestand – allein, wenn seine früheren Mitschüler heutzutage darauf zu sprechen kommen, daß einer der Ihren Kanzler geworden ist, dann ist da keiner, da ist aber auch nicht einer, der da nachtragend wäre. Sondern vielmehr stolz.

Außer Lehrer Scharff war eines der frühesten Leitbilder Kohls sein dem Vater etwa gleichaltriger Onkel Kunz Kohl, Heppenheim. Ja, so wie Kafka einst sich fast mehr seinen beiden berühmten Onkeln zuwandte als dem eigenen leiblichen Vater, dessen emotionell auftrumpfendes Gewicht ihn ja ums Haar erdrückt hätte (vgl. Kafkas harsch abrechnenden ›Brief an den Vater‹, in dem Kafka ganz schön spitz werden kann) – ebenso wandte sich auch Kohl gemütsmäßig immer mehr Kunz Kohl zu, zuzeiten auch dessen Hund Hinz. Geradezu magnetisch angezogen fühlte er sich von diesem Onkel, und es war dann wie eine erste und vorentscheidende Fulguration Kohlschen Geistes, als Kunz Kohl den jungen Kohl am 1. September 1937 – exakt zwei Jahre vor Ausbruch des Krieges – nicht nur mit dem Laubholzsägen und dem Papierschiffchenbauen vertraut machte, sondern ihn auch ins Wesen des Politischen einführte.

Kohls erste politische Leitsterne waren demzufolge Caesar, Napoleon, Augustus, August der Starke, Philipp, Marquis Posa, Eboli, Washington und William the Conqueror.

Später, im Laufe der Pubertät, kamen dann auch vor allem Alexander, Scharnhorst, Dr. Struttmann und der Prinz von

Homburg dazu (freilich noch nicht in der Kleistschen Fassung, sondern in der der Friesenheimer Nationalbibliothek). Mit einem Wort, lauter edelmütige Eroberernaturen – solche, denen schon der kleine Kohl dereinst nachschlagen wollte und sollte ...

Und während der Bub dann auch schon mal den Schwarzwald besuchte (»Ein Stück Irrationalität« nannte ihn Kohl am 29. 5. 85 kurz vor den großen Ausschreitungen anläßlich von Turin – Liverpool in Brüssel im Bayerischen Rundfunk im Zuge einer friedlichen Begehung) und so sein Weltbild erweiterte und verfeinerte, derweil ging in der Schule alles seinen gewohnten Gang, mehr schlecht als recht. Kohl freilich machte sich nicht gemein und war so gut wie immer der erste und mittlerweile auch schon (wichtig!) der größte im Kreise seiner Mitschüler. Und endlich der Frankreichfeldzug von 1940, von Kohls Eltern als »weiteres Verhängnis betrachtet« (Hofmann, p. 14), sah ihren Sohn dann auch schon in der Realschule, dem heutigen Max-Planck-Gymnasium, einen Steinwurf von der Volksschule entfernt. Ja, das Reale war es damals schon, worauf Kohl schon seinerzeit immer besonders freudig ansprach – und gut war er schon dortmals immer in Prozentzahlen bis hinters Komma. Schon jetzt träumte er natürlich auch hin und wieder von den großen späteren Staatsbesuchen im nahen Frankreich, in Paris, im Elyséepalast von Versailles usw. – nicht belastete den kleinen Kohl noch, daß Flaubert und Gombrowicz in fast gleichlautenden Passagen Paris zur europäischen Kapitale der Dummheit ernannt hatten (und recht hatten sie, siehe Sartre, Beauvoir u. a.), oder etwa gar die Tatsache, daß er, Kohl, kein Wort Französisch konnte noch je können würde – außer »arrevederci« vielleicht – noch auch nur wollte. Nein, derlei lag schon damals nicht und auch später nie in den Intentionen und Ambitionen von Kohls energiegeladener Gesamtlebensstrategie, nein, der Kohlschen Suche nach der Kategorie Lebenssinn war damals schon, seit ca. 1938, ehern und untrennbar beigeordnet und parallel beigelagert ein ganz Anderes: »Die Lebenslust der Oggersheimer ist kolossal«, teilt Hermann Blaul mit; und eben diese vitale Lebenslust, die oft ins nachgerade Libidinöse sich auswachsen kann, war es dann auch, die den jungen Kohl zunächst am heftigsten und unwiderstehlichsten ergriff – und endlich zu seinem 8. Geburtstag am 3. April 1938 (v. Blomberg und v. Fritsch waren gerade schmählich entlassen worden, in Österreich war schon der folgenschwere Rücktritt des Bundeskanzlers Schuschnigg knapp erfolgt) war es, daß Kohl zum ersten Male das prächtige, süffige, ja unübertreffliche ›Halali-Edelbock‹-Bier aus der nahen Privatbrauerei Maier probieren und kosten durfte – der Stolz ganz Friesenheims, ja Ludwigshafens! Kohl gab sein Bestes, saugte und saugte, schluckte und würgte. Hei, wie das mundete! Und wie schlecht Kohl davon bald wurde! Noch schlechter als von seiner ganzen Familie, der Realschule und von dem ganzen restlichen Friesenheimer Gesocks und Gemuffel zusammen! Und doch, am nächsten Tag schon (der Anschluß Österreichs an Deutschland war längst erfolgt) war Kohl wieder voll da, sauste die Hohenzollernstraße lang, erreichte die Realschule, untermauerte dort seine führende Stellung – und surrte kurz nach Schulschluß wie ein Wirbelwind, wie ein Torpedo, wie eine Turbopropellermaschine wieder heim. Getrieben von schierer Lebensenergie und Motorik; von jener, wie der Dichter sagt, »Sehnsucht, die nimmermehr ruht«.

PS: Für seine im vorigen Kapitel erwähnte Proseminararbeit über Arnims ›Capitulation von Oggersheim‹ erreichte F. W. Bernstein übrigens vom Prof. Arntzen ein sehr gerechtes »befriedigend plus«.

Judith Hermann

Wohin des Wegs

Ich kenne Jacob seit fast einem Jahr. Ich denke nicht darüber nach, ob das lange ist oder kurz. Jacob sagt, daß wir für immer zusammensein werden, das beunruhigt mich, weil schon jetzt scheinbar alles zwischen mir und ihm aus Erinnerung besteht. Ich bin einmal mit Jacob auf einer Ausstellung gewesen. Die Ausstellung war in einem Schloß am Ufer eines Sees, in einer Gegend, in der er als Kind gelebt hatte. Wir waren mit dem Auto gefahren, er hatte mir seine Orte gezeigt, er hatte, als wir einen Fluß überquerten, stolz gesagt »Und das ist die Spree«, ich war mir der Bedeutung dieses Ausfluges bewußt. Wir kamen am Abend am Schloß an. Der Schloßpark lag verlassen, auf dem Parkplatz kein einziges Auto, auf der Wiese am See baute ein Mann umständlich einen Projektor für ein Freiluftkino auf. Wir schienen die einzigen Besucher zu sein, das Mädchen an der Kasse schreckte auf, als wir die Halle betraten, und riß die Eintrittskarten ab, als täte sie das zum allerersten Mal. Jacob hatte den ganzen Tag über gesagt, es solle auf dieser Ausstellung unter 50 schlechten ein gutes Bild geben, das gute Bild war nicht zu finden. Alle Bilder waren fürchterlich, die Installationen, Videoprojektionen, Skulpturen auch.
Wir liefen Hand in Hand durch die Säle, öffneten die Schubladen der Wandschränke, die Tapetentüren, die Flügelfenster, die auf den See hinausgingen. Das Schloß war schön, verfallen und heruntergekommen, die Wandschränke leer, hinter den Tapetentüren Plastikeimer, Desinfektionsmittel und Besen, die Brokattapeten mit braunem Lack überstrichen, graues Linoleum über dem Parkett. Manchmal blieben wir stehen und umarm-

ten uns ungeschickt, es schien Jacob gutzugehen, mir ging es auch gut, obwohl die seltsame Vollkommenheit des Tages mich verschlossen machte, stumpf und erwartungslos. Wir umarmten uns, ließen uns wieder los, gingen weiter, sprachen nicht über das, was wir sahen, und waren uns einig. Die letzte Installation im letzten Raum, vor dem ein schwarzer Filzvorhang hing, trug den Titel *Wohin des Wegs.* Ich zog den Vorhang beiseite, und wir betraten ein Zimmer, das vollständig mit Holzlatten verkleidet war, sie reichten fast bis unter die Decke und ließen nur ganz oben einen schmalen Spalt Licht herein. Es war dunkel, alle Helligkeit schien unter der Decke zu schweben, milchig und staubig, nur an die rechte Wand warf die Abendsonne ein ganz kleines, leuchtendes, goldenes Rechteck aus Licht. Es war warm, ein wenig stickig, vielleicht so wie ein Dachboden im Sommer, eine Wärme, die in den Körper hineingeht und ihn widerstandslos macht. Wir standen eine Weile so da und betrachteten das Rechteck, dann ging Jacob hinaus, und ich folgte ihm. Später, auf der Heimfahrt in der Nacht, redeten wir darüber. Jacob sagte »Der Künstler kann von diesem komischen Lichtfleck nicht gewußt haben. Also ist es darum auch gar nicht gegangen, eine sinnlose Installation, wenn nicht gerade in dem Moment, in dem wir das Zimmer betreten haben, die Abendsonne diesen zugegebenermaßen sehr schönen Effekt an die Wand geworfen hätte«. Er benutzte tatsächlich die Worte *Effekt* und *zugegebenermaßen,* aber das war es nicht, was mich später denken ließ, daß wir in diesem Moment verschiedene Wege gingen. Es war der bezeichnende Unterschied in unserer Wahrnehmung, in dem, woran wir glaubten oder bereit waren, zu glauben. Ich war mir sicher, daß es um genau dieses goldene Rechteck aus Licht gegangen war. Die Abendsonne, ein klarer Himmel, ein bestimmter Lichteinfall und ein kurzer Augenblick, er und ich und der Gang durch das Schloß und der Moment, in dem wir zufällig dieses Zimmer betreten hatten, nicht zu spät und nicht zu früh, und eine Frage, *Wohin des*

Wegs, ich hätte meine Antwort gewußt. Jacob glaubte das nicht, und er hatte über eine Antwort noch nicht einmal nachgedacht. Er war auch später, als jemand, dem wir davon erzählten, sagte, schon in den Pyramiden hätte es Schreine gegeben, die so gebaut worden seien, daß sie zu bestimmten Zeiten des Tages vom Licht geradezu gesegnet worden wären, nicht zu überzeugen, er glaubte es nicht. Wir fuhren zurück in die Stadt, Sonnenblumen auf der Rückbank und der Autoaschenbecher voll von nervös gerauchten Zigaretten, die Gewißheit, einen Tag miteinander verbracht zu haben, das ausgehalten zu haben und auch glücklich gewesen zu sein, machte uns satt, träge und schwerfällig. Wir kamen gegen Mitternacht in Berlin an, gingen Wein trinken, stritten uns, Jacob sagte »Wir hätten bleiben sollen, wir hätten draußen bleiben sollen auf dem Land«, vielleicht, wir sind aber nicht geblieben. Daran erinnere ich mich. Von Zeit zu Zeit.

Wolfgang Hilbig

Das Loch

Wenn es das Drehbuch irgendeines deutschen Spielfilms erforderlich macht, daß eine Gruppe von Menschen aus den verschiedensten Regionen Deutschlands zusammentrifft, dann kann man Gift darauf nehmen, daß der lächerlichste, der ausgesuchte Depp der ganzen Versammlung im sächsischen Dialekt redet. Bayerische, schwäbische oder hessische Töne sind sanktioniert, sie gehören sozusagen zum Kulturgut, Sächsisch und Thüringisch aber – niemand, der einen solchen Part zu sprechen hat, gibt sich die geringste Mühe, da einen Unterschied herauszuhören – bilden in der sympathetischen Tonlage der deutschen Dialektlandschaft eine Art Loch, aus dem man, steckt man einmal darin, nicht wieder herauskommt. Wir bringen jeden Sprachlehrer zur Verzweiflung, Schauspielschulen oder Radiosender nehmen uns nicht an, es sei denn, das Prinzip benötigt eine Ausnahme; bestenfalls taugen wir noch für das Kabarett, aber auch dort scheint man sich nicht darüber zu amüsieren, was wir sagen, sondern wie wir es sagen.

Schade, ich hätte diesen Text gern humorvoller begonnen, aber ich lande sofort bei der Politik. Grenzsoldaten, die die Berliner Mauer bewachen mußten, waren in der Regel Sachsen oder Thüringer, da bei ihnen die Möglichkeit gering war, daß sie mit eventuellen Brüdern oder Schwestern jenseits der Mauer kommunizierten. Und man wird, bei allem Verständnis, in Berlin erst nach Generationen vergessen, wie fehl am Platz die Sachsen dort waren. Grenzsoldaten aus Berlin, die es, was alle vergessen haben, auch gab, schickte man an die sogenannte grüne Grenze nach Thüringen, wo man sie, wenn es gut ging, darum beneidete, daß sie Einwohner der Hauptstadt waren, oder, wenn es nicht so gut ging, wo man sie für arrogante Schnösel hielt. Hinzu kamen die Reden unseres vorletzten Vorsitzenden, unter dem die Mauer noch ihre Funktion erfüllte: Ich kann mich genau erinnern, wie ich mich in Schamgefühlen gewunden habe, wenn ich in die Verlegenheit kam, dem Geheul Ulbrichts zuhören zu müssen. Als meine Tochter geboren wurde, setzten in der Nacht gegen zwei Uhr bei ihrer Mutter die Wehen ein, und zwar mit solcher Heftigkeit, daß ich sofort hinausstürzte, um eine Ambulanz zu rufen; wir wohnten damals in einer abgelegenen Ecke in Berlin-Köpenick. Zwei Straßen weiter traf ich auf ein Gebäude, aus dem laute Tanzmusik drang, alle Fenster waren hell erleuchtet; ich wußte, es war irgendein Gästehaus der SED. Ich klingelte an der Tür, mehrfach, nach ungefähr fünf Minuten öffnete mir eine Frau, vielleicht Anfang fünfzig, im hochgeschlossenen sogenannten Kostüm, mit einem Sektglas in der Hand, die übertrieben geschminkte Genossin schwankte, sie war um einiges mehr als angeheitert. Hinter ihr auf dem Flur sah ich ein Telefon; ich fragte, ob ich es ganz kurz benutzen dürfe: die Frau in den Wehen, es sei allerhöchste Zeit! – Die zuvor grinsende Frau wurde ernst: Von hier aus dürfe man nicht anrufen, ob ich denn nicht sähe, daß ich in einen Empfang der Bezirksparteileitung geraten sei. – Ein paar Sekunden überlegte ich, ob ich die Schlampe k. o. schlagen solle, zum Glück unterließ ich es und rannte im Schweinsgalopp zum Polizeirevier im Zentrum von Köpenick, das damals noch ein stockdunkles Viertel war, wo es weder Telefonzellen noch ein Taxi gab; es waren mindestens drei Kilometer, doch ich war damals noch gut in Form. Ich erinnere mich, daß die Frau auf der Parteifeier ein, wie es gern genannt wird, »unverblümtes Sächsisch« sprach: Intuitiv hat sie bestimmt zu meiner Art von Heimatliebe beigetragen, – und noch eine Menge solcher Vorfälle mehr. – Sind Sie schon einmal bei Nacht von einem sächsischen Volkspolizisten angeschnauzt und verhaftet worden? – Mir ist es mehrmals passiert; Sie würden den Tonfall Ihren Lebtag lang nicht vergessen! In Ermangelung eines Vaters ist es mir nie eingefallen, die Stadt, in der ich geboren wurde, meine »Vaterstadt« zu nennen, und auch das Wort »Heimatstadt« gehört nicht zu meinem Wortschatz. Ab und zu habe ich sie, das sollte wohl ein Witz sein, mein »Mutterloch« genannt. – Ich hatte damit nicht ganz daneben gegriffen: Einige Jahre vor dem Zusammenbruch der DDR wurde ein großer Teil des schon halb zusammengefallenen Altstadtkerns abgerissen, an zentraler Stelle der Stadt wurde eine riesige Senke ausgehoben, die den Fundamenten einer Neubausiedlung zugedacht war, einer Reihe sogenannter Plattenbauten, im Anschluß an schon vorhandene Plattenbauten, wie man sie überall im »sozialistischen Lager« finden konnte, in Ulan-Bator genauso wie in Bratislava oder in Rostock. Aber es fehlten die Finanzen für die Neubauten, und die Grube blieb, wie sie war. Dann kam der Umbruch, allgemein die »Wende« genannt, es bildete sich eine Fraktion der Grünen Partei, die unter wütenden Protesten diese Neubauten verhinderte. Das Ergebnis der Revolution in der Stadt, in der ich bis dahin noch immer als Einwohner gemeldet war, war ein riesenhaftes leeres Loch.

Als ich, Jahre danach, wieder einmal in die Stadt kam, war über dem Loch ein unförmiges, mir außerordentlich provisorisch vorkommendes Einkaufszentrum errichtet worden, in dem es alles gab: Apotheke, Schuhmacherei, Postamt, Spielwaren- und Textilienverkauf. Es deckte den Bedarf der Bevölkerung völlig ab, was zur Folge hatte, daß all den kleinen Geschäften entlang der Hauptstraße vorübergehend das Lebenslicht ausgeblasen wurde. Und ich ging an ihren staubblinden Schaufenstern vorbei, hinter denen sich endlich die Wahrheit des gesamten vergangenen Staats offenbart hatte: das hohle, ausgeräumte und staubgraue Nichts.

Inzwischen hat sich das wieder geändert, inzwischen gibt es in dieser Stadt sogar ein paar Gaststätten, die nach zweiundzwanzig Uhr noch geöffnet sind. Eines Nachts war ich in einem solchen Lokal, traf ein paar Bekannte, die ich seit mehr als zehn Jahren nicht gesehen hatte, und wurde sofort in ein wildes Gespräch verwickelt, in dem es um den sogenannten Inhalt der Bücher ging, die ich geschrieben habe. Es gibt im normalen Leben nichts Schlimmeres, als bei Nacht in einer Kneipe über Literatur zu reden, aber offenbar läßt es sich nicht vermeiden. Es ging darum, wieso, aus welcher unbegreiflichen Empfindlichkeit oder Rachsucht heraus ich so boshaft und übertrieben über diese Stadt schreiben könne, aus der ich doch schließlich selbst stamme. Nachdem das ungefähr zwei Stunden so fort ging, ließ ich mich dazu hinreißen, die Leute am Tisch anzubrüllen: Ich lästere über die Stadt nur, weil ich sie liebe! – Nun endlich schwiegen sie und schüttelten die Köpfe: Auch dieser Satz war offensichtlich nicht der, den sie hören wollten. – Ich ging nach Hause, zur Wohnung meiner Mutter, und nahm Umwege, weil ich fürchtete, verfolgt zu werden. Als ich am nächsten Tag wach wurde, entsann ich mich nur noch dieses Satzes, den ich gesagt hatte, als ich längst nicht mehr nüchtern war. Am Abend hatte ich das unbezwingliche Gefühl, ich müsse noch einmal in jene Kneipe zurück, um mich für diesen Satz zu entschuldigen, aber ich traf keinen meiner Bekannten mehr an. Ich entschloß mich, zurück nach Berlin zu fahren, dorthin, wo mein Schreibtisch steht, an dem mir ebensowenig Gründe dafür einfallen, warum ich immer wieder über meine Stadt schreibe. – Schriftsteller, wenn sie gefragt werden, welchen Ort sie für ihre Heimat halten, antworten so oft, daß es fast zum Klischee geworden ist: Heimat ist dort, wo mein Schreibtisch steht. – Selbst diesen Satz kann ich in Bezug auf meinen Schreibtisch nicht sagen. Mein Schreibtisch, das hölzerne Ungetüm, ist ein Möbel, an dem ich tagtäglich eine Niederlage nach der anderen erleide. Wenn ich mich von ihm erhebe, das Haus verlasse und in die Nacht von Berlin eintauche, habe ich ihn sofort vergessen. Ebenso, wie ich meine Stadt sofort vergessen habe, wenn ich mich aus ihr davonmache.

Heimat wäre dann etwas, das hinter dem Vergessen zurückgeblieben ist, gleichviel, ob man es vergessen wollte, oder ob sich dieses Vergessen zwangsläufig ergeben hat. – Gäbe es Heimat, sage ich mir, dann wäre sie ein Mysterium. Und tatsächlich treffen Gedanken an irgendeine Heimat auf einen Schatten, der darüber liegt, den ich nicht durchdringen kann. Ich gebrauche das Wort »Heimat« nicht, es käme mir vor wie eine willkürliche Lüge, oder zumindest wie eine Fahrlässigkeit. Mir bleibt nichts übrig, als mir eine Heimat zu entwerfen, auf dem Papier, an meinem Schreibtisch, und Schicht für Schicht des Schattens abzutragen, bis ich mich auf einem Ufer finde, bis ich an einer Küste gestrandet bin, die ich nie zuvor gesehen habe.

Thomas Hoeps

Rede des scheidenden Vorsitzenden Schily zur 27. Jahreshauptversammlung der Arbeitsgemeinschaft Deutscher Einrichtungsgeschäfte (ADEG) in Bad P., daß eine Heimat sei

»Meine Damen und Herren, liebe Mitglieder, Kollegen, Freunde. Ich freue mich, daß Sie heute so zahlreich zur Bezirkssitzung erschienen sind, um die 27. Jahreshauptversammlung der Arbeitsgemeinschaft Deutscher Einrichtungsgeschäfte vorzubereiten, die am 8. Mai endlich auch einmal in unserem schönen Bad P. stattfinden wird.

Bevor wir uns mit der sachlichen Organisation beschäftigen, möchte ich als Vorsitzender des Bezirks Weserbergland die Gelegenheit nutzen und Ihnen einen Initiativantrag vorstellen, den wir auf die Tagesordnung zum 8. Mai gebracht haben.

Meine Damen und Herren, erneut liegt ein schweres Jahr hinter dem Einzelhandel. Die Kaufkraft in der Region sank zum siebten Mal in Folge, diesmal um 1,5 Prozent. Obwohl die Kurverwaltung große Anstrengungen unternahm, den Tourismus durch neue Beauty- und Wellnessangebote anzukurbeln, ist die Gesundheitsreformkrise längst nicht überwunden. Die Bettenauslastung in Hotellerie und Kliniken bleibt unbefriedigend, die Arbeitslosenzahlen sind weiter gestiegen.

Die Lage unserer Stadt bleibt also schwierig. Dennoch dürfen wir Einrichter heute eine positive Bilanz ziehen. Die Jahresumfrage bei unseren Mitgliedsgeschäften verzeichnete ein Umsatzwachstum von knapp acht Prozent. Und dies zu einer Zeit, da im übrigen Deutschland erneut Dutzende von traditionsreichen Einrichtern ihre Häuser schließen mußten. Wie konnte uns dieses Kunststück gelingen?

Meine Antwort auf diese Frage ist unser Initiativantrag. Er trägt den Titel *Heimat schaffen in heimatloser Zeit*, und er ist, erlauben Sie mir diese persönliche Bemerkung, die Quintessenz meiner vierzigjährigen Berufserfahrung, ja so etwas wie mein Vermächtnis. Denn, meine Freunde, die Einbringung unseres Antrags am 8. Mai soll zugleich meine letzte Amtshandlung als Bezirksvorsitzender der ADEG sein.

Die Bundesversammlung ist eine gute Gelegenheit, nach genau dreißig Jahren den Weg für die jüngere Generation frei zu machen. Ich selbst war fünfunddreißig, als ich den ADEG-Bezirksverband Weserbergland mit ins Leben rief und sein erster und bisher einziger Vorsitzender wurde. Die Älteren von uns erinnern sich noch gut an die Ölkrise, die wenige Monate später die Weltwirtschaft in Turbulenzen brachte und auch uns Einrichter ordentlich durchschüttelte. Damals zweifelten einige ältere Kollegen, ob ein so junger Mann wie ich das Ruder in schwerer Zeit sicher halten könnte.

Ich möchte heute einer solchen Fehleinschätzung nicht selbst unterliegen und unsere, wenn ich das so sagen darf, jungen Wilden erst in den Vorstand lassen, wenn die deutsche Krise überwunden ist. Freilich kenne ich unseren Nachwuchs auch gut genug – den Michael, den Peter, den Horst, ich kann sie nicht alle erwähnen –, gut genug kenne ich euch alle, um zu wissen, daß ihr das Kind nicht gleich mit dem Bade ausschütten werdet.

Heimat schaffen in heimatloser Zeit, meine Freunde. Gewiß ein provokanter Titel. Aber ist es denn nicht genau so? Leben wir nicht in einer Welt, die uns das Gefühl, aufgehoben zu sein, immer häufiger, immer schroffer verweigert?

Nicht nur Gewaltverbrechen und Arbeitslosigkeit reißen die Menschen aus ihren vertrauten Zusammenhängen. Auch die Zahl auseinanderbrechender Familien steigt unaufhaltsam. Die Familie ist die Keimzelle des Staatsgebildes. In dieser Keimzelle aber steckt und nagt der Wurm. Müssen wir uns da wundern, daß sich unser Staat in der tiefsten Krise seit seiner Gründung befindet? Es ist doch eine Schande, wie selbstverständlich wir hinnehmen, was einst eine Ausnahme war: die Ehescheidung.

Wo kommt das her, das habe ich mich in letzter Zeit oft fragen müssen. Ich meine, schuld ist das Mißtrauen. Ein Mißtrauen, das verlangt, sich permanent zu rechtfertigen. Wie Metastasen breitet sich dieser Zwang aus, über alles miteinander reden zu sollen, sein Innerstes nach außen kehren zu müssen, was zwangsläufig in der Katastrophe enden muß. Unsere Eltern wußten das noch. Da deckte man den Mantel des Erbarmens über die Schwächen des anderen und über die eigenen natürlich auch, da richtete man sich ein miteinander, fand sich ab, das schuf eine stabile Basis. Aber heute beherrscht uns die brutale Wut des Erklären-Müssens und des Verstehen-Sollens. Und dann steht man prompt vor einem Scherbenhaufen, wenn einer erkennt, daß der andere ihn im Innersten gar nicht versteht, obwohl er sich im Innersten ja selbst nicht mal versteht. Mit einem Schlag wird da noch die beste Ehe vernichtet, selbst nach 30 Jahren eines wundervollen, schweigenden Einverständnisses. Ruckzuck geht das, als ob man nie ein Leben geteilt hätte, als ob man nie für den anderen mitgedacht, nie alles nur dem anderen zuliebe getan hätte, tagaus, tagein. Ganze Heerscharen von Psychologen versprechen uns Heilung durch Selbstfindung, aber tatsächlich trennen sie nur, was zusammengehört. Da wuchert ein Krebs, der alles kaputt macht, ich weiß, wovon ich rede, ich weiß es nur zu gut, nur zu gut – –«

Schily klappte den Plastiksitz herunter und setzte sich, schloß die Augen, drehte noch etwas heißer und ließ sich das Wasser übers Gesicht laufen. Das geht keinen was an. Du gehst da gleich erhobenen Hauptes hin, du bist ihr Vorsitzender, du hast eine Vorbildfunktion, das kann dir keiner nehmen. Und jetzt nur nicht die Ruhe verlieren. Ein Fehler in der Generalprobe geht vollkommen in Ordnung, der muß sogar sein. Du mußt einfach an deinem Papier bleiben, keine Abschweifungen mehr. Konzentration, Schily, es ist deine vorletzte Schlacht. Er stand auf, öffnete einen Spalt weit die Duschkabine, im Wasserdampf war das Redemanuskript auf der Waschmaschine kaum mehr zu erkennen. Also nochmal ab »Gründung befindet«.

»Meine Damen und Herren, Kollegen. Natürlich können wir Einrichter nicht die Gesellschaft verändern, aber ihre Krankheitssymptome lindern, das können wir sehr wohl. Wir müssen nur sehen, wie die Menschen die fortschreitende Vernichtung ihrer Heimat – sei es in der Umwelt, im Beruf oder in der Familie – aufzufangen versuchen.
Ihre Antwort heißt Rückzug in die eigenen vier liebevoll gestalteten Wände.
Jetzt höre ich die Jüngeren ein Wort raunen. Das weiß ich wohl, wir ihr – der Michael, der Peter, der Horst – das nennt: ›Cocooning‹. Solche englischen Schlagworte riechen einem alten Hasen wie mir eigentlich zu sehr nach schnellebigen Modeerscheinungen. Aber an diesem Beispiel könnt ihr sehen, daß euer Vorsitzender immer noch lernfähig ist, denn dieses ›Cocooning‹, dieses – wenn man das mal übersetzt – kunstvolle, paßgenaue Sich-Einspinnen in einen seidenen Kokon hat ja eine lange Tradition. Wir Deutschen haben ja schon immer so reagiert, wenn uns die Welt da draußen zu ruppig wurde: Die Besinnung auf das eigene Heim, das eigene Reich stand dann immer ganz oben bei jedem anständigen Menschen.
Wenn das ›Cocooning‹ aber schon in vollem Gange ist, so höre ich fragen, wieso müssen dann heute in Deutschland noch jeden Monat ADEG-Geschäfte schließen?
Da kann man nur ganz hart von Marktbereinigung sprechen. Haben nicht einige von uns selbst ›Cocooning‹ betrieben, in den vier Wänden ihres Geschäfts? So etwas kann nicht gutgehen. Tradition schafft Vertrauen, aber Innovation bringt Gewinne.
Da braucht es einen guten Gleichgewichtssinn, große Offenheit und nicht zuletzt ein unbedingt solidarisches Ja zu unserer sozialpolitischen Verantwortung.

Aber ich will nicht nur die Schuld bei unserer Zunft suchen. Denn tatsächlich fließt der Hauptstrom des ›Cocooning‹-Geldes an uns vorbei in die Kassen der Möbeldiscounter und Warenhäuser. Ist das kleine Einrichtungsgeschäft vielleicht eine aussterbende Gattung? Ganz im Gegenteil, meine Freunde. Dem ADEG-Fachgeschäft gehört die Zukunft! Und zwar bundesweit. Unser Erfolg beweist es. Denn aufgrund seiner Bevölkerungsstruktur ist Bad P. eine einzigartige Modellstadt für das Konsumverhalten im Deutschland von morgen. Schon heute ist hier gut jeder Dritte älter als fünfundfünfzig. Kurgäste und Tagesbesucher hinzugerechnet, erreicht die Generation 55plus gar einen Anteil von über 60 Prozent. Es sind diese Menschen, die zu uns kommen. Sie sind des billigen Modeflitters überdrüssig. Ihnen kann man nicht mit flotten Sprüchen verkaufen, was nicht zu ihnen paßt. Jedes Möbel, jedes noch so kleine Accessoire hat für sie eine ganz spezielle Bedeutung.

Allein- und zurückgelassen von Ehegatten, Verwandten, Freunden, der Heimat ihrer Kindheit durch die Uniformierung der Städte und die Zersiedelung einst unberührter Landschaften entfremdet, mißtrauisch geworden gegenüber der Zuverlässigkeit ihrer Erinnerungen, haben sie eines gelernt: Was bleibt, das sind allein die Dinge, mit denen sie sich umgeben. Und darum bedürfen sie einer persönlichen Beratung, die ihnen schon beim Kauf ein Gefühl des heimatlichen Aufgehobenseins vermittelt.

Das kann kein Discounter leisten. Das schaffen nur wir, die ADEG-Fachberater. Wir sind Wegbegleiter in eine Heimat, in der noch niemand war. Ja, wir sind die Quelle, aus der der Mensch sich eine Heimat schöpft in heimatloser Zeit.«

Schily sah, wie die Bezirksmitglieder und dann auch schon die Bundesdelegierten geschlossen aufstanden und dem künftigen Ehrenvorsitzenden applaudierten, im rhythmischen Einklang und mit zunehmender Heftigkeit massierten seine Hände das

Anti-Schuppen-Shampoo in die Kopfhaut. Welch eine Zustimmung, er stockte. Die Tür war gegangen.

»Vater?«

»Martin? Was willst du?«

»Ich dachte, wir gehen zusammen.«

»Ich bin noch nicht fertig.«

»Ich kann ja warten.«

»Nein, ich geh allein.«

»Warum?«

»Hast du mir je gesagt, warum du alleine gehen wolltest?«

»Ach, Vater, komm. Wir könnten noch mal alles durchsprechen.«

»Was denn?«

»Die Bezirkssitzung halt.«

»Meinst du, ich schaffe es nicht mehr ohne Hilfe?«

»Doch, natürlich. Entschuldige. Ich will doch nur – wir könnten vielleicht eine Sprachregelung – diese Stabübergabe soll doch für uns beide würdevoll –«

»Du meinst sowas wie ›Der König ist tot ...‹, ja?«

»Laß uns nicht wieder streiten. Ich kann doch nichts dafür, daß Mama –«

» – mich aus dem eigenen Geschäft wirft? Und aus meinem Haus noch dazu?«

»Es war das Haus von Mamas Familie. Und wenn du dein Geschäft auf ihren Namen laufen läßt, ohne dich abzusichern –«

»Ja, wie kann man nur jemandem vertrauen. So denkst du. Du warst ja von klein auf einer von denen. Einer von diesen ewig mißtrauischen alten Kurbadbürgern. Mußtest dich dein Leben lang schämen für deinen Vater, was? Den Zugereisten, der sich nicht so einfach abweisen ließ.«

»Ach Gott, die oberschlesische Minderwertigkeitslitanei schon wieder. ADEG-Vorsitzender, sachkundiger Bürger, Schützenkommandeur – was willst du eigentlich? Hätten sie dich anbetteln sollen, Bürgermeister zu werden, oder Landrat?«

»Es reicht! Wenn ich aus der Dusche komme, bist du weg, verstanden?«

»Ich geh ja schon. Ich hatte dir nur sagen wollen, daß du wieder in das Geschäft eintreten kannst. Gleich wenn Mama es mir –«

»Muß ich mich jetzt noch verhöhnen lassen? Ich hätte es getan, ich hätte dich – raus!«

»Komm endlich zu dir, Vater. Mehr – «

»Raus! Ich habe keinen Sohn mehr! Raus jetzt! – – – Ich habe immer – ich werde – ich muß –

– – – hat der Bengel – das Licht – «

Thomas Hürlimann

Heimatluft
Wie Aristophanes die Schweiz erfand

Schön, wenn man Flügel hat. Sie sind nützlich und süß. Beispielsweise im Theater. Sollte das Trauerspiel zäh, dein Magen
aber hungrig sein, fliegst du rasch nach Hause, nimmst dort ein
Frühstück, dann flatterst du vollgestopft auf deinen Platz
zurück. Und hast du Lust zum Scheißen, brauchst du es nicht
ins Hemd zu schwitzen, drück's einfach raus und laß es fallen,
als Vogel brauchst du kein Örtchen, dir gehört der ganze Himmel. Ja, schön, wenn man Flügel hat. Und ein Schnäbelchen!
Kaum ist der Mann deiner Liebsten ausgeflogen, schwirrst du
zu ihr, um sie kräftig durchzuvögeln, epopoi popopoo popopoi,
io io ito, io io ito!«
Dieser Text stammt aus der Feder von Aristophanes, dem frech-
sten und lustigsten Theatervogel der Geschichte. Goethe hat ihn
den »ungezogenen Liebling der Grazien« genannt, Hugo von
Hofmannsthal stellte ihn über Shakespeare und Mozart. Aristophanes überflog alle Grenzen, auch die des guten
Geschmacks, auch die der Zeit – bis auf den heutigen Tag ist
jede seiner Figuren, jede seiner Szenen so frech und frisch, daß
ihnen die zweieinhalb Jahrtausende niemand anmerkt. Seine
wohl berühmteste Komödie, »Die Vögel«, wurde im März 414
vor Christus uraufgeführt, mitten im Krieg, und provozierte das
Publikum zu Proteststürmen. Uns müßte es ähnlich ergehen.
Denn in den »Vögeln« erfand Aristophanes, nebenher und mit
leichtester Feder, die Schweiz von heute.
Die Literaturgeschichte ist der Meinung, der fröhliche Komö-
diendichter habe seine Stoffe frei erfunden. Ein Blick in die
Athener Geschichte zeigt jedoch, daß seine Stücke ganz und gar

aus dem Material bestehen, in dem der Dichter gewohnt hat. Ein Jahr vor der Uraufführung hatte Athen den sizilianischen Feldzug begonnen. Die reiche Kulturstadt wollte endlich das kriegerische Sparta überflügeln und den Mittelmeerraum unter seine Fittiche nehmen. Alkibiades jedoch, der große Stratege, war zu Hause in Händel, Intrigen und Prozesse verwickelt, weshalb der Feldzug mehr und mehr ins Stocken geriet. Was tun? Wie weiter? Niemand wußte es, alle begannen zu palavern, und über Nacht sah sich die Staatspartei in einen heftigen Flügelkampf verwickelt. Die einen wollten in den alten und engen Grenzen verharren, wie bisher von einer hohen Mauer geschützt. Katasterbeamte und Zöllner nahmen sie in Kauf, sogar ein paar unbegabte Heimatdichter – Hauptsache, Athen blieb Athen. Die andern hielten an den Feldzugplänen fest. Wortreich für eine »Öffnung« plädierend, wollten sie die Stadt mit Sizilien, also mit ertragreichen Kolonien und einem neuen Europa verbinden. Dadurch, glaubten sie, würde alles anders, alles besser, nicht zuletzt die Dichtung.

Weder die Athener noch die Europäer setzten sich durch. Weder wurde der sizilianische Feldzug abgebrochen, noch unternahm man den Versuch, ihn mit allen Mitteln zu gewinnen. Athen verharrte im Patt, auch im Streit, und zwar so heftig, daß die beiden Parteiflügel den Staatskörper zu zerreißen drohten. Der attische Kleinstaat hatte den sicheren Boden verloren, er geriet in die Schwebe, er wurde sich selber zum Fall. Da brachte Aristophanes »Die Vögel« heraus, und weil auch wir ein Kleinstaat sind, weil auch wir in der Schwebe hängen und immer öfter befürchten müssen, wir könnten uns selber zum Fall werden, ist der uralte Klassiker unser Stück der Stunde.

Hoffegut und Ratefreund, zwei athenische Bürger, glauben an der krämerischen Enge ihrer Vaterstadt ersticken zu müssen. Sie wandern zu den Vögeln aus, setzen Flügel an und überreden ihre neuen Artgenossen, gemeinsam mit ihnen eine Luftstadt zu bauen, das »Wolkenkuckucksheim«. Der Plan gelingt. Die Luftstadt entsteht. Allerdings zeigt sich bald, daß sich der vogelbeherrschte Wolkenstaat in nichts von der Stadt unterscheidet, die Hoffegut und Ratefreund enttäuscht und neuerungsgierig verlassen haben. Obwohl großartig und luftig gedacht, möchte das Wolkenkuckucksheim von einer Mauer aus Vogelkot geschützt werden. Es wimmelt von Kataster- und Zollvögeln. Und die Wolkenpoeten krächzen noch schlimmer als die bodenständigen Heimatdichter im alten Athen.

Damit war es Aristophanes gelungen, beide Flügel der damaligen Staatspartei gegen sich aufzubringen. Die Athen- und Grenzebewahrer ärgerten sich, weil Hoffegut und Ratefreund einer biederen Enge entfliehen wollten. Das sei doch keine Enge, riefen sie, sondern eine wunderbar überschaubare, perfekt funktionierende Demokratie. Und fast noch lauter buhten die Europa-Enthusiasten. Als Falsch-Träumer sahen sie sich enthüllt, als spatzenhirnige Dummbeutel. Denn der Aufflug aus der Enge endete mitnichten in einer neuen Weite, sondern in einem Supra-Staat, der mit Kotmauer und Katasterämtern eine klägliche Kopie der alten Scheiße war. Oben wie unten dasselbe. Heimat, schien Aristophanes zu sagen, riecht überall gleich. Überall übel. Io io ito!

Aber er sagt auch, daß das Patt die schlimmstmögliche Lage ist. Wenn ihr euch nicht einigen könnt, Athener, wenn jeder Flügel auf seinem Programm besteht und alles über Jahre in der Schwebe bleibt, werdet ihr früher oder später ins Bodenlose fallen. Der Kuckuck ist das Wappentier der Gerichtsvollzieher. Klebt er an der Tür, muß man die Bude räumen. Und das, kann man zwischen den Zeilen lesen, könnte am Ende noch bitterer sein als das Verhocken im üblen Geruch. Das wäre tatsächlich das Letzte!

Was können wir Schweizer von den Athenern lernen? Daß wir, pardon, vollends in die Scheiße geraten, wenn wir uns hochnäsig einbilden, das anhaltende Patt sei eine Art Balance. Ein Gleichgewicht der Kräfte. Ein lustiges Gigampfen zwischen

Enge und Öffnung, zwischen Kleinbleiben und Auffliegen. Nein, so geht es nicht. So paralysieren wir uns. Was tun? Wie weiter? Weiß es Aristophanes, der tolldreiste Zeiten- und Geschmacksüberflieger?

Natürlich. Nur kann er das nicht in der Menschensprache ausdrücken – und schon gar nicht im abgedroschenen Io-io-ito der Mediendemokratie! Nein, Aristophanes ist zu schlau, um seine Gedankenflüge als Rezepte zu verkaufen. Er stößt schrille Warnrufe aus, und was er als mögliche Lösung sieht, läßt er seine Vögel in irrschönen Schwirrlauten von den Zinnen der Kotmauern pfeifen. Gewiß gewiß, geben sie zu, wir sind auf Hoffegut und Ratefreund, die beiden Athener, hereingefallen. Gewiß gewiß, mit unserem Wolkenkuckucksheim haben wir die erdgebundene Kleinstaaterei in den Himmel verlegt und ihn dadurch mit Scheiße verbaut. So haben wir unsere Schwünge und Kapriolen, unsere Träume und Lieder an die Realpolitik verraten. Nesthocker sind wir geworden, Federvieh. Aber unsere Flügel, ihr Menschen, unsere Flügel und Federn und Schnäbel sind uns geblieben! Ou-topos heißt: kein Ort, nirgendwo. Also keine Fixierung im Geographischen, kein programmtüchtiges Beharren auf staatlichen oder supra-staatlichen Gebilden. Unser Reich ist der Himmel. Wir träumen weiter. »Schön, wenn man Flügel hat. Als Vogel brauchst du kein Örtchen. Epopoi popopoo popopoi.« Heimat: Luft.

Silvio Huonder

Besuch aus der Heimat

Ein lieber Freund aus Affoltern am Albis, Theaterpädagoge, wollte mich mit einem Besuch in Berlin überraschen. Etwas verwundert stellte er fest, dass in der Ahornallee Nummer hundertzehn mein Name nicht an der Eingangstür zu finden war. So ging er denn spazieren und war sich ganz sicher, mich bald irgendwo auf der Strasse anzutreffen. Er betrat die nächstbeste Eckkneipe, wo er sich einen Café Crème bestellte.

»Kaffee Krem? Sie sind kein Berliner, wa?«, wurde er vom Wirt gefragt.

»Ich bin Schweizer«, gab mein Freund höflich Auskunft.

»Ah, sag ick doch, wär ick auch jern, Schweizer. Mit so 'm Häuschen, wa, Kühe auf der Wiese und allet korrekt sauber dit Janze, die Schweiz kenn wa nämlich jut, war ick letztet Jahr im Sommer, hab mir nich jetraut, ins Hotelklo zu pullern, dit sah aus wie neu, wie noch nie benutzt, da bin ick lieber uff die Strasse um die Ecke jegangen.«

»Na ja«, gab mein Freund bescheiden zu, doch das war dem Berliner zu wenig: »Wat heißt denn hier ›na ja‹? Dit ham wa doch allet jesehn, wie toll die Schweiz is, wo ma letztet Jahr übernachtet haben, als uff der Brennerautobahn unser Auspuff wegjefallen is, zum Glück ham wa bloss hundert Meter weiter 'n schönet Hotel jefunden, solche Jeranien ham wa im Leben noch nie jesehen.«

Der Theaterpädagoge aus Affoltern am Albis, leicht angewidert von soviel geografischer Unkenntnis, wagte nicht zu widersprechen, aus Angst, mit dem tätowierten Mann in Streit zu geraten, ließ aber den Kaffee halb ausgetrunken stehen, was den

Wirt zu der Bemerkung veranlasste: »Eens kann ick dir flüstern, Jungchen, hätten wir Berge hier in Berlin, die wären bestimmt größer als eure«, worauf mein Freund mit einem freundlichen Lächeln die Kneipe verließ und sich am gleichen Abend in den Zug nach Hause setzte, wo er sich in einem Brief an mich darüber beklagte, dass ich erstens nicht zu Hause gewesen wäre, Ahornallee hundertzehn, und zweitens die Berliner reichlich unwissende Menschen wären.

Mein Freund war leider nicht auf den Gedanken gekommen, dass es in Berlin acht Ahornalleen gibt, außerdem vier Ahornstrassen, zwei Ahornwege, einen Ahornplatz und einen Ahornsteig.

Florian Illies

Heimatzeitung

Es begann alles damit, dass eines Tages nach der Schule der Chefredakteur des »Schlitzer Boten«, Hans Schmidt, bei uns zu Hause anrief und mir sagte, dass Herrn Kernbach leider auch das zweite Bein abgenommen werden muss. Ich ahnte nicht sofort, was das mit mir zu tun haben sollte. Doch dann wurde mir klar, dass diese ärztliche Diagnose offenbar die große lokaljournalistische Laufbahn von Herrn Kernbach, die – nach meiner damaligen Einschätzung – etwa gleichzeitig mit der Verleihung der Schlitzer Stadt- und Schankrechte begonnen haben musste, abrupt beendete. Und da sich sämtliche Bewohner unseres Ortes in den vergangenen Jahrzehnten daran gewöhnt hatten, dass es zum Wesen eines oberhessischen Lokalreporters gehört, auf Krücken zu ihren Jahreshauptversammlungen zu wanken, fiel die Wahl des legendären Chefredakteurs des Schlitzer Boten offenbar unweigerlich auf mich – da ich zu diesem Zeitpunkt wegen eines Bänderrisses neben Herrn Kernbach der einzige Bewohner unseres Ortes war, der auf Krücken ging. Ich war damals noch nicht in dem Alter, wo man alles, was ein Zufall ist, gleich für Schicksal hält. Aber ich fügte mich dennoch. Herr Schmidt fragte mich verschwörerisch: »Hast Du heute abend schon was vor?« Und bevor ich auch nur irgendetwas sagen konnte, sagte er: »Jetzt hast Du etwas vor. 20 Uhr, Gaststätte Habermehl, Jahreshauptversammlung des Imkervereins mit Ehrung der Jubilare.« Also so ziemlich genau das, wovon ein Sechzehnjähriger gemeinhin träumt, wenn er an eine ideale Abendgestaltung denkt, von der er am nächsten Morgen seinen Klassenkameradinnen vorschwärmen kann.

Und so humpelte ich dann abends, grob geleitet vom Schicksal und präzise geführt von den Straßenwegweisern »Für den Magen, für die Kehl: Habermehl«, durch unsere kleine Stadt. Von diesem Tag an begab ich mich, für sieben Pfennig pro Zeile und neun Mark pro Foto, zwei, drei, viermal die Woche abends um 20 Uhr in eine verborgene zweite Ebene von Heimat. Hätte ich damals schon Suhrkamp-Taschenbücher gelesen, hätte ich wohl gewusst, dass das wahrscheinlich die Meta-Ebene war. Auf jeden Fall merkte ich bald, wie naiv es ist, Menschen nach den Ortsteilen zu beurteilen, in denen sie lebten, nach dem Beruf oder gar dem Alter. Entscheidend für ihr Selbstverständnis war allein, ob sie im Imkerverein waren, im Gesangverein, im Anglerverein, bei der Trachten- und Volkstanzgruppe oder bei der Freiwilligen Feuerwehr. Das war insofern überraschend, als sich die Jahreshauptversammlungen der Trachten- und Volkstanzgruppe von denen der Freiwilligen Feuerwehr durch nichts unterschieden – überall bescheinigten kurz vor Schluss zwei identisch korrekt aussehende Männer, die so genannten Kassenprüfer, dem Kassenwart eine ordentliche und einwandfreie Kontenführung. Abschließend wurden zwei neue Kassenprüfer für das nächste Jahr gesucht. Zunächst meldete sich niemand. Zwei lehnten ab, weil sie es in den letzten zehn Jahren schon achtmal gemacht hatten. Doch dann fanden sich jedes Mal am Ende doch zwei weitere korrekt aussehende Männer, die sich bereit erklärten, wozu kurz auf die Wirtshaustische getrommelt wurde. Die Jahreshauptversammlungen waren ein faszinierendes Universum. Ich bewunderte vor allem ihre Problemlösungskompetenz. Denn es wurden ja nicht nur jedes Mal zwei Kassenprüfer gesucht, sondern meist auch ein Jugendwart, ein Schriftführer und einer, der in Eigenarbeit das Dach des Vereinsheims repariert. Doch wie durch ein Wunder wurde immer einer gefunden. Wenn sich niemand spontan meldete, schwieg der Vorsitzende einfach. Dann nahmen alle einen Schluck Bier. Warteten. Und irgendwann sagt einer: Na, gut. Aus irgendeinem Grund ließen sich die Probleme des Lebens, sobald man die Heimat verlassen hatte, dann nicht mehr auf diese schlichte, aber überzeugende Weise lösen.

Als Reporter durfte ich mit den Jahreshauptversammlungen immer die angeblichen Höhepunkte des Vereinslebens beschreiben. An meinem ersten Abend, mit den sechsundzwanzig Imkern des Ortes im Gasthof Habermehl, deckte sich aber offenbar meine Beurteilung des Spaßfaktors mit der der Mitglieder der Jahreshauptversammlung – mein Artikel jedenfalls endete mit dem Satz: »Unter dem Punkt Verschiedenes wurde von den Vereinsmitgliedern diskutiert, ob der Posten eines Vergnügungswartes geschaffen werden solle.«

Das ist wahrscheinlich Heimat. Aber Heimat ist es wahrscheinlich auch, wenn man morgens schwitzend dem Englischlehrer gegenübersitzt, weil man schon wieder die unregelmäßigen Verben nicht gelernt hat, und abends dann über ihn berichten muss, weil er den Ausflug des Vereins der Briefmarkenfreunde in den Vogelpark Walsrode so vorbildlich organisiert hat. Wenn man nachts nicht schlafen kann, weil man Angst vor der Mathearbeit am nächsten Morgen hat, und man deshalb voller Ehrfurcht und Begeisterung davon berichtete, dass der Mathelehrer als Taubenzüchter in Recklinghausen so große Erfolge mit seinen gestreiften Zwergwyandotten hatte. Aber leider waren beide sehr unbestechlich. In meinem Heimatroman »Generation Golf« durfte ich leider all diese Details aus dem Schlitzer Vereinsleben nicht preisgeben. Die Schriftführer hatten mir gedroht, ansonsten öffentlich zu machen, dass ich beim Versuch, im Jahre 1987 den traditionellen Einzug des Nikolauses auf den Weihnachtsmarkt mit einem besonders originellen Foto zu dokumentieren, in den historischen Marktbrunnen gefallen war.

Ricarda Junge

Inselträume

Ich hasse Hamburg, und die Katze soll Schmulik heißen. Mein
Freund raucht Zigaretten, deren Rauch mir in die Lunge beißt,
als würde ich nichts vertragen, und er kocht Kaffee, der mich
nach einem Schluck zum Scheißen aufs Klo treibt. Vor vier
Wochen sind wir zusammengezogen. Von Beziehung will er
nichts wissen. – Wie willst du es sonst nennen? – Liebe, sagt er
und erzählt mir von Freiheit. Ich begreife nicht, was er immer
mit Freiheit hat. Wir haben sie schon und müssen uns nur noch
überlegen, was wir nun damit anfangen. Andererseits weiß ich,
dass es Beziehungen ohne Liebe gibt. Dann besser Liebe ohne
Beziehung. Manchmal kommt es mir vor, als wollte er sich
immer in allem noch eine Tür offen halten. Vielleicht legt er deshalb so großen Wert auf seine Pässe.

Dies ist Simons Viertel. Die Wohnung habe ich ausgesucht.
Neubau mit Tiefgarage anstelle von Altbau ohne Parkplatz.
Simons Bett, meine Bettwäsche. Mein Tisch, sein Geschirr. Das
Kreuz um meinen Hals, der Weltempfänger auf seinem Nachttisch. Wir fügen zusammen, stellen nebeneinander. Vorsichtig.
Mit Bedacht. Wir streiten uns über die Nudelmarke, die Kaf-
feesorte, das Fernsehprogramm, die Luftangriffe auf Hamburg,
die doppelte Staatsbürgerschaft. Wir haben eine laute Liebe.
Wir schauen auf dasselbe und sehen es unterschiedlich. Wenn
wir uns streiten und die Leute unter uns mit irgendetwas gegen
die Decke stoßen, sagt Simon: »Die denken jetzt, der Ausländer
macht das deutsche Mädchen fertig. Gleich hetzen sie mir die
Polizei auf den Hals.«

Ich hasse Simon, wenn er so redet. Als ob ich hier überall zu Hause und er der ewig Fremde wäre. Er sagt: »Es liegt weniger an meiner Herkunft, als an meinen schwarzen Haaren, der dunklen Haut und der Hakennase.«

»Asylantenschwein«, sage ich. »Wirtschaftsflüchtling, Schmarotzer. Geh doch hin, wo du herkommst.«

»Nach Darmstadt?«, fragt er. Ich finde ihn nicht witzig und wünschte, wir könnten blind durch die Welt gehen, einander nur hören und ertasten und nichts anderes sehen.

Ich hasse die Gerüche des arabischen Restaurants, die ab Mittag aufsteigen und sogar durch die geschlossenen Fenster ins Zimmer dringen. Ich hasse das Geräusch, das die Autoreifen auf dem Kopfsteinpflaster machen, die Hupkonzerte, die Fahrradklingeln, die Polizeisirenen, die Bars und Kneipen, die bis spät in die Nacht geöffnet haben, und wenn man aus der Haustür tritt, streckt einem gleich jemand die Hand entgegen. Hast du mal etwas Kleingeld? Simon fürchtet sich nie, auch nicht, wenn es Junkies sind, die uns um Geld bedrängen. Wenn er nicht noch eine Schachtel Zigaretten am Automaten ziehen muss, hat er immer ein paar Münzen für sie in der Hosentasche. Er kennt den Namen des Obdachlosen, der oft in unserem Hauseingang sitzt, und die der beiden Ratten, die in den Anorakärmeln des Mannes schlafen. »Machst du wieder auf liebes Kind«, sage ich und meine Gutmensch, und Simon kitzelt mich im Nacken und sagt: »Hast du was gegen Libeskind?«

Simon war in allen Bars, weiß über alle Bahnverbindungen Bescheid, kennt alle Taxistände, das Kinoprogramm und die alten Filme aus den sechziger Jahren. Er frühstückt in einem portugiesischen Stehcafé, in dem ihm die Verkäuferin zur Begrüßung den Mund küsst. Und isst mit mir beim Kurden zu Abend, weil der bis drei Uhr morgens geöffnet hat und wir uns bis dahin auf keine gemeinsam zubereitete Mahlzeit einigen konnten. Er kennt die Bedienungen und Ladenbesitzer, weiß woher sie kommen, erzählt mir, während wir an einem rustikalen Holztisch Falafel essen, von portugiesischen Kleinstädten und türkischen Dörfern, als wäre er selbst dort gewesen.

Simon fühlt sich in diesem Viertel zu Hause, weil ihn hier niemand fragt, wo er herkommt. Die Türken halten ihn für einen Türken, die Italiener für einen Italiener, und weil sein Englisch so gut ist, hielt ihn ein britischer Tourist neulich für einen Landsmann. Sie alle denken, Simon ist einer von ihnen. Nur das Ehepaar, das unter uns wohnt, wundert sich, wie gut er deutsch spricht. Ich sage: »Er ist hier geboren. Er ist hier aufgewachsen. Er ist Deutscher.« Sie wundern sich weiter. Aber nur mir gegenüber. Ihn lächeln sie scheu an. Simon sagt: »Lass sie doch.«

»Ja, ja«, sage ich. »Nein. Du bist doch Deutscher und das können die doch auch mal kapieren.«

»Ich bin nicht nur Deutscher«, sagt er.

Ich weiß, jetzt wird es kompliziert, wenn ich jetzt etwas Falsches sage, fangen wir an zu streiten. »Aber du bist doch vor allem Deutscher«, sage ich. Ich meine, in erster Linie, und weiß, dass ich es ganz falsch angehe. »Ich liebe doch auch nur einen Mann und nicht zwei.« – »So ein Glück für dich«, sagt Simon. »Alles andere ist auch sehr anstrengend. Und mich liebst du so wie dein Land?«

»Und deins«, sage ich. »Wo gehörst du denn sonst hin?« Und unterdrücke gerade noch zu sagen: Hier tut dir doch keiner mehr was.

Wir schauen uns an, und ich merke, es hat keinen Sinn, ich will keinen Krach mehr um Dinge, die wir nicht ändern können. Ich will, dass er lächelt. »Du hast Recht«, sage ich. »Warum sollte man nicht auch zwei Männer lieben können? Ich will mich wirklich nicht drücken, nur weil es anstrengend ist.«

Simon geht an seinen Schreibtisch, zieht eine Schublade auf und wirft mir dann seine beiden Pässe in den Schoß. Er fixiert mich mit dunklen Augen und wartet, dass ich etwas sage. Seine Mutter ist Israelin. Bei ihr zu Hause wurde nur Deutsch gesprochen. Hebräisch lernte sie erst in der Schule. Aber deine Mutter ist hierher gekommen, will ich sagen, du bist hier geboren. Wir sprechen die gleiche Sprache, haben die gleichen Bücher gelesen, waren als Schüler auf den gleichen Demonstrationen und haben die gleiche Musik gehört. Der israelische Pass macht mich stumm oder die deutsche Geschichte. Und auf einmal hasse ich dieses Land, mich, die nicht darüber hinwegkommt, und Simon, der darauf spekuliert. Er nimmt mir beide Pässe aus der Hand, schiebt den israelischen in den deutschen, und sagt: »Wir haben ja beide nichts mehr damit zu tun. Wir sind ja beide danach geboren.« Lügner, denke ich und frage: »Wirst du einmal zurückgehen?«, obwohl ich weiß, dass es Unsinn ist. »Kann ich nicht«, sagt er. »Weil ich dort niemals gelebt habe.«

Die Nachbarn meiner Großeltern haben ihrem Sohn ein Kätzchen zum Geburtstag geschenkt, aber der Kleine ist allergisch gegen das Tier. Meine Großeltern haben es zu sich genommen, aber sie können es nicht behalten. Als ich Simon davon erzähle, sagt er sofort, dass wir es holen müssen. »So ein Geschöpfchen kann man doch nicht einfach wieder abschieben.« Ich lege eine Hand auf seine Wange und spüre die Wärme seiner Haut. Das Kätzchen soll Schmulik heißen. »Das ist so wie Willi, wie Peter«, sagt Simon. »Es ist ein gängiger Name in Israel.« – »Und was, wenn es kein Kater ist?«, frage ich. »Trotzdem Schmulik«, sagt Simon. »Dann behaupte ich einfach, dass es ›klein‹ oder ›niedlich‹ bedeutet.«

Meine Großeltern wohnen in Lübeck. Simon kennt sie noch nicht. Bis jetzt hat er aus meiner Familie nur meine Mutter einmal getroffen. Sie hielt ihn für einen Araber. Dass er Jude ist, hat sie beruhigt. Obwohl, sagte sie, Hauptsache ist, dass du glücklich bist und er dich gut behandelt.

Manchmal habe ich das Gefühl, wir leben in einer feindseligen Welt, und diejenigen, die behaupten uns zu verstehen und es als selbstverständlich nehmen, dass wir zusammen sind, wollen von unseren Problemen nichts wissen. Wenn man sich liebt, denken sie, kann einem nichts im Weg stehen. Keine Familie, keine Religion, schon gar keine Staatsangehörigkeit. Simon hat mir erzählt, dass seine Mutter ihn zuerst gefragt hat, wie ernst das mit uns beiden wäre. Und ob ihm klar sei, dass seine Kinder nicht jüdisch sein werden, wenn ich sie zur Welt bringe. Sie will sich erkundigen, ob sie wenigstens die israelische Staatsbürgerschaft haben könnten. Simon meint, ich soll mir keine Sorgen machen: Er ist Jude, aber nicht religiös. Ich verstehe das nicht. Er sagt, er will mit dem ganzen Scheiß nichts zu tun haben. Jede Religion, jeder Herrschaftsanspruch, alles, was sich von Blut, von der Herkunft ableitet, ist ihm zuwider. »Also«, sage ich, »könnte ich entscheiden, keine Deutsche zu sein, und du wärst kein Jude mehr, wenn du es nicht wolltest.« Er zieht an seiner Zigarette und sagt: »So ist es. Theoretisch.« – »Mach dich nicht lächerlich«, sage ich.

Unter der grauen Wolkendecke steht eine feuchte Hitze, und an den Pollern, die das Parken auf dem Gehweg verhindern sollen, lehnen Leute. Es sieht aus, als würden sie irgendetwas aushalten, abwarten. Hin und wieder rufen sie in fremden Sprachen nach ihren Kindern, sprechen in Handys hinein oder heben die Hand, um jemanden zu begrüßen. Ich hole den Wagen aus der Tiefgarage und schalte die Lüftung auf die höchste Stufe ein, damit das Rauschen die Geräusche von außen verdeckt. Simon beschwert sich nicht, obwohl ihm Schweiß von der Oberlippe perlt. Er weiß, manchmal muss ich Ruhe haben, und meine Ruhe habe ich am besten im Auto. Ich konzentriere mich ganz aufs Fahren. Alles ist ein Computerspiel, in dem es nur darum geht, auch bei viel Verkehr und großer Geschwindigkeit, niemanden zu berühren. Das Blech, das Glas und der weinrote, filzige Fahrzeughimmel bilden ein Schutzschild um mich herum. Ein Zittern geht durch den Wagen, als ich auf die Autobahn fahre und beschleunige, das Handschuhfach klappert leise, die Lüftung rauscht und dicke, schwere Regentropfen klatschen gegen die Windschutzscheibe. Manchmal frage ich mich, ob uns nicht zu viel trennt. Manchmal glaubt er nicht, dass ich ihn richtig verstehe. »Du hörst nicht zu«, sagt er. In meinen Ohren summt es. Ich bin nervös, wegen des Großelternbesuchs. Simon sagt, ich soll mich nicht anstellen, er weiß doch wie Großeltern sind, und raucht eine Zigarette nach der anderen.

Simon hasst Kleinstädte und Wohnviertel, in denen die Häuser Vorgärten und Doppelgaragen haben. Ich stand neben ihm an der Bar, um etwas zu Trinken zu bestellen. Wir kannten uns nicht. Er war groß, schwarzhaarig, zündete sich seine Zigarette mit einem silbernen Feuerzeug an und unterhielt sich mit der Barkeeperin. Er wollte einen Gin Tonic trinken. Als ich Mineralwasser bestellte, warf er mir einen Blick zu, den ich für spöttisch hielt. »Ich muss noch fahren«, sagte ich, als hätte er mich um eine Rechtfertigung gebeten. – »Wohin?« Die Frage irritierte mich. »Nach Hause«, sagte ich, und weil er mich anschaute, ohne etwas zu sagen, erzählte ich von meinem Autounfall, vom Führerscheinentzug, vom Totalschaden und einer gelernten Lektion. »Nie wieder Fahrverbot«, sagte ich. »Das ist wirklich wie Knast, verstehst du?«

Er verstand nicht. Er hatte keinen Führerschein. Er trug ein weißes Hemd, schwarze Hosen und über dem Arm ein Jackett. Ich stellte ihn mir auf einem Fahrrad vor und lachte. »Ich hasse Fahrräder«, sagte er und zählte mir auf, was noch: Kleinstädte, Häuser mit Vorgärten und Doppelgaragen, Kinder, breiige Süßspeisen, Filterkaffee, Hunde.

»Und Katzen?«, fragte ich. Als Kind hatte er einen fetten schwarzen Kater gehabt. Ich fragte, ob er eine glückliche Kindheit gehabt hätte. Die Frage irritierte ihn. Er lachte.

Die Siedlung, in der meine Großeltern wohnen, ist Anfang der sechziger Jahre vor allem zur Unterbringung der DDR-Flüchtlinge entstanden. Meine Großeltern kamen aus Leipzig. Die Straßen hier sind nach Edelsteinen benannt, die Häuser aus roten Steinen gemauert, Mietsblöcke und viele, winzige Reihenhäuser mit Milchglastüren und quadratischen Fenstern. Heute leben hier vor allem Russlanddeutsche, und auf der Wiese vor dem Wald, durch den früher die deutsch-deutsche Grenze verlief, steht nun ein Asylantenheim. Als Kind bin ich oft in diesem Wald gewesen, habe die Schilder betrachtet: Bis hierhin und nicht weiter. Mach keine Dummheiten, warnten mich meine Großeltern. Man wird dich erschießen. Ich konnte niemanden sehen, der auf mich schießen würde. Und überhaupt: Schoss man nicht nur auf Leute, die aus der DDR in den Westen wollten? Ich stellte mir vor, dass mich Soldaten durch den Wald jagten, zu Fall brachten und mit Maschinengewehren bedrohten. Aber ich würde ihnen erklären, dass ich nicht fliehen, sondern kommen wollte. Ich möchte zu euch! Einer der Soldaten würde mich auf die Schultern nehmen und nach drüben tragen. »Was?«, fragt Simon, als ich es ihm erzähle. »Du wolltest in der DDR leben?«

»Ich wollte weg«, sage ich. Und er erzählt mir, dass man ihn in einem Supermarkt in Ägypten einmal für einen Beduinen gehalten hat, was dort als wenig schmeichelhaft gilt, und er auf die Straße gejagt wurde.

Der Briefkasten meiner Großeltern ist in die Mauer neben der Haustür eingelassen. Ich fasse durch den Schlitz in ihn hinein und trommele, anstatt zu klingeln, gegen die Blechwände. Durch das Milchglas der Tür sehe ich die Umrisse meiner Großmutter. Sie schließt den Briefkasten von innen auf, greift nach meiner Hand, umfasst sie und zieht daran. Ich spüre ihre kühle, weiche Haut.

»Hier kriegen wir dich nicht durch«, sagt Großmutter.

»Ich muss wohl die Tür aufschließen.« Sie umarmt mich zuerst, schüttelt Simons Hand, hält sie einen Augenblick lang unschlüssig fest, dann zieht sie ihn zu sich heran und umarmt auch ihn. Die Katze läuft uns durch den Flur entgegen. Sie ist winzig, weiß und hat blaue Augen. Simon greift sie mit einer Hand, bevor sie nach draußen entwischt, und legt sie sich über die Schulter. »Schmulik«, sagt er und streichelt ihr Fell. Das Kätzchen schnurrt. Großmutter wirft mir einen Blick zu. Ich sehe davon ab, ihr zu erklären, dass Schmulik ein gängiger Name ist, zumindest in Israel, und gehe ins Wohnzimmer. Der Tisch ist schon gedeckt. Simon wirft seine Jacke über die Stuhllehne. Großmutter nimmt sie und hängt sie im Flur an die Garderobe. Mein Großvater bringt zwei silberne Thermoskannen mit Kaffee. Entkoffeinierten für meine Großeltern und richtigen für Simon und mich. Wir essen Lübecker Marzipantorte, sitzen uns auf den hochlehnigen, unbequemen Stühlen paarweise gegenüber, und Simon macht wieder auf liebes Kind, will gefallen, und ich denke, dass es für ihn dabei anscheinend keinen Unterschied macht, ob es um einen Obdachlosen, eine portugiesische Kaffeeverkäuferin oder meine Großeltern geht. Die Katze streicht um unsere Beine herum, Großmutter erzählt, wie meine Eltern sich kennen gelernt haben, und alles nimmt seinen friedlichen Lauf, bis Großvater aufsteht und eine seiner berüchtigten Mappen aus dem Regal holt. Er schiebt sie an der Kuchenplatte vorbei über den Tisch und sagt: »Heute ist der siebte August.«

Ich erstarre. Ich weiß, was jetzt kommt: Opa im Zweiten Weltkrieg. Lageberichte und aus Büchern kopierte Karten, die er vor mir ausbreitete, als ich ein Kind war, auf denen er mit Filzstift die Streckenleistung seiner Einheit einzeichnete, immer wieder aufs Neue, bis ich selbst, aus dem Gedächtnis heraus, die fremden Städtenamen miteinander verbinden konnte. Zu jedem Tag fällt ihm mindestens ein, wo er damals gewesen ist. Manchmal auch mehr: die Beschaffenheit eines Schützengrabens, ein Kronleuchter, dessen Kristalltropfen er und seine Kameraden einen nach dem anderen zerschossen, das Huhn, das er einem russischen Bauern stahl, der Luftangriff auf den Zug, in dem seine Truppe transportiert wurde. Verwundung, Heimweh, Heimaturlaub. Ich will das jetzt nicht und werfe Großmutter einen Blick zu, aber sie lächelt, und Simon legt beide Hände flach auf die Mappe und schaut meinen Großvater freundlich an. »Heute vor sechzig Jahren«, sagt der und sieht sehr ernst aus dabei. Meine Großmutter nickt. Sie kennt alle Geschichten. »Am siebten August 1943 haben wir uns verlobt.« Ich unterdrücke ein nervöses Kichern, und Simon sagt: »Toll, herzlichen Glückwunsch.« Meine Großeltern schauen uns an. Simon beugt sich hinunter, um die Katze zu streicheln. Ich schlage die Mappe auf. Darin liegen Fotos und Briefe, dünnes, vergilbtes Papier und die blassen Handschriften meiner Großeltern.

Den Kater, den meine Eltern mir schenkten, als sie ihr Haus kauften, nannte ich Nappel. Ich war elf Jahre alt, hatte das ›Tagebuch der Desirée‹ gelesen und mich in Napoleon Bonaparte verliebt. Auch kleine Menschen können große Schritte machen. Der Satz, der in meinem Klassenraum über der Tür hing, bekam eine ganz neue Bedeutung. Meine Eltern hatten sich mit dem Haus, das unser Zuhause sein sollte, in das ich, wie meine Mutter sagte, später noch mit meinen Kindern kommen würde, übernommen. Nach drei Jahren mussten wir raus, und Nappel kam ins Tierheim, weil in der Wohnung, in die wir zogen, keine Katzen erlaubt waren. Wochenlang besuchte ich ihn täglich im Tierheim. Dann verboten es mir meine Eltern. Ich hasste sie. Mein Vater sagte, ich könne froh sein, dass wir nicht in Amerika lebten. Dort würde man die Tiere nach zwei Wochen einschläfern, wenn sie niemand abholte.

Schmulik jagt durch unser Schlafzimmer, springt an die Gardinen, kämpft mit einem Schnürsenkel und versucht, seinen eigenen Schwanz zu fangen. Simon spricht Hebräisch mit ihm, und ich mache die Laute nach, so wie ich es früher mit dem Englischen gemacht habe, das meine Eltern sprachen, wenn ich sie nicht verstehen sollte. Das Englisch meiner Eltern war schlecht, und ich dachte lange Zeit, ihr ähm und hm gehöre zu der Sprache dazu. Am Anfang hat Simon gelacht, wenn ich Hebräisch nachgemacht habe. Später war er ärgerlich, nun reagiert er gar nicht mehr darauf. Ich wollte, dass er mir ein paar Sätze beibringt. »Was willst du damit?«, fragte er. »Lern lieber Französisch.« – »Wieso Französisch?« – »Oder Spanisch, Italienisch, etwas Sinnvolles.«

Schmulik jagt auf uns zu und hakelt sich an Simons Hosenbeinen hoch. Simon nimmt ihn, küsst ihn zwischen die Ohren und spricht diese fremde Sprache. »Wenn wir ein Kind hätten«, beginne ich, aber er unterbricht mich. »Lass uns nicht davon reden.« – »Würdest du dem Kind Hebräisch beibringen?« – »Kann sein.« Schmulik kämpft mit Simons Hand, und Simon lacht. »Weißt du, wo ich mich zu Hause fühle?«, frage ich. »Wo?«, fragt Simon, ohne mich anzusehen.

»Auf dem Sofa meiner Großeltern«, sage ich. »In eine Decke eingewickelt. Oder letzten Winter, wenn ich nachts frierend aufgewacht bin und mich an deine Warmhaut geschmiegt habe.«

Simon zuckt mit den Schultern. Die Katze springt auf den Boden. »Ich weiß nicht«, sage ich, weil er nichts sagt. Und nach einer Weile: »Weißt du, warum ich deine Haut Warmhaut nenne?« Er schüttelt den Kopf. »Weil sie die Wärme von Strandsand ausstrahlt, von alten Festungsmauern, auf denen man an einem Sommerabend sitzt und aufs Meer schaut, deswegen, und weil sie dunkler als meine ist.« – »Aha«, sagt er, zieht eine Zigarette aus der Schachtel und schiebt sie wieder hinein. »Manchmal wünsche ich mir eine Insel«, sage ich, »auf der nur wir beide leben, nur du und ich.« – »Wir könnten nach Paris gehen«, sagt er. »Oder nach London. Ich könnte überall leben.« Ich ziehe mir die Bettdecke über den Kopf. Simon bleibt auf der Bettkante sitzen. Er will kein Zuhause, fühlt sich wohl in seiner Fremde und ist bereit, sich überall und immer wieder neu einzurichten. Ich will nicht mehr reden, mich nicht mehr bewegen, ich möchte in die Matratze versinken, ein Gegenstand werden, ein Buch, ein Bild, das er mitnimmt, der Weltempfänger auf seinem Nachttisch, der Elbsegler, den er trägt, wenn es kalt ist, der Kitschaschenbecher aus Israel, die Possmann-Apfelweinflasche, in der die vertrocknete Lilie steht, die ich ihm einmal gekauft habe. »Frankreich«, sagt Simon. Er könnte auch Israel sagen. Auf beiden Sprachen kann ich nur guten Abend, guten Morgen und guten Appetit wünschen. Ich gebe keinen Ton von mir. »Was hältst du davon?«, fragt Simon. Ich hebe die Decke ein wenig an, und durch einen kleinen Spalt beobachte ich, wie die Katze mit ihrer winzigen Pfote versucht, die Zimmertür aufzumachen.

Bernhard Keller

Heimkehr

Er dachte, alles hatte damit angefangen, dass *Rider* jetzt *Twix* hieß. Zugegeben, das war kein Gedanke, der lange hielt. Aber er mochte Gedanken, die nicht lange hielten. Er fand, das war das Äußerste, das von einem Gedanken verlangt werden konnte, kurze Haltbarkeit. Gedanken, die sich seit Jahrhunderten auf dem Planeten herumtrieben, waren ihm suspekt. Es ging eine undeutliche Gefahr von ihnen aus wie von Denkmälern und Feiertagen. Gedanken mussten sein wie das Wetter.

Es sah so aus, als könnte es heute noch regnen. Der Himmel lag wie eine übergroße Bettdecke über der Stadt, in halbgesättigtem Grau und erstaunlich regelmäßig abgesteppt. Es war warm. Ein chaotischer Schwarm Krähen flog mit schleifendem Flügelschlagen Richtung Friedhof. Eine der Krähen krähte. Er war durchaus geneigt, sich angesprochen zu fühlen. Er träumte schon lange davon, dass ihn endlich einmal ein Tier ansprach. Am liebsten ein Vogel. In Wirklichkeit. Er wollte nicht ausschließen, dass es möglich war, auch wenn er die Schwäche seines Glaubens spürte.

Er ging weiter, bis er die Kreuzung Sanierungsweg und Bienenweg erreichte. Er fand, genau hier war die Mitte der Kleingartenkolonie NW 16, die er jedes Mal durchmaß, wenn er zu Fuß von der Arbeit nach Hause ging. Er war im Callcenter einer Telefongesellschaft für Beschwerden zuständig. Er schulte neue Mitarbeiter mit einem eigens von ihm erdachten Training. Seine Weisheit bestand in dem Leitsatz: *Es hat nichts mit dir zu tun.* Sei durchlässig. Sei sanft. Biete keinen Widerstand. Schreit dich jemand an, du seiest unfähig, dann bist du es eben. Bestehe nicht auf irgendeiner Würde, es ist nur irgendeine Stimme in einem Telefonhörer. Alles hat nichts mit dir zu tun, trotzdem hilfst du, so gut du kannst.

Er mochte Beschwerden, er mochte Leute, die sich wehrten, die schrien und drohten und fluchten. Die unzufrieden waren und die Gelegenheit nutzten, aufzubegehren. Er versuchte, diese Leute ernst zu nehmen, denn dafür bezahlte man ihn. Dennoch, es gelang ihm nie, die Sache so ernst zu nehmen wie die Kunden selbst. Wenn die Menschen um ihren Vorteil kämpfen, stellte er fest, waren sie todernst. Alle.

Von hier aus kam das erste Mal der neue Büroturm in den Blick. Die Bauarbeiten waren bis zum fünfunddreißigsten Stockwerk vorangeschritten. Er dachte an die zweieinhalb Zimmer, fünfhundert Meter Luftlinie von diesem Turm entfernt, die er seit acht Jahren bewohnte. Er dachte an die Straßenbahnbeschleunigung und den vor zwei Jahren errichteten palisadenartigen Zaun um die Kleingartenkolonie. Er dachte an die Verlängerung der U-Bahn vom Friedhof zum Einkaufscenter. Er dachte an die Neubauten der Stadtwerke mit den automatischen Rouleaus, die nach einem halben Jahr schief vor den Fenstern klemmten. Er dachte an den sanierten kleinen Park, der mit gigantischen Gebläsen vom Laub befreit wurde. Er dachte an die kürzlich fertig gestellte Untertunnelung der Stadtautobahn und den neuen Pächter der Metzgerei. Er dachte an das alte Radstadion, das zweimal umgebaut worden war und zurzeit plastifizierte Körper zeigte. Er dachte an die neuen Schranken des Parkplatzes. Die beiden neuen Spielplätze fielen ihm ein und der komplette Umbau des Schwimmbads. Der Sprungturm war verschwunden, jetzt gab es einen Sprudelpilz und einen Strömungskanal. Die Friedhofsgärtnerei errichtete gerade einen Erweiterungsbau, und die Postfiliale in seiner Wohnanlage hatte letzte Woche geschlossen.

Er fand es großartig. Immer, kam ihm vor, wenn er sich gerade an einen Anblick gewöhnt hatte, wenn ihm Wege so vertraut geworden waren, dass er sich zutraute, sie blind zu gehen, geschah etwas. Plötzlich gab es ein Loch, in dem sich ein Kabelstrang aufbäumte wie ein erstickender Körper. Wo gestern kein Haus stand, stand heute eins. Balkone hingen an diesem Haus, so groß wie Kommandobrücken auf Kreuzfahrtschiffen.

Er besaß ein neues Auto, dessen Klimaanlage beim Rückwärtsfahren auf Umluft schaltete.

Von hinten war seine Lieblingsstellung beim Sex.

Es war kurz nach fünf. Er sah den Leuten in den Gärten zu beim Rechen, Graben, Schubkarrenfahren. Jemand baute an einem Laubengang, und ein anderer nagelte eine Art Wappen an eine Wand. Die Geräusche hörten sich trocken an, es gab etwas Hall, als würde man sich in einem großen leeren Gebäude befinden. Er kickte ein paar Kastanien über eine Grünfläche. Eine schlug gegen ein Blechschild mit einem durchgestrichenen Hund.

Er verspürte Lust auf ein Glas Bier, aber die *Linde* hatte geschlossen. Auf die blecherne Rückwand des riesigen Grills hatte jemand mit weißer Farbe *Fleischfresser* und *Sackgesichter* gesprüht. Es zu lesen machte ihn glücklich. Im gleichen Augenblick stellte er sich einen Zustand vor, in dem die Stadt sich so schnell veränderte, dass man sie keinen Tag wieder erkennen konnte. Die Fremdheit, dachte er, war das authentischste Gefühl. Es würde ihm gefallen. Aber die Menschen.

Als er NW 16 verließ, sah er sie schon von weitem an der gemeinsamen Haltestelle von Bus, Straßenbahn und U-Bahn stehen. Es waren zu viele. Eine sehr klare Stimme wies auf einen Störfall hin. Er hatte nichts gegen Menschen, aber es gab zu viele. Schwer zu verstehen, warum. Die Seuchen der letzten Jahre hatten viel versprochen und nichts gehalten. Er zweifelte an Seuchen.

Er wusste, in fünf Jahren würde er eine andere Arbeit haben.

Er glaubte, etwas mit seinem Herz sei nicht in Ordnung, aber es war nur der Vibrationsalarm seines Handys. Er zog es aus der Brusttasche seiner Jacke und las: *Komm bitte vorbei. Du musst mir helfen.*

Er sparte sich, ihr zu antworten, da er gleich zu Hause sein würde. Sie wohnte seit zwei Monaten im selben Haus. Sie hieß Jana. Er dachte, vor einem Jahr hieß meine Freundin Ivonne. Das Handy lag als Handschmeichler in seiner Faust, er presste die Faust zusammen und versuchte, es zu zerdrücken. Er sah es an. Es sah veraltet aus. Jeder neue Gegenstand, den er kaufte, erschien ihm, sofort nachdem er ihn ausgepackt hatte, total veraltet. Das war der Grund, warum er sich gern neue Dinge kaufte. Das war der Grund, warum er Veränderungen mochte, weil sie das, was sie versprachen, keine fünf Minuten zu halten in der Lage waren. Es war genial.

In dem Blumengeschäft an der Ecke kaufte er einen Strauß Gerbera. Im Haar der Floristin saß eine braun-orange Spinne und zeigte mit dem angehobenen Vorderbein auf ihn. Er hob die Hand, die Frau sah ihn fragend an, er lächelte.

Der Berufsverkehr stockte, so war es kein Problem, bei Rot die Straße zu überqueren. Er lief durch den Hinterhof und grüßte eine alte Frau, die etwas zu ihrem alten Hund sagte. Tiere, dachte er, ich bin gespannt, was das Tier eines Tages zu mir sagen wird. Er stieg ein paar Steinstufen nach oben, dann blieb er stehen. Er sah intensiv in die Ecke zwischen Mauer und Türstock. Er fand, in der Geometrie gab es etwas zu verstehen und etwas grundsätzlich Unverständliches. Er vertraute der Geometrie.

Im zweiten Stock klingelte er bei Jana. Sie öffnete nicht. Vielleicht war ihre SMS alt und auf irgendeinem Server hängen geblieben. Er stieg ein Stockwerk höher und schloss seine Wohnungstür auf. Für einen Moment hatte er das Gefühl, aus einem Traum zu erwachen, und er war enttäuscht. Es war eigenartig jetzt, nach einer Stunde Gehen, wie eingesperrt in der eigenen Wohnung zu sein. Dann merkte er, dass er nicht allein war. Es war jemand im Wohnzimmer. Auf dem Sofa vor dem Fenster war jemand. Es war fast dunkel in der Wohnung. Graues Licht bezog die Dinge mit Samt. Das dämpfte seine Angst, die dreimal fest gegen seine Brust schlug. Dann erkannte er, es war eine

Frau. Sie rührte sich nicht. Sie befand sich auf allen Vieren. Ihr Kopf hing zwischen den nach außen gedrehten Armen. Ihr Haar berührte die Sitzfläche.

»Bist du es, Jana?«, sagte er.

Er besaß eine schöne Stimme, fand er, er konnte sich auf sie verlassen. Er fragte sich, ob er bereit wäre, für sie zu sterben. Die Blumen in seiner Hand fielen ihm ein. Jetzt ließ er den Arm sinken und hörte auf das irgendwie verzögerte Knistern des Papiers. Er meinte, Sand rieseln zu hören. Das Papier ließ sich leicht entfernen, wie eine Blüte öffnete es sich fast von selbst und sank zu Boden. Er konnte sich nicht mehr erinnern, welche Farben die Blumen hatten.

»Ich habe Blumen mitgebracht.«

Oh ja, sie war viel wert, diese Stimme.

Als er zwei Schritte näher trat, hatte er den Eindruck, als würde das Sofa mit der Frau ihm entgegenkommen. Sie rührte sich immer noch nicht. Er verspürte einen guten Schmerz. Ein ungeheurer Hunger auf Nähe ergriff ihn. Er zog seine Jacke aus und ließ sie leise hinter sich zu Boden gleiten. Dann stand er dicht vor der Frau auf dem Sofa. Er nahm die Blumen und legte sie auf ihren Rücken. Das sah sehr schön aus.

»Bist du es, Jana?«, wiederholte er.

Erst jetzt fiel ihm auf, dass sie nichts anhatte.

»Hilfst du mir?«

Das konnte ihre Stimme sein.

»Sehr gern«, sagte er.

Er berührte die Stelle auf ihrem Hintern, wo die Haut glänzte. Er beugte sich hinab und konnte sich spiegeln. Er dachte an das Pulver, das empfindlicher als Staub war. Es würde über ihre Haut gleiten und keinen Halt finden.

Christoph Keller

Wäblenot oder
Versuch aus Schweizer Sicht, meiner amerikanischen Frau
die deutsch-österreichischen Grenzverhältnisse zu erklären

für Nikolaus

Ich bin auch ein halber Österreicher, erkläre ich meiner amerikanischen Frau, doch meine Vorarlberger Tante lässt das nicht gelten. Ein halber Österreicher ist nur, wer halb in Österreich geboren wird. Ich gebe zu, das ist nicht der Fall, doch berufe ich mich auf meine Mutter, die in Österreich geboren wurde, und zwar ganz. Bloss vom Durchslandfahren wirst du nicht Österreicher, sagt meine Tante, da musst du schon im Land wohnen bleiben. Aber mittlerweile ist ja auch deine Mutter Halb-, wenn nicht schon Dreiviertelschweizerin geworden, und richtig Vorarlbergern ist mit ihr auch nicht mehr. Hat deine Mutter nicht längst den Schweizer Pass dem österreichischen vorgezogen und liebäugelt jetzt auch noch mit dem deutschen, bloss weil ihr Mann ein Deutscher ist, vorarlbergerlt meine Tante, was ich nicht ohne Sinnverlust für meine Frau ins Amerikanische schmuggle, doch schon stehen wir an der schweizerisch-österreichischen Grenze bei St. Margrethen an.

Weil meine Tante so unnachgiebig ist, ist mir selbst das anteilmässige Österreichersein verwehrt, dabei hätten wir uns bereits bei fünfundzwanzig Prozent handelseinig werden können, erkläre ich meiner amerikanischen Frau, doch immerhin bringt mich das auf einen kühnen Gedanken. Denn schau mal, erkläre ich und zeige auf den Pfänder, den's von hier aus schon zu sehen gibt, wenn man sich das Österreichersein wohnweise einverleiben kann, dann kann man das Österreichersein doch auch löffelweise einnehmen wie die Weisheit oder sonst ein Pülverchen? Und genau hier liegt die Gefahr, ja die globale Bedrohung, die von meiner Tante ausgeht. Ich hole tief Schweizer Luft. Ich muss jetzt nämlich die Kekse ins Spiel bringen, Marke Mannerschnitten, die man vorarlbergerisch Wäble, schweizerisch Guetzli und amerikanisch Cookies nennt.

Jetzt endlich begreife ich nämlich, erkläre ich meiner amerikanischen Frau, weshalb meine Tante mir und dem Rest ihrer über die halbe, wenn nicht ganze Welt verstreute Schweizer Verwandtschaft zu jedem festträchtigen Anlass wie etwa jemandes Geburt, Hochzeit oder Tod ein Päckchen Wäble schickt. Oft sind die Wäble schon etwas angetrocknet, wenn sie uns oder unsere Nachkommen erreichen, aber daran ist die Post schuld. Was wohnen wir auch in Neuseeland oder Neufundland, wo's die Wäble hier frisch gibt und allein schon die Briefmarke für die Schweiz teurer ist als die Wäble aus Österreich. Also muss der Wäbleempfänger hungrig auf den nächsten Wäblekurier warten, wobei der dann manchmal gleich mit mehreren Päckchen überrascht, ja beschämt. Die Wäble aber sind nichts anderes, sehe ich jetzt, erkläre ich meiner amerikanischen Frau im Bernhard'schen Diktus plötzlicher Erkenntnis, als der subversive Versuch meiner Tante, die Donaumonarchie neu und jetzt weltweit und endgültig als Wäblemonarchie zu etablieren, denn je mehr die Schweizer Wäble essen, desto österreichischer werden sie, und die Schweizer sind bekanntlich überall. Ohne dass die Welt es also wahrhaben will, befindet sie sich jetzt in Wäblenot, ganz wie sich Wien einst in Türkennot befunden hat, aber jetzt müssen wir erst dem Zöllner unseren Pass zeigen, um die Schweiz zu verlassen und Europa zu betreten.

Ein kleiner Schritt für mich, aber ein grosser für Europa, erkläre ich meiner amerikanischen Frau, worauf der Zöllner sich zu mir beugt und Gott grüsst. Ich bin Europa nämlich dankbar, erkläre ich, weil die österreichischen Zöllner sich jetzt endlich die Mühe machen müssen, unsere schönen Pässe aufmerksam anzuschauen und gebührend Papier- und Stempelqualität zu

würdigen, statt uns wie früher fast schon verdächtig freundlich einfach ins Ländle reinzuwinken. Und zweitens bin ich Europa dankbar, weil die Österreicher endlich diese schäbigen alten Grenzhäuschen abgerissen haben, um sie durch diese, wie man hier sagt, fescheren zu ersetzen, während es zur Grenze nach Deutschland überhaupt keine Grenzhäuschen mehr gibt, denn dort sind die Grenzen gefallen, wie einst unsere ruhmreichen Soldaten im Söldnerdienst, aber jetzt gibt mir der Zöllner, vor Neid schon ganz gelb im Gesicht, meinen Pass endlich zurück. Denn weißt du nämlich auch, erkläre ich meiner amerikanischen Frau, dass die Österreicher uns mit ihren neuen Grenzhäuschen eigentlich ärgern wollten, uns aber effektiv einen Gefallen getan haben, weil sie uns vor einer noch grösseren Identitätskrise bewahrt haben? Die Schweizer Seele nämlich, erkläre ich, kann sich nur recht, oder ganz, wie meine Tante sagen würde, entfalten, wenn sie sich ordentlich bedroht fühlt, oder was glaubst du, erkläre ich, weshalb wir Schweizer so viele Schlösser, Bergbunker und die Armee haben, wenn nicht, um uns gehörig bedroht zu fühlen? Wo sollen wir uns ohne Grenze hinstellen, um uns notfalls mit der blossen Faust gegen den Hunn' oder den Russ' oder den Bill Gates zu verteidigen, wenn er kommt, erklär mir das mal, aber meine amerikanische Frau kann das natürlich nicht erklären, deshalb tu ich's, und jetzt stecken wir mittendrin in Europa im Stau von Bregenz.
Kauf mir doch für die paar Pfändertunnelmeter keine Autobahnvignette, hier Pickerl genannt, erkläre ich meiner amerikanischen Frau, die aber von ihren Highway-Mauthäusern, amerikanisch Tollhäuser genannt, ganz anderes Wegelagerertum gewohnt ist. Leider aber steht es um meine deutschen Chancen, erkläre ich, während es in meinem Rückspiegel blitzt, noch schlechter als um meine österreichischen. Hier bring ich's höchstens auf ein Sechzehntel oder ist das nur noch ein Zweiunddreissigstel, wenn der Urgrossvater väterlicherseits einst in die Schweiz einmarschiert ist? Ja, erkläre ich, einmarschiert, das

darfst du wörtlich verstehen, denn der war ja auf der Wanderschaft und klempnerte sich durchs Allgäu, bis er schliesslich in der Schweiz wohnen blieb, nur was habe ich jetzt davon? Denn der Urgrossvater wurde umstandslos eingeschweizert und neutralisiert, so dass jetzt also auch mit meiner Eindeutschung nichts ist. Also kaum in Europa angekommen, ist meine Stimmung auch schon im Keller. Wirklich, man muss der Menschheit Grenzen setzen, erkläre ich meiner amerikanischen Frau, ich weiss jetzt nämlich wirklich nicht mehr, was ich da oben auf der Zugspitze überhaupt noch lesen soll, da ich weder als halber Österreicher noch als Zweiunddreissigsteldeutscher auftreten kann, und als wie ein ganzer Schweizer fühle ich mich nach all dem kleinen Grenzverkehr auch nicht mehr so recht.

Aber sag jetzt doch du mal, erkläre ich meiner amerikanischen Frau, was du von Grenzen hältst? Als Amerikanerin fliegst du ja immer mit dem Flugzeug über alle Grenzen drüber, so wie die Artistenfamilie Traber einfach auf dem Seil über den grenzenlosen Abgrund der Zugspitze zwischen dem Gipfel Ost (Österreich) und dem Gipfel West (Deutschland) symbolisch ohne Pass und doppelten Boden, ganz wie vom Programmheft angekündigt, drüberradeln wird. Dabei, steht in der Einladung, ist noch nicht einmal gesichert, ob die ganze Symbolik auch finanziert werden kann, oder vielleicht nur die halbe. Welche Hälfte, erkläre ich, wäre das dann, die deutsche oder die österreichische, wobei wir ja jetzt wissen, dass meine Tante keine halben Sachen gelten lässt, zumindest nicht auf österreichischer Seite. Ich werde mich da jedenfalls nicht einmischen, erkläre ich, und jetzt blitzt's schon wieder im Rückspiegel, sag mir doch rechtzeitig, wenn du eine Kontrolle siehst, jetzt haben wir auch noch die deutsche Polizei am Hals, aber was wolltest du mir noch erklären, ah ja, was du von Grenzen hältst.

Grenzen, sagt meine amerikanische Frau, die jetzt fleissig Deutsch lernt und die Schweizer trotzdem nicht versteht, aber wer tut das schon, Grenzen, sagt sie und beisst herzhaft ein Wäble entzwei, Grenzen sind bullshit.

Bodo Kirchhoff

Man gebe mir vier Ecken

Er begann mit einer Frage, mehr an sich selbst als an mich: Ob man zu Hause sei, wo man sein Bett stehen habe, und ob es dann, falls ja, eine zweite Heimat gebe, nach der verlorenen ersten der Kindheit – was eigentlich mehr als eine Frage war, aber nicht für ihn, meinen alten Lehrer, den es achtundsechzig nach Frankfurt verschlagen hatte; seine Stimme klang jetzt, als säßen auf jedem Wort noch zwei weitere, wie Parasiten, danach drängend, mit ausgesprochen zu werden, was für den Zuhörer, also mich, einen doppelten, sich fast widersprechenden Eindruck ergab: daß er die Dinge, trotz einem zu voll genommenen Mund, nur schwer über die Lippen brachte.

»Eine Frage«, sagte er, »die man sich besser gar nicht erst stellt als Bewohner einer Stadt, in der es sogar riskant ist, an die berühmten vier Ecken sein Herz zu hängen, in meinem Fall der Schweizer Platz, schon als solcher falsch bezeichnet, wie die meisten Frankfurter Plätze; die Straßenbahn durchquert ihn, und einmal im Jahr kümmert sich jemand um die Rabatten zu beiden Seiten der Gleise, ansonsten dient er den Autofahrern zum verkehrswidrigen Abbiegen und einem wie mir, um das Nötigste einzukaufen. Wenn ich abends rasch noch zum Tengelmann gehe, dann in dem Haß auf einen Laden, der mich noch nie verführt hat, eine Sekunde länger als nötig in seinen Schienen zu bleiben, was auch für den Schweizer Platz gilt, er lädt nicht ein zum Verweilen, er zischt nur, Mach, daß du weiterkommst, obwohl er rund ist und umstanden von Häusern, also Voraussetzungen hätte; oft denke ich, in seiner Mitte müsste eine kleine Markthalle sein und an den Seiten Lokale statt einem Käfig als Zeitungsstand und den zwei Wäschereiannahmen, in der einen das Bild des unsterblichen Kommissars Derrick, der für Sauberkeit steht und einen Blick auf den einzigen Gastronomiebetrieb am Rande des Platzes wirft, Fellini, ein Café, das mit alten Filmplakaten sein eigenes Alter vortäuschen will. Ich meide das Fellini und senke sogar den Kopf, wenn ich weitergehe, vorbei an einer von zwei Apotheken und vorbei an den zwei Bankfilialen und diesem Laden mit italienischem Ambientezeug, vor dem ich gelegentlich stehenbleibe, um wenigstens irgendwo stehenzubleiben. Denn es ist ja doch *mein* Platz, den ich Tag für Tag umrunde, hin und her gerissen zwischen dem Wunsch, das Fellini möge verschwinden, wie alle Cafés in der Stadt früher oder später verschwinden, oder möge bleiben, damit am Ende überhaupt etwas bleibe von meinen vier Ecken, außer der Litfaßsäule, die gab's dort schon, als ich noch jung war und vor ihr stehenblieb, um die wilden Plakate der Leninisten zu lesen und die zahmen für das nächste Spiel der *Eintracht* ... Ich weiß nicht, ob es dir auch so geht, aber ich empfand und empfinde eine gewisse Zuneigung zum Wesen der Frankfurter Eintracht, einem Wesen, das für mich im selbstverschuldeten Absturz und begnadeten Wiederaufstieg besteht; nicht daß die Eintracht ein Stück Heimat wäre oder ich etwa eins ihrer Mitglieder, aber sie kehrt, wann immer die Saison dem Ende zugeht, ein Stück Wahrheit hervor: Wie sehr wir doch alle bangen, nicht unter den Tisch zu fallen, besonders in einer Stadt, die so in die Höhe strebt, auch wenn mir die Hochhäuser, offen gesagt, keinen höheren Herzschlag verursachen; und doch gibt es eine Regung in meiner Brust, wann immer ich aus einer richtigen Stadt hierher zuruckkehre, ob aus Hamburg, Rom oder Lissabon. Es tut mir weh, vom Bahnhof kommend, die Kaiserstraße hinaufzulaufen, eine Straße, die trotz ihrer Breite und schönen alten Gebäude nicht imstande ist, etwas aus sich zu machen, die lieber Plastikstühle und Sexkinos erträgt, als kleine Theater und Spezialitätenlokale. Ich vermisse das alles, wie ich woanders, etwa am Fluß, einen Pavillion vermisse, den Pavillion, wo sonntags Musik spielt, ein Orchester alter Männer; und einen Fischhändler in meinem Stadtteil vermisse ich auch. Statt dessen versorgt uns ein Wohnwagen, freitags, mit Kabeljau, Seelachs und Schillerlocken, was in mir ein Gefühl des Erbarmens auslöst, wie im übrigen auch unsere Hochhäuser, die ja nicht hoch genug sind, daß einem der Atem stockt, aber schon zu viele Stockwerke haben, um die Sache noch auf die leichte Schulter zu nehmen, die hoffnungslos dazwischen liegen, wie der Main zwischen den Uferanlagen, die er nur alle paar Jahre, in einem Akt der Verzweiflung, für einige Tage leicht überspült, oder die Börse zwischen London und Tokio; blieben noch die Paulskirche, in die keiner reinkommt, und die Buchmesse, bei der nichts mehr herauskommt, außer daß eine Woche lang die Preise in den Bordellen hochgehen, und damit komme ich zum traurigsten Punkt. Auch diesen Häusern in Bahnhofsnähe ist jeder alte Charme genommen, ihre Ähnlichkeit mit den Frauen und Kunden darin, und dabei sind sie doch, neben den Banken, unsere sichtbarste Tradition, und beide Traditionen, Geld und Begehren, liegen in engster Nachbarschaft, vielleicht deshalb die Renovierungen. Sie gleichen jetzt Sanitäranlagen, unsere Bordelle, geschützt vor Feuer, Bakterien und jeder Art von Zerfall, mit eigener Müllabfuhr, die im Stundentakt blaue Säcke voll spermagetränkter Tücher entfernt, während vor Eckkneipen, die keine mehr sind, Bettler von der höheren Temperatur ihrer Hunde zehren, und die Fixer, kauernd am Bordstein, auf ihren Ersatzstoff warten, um für den Rest der Nacht ein Gefühl von früher zu haben: Genau wie ich es suche, wenn ich um meine vier Ecken gehe, und nur noch finde, wenn ich mich täuschen lasse von alten Plakaten in einem neuen Café, das ja schon morgen, wenn du angefangen hast, es aus Versehen oder gutem Willen lieb zu gewinnen, einem Telefonladen Platz macht. Nichts ist hier, wie es war, und nichts ist, wie es sein wird, alles ist jetzt, aber jetzt bin nicht ich, weil ich nun einmal aus Früher gemacht bin, und doch lebe ich hier, den Dingen und Menschen verbunden, wie der Insasse seiner Abteilung; Heimat ist eine Krankheit, über die man besser nicht spricht, aber ich wollte wenigstens auf diese Wunde gezeigt haben, wenn du und ich – die wir beide nach all den Jahren oder Jahrzehnten hier nicht einmal den Hauch eines Hauchs der so böse gemütlichen Mundart unserer Alteingesessenen weiterzugeben im Stande sind – schon in einer klassischen Frankfurter Wohnung sitzen, einst von Juden bewohnt, und damit komme ich zu dem, was im Nebenraum an der Wand hängt ...«

Angelika Klüssendorf

Aus Sicht der Beobachterin

Als sie das erste Mal auftauchte, saß ich in meinem Auto, einem alten Golf, verschloß den Flachmann und steckte die Flasche wieder in die Innentasche meiner Jacke, kühl, nah am Herzen. Danach aß ich ein Pfefferminz, zog mir die Lippen nach und zündete mir eine Mentholzigarette an. Sie kam an meinem ersten Sonntagmorgen, ging zielstrebig auf das Haus zu und sah durch die Fenster. Eine kleine Frau, alt genug, um meine Mutter sein zu können. Sie war unauffällig gekleidet, blieb vielleicht zehn Minuten, dann ging sie wieder, marschierte den gleichen Weg zurück, ohne sich umzuschauen. Meine Recherchen dauerten nicht lange: Sie kam seit Jahren jeden Sonntag um die gleiche Zeit. Von Beruf Fotografin, tätig bei Foto-Mayer, dreimal geschieden, ein Sohn. Sein Haus lag abseits, die Nachbarin hätte ein Fernglas gebraucht, um den Kater inklusive beschädigtem Hintern aus seinem Garten spazieren zu sehen.

Ein Dorf wie viele im Osten von Mecklenburg. Zwei- und dreistöckige Häuser, altes und renoviertes Fachwerk dazwischen, breite Wege. Die Straßen aus Kopfsteinpflaster, umzäunte Gärten, die übliche Bepflanzung, Höfe mit Viehzeug. Seit der Wende hingen an jeder freien Stelle Reklametafeln. Doch die Schaufenster in den Edeka-Märkten sahen genauso aus wie die Schaufenster vor der Wende. Sie waren lieblos dekoriert und erinnerten an muffige Wohnzimmer. Obwohl inzwischen wieder Ostprodukte angeboten wurden (es gab sogar den Dederonbeutel, der aus dem gleichen Stoff wie die berühmte Kittelschürze bestand), war nichts wie früher. Das letzte Schwein aus der LPG war schon vor Jahren von den Dorfbewohnern gemeinsam verspeist worden. Inzwischen waren die Viehanlagen geschlossen; längst spielten Kinder in den Gängen der zerfallenen Ställe. Die Brauerei und die Papierfabrik in den Nachbarorten hatten Konkurs angemeldet. Und so hockten die Übergangsalten, die das Rentenalter noch nicht erreicht und zugleich für die angebotene Arbeit nicht mehr tauglich waren, verlassen in ihren Wohnungen. Morgens schon wurde der Fernseher eingeschaltet oder Kreuzworträtsel gelöst. Es hatte keinen Krieg gegeben, aber die Uhren tickten anders. Die ohne Arbeit beäugten mißtrauisch die mit Arbeit. Viele Dorfbewohner ließen neue Schlösser in ihre Türen einbauen. Die Jungen aus den Käffern suchten sich in den größeren Städten Arbeit oder zogen in den Westen. Für die Alten verging die Zeit mit dem Wechsel der Jahreszeiten, es blieb der Regen, die Sonne, das Unkraut zwischen dem Kopfsteinpflaster und die Erinnerung. Die Erinnerung an Jahrzehnte des Sozialismus, der immerhin aus Lebenszeit bestanden hatte, dann folgte die kurze Euphorie, der sich die Ungläubigkeit anschloß, in einer Mischung aus Scham und Verbitterung. Ich sah, wie einst sorgsam angelegte Gemüsebeete verdorrten und sich die Käfer durch das verfaulte Obst fraßen, das am Boden lag. Natürlich fiel ich auf, wenn ich stundenlang in der Sommerhitze in meinem Auto saß oder immer wieder durch das Dorf spazierte. Die Berichte waren spärlich, ich telefonierte kaum. Über die Mittagszeit fuhr ich nach Hause, wo mich niemand erwartete, und schlief eine Stunde. Danach duschte ich lange. Schminkte mich und füllte meinen Flachmann nach. Den Blinden sah ich täglich, er hatte, wie ich, seine Gewohnheiten und hielt daran fest. Er ging jeden Nachmittag, ob bei Hitze oder Gewitterstürmen, zu den Bahngleisen und setzte sich dort auf eine Böschung. Zuerst dachte ich, er würde dem Geratter der Züge zuhören, dann aber sah ich, daß überall auf seinen Händen, dem weißen Haar, dem Kragen seines Hemdes Schmetterlinge saßen. Es sah so aus, als pumpten sie ihre Flügel auf und zu. Sie flatterten vor seinem Gesicht, farbenprächtige im Wind schaukelnde Wesen, und ich hatte das Gefühl, als würden sie seine Gestalt ermessen, als wüßten sie, wer er war. Er ging immer ohne Stock, bewegte sich zielsicher über ausgetretene Feldwege und Straßen. Von hinten sah er aus wie ein Splitter, unendlich dünn, und Arme und Beine bewegten sich in eine Richtung, als würde er so sein Gleichgewicht halten. Ich weiß nicht, ob er mich je bemerkte, jedenfalls tat er nichts Ungewöhnliches, wenn ich in seiner Nähe war.

Dieter Kühn

Verteilte Heimatgefühle

Heimat: auch so ein Lockwort! Oder eher: ein Reizwort? Das Wort Heimat verbindet sich unweigerlich mit dem Wort Heimatgefühl, und das scheint suspekt. Aber sind die beiden Wörter nicht miteinander verbändelt? Kann man über Heimat sprechen oder gar schreiben, ohne Heimatgefühl zu haben? Wie sieht es in der Beziehung bei mir aus? Entwickelte oder entwickle ich Heimatgefühle? Falls ja: Wo sind die angesiedelt? Falls nein: Warum bleibt das Wort Heimat ohne rechte Resonanz für Heimatgefühl?

Heimatgefühl ist meist verbunden mit der Kindheitsregion, in der man Welt zum ersten Mal wahrgenommen und erkundet hat. Das wäre bei mir Köln-Bayenthal, in der kleinen Stichstraße mit den drei Doppelhäusern, die damals Privatstraße hieß, am Oberländer Ufer. Ganz in der Nähe die Südbrücke. Erste Erinnerungen: noch nicht so recht auf den großmächtigen Rhein fokussiert wie auf die kleine Welt der Privatstraße, auf deren Gehsteig ich mit dem »Holländer« fuhr, einem Kinderfahrzeug, das durch Schieben und Ziehen eines lenkstangenähnlichen Bügels bewegt wurde. Vorgartenassoziationen, Gartenassoziationen, allerdings vermischt mit Erinnerungen an Schmalfilmsequenzen, von der Mutter aufgenommen.

Dennoch, so recht will sich hier zentriertes Heimatgefühl nicht entwickeln: eine Feuerschneise. Auf Bayenthal wurden 1941 (eher zufällig) einige Ladungen Stabbrandbomben abgeworfen – die Leitsysteme der Bomberstaffeln funktionierten noch nicht so recht. Auch unser kleines, gemietetes Haus wurde getroffen. Meine resolute Mutter, im Keller auf der Lauer sitzend, rannte, im Trainingsanzug, mit der Kohlenschippe los, als es oben rumpelte. Sie löschte den Brand in der Mansarde, ehe er sich ausbreiten konnte. Und es geschah, was ich schon mehrfach erzählt habe, mündlich: Sie führte mich, als den Ältesten, in das Dachzimmer, und ich sah das Loch in der schrägen Decke, sah in der Ecke Sand und Wasser, doch die Bombe sah ich nicht mehr, die hatte Helene auf die Schippe genommen. Sie stellte einen Stuhl ans Fenster, ließ mich raufsteigen, und ich sah Feuer, Feuer, Feuer. Ganz nah eine Villa, in der SA untergebracht war, und aus Fenstern wurden Möbel geworfen, zum Teil schon brennend. Auch in etwas größerer Entfernung: Feuerschein. Und nun sagte meine Mutter, was sich mir, pardon: unauslöschlich eingeprägt hat: »Schau es dir genau an, das wird noch viel schlimmer, aber wir ziehen hier weg.« Einem autobiographischen Einübungstext habe ich, für eine literarische Zeitschrift, diesen Titel gegeben: »Kindheitsbild mit angesengtem Rahmen«.

Schnitt. Und wir (Mutter mit drei Söhnen) zogen nach Bayern, rechtzeitig vor dem Tausend-Bomber-Angriff auf Köln, vor den vielen Angriffen, die jenem Vernichtungsschlag folgten. Per Zeitungsannonce wurde von einer Berchtesgadener Pension aus eine Wohnung gesucht und gefunden: Fischergasse 10 in Herrsching am Ammersee.

Hier nun könnte sich Heimatgefühl am ehesten ansiedeln. Alles bestens arrangiert: Hügel, Wälder, See ... Ich bin wohl nicht zufällig unter dem Zeichen des Wassermanns geboren, hier fand ich mein Element: schwimmen, schwimmen, schwimmen ... Heimat-Erinnerungssubstanz ist bei mir also gut bewässert. Allerdings: Ein (anderer) See im Sommer, und ich werfe mich sofort hinein, fühle mich heimisch. Gleich nach der Wende ein Urlaub in Myrow, Mecklenburger Seenplatte – ich weiß nicht, wie viele Seen ich dort beschwommen habe! In mir wird Heimatgefühl unter Einwirkung des Elements der Verwandlung verdächtig übertragbar.

So gern ich schwimme, so gern gehe ich an großen Wasser-
flächen entlang – besonders gern am Ammersee, mit Blick auf
ein Segment der Alpenkette. Also doch: Heimat Herrsching am
See? Dieses Heimatgefühl ist mir verwässert worden durch
Familienquerelen, die dort ihr Zentrum fanden. Also sind meine Gefühle, sobald ich doch mal wieder nach Herrsching komme: gemischte Gefühle. Aber gemischte Heimatgefühle – gibt es
das? Darf es so was geben? Doch wohl besser nicht. Ich muß
aber darauf beharren: Es sind gemischte Heimatgefühle.

Denn die Leihheimat des kleinen Kölners in Bayern, sie mußte,
wie das bei Heimat vielfach so ist, verlassen werden, und wir
zogen nach dem Krieg zurück ins Rheinland, weil mein Vater,
nach kurzer Gefangenschaft heimgekehrt, dort wieder Arbeit
fand. So kamen wir nach Düren, und das war noch weithin Ruinenstadt, war Trümmerwüste mit Abenteuerpfaden. In dieser
Kreisstadt habe ich lange genug gelebt, um, theoretisch, neues
Heimatgefühl entwickeln zu können, aber das ist nicht geschehen. Eine Ruinenstadt weckt bei einem Heranwachsenden eher
Abenteuerlust als Heimatgefühl. Außerdem: Die Stadt wurde
derart einfallslos wieder aufgebaut, daß man ihr eigentlich nur
den Rücken kehren kann. Was ich nach langen Jahren schließlich tat: rückte ab vom Familienverband, zog nach Köln. Und
damit: in die Heimat? Ich als einer der wenigen Stadtbürger, die
in Köln leben und hier sogar geboren sind?

So einlinig entwickelt sich das alles nicht! Denn es gibt noch ein
Haus in der Nordeifel, eine Autostunde von der Stadtwohnung
entfernt. Ein ›ausgewachsenes‹ Holzhaus auf kleinem Waldgrundstück, an einem Südhang – früher mit Blick ins Rur-Tal,
heute ist alles zugewachsen. Sobald ich ins Grundstück fahre,
aussteige: Luft einsaugen, Luft abschmecken …

Die Waldluft mischt sich, für mich, im Sommer mit Wasserduft.
Und hier formuliert wieder der Wassermann: Zehn Autominu-
ten vom Haus entfernt der Rursee, größter Stausee unseres Landes, in reich gegliederter Tal-Landschaft. Trinkwasser, also:

wohlduftend, und beim Schwimmen fühlt es sich fast seidig an. Hier findet, Zug um Zug, ein Übertragen von Heimatgefühl statt: vom Ammersee auf den Rursee. Die Übertragung ausgedehnt auf die weitere Umgebung von Haus und See: Spaziergänge in alle Richtungen, erkundend. Im Verlauf von Jahren entwickelte mein Heimatgefühl hier erst Wurzelfasern, dann Würzelchen, schließlich Wurzeln.

An denen wird allerdings gerupft. Denn: Im Eifelhaus, im Grünen leb' ich gern, doch nur in überschaubaren Zeiträumen. Dann muß ich wieder in die (hoch gelegene) Stadtwohnung. Zu der habe ich ebenfalls so etwas wie Heimatgefühl entwickelt, denn sie bietet mir weiten, weiten Blick, bis zum Siebengebirge, bis zum Bergischen Land. Und, für den Wassermann essentiell: Der Rhein ist nah! Ein paar hundert Meter durch einen schmalen Grünzug, an der Auffahrtrampe der Mülheimer Hängebrücke entlang, und ich stehe vor dem Rhein! Und gehe am Rhein entlang oder überquere den Strom auf der Brücke, gehe drüben am Rhein entlang – zuweilen, zügig, bis zum Dom. Rechtsrheinisch wie linksrheinisch – am Fluß das Gefühl: Ja, hier bin ich zu Hause. Das Wasser, die Brücken, die Schiffe, der Dom. Hier könnte sich Heimatgefühl, gleichsam nachholend, wieder ansiedeln – zumindest anteilmäßig. Denn mit einem metaphorischen Bein stehe ich weiter in der Nordeifel, mit der mich mittlerweile mehr Heimatgefühl verbindet als mit dem Kindheitsdorf am Ammersee. Dort verdunstet gleichsam das Wasser. Einfach zu wenig Gegenwart! Heimatgefühl (zu unterscheiden vom Heimweh) muß nun mal wachgehalten werden durch wiederholte Präsenz.

Eigentlich ist Heimatgefühl unteilbar, sonst ist es doch wohl kein rechtes Heimatgefühl. Aber die Diversifikation schreitet fort: Da ist nicht nur das Holzhaus im Waldgrundstück, da ist nicht nur die Stadtwohnung mit Fernblick, da ist noch eine Wohnung am Landwehrkanal, Berlin-Kreuzberg. Also wieder Wasser! Vom Fenster, vom Balkon aus kann ich – durch viele Äste hindurch –

Wasser und Schiffe, Schiffchen, Boote sehen ... Meist sind es Schiffe für Touristen, denen von Deck aus Sehenswürdigkeiten Berlins gezeigt werden. Das Haus, in dem ich wohne, zeitweise, es gehört noch nicht zu den Sehenswürdigkeiten. Aber es gibt von dort aus viel zu sehen. Und, vor allem: In meinem Bewegungsdrang, der sich auch in Berlin entfaltet, habe ich die Möglichkeit, kilometerlang am Landwehrkanal entlangzugehen, und ›fußläufig‹ erreiche ich auch die Spree, in der Nähe der Oberbaumbrücke. Wasser, Wasser, wenn auch weit entfernt von der Güteklasse A, wie sie noch der Rur (holländisch: Roer) zugeschrieben wird. Ich vergaß zu erwähnen, daß Abenden, mein Eifelort, an diesem kleinen Fluß liegt.

Ergibt das alles eine Sinnfigur? Ich entwickle fast wieder so etwas wie Heimatgefühl, wenn der ICE vom Zwischenstop am Bahnhof Zoo zur Endstation Ostbahnhof fährt: Immer wieder Wasser! Ja, das Wasser auf meine Gefühlsmühle hat sehr verschiedene Quellen: Rheinwasser, Ammerseewasser, Rurseewasser, Spreewasser. Grenzen von Heimat – für mich verfließen sie.

Lena Kugler

Odessa

Wie viele Züge fahren jeden Tag nach Odessa? Und wie viele
kommen an?
Gerade angekommen, fuhr Jula wieder ab.

Als deutsche Studenten in den ukrainischen Winter gefallen,
bewegten sie sich nur noch in schwankenden Dreier- oder Vie-
rergruppen vorwärts. Hand in Hand schlitterten sie als unsi-
chere Reihe die Straßen entlang, polsterten sich mit ihren dicken
Jacken einander die Stürze. Ein kurzer Blick ins Studenten-
wohnheim hatte sie wieder auf die Straße getrieben. Das
Waschbecken in der Küche phosphoreszierte in grünem Schim-
melglanz, und unter den Matratzen lagen Berge von Zeitungs-
papier, um die Wanzen abzuhalten. Die Kakerlaken, Julas alte
Freunde, blinzelten mit ihren Fühlern die Seifenablage in der
Dusche zu einem großen weißen Auge, der graue Rest Kernsei-
fe die schmale Pupille.
»Ist eben nicht Rio«, meinte die Dejournaja, die sie in Empfang
genommen hatte, und schaute ihnen mit versteinertem Gesicht
nach, als sie erschrocken und auch etwas beschämt ob ihrer
westlichen Empfindlichkeit die Rucksäcke schulterten und sich
Hand in Hand, immer wieder strauchelnd, die vereiste Treppe
vor dem Wohnheim hinunterwagten. Zu Hause würde ich
wahrscheinlich keinen Kaffee mit ihnen trinken, und hier halte
ich ununterbrochen ihre Hände, dachte Jula und faßte Walters
Hand fester, um nicht zu fallen. Sie hatte noch nie so viele Treppen gesehen, noch nie so viele Stufenkanten an ihrem Rücken,
ihrem Hintern gespürt. Als ob man die Wichtigkeit der Gebäu-

de gleich an ihren harten Stufen fühlen mußte: Kilometerlange, breite Treppen, vereiste Stufen in den grauen Winterhimmel hinein, die nur aus Zufall an irgendeinem Amts- oder Universitätseingang haltzumachen schienen. Von oben betrachtet, Rutschbahnen in den Straßenmüll hinein, und nur Dummköpfe wie sie beherrschten die Technik des sturzfreien Treppensteigens nicht. Immer sah sie nur sich und ihre Gruppe fallen. Und während Jula, an Walters Arm hängend, die letzten Stufen herunterschlitterte, überholte sie eine der hochhackigen und blondtoupierten ukrainischen Studentinnen, die sich souverän klackernd mit ihren Pfennigabsätzen ins Eis bohrte.

Nach einigen Stürzen im Arkadija-Park schlitterten sie an der Oper vorbei, erstarrten vor der Potjomkin-Treppe, und Jula beschloß, mit dem nächsten Zug zurückzufahren. Die anderen wollten noch ein paar Tage in einem kleinen Hotel am Stadtrand bleiben, aber Jula war nicht zu überreden. Obwohl es ihre Idee gewesen war, für ein paar Tage nach Odessa zu fahren, konnte es ihr plötzlich nicht schnell genug gehen, aus dieser geeisten Zuckergußstadt zu verschwinden. Walter bot ihr noch leiernd eine Begleitung zum Bahnhof an, wirkte aber recht erleichtert, als Jula ablehnte, nein danke, sie käme schon klar.

»Und wenn du keinen Zug mehr erwischst?« Petra wuchtete sich schon wieder den Rucksack auf die Schultern, fühlte sich zu dieser Frage aber scheinbar dennoch verpflichtet.

»Dann komm' ich einfach nach.« Jula meinte das keinen Moment ernst, sie wußte nicht einmal, wo das Hotel überhaupt lag.

Vor dem Bahnhof wollte ihr eine Roma erst aus der Hand und dann aus dem Portemonnaie lesen, und als Jula sich weigerte, sie in ihre Brieftasche schauen zu lassen, verfluchte die Roma sie. Jula verstand nicht viel Russisch, sie hatte gehofft, in den acht Wochen Ukraine ein wenig dazuzulernen, aber so oft, wie sie mit den anderen deutschen Studenten zusammen hing, war daran wohl nicht zu denken. Trotzdem war sie sich ziemlich sicher, daß die Roma ihr eine »Paralyse« an den Hals gewünscht hatte, scharfkantig und erschreckend deutlich stach das Wort hervor, als hätte die Roma ihren Fluch gleich übersetzen wollen. Jula lächelte und gab ihr etwas Geld. Die Frau nahm nichts von dem Fluch zurück und ging, Julas Scheine in der Hand, davon.

Odessa, das war Julas Verwünschung, und die Roma hatte sie zwar erschreckt, denn ein wenig abergläubisch war sie schon, aber mit ihren dunklen Augen und den bunten Tüchern in diesem verdammten nachsowjetischen Wintergrau erinnerte sie Jula an das Odessa, aus dem sie kam, schon immer hergekommen war, denn kommen wir nicht alle aus Odessa, hatte ihr Vater immer gelacht, wenn es um Gaunereien ging, um Sonne und Hafen und Staub. Kommen wir nicht alle aus Odessa? Und dabei kam ihr Vater ganz sicher nicht aus Odessa, er war an der slowakisch-ungarischen Grenze geboren worden, und Jula wußte gar nicht, ob er mehr von Odessa kannte als Benja, den König, und Karl-Jankel und wie man es laut Babel in Odessa eben anstellt. Und darum war sie der Roma auch nicht böse, sondern eher ehrfurchtsvoll einverstanden mit ihrem Fluch und kletterte die Bahnhofstreppen hinauf, ohne ein einziges Mal zu straucheln. Die Paralyse hing ihr wie ein buntbedrucktes Tuch um den Hals und drückte kein bißchen. Plötzlich bereute sie es fast, gerade angekommen, wieder zu fahren, aber da es allmählich dunkel wurde und sie nicht wußte, wohin, stellte sie sich doch in die Schlange, die sich behäbig durch die ganze Bahnhofshalle wand, und erstand, endlich am Schalter angekommen, noch eine Schlafwagenkarte nach S.

Michael Kumpfmüller

Vermessung der Heimat

Eines Tages im Juni, als sie gar nicht damit rechnete, entdeckte eine junge Frau in der Zeitung eine Notiz, in der ihr Name vorkam, eine Geschichte und der Name, den sie nicht mochte. Die Frau hatte drei Kinder und las in einem Café von einer Frau, die ihre drei Kinder ermordet hatte, eines Morgens, als sie noch schliefen, am anderen Ende der Welt. Mit einem Küchenmesser hatte sie ihnen die Kehle durchgeschnitten, ohne vorherigen Plan, auch weil kein Mensch in der Nähe war, der es hätte verhindern können, eine Frau Mitte zwanzig, in einer amerikanischen Kleinstadt in der Nähe eines großen Flusses, alle fünf Minuten ein Kind. So las sie es. Nicht alles stand tatsächlich so geschrieben, manches erfand oder veränderte sie, malte sich aus, wie das war, die Sekunde der Entscheidung, das dämmrige Licht und das Blut, der Rhythmus des Tötens, der sich einstellte, die schwere Arbeit des Mordens. Die Frau mit dem Namen der Mörderin las die Notiz sehr schnell, dann ein zweites und drittes Mal, wie um sich zu vergewissern, dass es wirklich wahr war, riss die Seite mit der Meldung aus der Zeitung, steckte die Meldung ein, sie konnte sie fast auswendig. Die Frau am anderen Ende der Welt war verrückt geworden über ihre Tat, man fand sie ganz starr und mit schwachsinnigem Blick, Stunden später wie leblos in einem Vorraum gegen die Wand gelehnt, ohne Reue, gegenüber Fragen völlig unempfindlich.
Noch Stunden später (auf ihren Wegen durch die Stadt) hatte die Frau sehr seltsame Empfindungen. Sie dachte an die wahnsinnige Frau, dann wider Willen an ihre Söhne, die in ihrer Wohnung zurückgeblieben waren. Manchmal blieb sie stehen

und flüsterte, sagte Nein zu ihren Gedanken, den lästigen Bildern und Vorstellungen, die aufstiegen und wieder verschwanden, der unvermeidlichen Wiederkehr der Söhne. Sie hatte nur ein helles, einzelnes Bild, ohne erkennbare Bewegung, aber sehr klar, die beiden Kinder in ihrem Zimmer, hinten bei den Heizkörpern, als ob sie dort schliefen (es war kein Film), ganz matt und wie ergeben, in einem schattigen Winkel, ohne Laut. Das war das Bild. Sie waren beide am Leben. Erst wollte sie dem Bild nicht trauen, dann war da hin und wieder eine Regung, ein kaum merkliches Heben und Senken der Brust, das sie registrierte, ein Blinzeln, wie blöde, in tiefem Dämmer, als ob sie sich weigerten, wach zu werden. Das alles sah sie. Sie wollte die Bilder bannen, dann, als es ihr nicht gelang, wurde sie sehr zornig. Der eine Gedanke war: Ich muss da hin und mit eigenen Augen sehen, ob sie leben, doch der zweite, der schon bereit lag und an den sie vorläufig nicht heranreichte, war ein anderer, eigentlich kein Gedanke, ein dumpfer Impuls, wie ein Befehl, dem sie ohne jedes Zögern gehorchen würde, jetzt und hier.

Bis kurz vor der letzten Biegung der Straße war sie unschuldig. Sie verzögerte ihren Schritt, schloss die Augen, dann sah sie die Stadt: eine Ansammlung langgestreckter Bauten, ineinander verkeilter Blöcke mit verkommenen Höfen, durch die das ganze Jahr kleinere Stürme zogen, wandernde Wirbel aus Staub und Schmutz, aus allem, was leicht und trocken und nutzlos war, der Tanz der bedeutungslosen Dinge. Sie dachte: Ja, hier und jetzt, und wenn ich den Verstand darüber verliere, hier und jetzt. Darauf hörte sie ein großes Dröhnen, das vom Lärm der Straße kam, ihrer plötzlichen Empfindlichkeit, durch die sich alle Geräusche vervielfachten, wie bei einem Beben, dem Zusammenbruch großer Gesteinsmassen über oder unterhalb der Erdoberfläche, ein nicht enden wollendes Getöse aus bösen Gedanken, den Fragen, die blieben oder entstanden: der moralische Kollaps. Ich habe keine Waffe, dachte sie und begann sogleich zu suchen, zwischen den Schienen der Straßenbahn, in den verdorrten Grünanlagen, den Höfen. Das, was sie fand, verwarf sie, sie fand nur immer das Falsche: einen großen Stein zum Erschlagen, einen spitzen Gegenstand aus Plastik, einen zerbrochenen Flaschenhals, ein Kabel, eine Schnur zum Erwürgen, ihre bloßen Hände, mit denen sie alles anfasste und wendete, vom Boden aufhob, prüfte, manchmal durch die Lippen zog, um es zu säubern, wie eine Irre, aber auch klug in ihrem Irrsinn, immer auf der Hut und lauernd, ob auch niemand sie beobachtete.

Erst nach einer Weile hielt sie inne und schüttelte den Kopf über sich und den Wahn, der sie ergriffen hatte, stellte sich gerade hin und besann sich auf ihre Umgebung, erkannte, dass sie nicht weit von ihrer Wohnung war, in einem der benachbarten Höfen; es waren nur ein paar Schritte. Der dicke Albert fiel ihr ein, sein Versteck in einem der Durchgänge, hinter einem losen Stein in der Wand das winzige Lager, das er ihr vor Monaten gezeigt hatte; sie wusste nicht mehr, zu welchem Preis. Sie merkte, wie sie nunmehr alles ganz nüchtern berechnete. Vielleicht war das Versteck noch da, die Messer, die er dort aufbewahrte, ein Skalpell für die Tiere, seine blitzschnellen Operationen. Sie sah nach. Ja, das Versteck war noch da, das Messer (ein Stilett), das Skalpell. Sie überlegte, was für ihre Zwecke geeignet wäre, nahm das Stilett, sie hatte eine Waffe. Sie musste nur hingehen und sie gebrauchen, ein paar Schritte. Als wäre dort ein Geheimnis, das sie um jeden Preis enthüllen musste, zog es sie über den Hof zu ihrer Wohnung. Sie schlich nach drinnen in den Aufgang, nahm ohne das leiseste Geräusch die Treppen, stand dann lange vor der Tür; hinter der Tür war es ganz still. Kein Laut. Nur das leise Brummen der Maschinen, das Summen des Lichts, der nicht enden wollenden Hitze, die tote Stunde. Waren die Kinder überhaupt da? Sie legte ihr Ohr an die Tür, erschrak über ein Geräusch in der Nachbarwohnung, war schon auf dem Sprung, lauschte wieder, versuchte zu entziffern, was da war, die unzähligen Geräusche der Stille, wie im Weltall oder tief unten im Ozean, mit all den trägen schwerelosen Bewegungen des Rausches, der unendlichen Weiten.

Sie suchte nach ihrem Schlüssel und fand ihn nicht. Am Morgen in der Wohnung des Liebhabers war er noch da gewesen, auf der Kommode im Flur, wo er wahrscheinlich noch immer lag. Die Mutter fiel ihr ein, die Mutter hatte einen Zweitschlüssel. Sie musste nur die Treppe hinunter und eine andere wieder hinauf, sie fragen, gehen, zurück zu Alberts Versteck, zurück in die Wohnung, denn nun war sie zurück und wusste wie im Traum die Sätze: Was macht ihr, schaut, was ich euch mitgebracht habe, ein großes Messer zum Schneiden. Sie wusste, dass sie das wahrscheinlich nicht könnte. Man müsste erst den Schlaf abwarten, schauen, ob sie gerade schliefen, in dieser Hitze ging das ganz schnell. Sie dachte: Erst der Große. Bei dem Großen wäre es schwerer, vielleicht wehrte er sich schon und warnte den Bruder, wusste mit seinen vier Jahren, wie man einem Anschlag entging. Sie sah ihn um den Tisch laufen, wie bei einem Spiel, ein langes lustiges Spiel, dann wieder lag er wie betäubt am Boden und war vor ihr geschützt. Auch darüber würde sie hinwegkommen müssen. Damit es doch möglich würde. Es war ihr bestimmt nicht möglich. Schon sprang sie in Gedanken von den Kindern weg, war auf der Flucht, nach gelungener Tat mit einem Wagen, den sie sich lieh oder raubte, über die Straßen, in eine weit entfernte Stadt. Ein paar Tage schlief sie in Motels, ließ sich die Haare färben, war hektisch und abgehärmt, als bloße Erscheinung verdächtig, ein Flittchen, das ohne einen Mann nicht zurechtkam, wie in einem Film, wie in diesen Filmen dachte sie sich das, die Verhaftung am frühen Morgen, wenn sie gar nicht damit rechnete, das erste Verhör. Alles wie im Film. Sie hörte eine Stimme, sehr fern, wie am Ende eines Tunnels, einer langen Flucht aus Türen, die alle verschlossen waren, fast unhörbar. Es war die Stimme des Jüngsten. Er jammerte. Wie immer jammerte er. Sie dachte: Wie ein junger Hund auf der Straße, wenn jemand ihn tritt, oder die Katzen im Sommer, dieses nervige Gejaule, wenn sie ficken, bei offenem Fenster, wenn es gerade dunkel wird. So klang es.

In einem der benachbarten Höfe sah man sie später auf einer der Schaukeln, wie sie etwas flüsterte und beim Flüstern zählte oder benannte, die Dinge, die sie seit Jahren kannte, die Winkel, Perspektiven, die Vermessung der Heimat, des ein für alle Mal zugewiesenen Raums. Sie sagte sich auf, was da war: die Schaukel, die Wippe, der Sand, die beschrifteten Durchgänge, die Parolen auf den Fassaden, offene Fenster, die Stimmen aus diesen Fenstern, die Geräusche des Abends, stille Balkone, die Sträucher, der fliegende Müll und der Wind, der leise Hauch eines Windes: ihre Heimat. Einmal summte sie ein Lied, wie ein vergessenes Kind, lange bevor es merkt, dass es vergessen ist, ein verwahrlostes Kind, das sich selbst die Hände küsst, ein dummes nichtswürdiges Kind. Sie trug eine verwaschene Jeans, auf der mit schwarzem Filzstift ein paar Namen geschrieben waren, verschiedene Daten und Zeichen, die sie an etwas erinnerten, ein Konzert, eine Feindschaft, den ersten Jungen, der sie eines Tages im Winter mit seinem Mund berührte, die wenigen überlieferten Fakten, Stationen eines verschwommenen Lebens. Später entdeckte sie den Dicken, wie er mit ein paar Typen in einem der Durchgänge neue Botschaften an die Wände sprühte, es war aber nicht der Durchgang mit dem Versteck. Sie duckte sich weg, weil sie nicht wollte, dass er sie entdeckte, blieb aber, wo sie war, noch immer schaukelnd, mit sehr wenigen, gelegentlichen Schwüngen, die man kaum merkte, immer kurz bevor alles stillstand.

Die neue Botschaft war nicht leicht zu entdecken, in einer Lücke zwischen all den Zeichen, Bildern, schwer zu entziffernden Namenskürzeln, stand sie geschrieben, mit blauer krakeliger Schrift und Datum: Conny ist eine Fotze, daneben die Nummer ihres Aufgangs, ein Datum aus dem vergangenen April. Sie las das böse Wort, ihren Namen, mit dem es verknüpft war, und spürte einen leisen Stich, wie eine Verletzung, konnte sich nicht vorstellen, dass es wirklich der Dicke war, befühlte vorsichtig die Schrift. Die Schrift war ganz trocken. Plötzlich kam sie ihr wie ein Trost vor, ein Beweis ihrer Zugehörigkeit: Dass sie eine von ihnen war, Gegenstand einer Begierde, eines verqueren Hasses, der sie ausstellte und zugleich einschloss, ein sichtbares Zeichen, dass es sie überhaupt gab. Auch was Albert geschrieben hatte, fand sie, in einer silbrigen Schrift in großen Lettern das Wort HASS, schwer lesbar. Wenn man nicht richtig hinsah, konnte es ebenso gut HAUS heißen oder HANS, ein lächerlicher Name, den er sich gab, wenn er den verschlissenen Orten seinen Stempel aufdrückte, irgendetwas in der Art. Das war die Gegend, aus der sie stammte, die Formen, in denen sie miteinander verkehrten, die Aufmerksamkeit, die sie sich schenkten, diese fein modellierten Zärtlichkeiten. Die Frau, die am Morgen die Notiz mit ihrem Namen gelesen hatte, ging nach Haus. Im Grunde waren ihre Pläne nicht der Rede wert. Sie rechnete jeden Abend ab, als wäre es für immer, dann wachte sie auf und lebte, als wäre sie jeweils eine andere.

Reiner Kunze

Ankunft in meiner stadt

I

Über die grenze des großen erlebnisses kommend,
fröstelnd noch im mantel der reise,
gehe ich wieder
durch meine stadt

Sie bindet
den morgen von der stille los

Das ticken der absätze in den gäßchen,
das läuten,
das abspringt von der straßenbahnklingel,
das vornehme türenschlagen des autobesitzers,
der sprengwagen
für eine illusion von tau auf dem asphalt
lassen die glocke über der stadt
dünner werden
Sie beginnt zu summen

Die sonne schließt das grau auf

Die stadt
läßt alle farben auf die straße
Die pastells der häuserwände sind da
mit einemmal:
Ich bin die erste! Nein, ich! Ich!
Aus den straßenbahndepots

schwenkt ratternd das elfenbein,
aus den garagen rollen
das hellblau mit dem gürtel des taxi
das dunkelgrün der polizei
das lindgrün irgendeines autos
das rot der feuerwehr
das schwarz der städtischen bestattung
das gelb der post

Die stadt
mischt gerüche unter die farben,
den ledergeruch aus dem schuhgeschäft,
dessen offene tür
die kehrfrau mit dem besen verstellt,
den bierdunst aus dem ventilatorloch des restaurants
die parfüms der seifen aus der drogerie
den duft der kaffeerösterei
den fischgeruch des fisch-konsums
den tabakgeruch vom holz des kiosks
den moderatem eines hausflurs
die stickige luft aus den fenstern
meiner fakultät
Lavendel veilchen rose
plakatieren
mit einem hauch

Ich gehe durch die nähe
der gebadeten haut einer jungen frau

Giftig süß betäubend
ist die schale
meiner stadt

2

Von einem brunnen weiß ich im süden Mährens,
der einschläft,
das moos unterm arm

Wie ein messer dringe ich unter die schale
meiner stadt
Ich schneide
bis an den kern:

Kein tropfen quillt
solchen wassers

3

Nun werde ich in meinen träumen
lange unterwegs sein

Ich werde
durch die stille gehn des parkenden lärms,
der karrieren, die auf den plätzen halten und an den bordsteinen
Durch das hellblau mit dem gürtel des taxi,
das kreisen wird wie ein elektron,
bäume hexend,
wenn es die bahnen des gelb kreuzt,
werde ich hindurchgehn,
die scheinwerfer seines luxus mit den wimpern zerteilend

Entlangeilen werde ich
am dufte nackter haut
(um mehr
als nur erinnerung zu retten)

Unzählige schienenlücken
werden die wiesen meines schlafes zertrümmern

Einer
wird mit dem bleistift an den mond klopfen
und sagen:
Dobrý den! Československá pasová kontrola
Kam jedete, pane?
Wohin fahren Sie?
Und ich werde sagen:
zu einem brunnen im süden Mährens,
der einschläft,
das moos unterm arm
Und er
wird salutieren, als hätte ich
die tschechoslowakische hymne gesungen

Und ich werde fahren fahren

Um jeden morgen zu erwachen
als dichter

(1961)

In Salzburg,
auf dem Mönchsberg stehend

Nach ankunft im westen Europas

Wiederzukehren
hierher, können von nun an mich hindern
armut nur, krankheit
und tod

Im kupferlaub der dächer geht der blick
den abend ab

Heimat haben und welt,
und nie mehr der lüge
den ring küssen müssen

(1984/85)

Katja Lange-Müller

Sklavendreieck

Als ich damals, vor zwei Jahren, anfing, ein Berlin-Buch zu schreiben, lebte ich noch nahezu ausschließlich in Wien und gab, wie ich es nannte, *das preußische U-Boot am Grunde der Donau* (die Wien bekanntlich links liegenläßt). Meiner Busenfeindin Berlin, der anstrengenden, aufreibenden, desolaten, die seit dem »Tage Eins nach der Mauer« einen, leider nur partiellen, Rückfall in ihre Vergangenheit durchlebt und deswegen – heute mehr denn je – vor allem dies ist: *ein schäbiger, zugiger Durchgangsbahnhof,* war ich glücklich entronnen. Und nun schaute ich U-Boot-mäßig, also am liebsten bei Nacht oder Nebel, auf die Stadt an der Wien (und neben der Donau), in der ich, nach Erlernen etlicher Austriazismen, so ziemlich jedes Wort verstand, aber doch angenehm »unheimisch«, um nicht zu sagen »fremd« blieb, distanziert wie Asterix: *Die spinnen, die Österreicher!* Was dort, in Wien, geschah, speziell fünfundneunzig, im Halbjahr der vorgezogenen Wahlen, war *auch* seltsam genug, ging mich jedoch – zumindest emotional – nicht viel an; Schwarz-Rot oder Gelb-Rot-Grün oder doch Schwarz-Blau oder wie? – *Deren* Jörg Haider war nicht meiner, und – bei allem berechtigten Mißtrauen gegen den Plural – nicht einmal *unserer,* kein Deutscher – und ein Berliner schon gar nicht.

In »meinem« *aus* dem Kleister und *auf* den Leim gegangenen, noch ärmer und dabei noch viel großkotziger gewordenen, auch im tiefbautechnischen Sinne »aufgewühlten«, rappelköpfigen, chaotischen, dreckigen Berlin dagegen mußte ich mich dauernd echauffieren, fühlte mich für alles zuständig. Was immer geschah, oder auch gerade nicht, es fuhr mir durch die – bis heute nicht ganz geschlossene – Fontanelle direkt ins Gemüt. Ein schwer erträglicher Seelenzustand, in dem man für die Klapsmühle reift, aber nicht als Mensch und Schriftstellerin.

Und so entzog ich mich, weil selbst der »(*Jacket-*)Krone der Schöpfung«, dem Menschen, bislang nur eine biologisch begrenzte Zeit zur Verfügung steht, auch dieser Situation, wie einer von mir unlösbaren oft, durch nichts sonst als Flucht, dieses – vorläufig letzte – Mal über Bukarest und Budapest nach Wien.

In meinem »preußischen U-Boot am Grunde der Donau« fand ich eine Art Frieden und konnte endlich wieder etwas arbeiten, weit weg vom herzbedrückenden, mich – wie einen der selten gewordenen Spree-Kähne – mit schwarzer Schwermut überbeladenen Berlin. Zwischen Kontemplation und Konzentration, Inspiration und Transpiration, dem »Böhmischen Prater« und dem Stephansdom schrieb ich eine zweiteilige Novelle mit dem Titel »Verfrühte Tierliebe«. Doch ich war kaum angelangt am Ende des Manuskripts, aufgetaucht aus der Versenkung, vorläufig fertig mit dem flüssigen Stoff, den ich mal »meine Erinnerung« nennen will, und hatte gerade damit begonnen, mich umzusehen in all dem Unvertrauten namens *Wien* und *Republik Österreich,* da merkte ich, daß das wohltuende Desinteresse, das für den Vorgang des Schreibens so nötig gewesen war, sich nicht einfach in sein Gegenteil verwandelte. Statt dessen geschah etwas anderes: Wie an einem Gummiband zog es mein Fühlen, mein Denken, ja mich selbst mit meiner ganzen ausgeprägten Physiologie, zurück zum »Gegenstand« meiner Flucht. Ich fing an, Zeitungen aus Berlin aufzutreiben, zu telefonieren, und schließlich fuhr ich hin. Immer öfter kehrte ich für immer länger zurück nach Berlin, obwohl es dort eher noch schlimmer geworden war. Ich wollte jetzt nicht mehr »abgehauen sein«: Irgendeine Erwachsenwerdung war mir passiert beim »Dichten« auf Tauchstation. Ich fühlte etwas, was ich, so peinlich es klingt, nur *Verantwortung* nennen kann, und ich mochte das. Also habe ich mich erst einmal verabschiedet vom Versteck, dem mir sicheren und in jeder Hinsicht teuren Wien, wenngleich nicht ganz, nicht für allzulange. Denn auch Berlin, da muß ich nun doch Biermann zitieren, kann man nur lieben wie seinesgleichen, »nur, wenn man die Freiheit hat, es zu verlassen«. Doch niemals mehr verlasse ich es derart gänzlich, »mit Haut und Haar«, weil ich schließlich kapieren mußte, daß ich ohne Berlin noch viel verlassener bin als Berlin ohne mich.

Ich schreibe dieser Monate, Wochen, Tage wieder an diesem Buch, das wohl kaum die Chance hat, mein schönstes werden zu können, mich aber so sehr beschäftigt, daß ich nun auch keine Chance mehr für mich sehe, ihm noch länger auszuweichen, dem »Buch von den städtischen Existenzen«, deren Leben in einer Gegend, die gleichzeitig über sie herein- und unter ihnen zusammengebrochen ist, von Menschen im Beton, Menschen mit wenig und nichts, Menschen, die unentwegt unterwegs sind, dazwischen/dabei auch solche, die es eigentlich (laut Gesetz) gar nicht gibt. Ich schreibe davon, wie ich ihnen begegne, den Auch-Berlinern, meinen Mit-Städtern, von den Aggressionen, die »Solche-wie-ich« hervorrufen bei »Solchen-wie-denen«, und von *den* Aggressionen, die »Solche-wie-die« auslösen bei »Solchen-wie-mir«; etwa wenn wir alle zusammen unterwegs sind mit der »offenen Anstalt«, wie ich den »Städtischen Nahverkehr« nenne, und »Solche-wie-die« mich finster anstarren aus glasigroten Augen, als hätte *ich* ihre Sozialhilfe versoffen, dabei waren sie es ganz alleine, obwohl »Manche-von-denen« schon lange nicht mehr so *ganz* alleine sind – und überhaupt bald in der Mehrzahl. Ich schreibe von den Wolken, die über uns herauf- und herziehen, und die, zumindest was Deutschland anbelangt, in Berlin am dichtesten und dunkelsten zu sein scheinen.

Denn ja, ja und ja, oder sollte ich sagen »jawoll«, ich will es nie mehr leugnen (das hat bekanntlich eh keinen Zweck!), – auch ich bin eine von denen, über die ein »melancholerischer« Autor, der in Berlins Nordwesten, in Moabits Lübecker Straße, geborene jüdische Berliner Kurt Tucholsky, einmal enttäuscht und rüde und sich selber einbeziehend sagte: »dummfrech und ohne Herzensbildung«, – eine von diesen Berlinern.

Zur damals, 1951, zwei Jahre nach Gründung der DDR, sogar für uns »Zonis« noch *offenen* Welt gekommen bin ich gleich hinterm Fernbahnhof des Stadtbezirks Lichtenberg, den wir – leider auch heute noch zutreffenderweise – immer nur »Dunkeltal« nannten; genau wie uns Schöneweide, eine der beiden weiteren östlichen Bahnhofsgegenden, nie etwas anderes war als »Schweineöde«. Weil ich außerdem im Laufe der Zeit irgendwie zu einer Schriftstellerin heranalterte und seit 1984, seit meiner Ausreise aus dem Berliner Osten und vor meiner Flucht nach Bukarest, Budapest, Wien, *in* oder richtiger *auf* Tiergarten lebte, jener Insel mitten in der Stadt, die lange Zeit feucht-sumpfig und allein vom eingezäunten kurfürstlichen Rotwild »*behaust*« war, dann aber von Ausländern, aus Frankreich vertriebenen Hugenotten, trockengelegt und zwecks Seidenraupenzucht mit Maulbeerbäumen bepflanzt wurde, sich aber mittlerweile (unter anderem) durch einundzwanzig Brücken, einen Hafen, einen Großmarkt, diverse Bauwüsten, fünf Knäste sowie die schaurigsten Spelunken der Stadt auszeichnet, will ich Ihnen, liebe Leserin, lieber Leser, nun die Skizze, den Entwurf einer Geschichte zumuten, der zweiten von insgesamt sechs, die mich seit meinem letzten fertigen Buch beschäftigen, Geschichten mit mehreren oder gar keinen Pointen, – ganz im Sinne meines hier frei zitierten Robert Gernhardtschen Lieblingsreims: »Da! Schon saust das nächste Ei / messerscharf am Nest vorbei«, Geschichten von der nicht so richtig putzigen, eher weniger salonfähigen Art, Geschichten, die sich auf einem – vom neuerdings wieder schärferen Zahn der Zeit ziemlich zernagten – kaum zehn Quadratkilometer großen Gelände ab-»spielen«, das mich, deshalb oder trotzdem, mehr als alle übrigen »Teile« und »Stücke« Berlins an- und runterzieht: Tucholskys Nordwesten, Tiergarten, Moabit.

Mitten durch diesen Tiergartenteil namens Moabit zieht sich die leidlich berühmte Turmstraße, ein Freizeit- und Shopping-Paradies für Arme, mit drei Porno-Kinos, vier Spielhallen, »Penny«- und »Plus«-Markt, »Rudis Resterampe« und gleich zwei »Aldis«.

Im Oktober vergangenen Jahres, an einem der – in Berlin so häufigen – lieblichen Herbsttage, überquerte ich fortgeschrittenen Morgens jene Turmstraße Richtung »Aldi« II; und was war da nicht schon wieder alles los! Die Musik spielte aus weit geöffneten Fenstern, Elvis und türkische Männerchöre, Fahrräder dösten vor dem Copy-Center in der Sonne; parklückenlos reihte sich Reisebus an Reisebus. Aus dem »Aldi« raus wand sich träge der Schwanz einer Menschenschlange, Kinder nuckelten Cola aus bunten Blechdosen, Köter zerrten heulend an Laternenmasten, Pollern und Briefkästen, an denen ihre Halterinnen und Halter sie festgeleint hatten. Auf dem Sims vor der von innen mit Sonderangebotsplakaten zugeklebten Schaufensterscheibe saßen – sicher nicht *ganz* bequem – drei ältere Damen in legerer Garderobe und begutachteten den Betrieb: zur Seitentür des »Aldi«-Ladens herauswuselnde, von großen, eckigen Plastiktaschen krummgezogene Leute, die – nicht ohne ein gewisses akrobatisches Geschick – schwer lenkbare, mit Aberdutzenden von Instant-Zitronentee-Schraubgläsern und Sangria-Tetra-Paks hoch beladene Einkaufswagen zu den Bussen manövrierten.

»Kommt man ja nur noch mit'm polnischen Paß rein«, sagte die Graugelockte im orangen Sweatshirt über einem azurblauen Faltenrock. »Wenn die wenigstens Haferflocken kaufen würden für ihre Gören da hinten im Wald«, antwortete die Rundliche mit der riesenschmetterlingsförmigen Perlenstickerei auf dem Vorderteil ihres gelben Angorastrickkleidchens. »Schmeckt ja janich, dis klebrije spanische Zeuch«, verkündete, mit ausgestrecktem Finger auf die Sangria-Tüten weisend, die Graugelockte. »Laß ma, vor zwanzich Jahre ham wir dis ooch janz jerne jesoffen«, meinte nun, in tiefem, versöhnlichem Tonfall, die bis zum spitzen Kinn von einem flatterärmligen, schwarzen Etwas verhüllte dritte und fügte seufzend hinzu:

»Na jut, *ein* Bier jeb ick aus.«

Die Damen nahmen ihre Hintern vom Sims, blockierten kurz die Einkaufswagenstrecke, teilten, jede für sich, an drei verschiedenen Stellen die Warteschlange und entschwanden meinem Blick – nacheinander um dieselbe biegend – Turm-/Ecke Gotzkowskystraße.

Am späten Abend dieses Tages setzte mich ein Taxi an genau dieser Ecke wieder ab. Ich war zu aufgewühlt von der miesen Theatervorstellung, die ich gesehen hatte, um gleich ins Bett zu wollen, und dieses Segment Moabits, das »Sklavendreieck« genannt, ist ja nachts noch interessanter als tagsüber.

Doch hier muß ich wohl erst einmal erklären, was der Ausdruck »Sklavendreieck« bedeutet. Er bezieht sich auf ein Gebiet, das natürlich gar kein Dreieck bildet, sondern zwei Vierecke, und in dem auch nicht allein die sogenannten »Sklaven« unterwegs sind. Es umfaßt die Beusselstraße bis zum Großmarkt an der Beusselbrücke, das Stück Turmstraße von der Ecke Beusselstraße bis zur Ecke Waldstraße und die Gotzkowskystraße bis zur Gotzkowskybrücke; seine »besten« Adressen heißen: »Das weiße Ferkel«, »Die faule Biene«, »Die Oase« und – ganz wichtig – »Die feuchte Welle«. »Das kleine Versteck«, »Die gute Laune« und »Das Balkanfeuer« gehören ebenfalls dazu, werden aber seltener frequentiert.

»Sklaven« nennen sich die – im wahrsten Sinne des Wortes – *durch die Bank* eher mehr als weniger verarmten, meist obdachlosen Gelegenheitsarbeiter aller Nationalitäten, die, mindestens von Frühjahr bis Spätherbst, manche auch den Winter über, jeden Morgen zwischen halb vier und gegen sieben einigermaßen unauffällig auf der zur Brücke führenden Seite der Beusselstraße umherlaufen, um dann in kurz anhaltende Fahrzeuge, oft kleinere Lieferwagen, einzusteigen. Diese Autos bringen die

»Sklaven« zu irgendwelchen Tagesjobs für fünf bis acht Mark die Stunde »bar auf die Kralle«, – Häuser verputzen, Fenster streichen, Abrißholz zusammenschleppen, Gruben ausheben, – eben irgendwelche Knochenarbeiten, die überall immer mal anfallen. Wer zu alt aussieht oder nicht nüchtern genug, wird nicht mitgenommen; der läuft weiter bis zum Fruchthof des Gemüsegroßmarktes oder dreht ab zum Nordhafen und versucht es dort.

Am frühen Nachmittag lassen sich viele dieser Männer, und die »Sklaven« sind ausschließlich Männer, vor der Beusselbrücke wieder absetzen; jene, die nicht das Glück hatten, zurückgebracht zu werden, reisen von ihren »Stellen« her extra an. Das liegt am »Weißen Ferkel«, da gibt es billiges, gutes Essen, mittlerweile auch immer was Vegetarisches für die Moslems und andere Spezialköstler, dazu Schrippen ohne Ende. Wenn man ein bißchen bekannt ist bei der »Ferkel«-Wirtin – »habt *ihr* ein Schwein, daß ihr *mich* habt«, sagt sie gerne –, kann man auch drei-, viermal anschreiben lassen. Und man *ist* inzwischen bekannt, auch untereinander, und mag vielleicht zusammen weiter herumziehen, denn um sechs Uhr abends macht das »Weiße Ferkel« dicht. Man hat was Warmes im Bauch, das ist wichtig, wenn man Kalorien verbraucht »wie einer beim Gleisbau«. Nun darf es auch das erste Bierchen sein, ein wohlverdientes Feierabendbier. Und wo trinkt man das, wenn nicht in der »Faulen Biene«? Hier hocken die einen verkrampft vor den Spielautomaten, die anderen reden ein wenig – welcher »Sklavensammler« zu bescheißen versucht, welche Arbeit besser ist, welche schlechter, aber nie über den »Lohn«, das wäre unanständig, deprimierend sowieso. Irgendwann ist es etwa zehn. Wer nun nicht zu einem Kumpel kann oder sonstwohin will, notfalls doch wieder in den Park auf die Bank, und bereit ist, eine Mark mehr auszugeben, der geht in die »Oase«. Aber nicht wenige sind jetzt schon reif für die »Feuchte Welle«, die letzte Station dieser Nacht, die, spätestens ab zwölf, auch jene aufsuchen werden, die im Moment gerade noch wach, reich und durstig genug sind für die »Oase«, das »Balkanfeuer«, das »Kleine Versteck« oder die »Gute Laune«.

Der Zapfer der »Feuchten Welle«, ein gewisser Egon, ist keineswegs *Der gute Mensch von Moabit*. Dennoch hat sich herumgesprochen, daß diese Kneipe die einzige in der Gegend ist, die noch niemals auch nur eine halbe Stunde lang geschlossen hatte, und daß Egon die Leute schlafen läßt, ihnen bloß alle zwei, drei Stunden ein neues kleines Bier hinstellt, ob es getrunken wird oder nicht. Das macht pro Nacht und Nase zwischen sechs achtzig und neun zwanzig ohne Trinkgeld. Und dafür sitzt man im Trockenen, Warmen und ist nicht allein, also relativ sicher – bis zum allgemeinen Wecken/Aufstehen, bis es wieder Zeit ist für den »Sklavenstrich«. Die sonstigen Gäste nehmen Rücksicht, stänkern und brüllen selten; sogar die Jukebox spielt die alten Hits leiser als in den anderen Kaschemmen.

Allein Freitagnacht geht es nicht gerade zahm zu in der »Feuchten Welle«. – Sollten Sie, liebe Leserin, lieber Leser, die »Feuchte Welle« einmal kennenlernen wollen, kommen Sie freitags, möglichst nicht vor Anbruch der Geisterstunde! – Freitags, wenn die »Wandersklaven« für die zwei arbeitsfreien Tage Richtung Prag, Warschau, Budapest abgereist sind, haben sich etliche der »legal, illegal, oder scheißegal« in Berlin lebenden ausländischen und fast alle deutschen »Beussel-Sklaven« nicht bloß flüchtig auf irgendeinem Kneipenklo gewaschen, sondern in den Kabinen der Bahnhöfe oder einer Bade-»Anstalt« geduscht. Sie haben ihre guten Sachen aus den Schließfächern geholt und die Taschen voller Geld und Schwarzmarktzigaretten. Auch viele ebenso klamme wie durstige Vertreter der »nicht arbeitenden Bevölkerung« und Frauen sind plötzlich im Lokal, gewerbliche wie private. Die »Privaten«, meist nicht mehr so junge, aber fröhliche, zutrauliche Berlinerinnen, sind begehrter. Den heute solventen und durchaus spendierfreudigen »Sklaven« geht es um ein schönes, vor allem erholsames Wochenende, ausschlafen in einem Bett, vögeln, fernsehen, vielleicht Anschluß und Unterkunft für etwas länger. Die Sektkorken fliegen, es wird getanzt, gelacht, geweint – vor Freude – und vor Kummer auch. So manche hat schon manchen guten Griff getan in der »Feuchten Welle«, allemal einen besseren als bei den verkehrten Bällen; das spricht sich rum unter den einsamen Herzen, unter den Abzockerinnen natürlich genauso.

Ich stieg also aus dem Taxi in jener Nacht, es war nicht die zum Samstag, und hatte noch Lust auf Menschen, vielleicht ein Getränk dazu. Und ja, es stimmt, ich gehe gerne in die »Feuchte Welle«, nicht nur aus Voyeurismus, nicht bloß, weil ich ein Buch schreiben will; da ist es ruhig, unter der Woche nicht zu leer, nicht zu voll. Manchmal kommen ein paar aufgekratzte Nachtschwärmer vorbei, die einem was erzählen. Wenn nicht, macht der Anblick der schlafenden Männer müde, als hätte man Valium in seiner »Pfälzer Beerenauslese«.

Michael Lentz

Eine Art Heimatweh

Heimat fand nicht statt. Das war sonntags mal spazieren gehen an der Honighecke. Oder ein Blick über den Schwammenauler See. Ein Fuß in die Eifel war das. Sonne. Schnee. Dieselben Wege. Das Vertrauen darauf, dieselben Bäume auch nächstes Jahr noch vorzufinden, den See. Heimat war, an nächstes Jahr nicht zu denken. Es war die Fahrt durch Mutters Geburtsort. Mit Mutter. Die hier immer noch zu Hause war. Das Sprechen der Eltern. Mutters Stolz, sich an so viele Einzelheiten noch erinnern zu können, Namen, Häuser, Eigenschaften. Eine sich selbst ertappende Ausgelassenheit war es auch. Ein stilles Versunkensein beim Betrachten des herbstlichen Manövers, aus dem man plötzlich erwacht mit dem sicheren Gefühl, sich soeben selbst verloren zu haben. Die edle Tapferkeit der Bäume, die gerade ihre Blätter verlieren. Was gebe ich denn ab? Es war auch ein Kastanienaufsammeln, ein Nicht-an-Morgen-Denken. Die Kastanien nahm man in den Mund, Heimat nicht. Heimat war schlechterdings unangemessen. Der Heimatatem weht aus der schlechten alten Zeit. Hörte man befürchten. Und doch war es auch eine Entschädigung fürs Dasein. Ein Mitbringsel aus Kindheitstagen. Heimat war da hinten im Garten. Ein Apfelbaum, ein verbotenes Spiel. Ein Klettern über den Zaun. Heimat war auch ein Bücherlesen. Mutters Kriegsdruckbücher, Schullektüre mit Anstreichungen, Notpapier. Heimat war auch Magenschmerzen. Ein weit und breit Alleinsein, ein Bürgerterrain, der unumgängliche Schulweg. Heimat war, auf Fragen keine Antworten erhalten. Die Raketentrümmer in den Dünen von Ostende, zum Beispiel. Und auf diesem Rest eine gepinselte

Deutschlandbeschimpfung. Orakelhafte Deutschlandvorbehalte, bis die Risse im Vorhang des Orakels Geschichte zeigten. Hinter dem Vorhang war also etwas. Und zwar etwas anderes als du selbst. Dieses Andere wurde wohl oder übel ein Teil deiner selbst. Da war das dann vorbei mit der lässigen Überzeugung, jeder Tag sei ein neuer Tag, ein gänzlich anderer Tag als der vorangegangene, und nichts hätten diese Tage miteinander zu schaffen, und jeden Tag erfinde man sich neu. Von nun an hatte deine innere Heimat einen patinierten Blick. Und Heimat ist das alles nicht. Es ist etwas Unausgesprochenes. Ein Stimmungstief. Eine Sehnsuchtsgeste.

Da muss man erst vierzig werden, und Heimat stellt sich ein als Klartext. Achselzucken ist nicht Heimat. Achselzucken war Jugend. Jugend war nicht auf dem Land. Auf dem Land war sonntags. Sonntags folgte man eingetretenen Pfaden, durchs bloße Hinschauen weggesehenen Landschaftsgerinnseln – ach ja, das ist ja die Honighecke aus dem Bilderbuch –, man taucht vor diesem Landschaftsaufschnitt auf und wünscht sich an einen anderen Ort – vors Bilderbuch. Die Bilderbuchheimat kannte kein Wintergrau, keinen Frühjahrstaumel, keinen herbstlichen Nebel im Übergang. Auf die Heimat der Bilderbücher konnte man sich verlassen. Die eigene Veränderbarkeit war aufgehoben in dieser Bildergerinnung der Fotografie. Hinabtauchen konnte man in sie, in diese stillgelegten Wege, die man heimlich und ganz für sich allein zuende geht. Da waren die Blätter der Bäume alle Jahre braun und rot und so gerade noch vor Ort, und der soeben niedergegangene Regen hockte noch im Gras, die Sonne stand bald im Tag, jahrein jahraus. Alle Wege ging man diesen einen Weg, der dann ins Gelbe geht, Farbe freigibt, die Dinge in Farbe zerlegt, alles als Farbe zeigt, eine Wehmutskörnung, dieses patinierte Heimatgelb, dieser gewellte Rand. Heimat jedenfalls war ganz weit weg, und eine Sprache wurde da gesprochen, die niemand versteht. An Vaters Hand die Honighecke entlang spaziert. Tränen der Fotoalben, das ist auch Heimat. Heimat ein Fremdwort. Heimaturlaub. War Heimat ein Sonntagsspaziergang, was war dann, mit Verlaub, Heimaturlaub? Opa kam auf Heimaturlaub, sagte Mutter. Danach ging er wieder an die Front, zur Arbeit. Heimatfront. Da sitzt man mitten in seiner Heimatstadt und findet es unerträglich. Die Heimatstädter, die ihre Stadt als Heimat begreifen, sind die Unerträglichsten. Findet man. Jahre später findet man heraus, man war sich selbst der Unerträglichste. Heimatmiesmachung als Ichkapuze. Die zieht man über den Kopf, die Heimatscheuklappe. Das ging soweit, dass ein rundum zufrieden durch die Fußgängerzone wandelnder Mensch mit Heimat gleichgesetzt wurde, als Heimat unausstehlich war, dabei hatte man nichts anderes als den sehnlichsten Wunsch, auch selbstvergessen durch die Fußgängerzone schleichen zu können, Heimatgeher zu sein, Heimatneid hatte man, vom Wörtchen »Heimat« selbstredend keine Spur, das kannte man ja gar nicht, in diesem Alter, man ahnte es. Lokalzeitung war dann nur wenig später das Wort für unverzeihliches Spießertum. Lokalblatt, Herbstlaub, vom Winde ver … In die Luft sprengen wollte man das. Wenn es wahr ist, dass die Geburtsstadt deine Heimat ist, dann muss man das in die Luft sprengen. Das verliert sich. Mit der Zeit. Wie sich auch das Elternhaus verliert. Mit der Zeit. Äußerlich unverändert, nimmt es eine andere Gestalt an. Mit dem Abhängen der Vorhänge fängt es an. Das Haus durchläuft sein Eigenleben. Es will einem nicht mehr gelingen, die Steintreppe des Hauses hinaufzugehen mit dem Kindschritt. Das Treppensteigen war schon die Welt. Die sich am Geländer hielt. Das Verwundern, dass man nicht immer senkrecht auf der Erde steht, dass man mitten im Raum schwebt. Ein Haus mit mehreren Etagen. Und dann steht man draußen auf der Straße und sieht Mutter im oberen Stockwerk an den Fenstern vorbei auf und ab gehen. Ein Blick in die Fremde. Die Merkwürdigkeit, dass alles unabhängig voneinander zu existieren scheint. Die Kleidung, die man trägt, scheint den

Blicken der anderen unegal zu sein. Mit dieser Kleidung geht man spazieren. Durch die Heimat. Der Spaziergang mit Vater durchs Gemüt. Der blieb. Diese weitläufigen, ausufernden Spaziergänge. Diese Luft. Die nie mehr eingeholte.

Heimat ist Kindheit, und weil die so abhanden kam, redet niemand über Heimat.

Eine Heimat finden, ich muss jetzt eine Heimat finden, hört man das nicht sagen an den Straßenecken, das sagt man doch so, beim Überqueren der Straße, beim haltlosen, aber vertrauten Gespräch mit dem Freund, nach dem zehnten Bier, da gibt man das doch zu, ausgeheult, dass man heimatlos ist, habe jetzt die und die Familie gegründet, den und den Beruf probiert, bin versuchsweise aus der Kirche ausgetreten der Kirchensteuer wegen, fühlte mich plötzlich so gottlos, bin wieder in die Kirche eingetreten, fühlte mich nicht weniger gottlos, zahlte aber immerhin wieder Kirchensteuer, die ja nicht von Pappe ist, fühlte mich so einen Beitrag leisten für eine bessere Gesellschaft, fürs Jenseits, ein Irrglaube, aber ein Glaube, Steuern zahlen für die erdabgewandte Seite, wo man draufsitzt, ist Heimat. Spätherbst.

Ein Sonnentag. Warum nicht in der Heimat Urlaub machen? Die Frage stellte sich nicht. Die Frage wurde als ganz abscheulich empfunden. Was soll man da den Freunden erzählen? Bin am Meer gewesen. Oben. Nordmeer. Hatte auch eine Küste, das Meer. Ja, gut, war in Deutschland. Hatte aber auch Salz drin. Mit geschlossenen Augen kaum zu unterscheiden von anderswo. Innen kälter, klar. Das Gesicht musste man abwenden, so kalt war der Wind. Der einen so schräg anblies. Und der Küstenkaffee war der schlechteste, der je getrunken wurde. Aha. Kann denn Kühlungsborn Heimat sein? Und ihr? Wieder auf Sizilien? Malediven? Wo is dat denn? Heimweh bekommen, ach so. Malediven, um Heimweh zu bekommen. Heimgekommen, Malediven vermisst. Lieber gleich zu Hause bleiben. Aber da will man ja nicht hin. Ist man aber da, will man wieder weg. Wo man ist, will man nicht. Bis man es dann irgendwann ordentlich satt hat. Erst kauft man sich einen schönen Schrank, der so dauerhaft unverzichtbar ist, in den man alles hängen kann. Bis dann auch alles drin hängt, im Schrank, dann stellt man den Schrank mitsamt Inhalt ins Abseits. Jahresschränke. Und man schaut sich die Kleidung der Jahre an. Aus der man herausgewachsen ist. Die man abgelegt hat. Die einen überall hin begleitet hat. Die für einen zur Schau getragenen Geisteszustand steht.

Nachts durch den Heimatort laufen, als gäbe es noch etwas nachzuholen. Als könne man so eben mal eine Tür öffnen, und alle sind noch da. Als könnte an stehen gebliebene Gespräche übergangslos angeknüpft werden. Hier kommen die hin, die immer hierhin kamen. Und da will man am liebsten sofort wieder weg. Weil man nicht dazugehört. Eine Eckkneipe Alteingesessener, zum Beispiel. Würde man auf ewig nicht gerne dazugehören wollen? Leberzirrhose schreckt vor Heimat nicht. Eine abgedrehte Nase ist immer noch Heimat. Wo kommst du denn her? Aus meine Heimat. Alles klar. Das muss gar keinen Namen haben. Das muss man auf der Landkarte gar nicht finden müssen. Heimat ist, wenn man noch ein Türchen offen hat, eine Hinterstube in petto. Heimat ist aber auch die Leiche auf dem Dachstuhl. Das dumme Gerede. In Italien zum Beispiel scheint Heimat glaubwürdiger zu sein. Piedro wohnt jetzt im neuen Teil von Olevano Romano. Er ist nicht der einzige, der auch diesen Samstag arbeitet. Diesen Samstag ist es eine Hitze, die zitiert werden kann. Es ist eine Hitze, dass sich die Straße biegt. So heiß ist es. Wissen Sie, wie heiß es tatsächlich ist? Die Luft über den Straßen begnügt sich nicht damit, einfach nur zu flimmern. Diesen Samstag führt sie ein antikes Schauspiel auf. Einmal möchte ich mich fühlen wie in der Antike. Piedro ist nicht der einzige, der auch diesen Samstag arbeitet. Aber er ist weit und breit der einzige, der schon geraume Zeit quer durch seine Dorfstadt schwadroniert. Man weiß nicht, was. Dass er ein toller Hecht ist. Dass niemand ihm am Zeug flickt. Dass wo er ist, der

Ort ist. Wir wissen es nicht. Wir hören es nur. Es hört sich so an. »Piedro, hat dir noch niemand gesagt, dass du ein Arschloch bist«, antwortet aus der Altstadt die uneingeschränkt Alte, antwortet die Superalte aus ihrem Altstadtverlies quer übers Neubaugehege. Sirren der Stromleitungen. Garantiertes Verstummen. Und sofort empfinde ich wieder Neid. Heimatneid. Eine Art Heimatweh. Auch wenn ich da gar nicht zu Hause bin. Mit diesem Neid aber bin ich da zu Hause. Und da ist doch noch ein anderes Gefühl, eine andere Beschleichung? Wenn das die Heimatstadt erführe, heißt dieses Gefühl. Ein Heimatstadtfremdgang. Der Heimatort und seine Geschichte ist also ein Thema. Der Heimatortgeschichtsverein als Kurie des über Jahre ausbleibenden Heimatgefühls. Dass auch der Ort ein anderer geworden ist, und dennoch hat er seinen Namen behalten, ist er auf der Landkarte zu finden, liegt er immer noch ungefähr hier. Da wird sich dann an einen erinnert, dass man doch einen Beitrag fürs Heimatortgeschichtsvereinsblatt beisteuern könnte, schließlich sei man doch auch mal vor Ort gewesen, und so löst sich Heimat dann auf in Statistik und Erinnerungen, die nur die Verständigung übers Wetter sind. Das Reden übers Wetter, das hier und da und allerorten beobachtet werden kann, ist nur das sichere Zeichen dafür, dass alles in Ordnung ist, so weit. Heimat ist die Gesamtheit ihrer Erwähnung. Urkundlich zum ersten Mal erwähnt dann und dann, aus dem privaten Blickfeld entschwunden dann und dann. Zuletzt besucht am soundsovielten. Keine besonderen Vorkommnisse.

Heimat fand nicht statt. Das war sonntags mal spazieren gehen. Heimat war einmal. Und das war schön. Dann war es plötzlich weg. Weil zu viel nachgedacht wurde. Weil der Lieblingsbaum auch anderswo zu finden war. Weil man den Heimatlieblingsbaum andauernd verraten hat. Kaum ist es Herbst, der Sonnentod ereilt das Land, es setzt das große Farbenfliehen ein, für kurze Tage erscheinen Häuser und Straßen ins schattige Zwielicht getaucht, deutlich genug ist das, da sehnen wir bereits den

Sommer herbei, den kaum vergangenen, da wollen wir unseren Heimatsommer wiederhaben, den knapp zu Ende geblühten, auf dem dunklen Massiv des Küchentisches liegt der braungekrümmte, der geschrumpfte Faltenkopf einer Anturie, Felder, über die wir gelaufen sind, die Sehnsucht des Drachensteigens, der himmelstürmende, zappelnde Drache auf dem Weg in ein Zwischenreich, Schatten fällt in den Innenhof bereits um vierzehn Uhr, den Sommer wiederhaben, den nie erreichten Sommer, der immer ein Kindheitssommer ist, der so heiß war, der die Kleider am Körper kleben machte, der dann plötzlich vorbei war, und schon setzt Erinnerung ein, als man sich durch die Stadt drückte, weil es so heiß war, dieses völlig übersteigerte Hitzeempfinden, der Badesommer, das strahlende Gesicht der Stadt, in die der Winter wieder eindringt. Der ein Nachbild bereithält, der Winter, ein Sommertod. Wir können uns noch gut daran erinnern, als du klein warst, sagen die Nachbarn, wenn man sie fragt, was das eigentlich ist, Heimat. Sterben ist Heimat. Und da wandern wir hin.

Wolf v. Lojewski

Reise in eine unbekannte Heimat – Masuren

Eigentlich wollte ich ja mit einem Kamerateam nach Südafrika.
Die Sache war schon fast perfekt, als das Angebot kam, das alles
durcheinander brachte: Masuren ... Schon lange wollte ich da
mal wieder hin. 40 Jahre habe ich es verschoben. Geboren bin
ich in Berlin und habe mich viel herumgetrieben auf der Welt.
Meine Heimat war immer dort, wo ein Korrespondent und
Journalist gerade seine Zelte aufgeschlagen hatte. Aber immer
begleitete mich auch der Gedanke an eine Heimat, die ich kaum
kannte. Sie liegt so nah und doch abseits unserer üblichen Wege.
Kein Flugzeug und kein Zug nimmt dorthin direkten Kurs. Wer
mit dem Auto fährt, tut es in der Sorge, es könnte gestohlen
werden.

Aber Europa wird immer weniger kompliziert und wächst
zusammen. Polen wird Mitglied der EU. Diejenigen, die einmal
Urlaub in Masuren machten, tun es immer wieder. Und schwär-
men von einem der letzten natürlichen Paradiese ... Es war und
ist das Land der dunklen Wälder und kristallklaren, funkelnden
Seen. Einer hat mal nachgezählt und kam auf über 3000.

Meine Erinnerungen sind verschwommen, die ich an eine Kindheit in Ostpreußen habe. Später, in den Erzählungen meiner
Eltern, war Masuren das verschollene Paradies. Nicht immer
habe ich als Jugendlicher genau zugehört, wenn die Erwachse-
nen ihre Erinnerungen austauschten. Namen schwirrten durch
den Raum mit einem fernen, zärtlichen Klang: Lötzen, Wid-
minnen, Baranowen ... In Masuchowken hat das Elternhaus

meines Vaters gestanden, meine Mutter ist in Posegnick bei Gerdauen geboren. Beides habe ich als Kind nicht kennen gelernt, denn schon früh hatte der Krieg mein Leben von Grund auf durcheinander gebracht.

Und dann bremsten uns über Jahrzehnte verklemmte und verschämte Gefühle. Es weckte doch nur Unruhe in Europa und führte zu nichts, in einer zerbrechlichen, hochgerüsteten Welt, zu viel über eine verlorene Heimat zu klagen. Heute – das ist mein Eindruck nach dieser Reise – hat man in Polen wie im russischen Teil einer Landschaft, die einst deutsch gewesen ist, keine Ängste mehr vor der Vergangenheit. Eine bunt gewürfelte, ebenfalls von hier nach dort verschobene neue Bevölkerung richtet sich auf eine Zukunft ein, die das Nationale überwindet. Und sie sucht ihre Geschichte und Identität. In allen Teilen Masurens verkauft man mit unaufgeregter Selbstverständlichkeit Landkarten und Stadtpläne mit polnischen, russischen oder deutschen Ortsnamen. Oder in einer Mischung von allen dreien ...

Zu den Ruinen von Hitlers Bunker hat mich nichts mehr gezogen. Nicht einmal zur Marienburg, um die Nationalität der Ordensritter historisch, politisch einzuordnen. Ich wollte eine Landschaft erleben und ihre Menschen treffen. Na ja: Nach dem Elternhaus meines Vaters und dem meiner Mutter wollte ich dann doch einmal schauen. So objektiv und von allem Persönlichen unberührt ist auch die Journalistenseele nicht ... Masuchowken ist heute polnisch, das ehemalige Gut Posegnick vor den Toren von Gerdauen liegt heute im russischen Verwaltungsgebiet Kaliningrad unmittelbar am Grenzzaun. Die Gebäude wurden in sowjetischer Zeit gesprengt, um freies Schussfeld zu haben.
Da wie dort kletterte ich nun durch wild wucherndes Gebüsch und war auf der Suche. Wonach, das war mir nicht völlig klar.

Ich kramte in zerbrochenen Ziegeln und Tonscherben herum und suchte eine Heimat, die ich ja nur aus den Erinnerungen meiner Eltern kannte. Schön wäre es gewesen, die Reste eines alten Bildes zu finden, zerbrochenes Geschirr oder Teile eines Balkens, eines Frieses, einer Kachel. Irgendetwas, an das man seine Gedanken hätte hängen können. Vor allem eben den: Hier kommst du her! Vielleicht wäre das hier heute dein Zuhause, wenn es den Krieg nicht gegeben hätte. Für einen, der nun einmal Journalist geworden ist und rastlos durch aller Herren Länder zog, eine fast exotische Fantasie.

Manchmal habe ich sie beneidet, manchmal haben sie mir Leid getan, die uns nach der Flucht im eisigen Winter eins ihrer Zimmer abtreten mussten, die erst empörten und schließlich hilfsbereit-freundlichen Menschen an der Niederelbe, die seit Generationen immer an derselben Stelle bleiben durften. Mich hat der Wind immer weiter und weiter getrieben. Das öffnete mir die Welt. Sie hatten Haus und Hof und hüteten väterliches Erbe. Wir Flüchtlinge aus dem Osten sind in ihren Augen so eine Art Zigeuner gewesen: Menschen aus einer fernen, fremden Welt, deren Geschichten etwas unglaubwürdig klangen – zumindest aber übertrieben und nicht mehr nachprüfbar –, deren unstetes Wesen man ja schon daran erkennen konnte, dass sie keine feste Bleibe hatten.

Es ist schon etwas Besonderes, irgendwie Verschwörerisches, eine Heimat zu suchen, von der man jahrzehntelang nur träumte. Nur dunkle Ahnung, unbestimmtes Sehnen, jedem Test der Realität entrückt. Wann immer uns in einer der späteren »Heimaten« etwas bedrückte oder nicht gefiel, fand unsere Familie Trost in der Gewissheit: In Gerdauen, Lötzen, Masuchowken, in Masuren ist es schöner! Vor allem das Wetter.

Ob es schließlich immer Masuren war, wo wir Fernsehleute uns im letzten Sommer herumgetrieben haben, da sind uns irgendwann wieder Zweifel gekommen. Oft war es schon Ermland oder Königsberg/Kaliningrader Gebiet. Denn so eine Reportage entwickelt ihre eigene Dynamik. Wir sind gesegelt auf den masurischen Seen und mit dem Heißluftballon über sie hinweggeschwebt, und der Wind trieb uns vor sich her. Nicht alles, was auf dem Plan als bedeutsam eingetragen war, haben wir in unseren Reise-Bericht aufgenommen. Meist, wenn uns etwas auffiel und wir interessante Menschen trafen, sind wir einfach hängen geblieben. Und schließlich gaben wir es auf, auf eine alte Karte mit komplizierten Linien zu starren und setzten uns als Kurs: Wo – rund um die große Seenplatte – die Störche auf den Schornsteinen, Kirchtürmen und Telefonmasten nisten und wo die Natur noch weit und gewaltig ist, da komme ich her, da ist Masuren, da ist meine Heimat – was immer das auch bedeuten mag im kurzen Leben eines Menschen.

Monika Maron

Eigentlich sind wir nett

Wären die Berliner Ausländer, dürfte gar nicht über sie gesprochen werden, wie von Passau bis Flensburg über sie gesprochen
wird. Aber die Berliner sind keine Ausländer, sondern Inländer,
und als Bewohner der Hauptstadt sind sie fast noch inländi-
scher als alle anderen Inländer, und darum gilt in ihrem Fall alle
üble Nachrede nicht als Diskriminierung oder als Verunglimpfung einer Minderheit, sondern als gerecht.

Vor einigen Wochen fuhr ich mit dem Zug von Ulm nach
Berlin und kam während der achtstündigen Fahrt mit einem
Herrn ins Gespräch, der nie zuvor in Berlin gewesen war
und der sich nun, weil er seinen studierenden Sohn besuchen
wollte, zum ersten Mal auf dieses ihm mißliebige Wagnis
einließ.

Der Herr war noch keine fünfzig. Er trug ein kleinkariertes
Jackett, braune Hosen, braune Schuhe. Am Kleiderhaken hing
ein Trenchcoat mit Burberry-Futter.

Vor der Wende sei er aus Prinzip nicht nach Berlin gefahren,
schon wegen der Vopos nicht, aber auch wegen des ganzen
heroischen Getues der Berliner. Die Berliner seien ihm von jeher
unsympathisch gewesen. In Süddeutschland habe man sie ja als
Urlauber zur Genüge kennenlernen können.

Ein bißchen schlimm seien Urlauber doch immer, sagte ich.

»Mag sein«, sagte der Herr, »aber die Berliner sind mir doch
immer am schlimmsten vorgekommen. Laut, unhöflich, barsch,
preußisch eben.« – »Ja, ja«, sagte ich, »es wird schon stimmen,
das behaupten ja alle.« – »Und, bitte verstehen Sie mich nicht
falsch«, fuhr der Herr fort, »pöbelhaft, die Berliner wirken

pöbelhaft, mein Sohn würde sagen: prolmäßig. Trotzdem wollte er unbedingt in Berlin studieren. Und sie sind Aufschneider, die Berliner. Kennen Sie den Witz von dem Berliner Jungen, der zum ersten Mal in die Alpen kommt und sich über die Mickrigkeit der Berge mokiert? Und als jemand einwendet, daß die Berliner schließlich gar keine Berge hätten, sagt der Junge: Aber wenn wir welche hätten, wären sie viel höher. Solche Aufschneider sind die Berliner.«

»Ist doch auch ganz witzig, der Junge«, sagte ich vorsichtig.

»Wie man es nimmt«, sagte der Herr, »wenn es witzig gemeint ist, schon. Aber vermutlich war es gar nicht witzig gemeint, sondern ernst. Von dem berühmten Berliner Humor habe ich sowieso noch nie etwas bemerkt.« Langsam stieg Unmut in mir auf. Als Berlinerin bin ich an Schmähreden gewöhnt; und daß wir nicht besonders höflich sind, wissen wir selbst; und wenn wir von uns behaupten, wir seien rauh, aber herzlich, beweist das allein, daß wir uns über unseren Charme keine Illusionen machen. Aber daß jeder schwäbische Schulmeister über unsere Humorlosigkeit lamentieren darf, geht zu weit. Wenn er jetzt noch über den Dialekt herfällt, dachte ich – und schon war es passiert.

» . . . und keine Vokale«, sagte er. »Batt statt Bad (er sagte Baad) und Ratt statt Rad (Raad), hinn statt hin (hien) und ann statt an (aan).«

»Und tschö statt adele«, sagte ich, nahm den Mantel und wollte das Abteil wechseln.

»Ich bitte Sie.« Der Herr sprang auf. »Sie gehen doch nicht meinetwegen, nein, das dürfen Sie nicht.« Er hängte meinen Mantel wieder an den Haken und nötigte mich auf meinen Sitz. »Aber sehen Sie. Genau das meinte ich«, sagte er, »die Berliner haben keinen Humor.« – »Was war denn gerade der Humor?« fragte ich.

Er klatschte vor Vergnügen in die Hände: »Ich sage es, ich sage es, keine Selbstironie, keinen Humor.«

Ich sah grimmig zu, wie ihm vor Lachen eine Träne aus dem rechten Augenwinkel lief. »Sie lachen schließlich auch über mich und nicht über sich«, sagte ich.

»Wenn Sie wüßten, wie ich über mich lachen kann, ha, laut und herzlich kann ich über mich lachen. Fragen Sie nur meine Frau. Wir haben da im Süden eine ganz andere Kultur, aber der Berliner bemitleidet sich gerne selbst. Der ist an seine Subventionen gewöhnt, die haben ja noch 1989 Mieten gezahlt wie Ulm in den Sechzigern. Und jetzt jammern sie.«

»Wer jammert?«

»Die Berliner.«

»Jetzt reicht es aber«, sagte ich, mittlerweile erschöpft von meiner eigenen Langmut. »Jetzt hören Sie mir mal zu«, sagte ich, »wir sind jetzt in Hannover, und bis Zoo hören Sie mir jetzt zu. So höflich, wie ich Ihnen zugehört habe. Von mir aus auch so humorlos. Also: Wenn man den Ulmern oder den Münchnern oder den Heidelbergern vor zehn Jahren erklärt hätte, daß sie für den Rest ihres Lebens auf einer Baustelle wohnen werden, hätten die vielleicht nur mit den Schultern gezuckt und gesagt: Na, wenn's sein muß, besser, als wenn nischt jemacht wird? Hätten sie nicht.

Das haben aber die Berliner gesagt und suchen sich seitdem jeden Tag, den Gott werden läßt, neue Wege durch ihr Zentrum – das vermutlich so groß ist wie ganz Ulm –, mürrisch wie immer, aber auch nicht viel mürrischer. Und wenn sich irgendein russischer Mafioso nach Ulm verirren würde, hätten die Ulmer Zeitungen Stoff für drei Wochen und die Vertreiber von Sicherheitsanlagen Hochkonjunktur. Aber wir haben außer der russischen die vietnamesische, die rumänische, die albanische, wahrscheinlich auch eine polnische und bulgarische Mafia und fragen uns höchstens, ob die mongolische eigentlich auch schon da ist. Sie denken, weil die Schwaben an jedes Wort ein -le hängen, sind sie auch die gemütvolleren Menschen, als würde aus einem Kampfhund ein Schoßhund werden, nur weil er Hundle heißt. Der Berliner ist ein wahrer Gemütsmensch, und was Sie als humorlos bezeichnen, ist seine kindliche Natur. Kinder verstehen keine Ironie. Aber wenn man zu den Berlinern sagt: Wir graben jetzt eure Stadt um, und ihr bekommt eine rote Box, von der aus ihr das Graben und Bauen beobachten könnt, dann klettern sie alle rauf und gucken runter und haben so ihr Vergnügen an der ganzen Plage. Und wenn man den Berlinern sagt: Jetzt ist die Kuppel vom Reichstag fertig, ihr könnt sie euch ansehen, dann stellen sie sich am nächsten Tag drei Stunden lang an, gehen rund um die Kuppel und sind entzückt, daß es sie gibt. Und wenn die Berliner Museen nachts öffnen, weil das interessanter ist als am Tag, dann gehen Berliner nachts ins Museum und freuen sich, wenn sie Bekannte treffen. Und wenn Sie den Berlinern sagen«, sagte ich zu dem Herrn aus Ulm, »daß morgen der irrste Regen der letzten fünf und der nächsten zehn Jahre fallen wird, dann werden sie alle in Gummistiefeln und mit Regenschirmen auf die Straße rennen, um den irren Regen nicht zu verpassen, und manche werden sogar ohne Regenschirm und barfuß kommen, jawohl.«

Ich redete und redete. Der Herr aus Ulm wirkte ziemlich eingeschüchtert, wie er sich in die Polster seines 2. Klasse-Sitzes drückte und mich schweigend und ungläubig anstarrte, während ich ihm alles sagte, was ich mir selbst manchmal hersage, wenn ich mich über den grobschlächtigen, uneleganten, mißgelaunten Menschenschlag, zu dem ich gehöre und mit dem umzugehen ich gezwungen bin, hinwegtrösten will.

»Und«, sagte ich zu dem Herrn aus Ulm, »die Berliner verleihen ihr Zentrum an jeden, der es haben will, an Raver, Marathonläufer, Radrennfahrer, Kinder, an Protestierer jeder Couleur, sicher auch an schwäbische Trachtengruppen, wenn sie es wünschten, weil die Berliner solche Gemütsmenschen sind«, sagte ich und verschwieg, daß ich den Berliner Senat oft genug verfluchte, weil er unser Stadtzentrum vermietet wie ein Gastwirt seinen Tanzsaal.

Offenbar war der Herr meiner Lobreden überdrüssig, denn der Trotz, der sein Gesicht zunehmend verfinstert hatte, wich einem listigen kleinen Lächeln. Eine längere Atempause von mir nutzte er auch gleich, um mir, obwohl wir noch nicht einmal den Stadtrand von Berlin erreicht hatten, ins Wort zu fallen.

»Diese großzügige Gastfreundschaft der Berliner haben auch die Nazis und die Kommunisten zu würdigen gewußt«, sagte er. Er atmete tief ein, so daß seine Nasenflügel ein wenig vibrierten, und rief mit bebender Stimme: »Nie wieder Großdeutschland, nie wieder Diktatur!«

»Ach ja«, sagte ich, »das sagen Sie als Lehrer, Sie sind doch Lehrer, oder nicht? Hitler hatte in Berlin nie die Mehrheit, das sollten Sie wissen. Und die Kommunisten mußten die Sachsen in Berlin ansiedeln, um die Berliner zu beherrschen. Und die Montagsdemonstrationen in Leipzig wären auch nicht gewesen, was sie waren, wenn die Berliner nicht alle hingefahren wären.«

Ob die letzte Behauptung stimmt, weiß ich zwar nicht, halte es aber für möglich. »Und falls Sie mir jetzt noch mit Preußen und dem Alten Fritz kommen sollten«, redete ich weiter, »sollten Sie gleich daran denken, daß unser Friedrich (ich sagte wirklich »unser Friedrich«) ein dicker Freund von Voltaire war und die Kartoffel eingeführt und den Juden Schutz geboten hat.«

Mit meinen letzten Worten fuhr der Zug in Berlin-Wannsee ein. Der Herr sah neugierig und unbeeindruckt von meinem Plädoyer aus dem Fenster. Ich mußte zum Finale kommen.

»Also, was ich sagen wollte«, sagte ich, »wir sind eigentlich nett. Sie müssen wirklich keine Angst haben. Und wenn jemand Sie anmeckert, ein Lastwagenfahrer, dem Sie im Weg stehen, oder eine ungeduldige Verkäuferin, der Sie zu langsam sagen, was Sie wollen, dann sollten Sie nicht empört oder gekränkt sein, sondern ruhig und direkt fragen: Warum schimpfen Sie mit mir?«

»Das ist ja lächerlich«, sagte der Herr.

»Versuchen Sie es einfach. Und dann wird der Lastwagenfahrer zu Ihnen sagen: ›Wissense, wie oft mir det am Tach passiert, ick kann Ihnen janich sagen, wie oft. Und sehnse mal, wat ick denn machen muß, hier, sehnse die Kurbelei, und dit zichmal am Tach, sehnse. Ick bin seit zwanzich Jahren im Beruf, ick kann Ihnen wat erzählen ... ‹ Und dann erzählt er, und am Ende sagt er: ›Also nischt für unjut, wa, aber denkense in Zukunft mal dran. Schönen Tach noch, tschüss.‹ Und mit der Verkäuferin wird es ganz ähnlich sein. Ganze Lebensläufe und Familiengeschichten können Sie so erfahren. Jede Meckerei ist ein getarntes Gesprächsangebot, das können Sie ruhig glauben. Sie können sich natürlich auch so benehmen, wie Sie sich mir gegenüber benommen haben, und dann werden sich vermutlich alle Ihre Vorurteile erfüllen; die ›sich selbst erfüllende Prophezeiung‹ heißt das. Aber eigentlich sind wir nett, wirklich. Allerdings kann auch passieren, daß Sie an einen geraten, der genau so ist, wie Sie denken, daß die Berliner sind, bei dem das auch mit dieser Frage, Sie wissen schon, nichts hilft. Aber das ist dann kein Berliner, sondern ein Brandenburger. Mit den Brandenburgern werden die Berliner zu ihrem Unglück oft verwechselt. Aber die Brandenburger sind wirklich so.«

»Ach so«, sagte der Herr, und wie er das sagte, klang ziemlich gemein. Wir passierten gerade den Savignyplatz, und der Zugfunk verkündete die gleich zu erwartende Ankunft im Bahnhof Zoo.

Sein Sohn hole ihn ab, sagte der Herr aus Ulm, griff Mantel und Koffer und drängte zum Ausgang. Im Hinausgehen dankte er mir für die kurzweilige und sehr aufschlußreiche Reise. »Du alter Pietist«, dachte ich und wünschte ihm einen erbaulichen Aufenthalt in Berlin.

»Sie dürfen bei Rot über die Straße gehen«, rief ich ihm noch hinterher, aber wahrscheinlich hat er das nicht mehr gehört.

Christoph Meckel

Ein unbekannter Mensch

Mathieu kam auf dem Traktor und brachte Kartoffeln. Wir tranken Rotwein im Hof am beschneiten Tisch, die Gläser standen im Schnee, eine seltsame Freude. Er sagte: J'ai jamais bu un vin comme ça avec un ami.

Villededon liegt im Hinterland der Drôme, in der Landschaft der *Baronnies,* in der *Haute Provence,* und am südlichen Ende des *Dauphiné.* Hier durchdringen sich alte und neue Bezirke, die geschichtlichen Grenzen und die der Natur, Süden und Norden gehn ineinander über, es gibt Oliven und Enzian, Skorpione und Vipern, Zypressen, Zedern, Bergeichen und Pinien, Raubvögel und Nachtigallen und Kirschen und Wein. Hier befanden sich Sommersitze und Jagden der Römer, Ländereien der Päpste von Avignon, hier ackerten Mönche Plantagen aus dem Gestein. Die Gemeinde Villededon hat vierhundert Seelen, die kleinere Hälfte lebt im Ort, die größere in Höfen verstreut im Land. Es gibt ein Postamt, zuständig für sieben Dörfer, Arzt, Zahnarzt, Apotheke und eine Bar, ein Hotel-Restaurant, eine Kirche mit Friedhof und Pfarrhaus, eine Schule – die Lehrerin mit dreißig Kindern – Bäckerei, Gendarmerie und Supermarkt, die *maison familiale* und die staatlichen *Ponts et Chaussées.* Es gibt eine Ambulanz, eine Müllabfuhr, drei neue Campingplätze und *le tabac.* Es fehlen Tankstelle, Taxi und Autocar. Alle Busverbindungen wurden eingestellt.
Die Gemeinde steckt fest im Griff zweier Clans. Das ist der Bürgermeister und *député,* Besitzer des Supermarkts und sehr vie-

ler Gebäude. Er ist Eigentümer des *abattoir*, allmächtiger Arbeitgeber in diesem *canton*, von ihm hängen achtzig Familien ab, unter ihnen Asiaten, Algerier und Portugiesen, er gewährt ihnen Arbeit und wird von ihnen gewählt. Der zweite Mann am Ort besitzt die Maschinen, das sind Bulldozer, Sattelschlepper, Lastwagen und Bagger, auch Kräne und Rammen, er ist der Monopolist für Bau und Transport. Ambulante Händler kommen mit ihren Containern – Kleidern, Werkzeugen, Haushaltsgeräten –, und an jedem Mittwoch erscheint *Le Crédit Agricole*, ein ziviles Fahrzeug mit ungesichertem Safe, man holt dort sein Geld ab oder zahlt es ein. Zweimal im Sommer findet ein Flohmarkt statt. Eine *fête votive* beendet die Sommersaison, mit Schießbuden, Karussellen, Pétanque und Tanz; den Wettlauf der Ziegenböcke gibt es nicht mehr.

Die Mehrzahl der Leute am Ort sind Bauern. Der Bescheidene hat etwas Land mit Hühnern und Hasen, erntet Nüsse und Zwiebeln und pflanzt, was er braucht. Der Reiche hat zweihundert Hektar Wald, dreihundert Schafe und viel verwertbares Land, und kauft oder pachtet dazu, soviel er will. Der gewöhnliche Bauer verkauft Lavendel und Honig, Nüsse, Lindenblüten und Aprikosen, auch Kirschen, Quitten, Oliven und Confiture, aus grünen Tomaten und Feigen gemacht. Es gibt einen Maurermeister mit vier Gesellen, ein paar Angler, die Fische an Restaurants verkaufen, ein paar Kräutersammler und den Monsieur Eugène, ein Faktotum, der alles beschafft oder repariert.

Das Dorf ist nicht sehenswert, eine einfache Ortschaft, fünfhundert Meter hoch zwischen Felsen und Marnen, Steilhängen mit Bergeichen, Ginster und Zedern, am Zusammenlauf zweier Flüsse aus Nord und Ost, verwilderten Wasserbetten voll Kies und Geäst, die im Winter Ströme, im Sommer Rinnsale sind. Die Winter sind hart, dann gehört das Gebirge sich selbst, die Sommer sind trocken und heiß, von Touristik verdorben, mit *trafic* überzogen und lärmend, von Camping entstellt. Qualm der Müllplätze überzieht das Land. Wer hier lebt, läßt geschehn, was geschieht, und nimmt hin, was ihm schadet. Die *Route Nationale* verbindet ihn mit der Welt. Von der Talsohle führt eine Straße in das Gebirge, an den Hängen vereinzelt liegen alte Höfe, einer der Höfe gehört Combel, Mathieu.

Das gefällt mir, sagte Mathieu, als wir von der Gebirgsstraße in tiefe, waldige Schluchten hinunterblickten, wenn der Raubvogel dort unten im Schatten fliegt, und ich bin dreihundert Meter über ihm. Das ist was! Das ist das Gebirge!

Mathieu kann weder Pläne noch Landkarten lesen. Es ist oft die Rede von anderen Ländern – Inseln, Tropen und Kontinenten –, und ich weiß, daß er keinen Begriff von der Weltkarte hat. Er weiß – durch mich? von der Wettererklärung im Fernsehen? – daß Frankreich an Schweiz und Deutschland grenzt, doch ich zweifle, daß er weiß, wo Antwerpen liegt, daß er Dänen von Tschechen unterscheiden kann, Mexiko von Alaska und Indien von Vietnam. Belgien liegt außerhalb – weit weg – im Norden, und Italien ist ein Fortsatz der Côte d'Azur. Aber in Villededon kennt er jeden Stein. Hier herrscht der lokale, großgrundbesitzende Gott. Der hat dem Mathieu, als er klein war, im Traum gesagt: Mathieu, ich verlasse mich auf dich; ich selbst kann nicht alles im Auge behalten, du bist mein Stellvertreter in Villededon; du paßt auf, daß jedes Ding seine Stelle hat!

Wenn vom Wetter die Rede ist, wird nicht schwadroniert. Mathieu täuscht sich selten, befragt mich und hört mir zu, denn der Wetterinstinkt ist gemeinsam wie Tag und Nacht. Das ist hier kein Pausengeplauder wie in den Städten, Mathieu lebt im Wetter, und davon hängt alles ab – ob Frost oder Hagel die Pfirsichplantage verwüstet, die Lindenblüte herunterdrischt. Mistral, Südwind, Trockenheit oder Regen, Tramontana, Bise, die feuergefährliche Dürre im Sommer, der ausgetrocknete Fluß, die versiegenden Quellen, der jährlich weiter sinkende Grundwasserspiegel und was zum Wetter gehört wie Schlaf und Gesundheit, das wahrhaftige Rheuma alter Bauernbeine. Die Ernten gehn ineinander über, anhaltender Regen macht die Kirschen wäßrig, als Ware wertlos, anhaltende Hitze macht die Kirschen klein. Bleibt der Regen aus, verkümmern die Nüsse, sind die Nüsse fertig, muß Sturm bei der Ernte helfen, der Regen die Nüsse von den Ästen schlagen. Die uralten Regeln des Bauernkalenders sind wirklich – wann wird gesät, geerntet und Holz geschlagen – und Neumond und Vollmond bestimmender als der Staat.

Rainer Merkel

Auflösung der Praxis

Eine große Depression hat sich über das Stadion gelegt. Alle Leichtigkeit fällt von einem ab, wenn man mit dem tatsächlichen Geschehen konfrontiert wird. Die dem Untergang geweihten Spieler des 1. FC Köln, wie sie in ihrer Ungeschicklichkeit eine glanzvolle Vergangenheit verspielen, in Stockfehlern auf der Seitenauslinie vergeuden und in dumpfer Blindheit immerzu wieder ins Nichts laufen. Einige von ihnen traben nur noch, schleppen sich dahin, wie müde abgerichtete Tiere.

Mein Vater holt Marzipankartoffeln aus der Tasche, bietet mir selbst aber keine an. Er ist zu sehr auf das Spielgeschehen konzentriert. Wir spüren diese ungeheure Kraft, dieses höhnische, endlose Selbstmitleid. Der o-beinige Trainer der gegnerischen Mannschaft erhebt sich, wie sich überhaupt das gesamte Ruhrgebiet in diesem Moment wie eine kohlengeschwängerte postapokalyptische Landschaft über uns erhebt. Wir sitzen zurückgelehnt, aber gleichzeitig vorgebeugt unter dem hervorragenden Betondach des Müngersdorfer Stadions. Mein Vater trägt einen Mantel, obwohl die kalte Jahreszeit schon vorüber ist.

Im rauen, noch unerprobten Licht des Frühlings werden seine Gesichtszüge weich und nachgiebig. Wir haben einen langen, schweigsamen Spaziergang hinter uns, bei dem er auf seinen Atem achtet, wie meine Mutter es ihm eingeschärft hat. Wir sind durch den Stadtwald gelaufen, bis nach Müngersdorf hinaus, an der geheimnisvollen, verwunschenen Insel im Stadtwaldweiher vorbei, die durch eine Brücke mit dem Festland verbunden ist. Nie habe ich es geschafft, das gusseiserne Tor zu überwinden und sie zu betreten, dieses von Enten und ihren Ausscheidungen bevölkerte Eiland, in dem die Erinnerungen an meine Kindheit versteckt sind, so gut, dass ich sie selbst wahrscheinlich gar nicht mehr finden kann.

Die Spieler irren in dem eingekreideten Feld auf ihren Positionen herum. Nicht ich habe meinen Vater überredet, er hat sich selbst überredet, und tatsächlich versucht er sich in diesem Moment von seinem allwöchentlichen Rehabilitationsspaziergang ein bisschen zu erholen. Er isst Marzipankartoffeln. Eine plötzliche Maßlosigkeit, die den Untergang vorwegzunehmen scheint. Er greift zu, presst sie zusammen, vielleicht um das Volumen zu verkleinern, und lässt sie dann in seinem halboffenen Mund verschwinden. Es steht null zu null.

Auf dem gesamten Hinweg hat er kein Wort gesagt. Er hat seine Atemübungen gemacht, und ich habe bei jedem Atemzug gedacht, dass es vielleicht sein letzter sein könnte. Seitdem seine Mandanten wegbleiben, führt er Selbstgespräche oder bespricht Tonbänder, die wir dann später finden und auf denen nichts anderes als Vogelgezwitscher zu hören ist. Auch im Stadion schweigt er. Das spielerische Potenzial des 1. FC Köln ist Schweigsamkeit, Stummheit und Sprachlosigkeit. Die Spieler geben unter ihren Handtüchern und Trainingsjacken Interviews wie Spione, die Codes über den Spielverlauf austauschen. Sie werden gut bezahlt, ihre Existenz ist eine Spende, die sich das Publikum leistet, um die Lücke zu füllen, die sich zwischen ihnen und den Spielern aufgetan hat. Einige von ihnen schwanken wie mit schweren Wassergefäßen auf den Köpfen über das Spielfeld und brechen beim kleinsten Widerstand in sich zusammen. Sie balancieren tatsächlich die ungeheuren Aufwendungen auf einer kleinen winzigen Stelle ihres schweißnassen Kopfes. Nach dem Spiel sagen sie: »Wir haben unsere Chancen nicht genutzt. Aber wir haben es versucht.«

Wir haben noch eine Viertelstunde. Mein Vater lehnt sich zurück. In diesem Moment denke ich: Der FC darf nicht untergehen. Das ist im Nachhinein tatsächlich der Gedanke, dass das Leiden meines Vaters, sein Siechtum auf unglückselige Weise mit dem Schicksal meiner Heimatmannschaft verbunden ist. Mein Vater, ein entfernter Verwandter meiner Sehnsucht, den FC für immer siegen zu sehen. Der Trainer, immer etwas müde und melancholisch, wechselt noch einmal aus, während wir mit gemessenen Schritten zu unseren Sitzplätzen hochsteigen. Und das ist der Moment, die letzten Stufen in dem gebirgeartigen Gebilde der Blöcke, Zugänge, Treppenaufgänge und Betonaufschichtungen, die man ersteigt, um das magische Grün zu sehen, ein in Gefangenschaft geratenes Meer, dessen Uferzonen sich vermenschlicht und in ein immerwährendes Wispern und Raunen verwandelt haben. Der Stadionsprecher, mit der metallischen Kälte seiner verstärkten Stimme, die in diesem Moment in die neblige Höhe aufsteigt, kündigt die Einwechslung von Uwe Fuchs an.

Niemand erwartet jetzt noch etwas. Eine Einwechslung ganz am Schluss, in der letzten Viertelstunde, das ist etwas, was man sich immer nur erhoffen kann, auch für das eigene Leben, eingewechselt im letzten Moment, in der allerletzten Sekunde. Tatsächlich hat Uwe Fuchs in dieser Saison noch nicht viel zustande gebracht. Er macht sich mit merkwürdig steifen Bewegungen am Spielfeldrand warm, um dann in einer kurzen euphorischen Haltlosigkeit aufs Spielfeld zu laufen, als ginge es jetzt tatsächlich für ihn los. Seine Stärke ist nicht der Boden, das erdnahe Spiel, seine Stärke ist unzweifelhaft die Luft.

Wir haben unsere Plätze eingenommen, und es dauert keine drei Minuten, dann hat sich alles umgedreht und in sein Gegenteil verkehrt. Vielleicht ist das das ganze Geheimnis der Beziehung zu meinem Vater. Er tut mir einen Gefallen, so wie wir uns hier hineinschleichen, an den Ordnern und Wächtern vorbei. Er ahnt, dass seine Sehnsüchte hier eine Heimat gefunden haben. Das despotische Selbstmitleid seines Daseins ist ihm ins Gesicht geschrieben. In diesem Moment erkenne ich seine Liebesbereitschaft, seine ganze Leidenschaft. Wie die in Weiß gekleideten, zisterziensisch leuchtenden Spieler unsere Heimatstadt tatsächlich zu vernichten und auszulöschen versuchen. Und mein Vater isst Marzipankartoffeln. Er lehnt sich zurück, er spürt eine Übereinstimmung.

Einmal hat er einen Mandanten vertreten, der mit dem Vermögen Verstorbener, die keine Nachkommen hatten, illegale Geschäfte gemacht hat, und er war in einem solchen Maß davon abgestoßen, dass er seinen Vorsatz, niemals über seine Mandanten zu sprechen, brach und uns beim Abendessen davon erzählte. Ich erinnere mich, weil er dabei den gleichen wohligen Gesichtsausdruck machte, den ich auch jetzt bei ihm sehe. Wir saßen auf dem Balkon und schauten den Mauerseglern zu, ihren hilflosen Gleitbewegungen, und wie sie immer wieder zu unserem Haus zurückkehrten, um sich in den Mauervorsprüngen und Ritzen festzukrallen. »Schaut euch das an«, sagte mein Vater. »Ich möchte nicht im Grab liegen und mein Schicksal in der Hand eines anderen wissen.« Er schüttelte immer wieder den Kopf, während er den mondsichelartigen Flügen der Mauersegler folgte, ihren kurzen, abgehackten Manövern, mit denen sie den Abend einleiteten. Ungeheure Werte und Besitztümer waren verschwunden, das Vermögen einer Kinderbuchautorin, die keine Nachkommen hatte, hatte sich in Luft aufgelöst. »Aber du willst doch verbrannt werden«, sagte meine Mutter und machte ein absichtlich dummes Gesicht. Mein Vater stand auf. »Weder noch«, sagte er, »am liebsten würde ich . . .«, er unterbrach sich, »ach, sucht euch doch irgendwas aus«, sagte er und machte eine schwache Handbewegung, so als könnte er für immer in einem Zustand schwebenden Dahinsiechens verharren.

Wir verfolgen das Spiel aus der Distanz. Es ist eine Eigenmächtigkeit unseres Spaziergangs, dass wir jetzt hier sind und im Stadion sitzen. Ich möchte meinem Vater alles erklären, jede einzelne Bewegung. Ich beobachte ihn, ob er vielleicht ein fragendes Gesicht macht. Einmal sage ich: »Uwe Fuchs wird eingewechselt.« Und dann: »Aber er kann sowieso nicht Fußball spielen.« Ich sage es mehr zu mir selbst, und schon im nächsten Moment bereue ich es wieder. Nur wenige Spielzüge später steigt er hoch. Es ist seine erste Ballberührung. Es ist die 77. Minute. Wir müssen aufspringen, wir müssen uns erheben, mein Vater steht auf, ich springe auf. Tatsächlich aber springen wir beide, innerlich gesehen, mit aller Kraft auf. Und wie er hochsteigt, wie er sich in die Luft schraubt. Seine Sprungkraft ist Ausdruck einer großen Freude, die ich in diesem Moment aufsauge wie frische Luft. Es passiert alles in Sekundenbruchteilen. Der ganze Untergang und seine Auflösung, die große Parade der rheinischen Melancholiker und Flagellanten. Schon beim Betreten des Stadions kommen sie uns entgegen, Menschen, die für immer resigniert haben. Und dann steigt Uwe Fuchs hoch und köpft das Tor. Er steht einfach so in der Luft, kerzengerade. Er behandelt seinen Körper wie ein stählernes Instrument, einen großen magischen Hebel. Er taucht auf, materialisiert sich, heraufbeschworen von der ortlosen und übermächtigen Stimme des Stadionsprechers. Ich weiß nicht, ob mein Vater die Arme hochreißt, ich selbst reiße sie nicht hoch, aber ich reiße sie innerlich hoch.

Ich verstehe es erst später, ich erkenne es erst im Rückblick. Es ist nur ein kurzer Moment. Mein Vater nickt, als hätte er selbst das erlösende Tor geköpft. Und wie er mir gratuliert, wie seinem eigenen Nachfolger, der ihm gerade in diesem Moment vorgestellt wird. Wenig später ist das Spiel vorbei. Es spielt keine Rolle, dass Uwe Fuchs zwei Jahre später mit seinem neuen Verein seinen alten besiegt und ihm schließlich mit zwei Toren den Untergang bereitet. Auf dem Rückweg gehen wir schnell und beschwingt. Wir laufen durch den äußeren und durch den inneren Grüngürtel, an den Trümmerbergen, die unsichtbar geworden sind, und den wieder aufgeforsteten Wäldern vorbei. Mein Vater knöpft sich den Mantel auf. Die Auflösung der Praxis ist beschlossene Sache, sagt er, aber er hört trotzdem nicht auf, der Anwalt von allem Möglichen zu sein. Ich laufe wie ein Angeklagter neben ihm her, ohne Beistand und mit dem schlechten Gewissen, dass das Spiel einen glücklichen Ausgang gehabt hat. »Aber er kann gar nicht spielen«, sage ich ein paar Mal und meine Uwe Fuchs, und mein Vater nickt gnädig. Wir müssen noch zweimal aufspringen und jubeln, und jedes Mal ist es so, dass ich mich im Rausch der Begeisterung fast auflöse.

Manchmal denke ich, dass mein Vater sein Leben falsch aufgebaut, falsch konstruiert hat. Ein breites, etwas überladenes Epos, anstatt sich den wenigen glücklichen Momenten hinzugeben. Mein Vater erzählt sich seine Geschichte im Stil des magischen Realismus. Er erfindet noch immer eine neue Wendung, einen neuen Schicksalsschlag, eine neue Tragödie, so dass er selbst den Untergang des FC zu einem verfrühten, dramaturgisch falschen Zeitpunkt in sein Leben einbaut.

Ein paar Jahre später bekommen wir eine Postkarte aus Las Palmas, von einem seiner Mandanten. Wir sind ein bisschen erstaunt, dass sich überhaupt noch jemand an ihn erinnert. Der Mandant bedankt sich in blumigen Formulierungen für die Unterstützung und preist meinen Vater in überschwänglichen Worten. Eine Weile starre ich auf die Postkarte, als wäre sie eine Autogrammkarte und mein Vater ein großer Star. Er hat noch nicht einmal die Kraft gehabt, dem FC zuzujubeln. Vielleicht wollte er mich in Schutz nehmen, vor einer zu großen Begeisterung oder einer Hingabe an etwas, was vielleicht übermächtig werden kann. Aber darin hat er sich getäuscht. Noch bis weit ins nächste Jahrtausend verliert der FC alles, was man verlieren kann. Ich sehe ihn manchmal am Ende des Stadtwaldes, wo das abendliche Flutlicht aus der Erde hochsteigt und die Mannschaft gerade das Sonntagsspiel verliert. Es ist, als würde dort jemand Licht ein- und ausatmen, und dann denke ich, dass es nichts Erhabeneres gibt, als ein Fußballspiel zu verlieren, und für einen Moment wünsche ich mir, es wäre alles ganz anders gewesen und der FC wäre schon damals abgestiegen. Ich hätte die Trauer mit meinem Vater geteilt, sie wäre einfach unendlich gewesen.

Dirk von Petersdorff

Schicksalslied

Ach ja. Ach nein. Na gut. Wie sich das meiste
einfach ergibt. Auf getrennten
Straßen fahren die Freunde –
zum Wenden
ist es zu spät. Also rauschen
sie weiter, müde, schlingernd
mit immer neuen
heiligen CDs
wie Wasser von Klippe zu Klippe.

Die Unversöhnten
senden aus Sansibar Mails, »denn Tauchen ist herrlich.«
Belegen die Pizza, den Seligen gleich,
mit fünf Elementen. Knabenhafte,
warum willst du
dein Bett zerhacken, »mit einer großen Axt« –
auf schimmerndem Morgenasphalt
sind wir Rollschuh gelaufen
einst. »Anything goes«,
sagen die Himmlischen, dass der Mensch
die Freiheit versteht, abzubiegen,
wohin er will.

Die Geschiedenen regenerieren sich, reden
wie Wasser, während
die Kinder vom Sideboard springen,
von Klippe zu Klippe,

dass wir uns kaum noch verstehen. So
sieht es aus –
zum Wenden
ist es zu spät
nach der Hälfte der Strecke.

Unruhige Nacht, zerrende Wolken,
Tee aus Asias Blüte,
goldener Rauch –
vielleicht sehen wir einst,
wenn das Wünschen sich legt,
uns wieder; in langer Zeit
auf der Treppe in Schilksee,
ihr ahnenden Häupter,
und Lüfte vom Meer
bewegen uns leicht. Dass wir
Dosenbier schlürfen und lächeln
über die Torheit und Eile der Welt,
wäre zu hoffen.

Marie Pohl

Knack!

Heimat, *ahd.* heimôti, *plur.* heimôdili, *mhd.* heimuote, heimót,
heimond oder high moon! Wie der Mond den Zug begleitet,
wird hier die Heimat eingeleitet: Ein Ort im ziehenden Fort ein
wandernder Punkt im ruhlosen Schlund im Weltall im menschlichen Verfall ein hüpfender Ball ein rasender Schall   was   was
soll die Heimat sein   wo   wo liegt ihr warmer Schein   *wohin*
wohin führt dieser Reim? Heimlich geh ich fort nach New York,
da wohnt mein Mond, was macht das schon? Eines Nachmit-
tags ich in eine Berliner Kneipe trat, da saßen zwei Männer, sitzen heut noch immer, tranken ihr Bier und wetteten vier   auf
Deutschland gegen Engeland, das ist ja bekannt lich ein
spannendes Spiel mit schmerzvollem Ziel ... Ich setzte mich
dazu, und im Nu war ein Gespräch angefangen, vom Fußball
drangen   die Geräusche hinein, und ich schwenkte mein
Bein   auf dem Bierhocker vor und zurück, wo   wo liegt das
Heimat Glück? In welcher Stadt, an welchem Ort, der eine
Mann wusste die Antwort sofort, er zog aus seiner Tasche eine
Walnuss, hielt sie hoch und gab ihr einen Kuss: Mein Mädchen,
ich will dir sagen, wo die Heimat liegt, hier in meiner Hand ...
ich schaute ganz gebannt ... hör mich an, in meinem Garten
steht ein Walnussbaum, vor einem weiß gestrichenen Zaun,
jedes Jahr nehm ich die erste Nuss, die zu Boden fällt, steck sie
in meine rechte Jackentasche ein, es muss immer die erste sein!
Ich trag sie das ganze Jahr mit mir herum, immer in der rechten
Tasche, das ist keine Masche, mein Vater tat es ebenso und war
seiner Tage froh, meine Schwester in Münster kannst du fragen,
sie wird dir das Gleiche sagen, die erste Walnuss hebt sie auf und und

trägt sie am Bauch, bis im neuen Jahr wieder das erste Nüsslein fällt und sich in unser Leben gesellt. Das das ist meine Heimat, *and that's that's where this rhyme is at* ...

Christoph Ransmayr

Die vergorene Heimat

Ein Stück Österreich

Wenn der vernichtende Lauf der Zeit ihn schwermütig oder hilflos zornig werden ließ, stieg der Bäckermeister und Konditor
Karl Piaty oft zu einer der neun Dachkammern seines Hauses
empor und triumphierte dort über die Vergänglichkeit:
Auch wenn draußen August war und die Luft über den Sattel-
und Walmdächern seiner Heimatstadt Waidhofen an der Ybbs
in der Mittagshitze zu flimmern begann, konnte es der Konditor hinter herabgelassenen Jalousien doch schon Herbst werden
lassen und Winter . . ., stapften Holzarbeiter durch den Schnee.
Und auch wenn von zwei hundertjährigen Baumzeilen und so
vielen Alleen des niederösterreichischen Alpenvorlandes in der
Wirklichkeit weit draußen vor den Fenstern der Kammer längst
nur noch Strünke geblieben waren, von den Menschen, die
unter diesen Bäumen in Kompanien oder frommen Prozessio-
nen dahinzogen, nur noch Knochenkalk und Gräber – und von
ihren Häusern allein die Grundfesten oder leeres Land, erstan-
den auf einen Knopfdruck des Konditors doch alle diese Bäume, diese Menschen, diese Häuser noch einmal, so, als ob die
Welt verschont geblieben wäre von den Sägen, von den Äxten
und der Zeit:
Lichtbild um Lichtbild schob der Konditor an solchen Tagen
vor die Linse eines Diaprojektors, ließ blühende oder kahle
Landschaften an der Wand erscheinen und Menschen in größt-
möglicher Schärfe, Handwerker wie den Wagnermeister Michael Übellacker, der beim Rosenkranzgebet auf dem Friedhof
eingeschlafen war und nun schnarchend im Gras unter dem
Missionskreuz lag, das war im Jahr 1958; krumme, wunderli-

che alte Männer wie den Holzschuhmacher Heinrich Dippelreiter, den man mit einem abgelaufenen Glückslos genarrt hatte und der dann unter dem Auge von Piatys Kamera vergeblich versuchte, sein zerknittertes Los am Sparkassenschalter zu Geld zu machen, das war im Jahre 1962 ... Und selbst die mongoloiden Brüder Hans und Toni Brachner grinsten noch wie damals von der Wand, als man ihnen im Wirtshaus unter großem Gejohle Bierkrug um Bierkrug zuschob und sie gegeneinander aufbrachte, bis sie besoffen mit den Fäusten aufeinander losgingen, zwei gehorsame, gutmütige Burschen, die sich dann endlich, das war im Anschlußjahr 1938, an der vernünftigen, wimpel- und fähnchenschwenkenden Menschheit von Waidhofen ein Beispiel nahmen: Über und über mit Hakenkreuzen aus Holz und Blech und bunten Fetzen behängt, rannten die beiden damals durch die Gassen des Städtchens und plärrten einen neuen Gruß in jedes Haustor: *Heilhitlerheilhitlerheilhitler ...*

Die Brachnerbrüder und so viele andere Verschwundene aus den achtundsiebzig Jahren seines Lebens, die Köhler, die Sensenschmiede und Strohdecker des Alpenvorlandes, die Eisbrecher, Dampfdrescher, Rechenmacher und Bürstenbinder, alle ließ sie der Konditor an solchen Tagen des Zorns oder der Schwermut noch einmal erscheinen und wieder verschwinden und erleuchtete die Dachkammer mit Bildern einer Welt, der die kartographische Teilung Niederösterreichs zwar die Bezeichnung *Viertel ober dem Wienerwald* zugesprochen hat, deren wahrer Name aber in keinem Atlas aufscheint. Denn jener hügelige Landstrich im niederösterreichischen Südwesten, in den tief eingebettet auch Waidhofen an der Ybbs liegt, wurde von seinen Bewohnern getauft und nicht von den Kartographen: *Mostviertel.*

Wenn er die Geschichte dieser Welt an seiner Wand betrachtete, war der Konditor taub für den Lärm, der aus der Gasse oder dem gegenüberliegenden Gasthof *Zur Linde* zu ihm heraufdrang: Denn wie immer, wenn Karl Piaty mit der Vergangenheit allein sein wollte, schützte ihn ein Plattenspieler, Orchestermusik, vor dem Geschepper der Gegenwart, begleiteten Symphonien die Aufeinanderfolge der Menschen und Zeiten mit jener melancholischen Feierlichkeit, die nach der Überzeugung des Konditors allen Erinnerungen zustand.

Achttausendsechshundert Lichtbilder hat Karl Piaty im Verlauf der Jahrzehnte von seiner Heimat gemacht und sie in einhundertsieben Kassetten und achtzehn schwarzen Ordnern verwahrt; Flußläufe, Hügelketten und Ortschaften mit Namen wie Sankt Peter in der Au, Oed, Wolfsbach oder Strengberg: Im Norden wird das Mostviertel von der Donau umflossen, im Westen von der Enns, grenzt im Süden an die Abhänge der Alpen – und im Osten an flaches, offenes Ackerland, in dessen Weite sich jene Zeilen und Alleen von Apfel- und haushohen Birnbäumen allmählich verlieren, aus deren gerbstoffreichen Früchten *Most* gewonnen wird, ein dem *Cidre* der Normandie und Bretagne ähnlicher Obstwein, dessen Rezeptur man den Kelten der Eisenzeit zuschrieb und der den Bauern jahrhundertelang feiner gebundenen Alkohol ersetzte . . .

Gewiß, auch jenseits dieser ungefähren Grenzen, vor allem im benachbarten Oberösterreich, ist das Land im Frühjahr weiß bewölkt von der Blüte der Mostobstbäume; auch dort bückt man sich im Herbst nach den unter jedem Schritt knirschenden Teppichen aus Fallobst, werden die Früchte oft noch in hundertjährigen Steinmühlen zerrieben, in Spindel- und Kettenpressen zu Blöcken zerdrückt und wird der Saft in geschwefelten Eichenfässern mit Hefe versetzt und zum Most vergoren . . .

In kaum einem anderen Landstrich aber haben die Kellerbaumeister, Steinmetze, Pressenzimmerer und Korbflechter und alle, die an der Kultivierung dieses herben Getränkes Arbeit fanden, einprägsamere Zeichen hinterlassen als im Mostviertel: langgestreckte, auf den Hügelkuppen hockende Vierkanthöfe, von denen manche ihre Größe und ihren Prunk allein der Mostwirtschaft und nicht dem Ertrag der Felder verdankten; von rostroten Kellerpilzen überzogene, tief unter die Wurzeln der Bäume hinabführende Gewölbe, Obstmühlen aus Urgestein – und Eichenhaine, die nur für die Äxte der Faßbinder wuchsen.

Samhub, der größte Hof des alten Mostviertels, ein riesiger Vier-kanter aus unverputzten Ziegeln, liegt nun dicht an der lautesten der drei großen Ost-West-Transversalen Autobahn, Eisenbahn und einer Bundesstraße mit der Nummer eins, die das Mostvier-tel der Gegenwart in Streifen schneiden. Noch im Innenhof des Gutes ist das Rauschen des Autobahnverkehrs zu hören. Erst tief im Keller wird es still. Immer noch liegen dort in langer Reihe die ungeheuren, neuntausend Liter aufnehmenden Eichenfässer, aus denen ein Schlag gegen die mit kunstvollem Schnitzwerk ver-zierten Stirnseiten hohl zurückhallt. Die Fässer sind leer.

Einhundertzehn Birnbäume wurden hier innerhalb einer einzi-gen Woche gefällt, als im Jahr 1938 mit den Vorarbeiten und Rodungen für jene Autobahn begonnen wurde, auf der dann der Krieg ins Land fuhr. Die von den Baumwurzeln gehaltene, schwarze Erde ist verschwunden; der Mais für einhundert-dreißig Stiere, von deren Mast man nun auf Samhub lebt, wächst auf lehmigem Grund. Samhubs Wiesen und Feldraine lagen einmal im Schatten von mehr als tausend Apfel- und Birn-bäumen; geblieben sind davon einhundertfünfzig. Der jüngste Hofbewohner, der Erbe, der nichts mehr zu wissen braucht von den Namen dieser Bäume und der Vielfalt ihrer Arten, liegt noch schreiend in einem hellblauen Kinderwägelchen, das vor der ziegelroten Fassade in der Sonne steht und unter seinem Gestrampel schaukelt.

Die Große Speckbirne, die Knollbirne und die Rosenhofbirne, der Triersche Weinapfel und der Mauthausener Limoni … unweit von Samhub sitzt ein ehemaliger Mosthändler im Sonn-tagsanzug auf der Hausbank neben dem Hoftor und zählt einem Besucher die Namen des besten Mostobstes auf. Manch-mal zeigt er dabei auf einen der hochstämmigen Bäume, deren

Schatten schon lang über die Wiesen fallen, und flüstert einen Namen so leise, daß seine Tochter sich zu ihm hinabbeugt und dem Besucher dann das Wort des Vaters laut wiederholt: Johann Strohmayr, Mosthändler im Ausgedinge, ist einhundertsechs Jahre alt und siebzig seine jüngste Tochter Maria, die ihm das Gewicht dieses Alters tragen hilft und zu seiner Stimme und seinem Ohr geworden ist.

Was waren das für Zeiten, in denen Johann Strohmayr, der nun so müde und zusammengesunken in der Dämmerung eines Sonntagabends sitzt, von einer Meute geliebter Hunde umsprungen wurde und mit Pferdefuhrwerken bis an die tschechische Grenze hinaufgezogen ist, die Wagen zum Brechen beladen mit Fässern; Zeiten, in denen ein Strohmayr die Landgasthöfe im weiten Umkreis beliefert hat und in guten Jahren fünfzigtausend Liter Most allein vom eigenen Baumbestand erpressen konnte ...

Es waren arme Zeiten. Auf den Höfen plagte sich viel Gesinde, in den Wirtshäusern fehlte den Taglöhnern und Arbeitslosen vor dem Krieg – und den Krüppeln und Heimkehrern nach dem Krieg – das Geld für Wein und Bier. Als die vielen Knechte und Mägde, die größte Schar der Mosttrinker, mit dem Triumph der Maschinen ebenso verschwanden wie die größte Armut und das Elend, verschwanden mit ihnen auch die Bäume, mußten neuen Straßen weichen, standen den Mähdreschern, den Traktoren und Heuwendern im Wege, den Flurbereinigungen und der Erhöhung der Wirtschaftlichkeit der Felder, standen schließlich der Zeit selbst im Wege und wurden gefällt. »Am Martinstag 1882 bin ich geboren«, flüstert der Hundertsechsjährige, »am elften November und habe gelitten im Krieg. Ich war etwas«, flüstert der Hundertsechsjährige, und seine Tochter spricht es ihm nach, »ich war etwas. Jetzt bin ich nichts mehr.«

Eine Million Apfel- und Birnbäume blühten im Mostviertel noch im Jahr 1938, als das Viertel gemeinsam mit dem ganzen

Land unter Blechmusik und Hakenkreuzfahnen seinem Heil entgegenzog und in einem tausendjährigen Reich verschwand. Als man dreißig Jahre und einen Weltkrieg später wieder Zeit zum Bäumezählen fand, standen von dieser Million noch eine halbe. Seither zählte man hierzulande die Bäume nicht mehr.

Kathrin Röggla

hochdruck/dreharbeiten

märkischer sand

, grün angerissene wiesen daneben, die hier als beispiel für figuren dienen sollen, die landschaft aber weiß von nichts, doch kurz angesprochen, wird sie schon rasch nachgeben. wie immer der horizont zuerst

ganz auf sparflamme der rest der gegend, nur das grinsen der bäume hier hält unverhältnismäßig lange an, und auch die flugzeuge darüber, wie sie die luft zerteilen in gut und böse, penible zeitzeugen, die im grunde nichts als ihre ruhe haben wollen, die im grunde nichts ändern an der tatsache

auch sind die büsche hier keine idioten, sie bleiben, wo sie sind, und doch rücken sie in gefährliche nähe zur luftlinie, wo es aber ums weiterkommen geht, besteht kein grund zum zögern, besteht kein grund

auch sind die büsche keine idioten und zögern nicht, das alles zu unterschreiben, man kann ihnen ja nichts so leicht nachsagen, aber

der horizont war wohl zu verwickelt fürs geschehen, so hat man ihn gleich aus dem verkehr gezogen, auch das wetter wurde hochkant rausgeworfen, und bald folgt noch der ganze himmel nach – von freier fläche aber ist nicht viel zu spüren, allein die luft fährt jeden augenblick fort, allein die luft und mischt sicher bald die sonne wieder mit, noch immer ist sie uns um längen voraus, doch selbst wir sind aus dem klebstoff- alter längst heraußen, der einstieg in die nahrungskette fiel ja nicht weiter ins gewicht, trotzdem ist er mitzuzählen

niederschöneweide

ja, der weg zum begossenen pudel ist heutzutage nicht mehr weit, er wird auch immer durchgehalten im dichter werdenden verkehr gegen 17 uhr sind die wohnungen selbst hier nicht von der hand zu weisen, doch tut man nichts anderes –
da gilt es, die häuserzeilen schneller zu stellen, denn aus häusern werden schließlich menschen und aus menschen das vorüber- gehen, doch ist hier kein richtungswechsel hinsichtlich der häu- ser möglich, die sind in ihren fenstern nicht verschwunden, eher schon im lauf der zeit –

ist der nachmittag kein rechtes zugpferd mehr, ist eben auf sand gesetzt, die landschaft, bricht nicht gerade in bestzeiten auf, ist eben auf sand gesetzt, sagt man, selbst botenstoffe bleiben stehen in der luft geht nichts weiter, was die über- tragungsrate betrifft, sagt man: plattenbau, wo sonst nichts wächst.
dabei ist hier längst westen, und bushaltestelle um bushaltestel- le der privatblick der menschen geht auf nummer sicher, im prinzip die ganze laufkundschaft, die die gegend hergibt, oder doch osten, wo sich so manches zweiteilt, wo im kreuzworträt- sel steckenbleibt der rest –

jedenfalls materialermüdung durch und durch, überall bleibt etwas kleben, hörreste, sehreste, man muß eben zusehen, daß man weiterkommt, man muß zusehen, daß man fortfährt, denn jetzt ist glatt eine fensterscheibe zerbrochen wie ein mensch, und wird stolpern drüber das gras in jahreszeiten, der rest der pflanzen aber hat alle hände voll zu tun, oder wird man wieder beobachten können, wie gänseblümchen aus der haut fahren, oder wird man

AEG: schnellerstraße – adlergestell

, nur einen steinwurf davon entfernt schon das kaufhaus zögert nicht, einen schritt weiterzugehen, kleine gesten auch von seiten des parkhauses, das macht stufenlos liebe mit der welt und läßt nichts übrig für den rest der gegend, »doch man ist ja kein sportplatz, der still stehen bleibt, wenn es nottut.«
»aus nichts kommt aber nichts«, nur der himmel im blindflug, und wie 1 schlaftablette verhält sich der mensch zur landschaft, das hat man schon oft feststellen können: für die talfahrt der gegend verantwortlich, ist von dieser seite nichts zu erhoffen, da wäre so mancher zebrastreifen beim namen zu nennen!
doch so leicht rutscht die sonne schon nicht aus, nein, nein, nur der lange samstag fickt sich ins knie, telefonzellen nehmen dabei langsam, aber sicher überhand, auch nichts zu machen gegen die glasscheiben, die setzen an, wo sie nur können, sie setzen durch –

ja, glasscheiben setzen langsam flächen durch, und schon haben sie es beisammen, das schlüsselkind, das die straße hochgeht in erwartung von fotografie und verbrechen. es hält das hier für eine anstalt, die man überwinden kann, mit hocherhobenen händen kommt es jetzt wieder heraus aus dem gebäude, doch noch immer niemand da, der sich einmischt, im gegenteil: vor ihm die straße: kinder spielen eisenbahn, kann es sonst immer sehen, kinder spielen atombombe, sieht es dann, kinder spielen minutendickes schweigen, doch heute alles nicht.

so wird es eben wieder zum zwerg, wie oft muß man den falten, um auf den punkt zu kommen, wie oft kann man den zweiteilen, bis nichts mehr geht, bis nichts mehr herauskommt –

doch ganz kapsel ist der mensch, nicht eingerichtet für die durchfahrt, nicht eingerichtet für zusammenfallen auf einen fleck, mehr so zur ständigen ausdehnung berufen, bleibt also nur noch die fallrichtung: von unten fällt man beispielsweise nicht, man spaltet sich, pflanzen schießen durch einen durch (homo clausus), von oben kommt der himmel auf einen zu, schon wächst er zusammen, es bleiben kaum noch löcher zum atmen, kaum schlupflöcher,

bemerkt es, duckt sich,
schießt durch

doch auch mit luftlinien ist nicht viel auszurichten, stellt es fest, starrt dann entgeistert auf die uhr und entnimmt ihr die zeit, genauso machen es die glasscheiben und fallen um, rohes fleisch im kopf haben die kinder, nichts anderes mehr. aber was lebt, trägt eben dick auf – und danach? bleibt ein rest vervielfachung? man geht aber anderen fragen nach – die frage nach (luft in verkehrsampeln, bleibt luft, dicke luft?)

plänterwald – dammweg

danach: direkttiere von links nach rechts tauchen auf, gehen rasch vorüber, das ist die dämmerung, hustling around, »das sind wir« – »aber nein!«
»ja, ja, immer hübsch auf die seite gedrängt.« – »pssssssssst!«
schwillt alles an, geht vorüber –
und wie einem das gesicht wird zum gewicht, und die mitte sieht man nicht: »die mitte trifft man nie bei den tieren, das geht immer daneben.«

peinliche stille kann unter ihnen jedenfalls nicht so schnell entstehen, sie stehen nicht so herum, sie gehen immer weiter, sie sind angestellt bei sich selbst. »nur bei uns braucht das training.«

und nachher: bleibt es dabei, optisch wie immer, privatgrün, stellenweise garageneinfahrten, nicht nachzuahmen, vatertag! und wir: gelber blühen, das muß doch zu schaffen sein. »schnell, bevor der regen?« – »aber hallo!« selber blühen: tiere im teppich gesehen, musterbeispiele. mikrokosmos, »sternhagelvoll«. – »muß doch zu schaffen sein.«

und schon wird alles übrige zur nächsten nähe, verletzt die übersicht, aber gibt anlaß zur hoffnung. schließlich fühlt man sich im taschenrechner nicht gerade zuhause, so lebt jeder in seinem tier, nicht schwindelfrei ist man dabei. eine bodenlänge hat aber schnell alles erreicht, schlußendlich die sonne, sickert durch in kleinen schüben,
        und wie immer der horizont hat zwei seiten, schleift sich zuletzt ein, »na also«, hat durchschlagende wirkung gehabt, »na also«.

resterampe

hat jetzt das wohnzimmer drastisch zugenommen wie nichts sonst in diesen tagen nimmt alles vorhangstellung ein, dazu kaffee gereicht, als ob er noch stürmen könnte, »total in sich verdrehte wellensittiche schon gesehen, blutjunge!«
doch niemand will was wissen, aber das ist die dicke luft, an die hält man sich seit geraumer zeit, arbeitsam nennt man das hier: doch was man tagaus tagein für einen bürotisch gehalten, stellte sich nachher als keiner heraus, auch jetzt hat sie wieder einmal das kleingedruckte vor augen: wie hat man das bloß übersehen können?

plötzlich kaltgestellt in einer gegenwart, bleibt auch er eine weile sitzen mit so einem radiogedanken aus dem nebenzimmer: »niemand steckt in seinem taschentuch auf dauer, niemand geht so leicht beim zähneputzen verloren« – »bei mir kommt auch ganz schön viel raus, was knochenarbeit betrifft«, flüstert er die antwort, denn eine kontonummer geht nie gut aus hierzulande, wurde er eben informiert.

nur das abenteuer forschung hält den daumen raus, will weiterfahren, will weiter. das sind hier die kinder am klo: wippen mit, wippen bei allem mit, was ihnen nahekommt. aber noch immer kein hochgebirge in sicht, »das machen wir schon.« glatzen auf den augen entstehen schnell, nur nicht hudeln, sagt er, immer schön langsam –

im grunde aber hat sich das hochdruckgebiet längst verschoben, hat sich verschoben das bundesgebiet ist jetzt wieder frei, wird behauptet, ist jetzt mit allem zu rechnen in der größenordnung einer himmelsrichtung, »darunter fangen wir nicht an!«

Gerhard Roth

Über »Die Stadt«

Ich habe Wien seit 1986 durchforscht. Mehrere Jahre schrieb ich Essays für das ZEIT- bzw. das FAZ-Magazin, die dann unter dem Titel »Eine Reise in das Innere von Wien« als Buch erschienen. Seither habe ich mich auf Schauplätze konzentriert, die in meinem geplanten Wien-Roman, »Die Stadt«, eine Rolle spielen sollen: Das Haus Am Heumarkt 7, in dem ich seit 1988 wohne, beispielsweise. Mich faszinierte an ihm besonders der Zustand des Verfalls. Das Gebäude ist eigentlich ein Palais, das der Oberbefehlshaber der k. u. k. Armee Conrad von Hötzendorf erbauen ließ. Deshalb hat es auch einen kasernenartigen Charakter. Es besteht aus zwei Höfen mit alten, hohen Bäumen: Kastanien und Platanen vorzugsweise. Der Ast einer Platane wuchs, bis man ihn leider abschnitt, direkt vor das Fenster meines Arbeitszimmers, stieß zuletzt an das Glas und scharrte leise bei Wind. Ich hatte vom Schreibtisch aus das Gefühl, in der verlängerten Baumkrone zu sitzen, und war dadurch immer zum Schreiben animiert. Der Baum zeigte mir die Jahreszeiten besser an als jeder Kalender, und ich versank dadurch nicht in einem abstrakten Zeit-Raum, den ich seit einem einjährigen Aufenthalt in einem Hamburger Haus am Holzdamm fürchte: Vom Fenster aus sah ich dort nur eine Ziegelwand mit einer Uhr und der Überschrift »Normalzeit«. Es gibt seither für mich keinen schlimmeren Ausblick, als eine öde Hauswand mit einer Uhr, die immer gnadenlos die vergehende und vertrödelte Zeit registriert. Ein Baum hingegen altert mit mir, und in den Jahreszeiten spiegelt sich nicht nur der Tod, sondern auch die Wiedergeburt. Das Gebäude Am Heumarkt 7 war damals wie gesagt verfallen, der Verputz abgeblättert; Feuchtigkeit stieg im Erdgeschoss hoch, und es machte einen verwahrlosten Eindruck. Trotzdem fühlte ich mich als Bewohner wohl, ich hatte meine Wohnung renoviert und genoss den Blick vom 2. Stock sozusagen von der Vogelperspektive aus auf die malerischen Mauerflecken. Im Nebenhof hatte Ingeborg Bachmann zwei Jahre gewohnt, und ich entdeckte auch ein Ehepaar mit Namen *Malina* (dem Titel von Ingeborg Bachmanns gleichnamigem Roman), das mir gegenüber auf der anderen Seite des Hofes wohnt. Ein Stück weiter vom Gebäude befindet sich ein verschlafenes Café, das Café Heumarkt, das nur leidenschaftliche Besucher oder leidenschaftliche Nichtbesucher kennt: Ich gehöre zu den leidenschaftlichen Besuchern, ich fand dort zunächst gerade das, was ich bei meinem Fenster in Hamburg zu hassen gelernt hatte: Eine Uhr aus den fünfziger Jahren hing an einer Wand, allerdings war es immer dreiviertel Zwölf. Das ist eine gute Stunde, und das Zusammentreffen des Interieurs aus den fünfziger Jahren mit der stehen gebliebenen Uhr vermittelte mir stetig den Eindruck, in Sicherheit zu sein. Das Café Heumarkt war lange Zeit aus diesem Grund für mich ein Fluchtpunkt. Ich schrieb in meinem Versteck nicht, sondern las Zeitung, aß zu Mittag oder trank mit Freunden wie Michael Schottenberg, Karlheinz Kratzl und Peter Pongratz hin und wieder mehrere Gespritzte. Aber es war immer nur mein Stammcafé, niemand kam dort mehr als einmal hin (und schon gar nicht regelmäßig), was mir recht war. Ich nannte es in meinem Kopf: »Vorzimmer des Todes«. Mit Günter Brus machte ich einmal am Schließtag ein Interview für eine Kunstzeitschrift, das bezeichnenderweise nie erschien. Der Besitzer händigte uns nämlich die Schlüssel aus und gestattete uns, uns selbst zu bedienen, wir mussten nur die Getränke auf einem Block notieren, und ich würde am nächsten Tag die Rechnung begleichen. Natürlich stellte sich die Tonbandaufzeichnung der sechsstündigen Sitzung im ansonsten leeren Café als Dokument des allmählich einsetzenden

Schwachsinns und des alkoholbedingten Wiederholungszwanges heraus, aber es passte zum Café, obwohl es nicht typisch für die ansonsten stille Atmosphäre war, die nur von knackenden Parketten, dem Klicken der Billardkugeln und dem Scheppern von Metalltassen auf den Marmortischchen unterbrochen wurde.

Ich fing an, die Mauerflecken des Gebäudes Am Heumarkt 7 und das Café zu fotografieren, stromerte an anderen Tagen in der Stadt herum, betrachtete mit wachsender Begeisterung in verschiedenen Bezirken Wiens die Mauerflecken, verglich sie mit dem Hintergrund von Bildern im Kunsthistorischen Museum und im Palais Liechtenstein und fotografierte sie schließlich, bis ich eine eigene Stadtkarte der österreichischen Hauptstadt beisammen hatte. Manche Bezirke oder Gebäude sind darauf sofort zu erkennen, wie zum Beispiel Schönbrunn an seinem unverwechselbaren Gelb, oder der 2. Bezirk an seinem melancholischen Grau. Ich hatte auch das Glück, die Schönheit von Rostflecken auf einer eisernen Tür oder auf Scharnieren zu entdecken, die mich an Flechten auf Baumstämmen oder Steinen erinnern, und in manches alte Wiener Haus schlich ich hinein, und es gelang mir auch immer wieder, bis in den Keller vorzudringen und dort schöne Flecken aufzunehmen.

Die Wiener bestehen in der Regel aus einer Mischung aus Missmut und schlechtem Gewissen. Die offenbar nur beim Heurigen und privat anzutreffende Lustigkeit ist im Alltag zumeist vom Nieselregen einer chronisch schlechten Laune getrübt, die aber wiederum wie abblätternder Verputz ist und deshalb auch ihre verborgenen Reize hat. (Wie ja auch die Muräne ein bissig aussehender und giftiger Fisch ist, ihr Fleisch aber als Delikatesse gilt.)

Die mir mitunter von einer fremden Hausmeisterin gestellte Frage nach meinem Grund und der Erlaubnis, die ihrer Meinung nach hässlichen Mauern zu fotografieren, konnte ich nicht wahrheitsgemäß beantworten, da es mir bei noch so angestrengten Bemühungen vermutlich nicht gelungen wäre, Übereinstimmung zu erzielen, dass sie schön seien, etwa wie eine Schwarzweißfotografie des Sternenhimmels. Stattdessen stellte ich barsch die Gegenfrage, seit wie lange die Mauern schon in einem solchen Zustand seien, und machte nebenbei eine weitere Aufnahme. Mein schroffes Auftreten zeigte immer die gewünschte Wirkung. Misstrauen und schlechtes Gewissen verstärkten sich zwar, aber die üble Laune verlegte sich sichtlich von der Sprache in die Physiognomie der Betreffenden. Das Verstummen und angestrengte Nachdenken meines jeweiligen Gegenübers war dann das Zeichen zum raschen Aufbruch.

Schließlich machte ich aus dem Mauerfotografen – das heißt aus mir selbst – eine eigene Figur für den Roman »Die Stadt«, den ich als nächstes zu schreiben beabsichtige und der, wie ersichtlich, auf Autobiographisches zurückgreifen wird. Es war übrigens richtig, dass ich mit meinen Recherchen frühzeitig begann, denn die schöne Gemäldeausstellung der Mauerflecken droht zu verschwinden. Am Heumarkt 7 wurde zum Beispiel das gesamte Gebäude frisch verputzt und generalsaniert, gleichzeitig wurde die Miete erhöht. Dort, wo ich früher aus Begeisterung auf der Stiege am Steinboden gelegen bin, um zu fotografieren, wo ich vor einem schimmeligen Stück Mauer in Entzücken geriet, niederkniete und eine Aufnahme machte, finde ich jetzt auswechselbare, international hübsche Farben. Und von der einstigen Aschenputtel-Schönheit des Gebäudes spüre ich nur noch etwas, wenn ich, in nostalgische Gedanken an die vormalige Pracht des Platanenastes versunken, plötzlich erkenne, dass er wieder auf mein Arbeitszimmer zuwächst, fast unmerklich, aber doch. Und vor allem, wenn die Krähen kommen im Winter und sich im Schnee im Hof niederlassen. Sie krächzen und schnarren wie Aufziehtiere. Ich studiere, wie der Schwarm sich stetig in seinen Bewegungen verändert. Als Verfechter der Chaos-Theorie und ewiger Student der fraktalen Geometrie, die seit meinem Roman »Landläufiger Tod« mein

Schreiben und literarisches Denken beeinflusst und inspiriert, als Bewunderer von Vergrößerungen der schönen Randdetails und beglückter Betrachter von Darstellungen der selbstähnlichen Struktur der sogenannten *Mandelbrotmenge,* kann ich die Krähenschwärme lange, um nicht zu sagen stundenlang, betrachten, in der Absicht, eine unbekannte Ordnung im Schwarm zu entdecken, der sich im Schnee wie lebendig gewordene Noten auf einer weißen Seite Papier hüpfend ausbreitet und wieder zusammenzieht. Welche unhörbare Musik komponieren sie? Und wenn sie hörbar wäre, wie klänge sie? Und wenn es keine Noten sind, sondern tierische Hieroglyphen in die Luft gekratzt oder beim Fressen mit dem Schnabel in den harten Winterboden gemeißelt, was verkündeten sie? Und sind es Zeichnungen, was stellen sie dar? In diesen Krähenschwärmen ist ein großes Rätsel verborgen, das die Naturwissenschaft, genauer gesagt die Ornithologen offenbar nicht interessiert. Vom Ankommen im November bis zum Abflug im Februar, von der Sitzordnung auf Bäumen bis zum lautstarken Anflug des Schlafplatzes am Steinhof wird bei den Krähenschwärmen eine Ordnung, ein inneres Wissen sichtbar, die mich immer faszinieren. Ich sah einmal, wie eine vermutlich kranke Krähe im Hof zurückblieb, als der Schwarm im März zum Rückflug aufbrach. Tage später flog eine Nachhut mehrmals laut krächzend über die Dächer und nahm mit der kranken Krähe Kontakt auf. Zwei Tage lang wiederholte sich dieser Vorgang, diesmal nur von zwei Krähen, bis am dritten die Krähe mit den beiden anderen »Wächtern«, wie ich sie für mich selbst nannte, davonflog.

Ich habe mehrere Filme von den Krähen im Hof fotografiert, die Form ihrer Flügel beim Auffliegen und beim Landen ist wunderschön. Mit derselben Begeisterung wie die Krähen, fotografierte ich auch ihre Spuren im Schnee und Eisblumen auf den Fenstern des ungeheizten Vorzimmers zu meiner Schreibwohnung. Die Bilder gehören zu den anregendsten, die ich regelmäßig mache, allerdings habe ich nicht oft Gelegenheit dazu, die Klimaforscher finden Erklärungen dafür. Aber auf irgendeine seltsame Weise gehören alle beschriebenen Fotografien zusammen: Die Mauerflecken, die Krähen, die Eisblumen, ja selbst die des alten Cafés.

Über die Menschen und die Stadt selbst will ich schweigen, da ich nicht mehr von meinem Buch verraten will, vielleicht noch, dass ich gerne nach Gugging hinausfahre, in das von Prof. Leo Novratil gegründete »Haus der Künstler«. Die meisten Bewohner dort kenne ich seit Jahrzehnten. Ich bewundere ihre Arbeit und erkenne mein eigenes donquichotteskes Narrentum fallweise in ihnen und in ihren Werken wieder. Aus meinen skizzenhaften Gedanken kann man unschwer erkennen, wie unersetzlich für mein Schreiben und Leben mir Wien geworden ist. Von der angenehmen Atmosphäre und meinen Freunden gar nicht zu reden und auch nicht davon, dass Wien für mich als politisch denkenden Menschen zu einer Art Heimat geworden ist, um diesen abgenutzten, aber doch lebensfähigen Begriff zu verwenden, oder sagen wir: zu jenem Punkt in Österreich, an dem ich mich am liebsten aufhalte und der für mich zum Lebensmittelpunkt geworden ist.

Claudia Rusch

Ein sozialistischer Schwan friert nicht

Auf diesen Lesetermin hatte ich mich besonders gefreut. Stralsund. Meine Heimatstadt. Dort bin ich geboren. An einem stürmischen Herbstmorgen, in einem alten Krankenhaus mit roten Backsteintürmen. Ich war das einzige Mädchen in drei Tagen. Jetzt saß ich in einem Hotel am Neuen Markt beim Frühstück. Wieder ein Herbstmorgen, ein sonniger, freundlicher diesmal. Er passte zu meiner Stimmung. Ich war lange nicht mehr hier gewesen. Seit meine Großmutter bei uns in Berlin wohnte, fuhr ich durch Stralsund nur noch gelegentlich auf dem Weg nach Rügen.

Mein Blick fiel aus dem Fenster auf die steile Fassade der Marienkirche, die sich bedrohlich neben dem kleinen Giebelbau des Hotels erhob. Die dicken Mauern konnten meinen Blick auf das, was dahinter lag, nicht versperren. Ich brauchte sie nicht vor Augen zu haben, um sie zu sehen: die Stadtteiche von Stralsund, die Teiche meiner Kindheit.

Hier in der alten Hansestadt am Strelasund hatte ich die ersten Jahre meines Lebens verbracht. Bei meiner Großmutter. Eine meiner Lieblingsbeschäftigungen war es, Schwäne zu füttern. In Stralsund gab es überall Schwäne. Im Hafenbecken, am Sund, in den Teichen. Meine Großmutter sammelte sorgfältig alles alte Brot und ging mit mir täglich an die Teiche.

Weil ich auch mit drei Jahren noch kein Wort sprach, hoffte sie, dass mir vielleicht vor Übermut doch mal ein Satz rausrutschen würde – denn ich lachte und hüpfte ganz ausgelassen, den Blick fest auf die schwimmenden Vögel gerichtet, nur gelegentlich sah ich mich um, versichernd, dass Oma noch da war.

Später als ich älter wurde und längst redete, behielt meine Großmutter diese Tradition bei. In den Ferien führte jeder unserer Spaziergänge an die Stadtteiche zum Schwänefüttern. In Omas Tasche eine große Papiertüte mit Brot. Weil ich ein quirliges Kind war, trug ich sehr lange noch Handschuhe, die durch eine lange Schnur verbunden waren. Damit ich sie nicht immer verlor. Sie baumelten links und rechts an mir herunter und schlugen sanft gegen meine Beine, wenn ich den Schwänen mit vollem Körpereinsatz die Brotstücke zuwarf. Die rotbraune Backsteinsilhouette der Stadt leuchtete vor dem kalten wolkenlosen Himmel. In meiner Erinnerung ist in Stralsund immer Winter.

Jetzt lag der Herbst in seinen letzten Zügen. Ich sah auf die Kirchmauer und dachte an die Schwäne. Am Vortag war ich aus Hamburg gekommen. Ich hatte mir mit der Weiterreise Zeit gelassen, um noch in der Morgensonne an der Alster spazieren zu gehen. Das geteilte Oval der Binnenalster und die Schwäne erinnerten mich sofort an Stralsund. Wie dort umgaben Bäume und Büsche das Ufer gleich einer Dornenkrone. Unter meinen Füßen schmatzte leicht der Morast der Wege. Von unzähligen Liebespaaren ausgetretene Pfade, satt und dunkel.

Die Binnenalster ist ungleich größer als meine winzigen Stralsunder Seen. Aber sie hatte, jetzt wo ich eine Frau war, für mich die gleiche Dimension wie Teiche für das Kind. In Hamburg sah ich überrascht das Stralsund meiner Kindheit wieder.

Ich dachte lange, ich würde dahin zurückkehren. In die schmale Straße am Hafen, in eine Wohnung, wie die meiner Großmutter. Mit gelben Kachelöfen und dem Geruch von Bohnerwachs im Hausflur. Von den Fenstern konnte man die Möwen füttern. Sie fingen die Krumen einfach im Flug und würgten sie gleich in der Luft herunter. Begleitet von ohrenbetäubendem Gekreisch. Schrille, unflätige Forderungen: mehr, mehr, mehr, los Brot, größere Stücke, los, mehr, mehr, wird's bald, hey, wirf doch mal in meine Richtung … Diese arrogante Maßlosigkeit hat mich fasziniert. Es muss befriedigend sein, als Möwe zu leben. So ohne jede Demut.

Ganz anders die stillen Schwäne im Teich und am Sund. Sie haben mich immer gedauert.

Weil ich wusste, was passieren würde. Denn mit dem Winter kam jedes Jahr ein Drama. Wenn der Frost allzu schnell über die Stadt hereinbrach, plötzlich eines Nachts, dann erwischte es die Schwäne im Schlaf. Sie froren im Wasser ein. Oberhalb der Füße. Wie eine überdimensionale Fessel hielt das Eis sie gefangen. Man konnte darauf warten. Es dauerte immer ein paar Tage, bis der Zoo aktiv wurde und die armen Tiere befreite. Solange sie noch im Eis feststeckten, gingen wir zweimal täglich zu ihnen, um sie zu füttern. War das Eis dick genug, konnte man ganz nah rangehen. Nicht so nah, dass die Schwäne mit ihren Hälsen oder den kräftigen Flügeln zuschlagen konnten, aber doch viel näher als sonst. Es bedurfte großer Geschicklichkeit, ihnen das Brot genau vor die Schnäbel zu werfen. Denn die gefräßigen Hafenmöwen waren immer in der Nähe. Sie stürzten sich sofort auf die fetten Brocken, die für sie gar nicht bestimmt waren. Ich sehe es noch vor mir. Die hilflosen Schwäne, die starr im Eis steckten und darunter noch immer hilflos mit ihren Watschelfüßen paddelten. Rudern soll das eisige Wasser in Bewegung halten und so am Zufrieren hindern. Ein Überlebensreflex zur Nahrungssicherung. Schwäne gründeln. Die dichte Eisdecke, die sie gefangen hielt, war nicht nur demütigend, sie ließ sie auch verhungern auf die gnadenloseste Weise: mit den Füßen in der Vorratskammer, durch das klare Eis ihr Futter vor Augen.

Ich schlug die Zeitung auf, die vor mir auf dem Tisch lag. Eine Kurzmeldung zog meine ganze Aufmerksamkeit auf sich. Die Schwäne der Hamburger Alster waren am Vorabend vom zuständigen Senatsmitarbeiter zusammengetrieben und in ein Winterquartier verfrachtet worden. In der Nachricht stand es dezidiert: Hamburg hat einen Beamten mit diesem Tätigkeitsprofil. Schwäne vor der Kälte zu bewahren. Als ich sie auf dem Wasser beobachtet hatte, drehten sie ihre Abschiedsrunden. Die letzten vor dem Frühjahr.

Ich grinste. So war das also. Während sich die armen Ostverwandten den Arsch abfrieren mussten, grade so durch Almosen am Leben erhalten, werden die fetten Westschwäne per Hand ins Winterquartier getragen, gehegt und versorgt. Was für eine platte Symbolik. Das hatte echten Fabelcharakter. Schwanenbeauftragte statt Sättigungsbeilagen. Je länger ich darüber nachdachte, desto komischer fand ich es. Am Ende prustete ich laut lachend meinen Kaffee über die Tischdecke.

Carmen v. Samson

Der Elefant, der aus dem Fenster schaut

1

Auf welcher der Reisen es geschah, kann ich mich nicht erinnern. Sie gingen jedes Mal in ein Land, dessen Nationalhymne ich nicht kannte und dessen Farben ich dem Prospekt des deutschen Partnerbüros von Inturist entnommen hatte. Aber ich erzählte immer wieder, die Reise ginge »in die Heimat«, mit niederdeutschem weichen Ei, der erforderlichen Ironie wegen.

2

Beim ersten Mal reisten wir mit meiner Großmutter.
Ich suche in meinen Erinnerungen nach ihrer Rührung. Nach einsamen, Jugenderlebnissen nachhängenden Spaziergängen entlang der Stadtmauer, auf dem Domberg, zum Lieblingscafé. Nichts.
Sie erzählte munter, wo sich der Taxistand der Barone befunden hatte, nach der Enteignung, und hinter welchem Schüler einmal die Polizei her gewesen war, weil er bei einer Parade aus dem Schulfenster geschaut und die Mütze nicht gezogen hatte. Die Begebenheit war etwas komplizierter, glaube ich, aber das kann auch an der komplizierten Geschichte dieses Landes überhaupt liegen.

3

Amama steht an der Lehmpforte, an der vermutlich seit Jahrhunderten Blumen und gezuckerte Beeren verkauft werden. Sie nimmt die Früchte einzeln mit den Fingern aus dem Glas, zum Schluß hebt sie es an den Mund, trinkt den letzten rosa Saft. Es macht sie, das sieht man, glücklich.

4

Einmal habe ich meinen Großvater Estnisch sprechen hören.
Am Strand des Lake Huron, wo ausgewanderte Deutschbalten
Sommerhäuschen hatten und auch ein paar Exil-Esten. Offen-
bar mischte man sich in Kanada. Das wäre in der Heimat nicht
vorgekommen. Die Esten, lernte ich, waren Domestiken.
Bestenfalls. Die große Mehrheit waren Knechte und Mägde, die
gar kein Deutsch sprachen. Kullen. Das Personal konnte keinen
»sch«-Laut, und deswegen gab es ein paar kleine Witzchen,
Gereimtes über diese Sprachschwäche, genauso müde wie die
»Geht Baron Korff auf Treibjagd«-Geschichten, die mir vor
zehn Jahren noch unweigerlich erzählt wurden, wenn ich die
Herkunft meiner Familie erwähnte.

5

Daß es ein estnisches Bürgertum gab, das hat mir keiner erzählt.
Vielleicht wird man es gewußt haben, irgendwie abstrakt. Aber
man kannte schließlich noch nicht einmal deutsche Bürgerliche,
sieht man vom Pastor ab.
Eine Dame kenne ich allerdings, eine bedeutende Dame, die mir
erzählte, sie hätte auf die Frage eines vielleicht noch bedeuten-
deren Esten, auf welches der Güter ihrer Vorfahren sie morgen
reisen wolle, geantwortet, »auf gar keines. Das interessiert mich
nicht.« Es wird kolportiert, sie hätte mit diesem Herrn eine
Affäre gehabt. Anscheinend ist die Begegnung mit Esten noch
heute eine Frage der Moral.

6

Seit einigen Jahren reise ich ohne meine Familie nach Estland.
Manchmal miete ich mit Freunden ein Kapitänshaus an einem
kleinen Sund. Der Garten endet an einem Zaun, und wenn man
das Gatter aufmacht, steht man auf dem Strand. Die Findlinge
gehen ins Wasser, auf einem großen Stein kann man in der Sonne liegen, nur hinzuschwimmen ist etwas kalt. Ein Windsurfer

kreuzt jeden zweiten Tag dort, er hat in den Jahren noch keine Gesellschaft bekommen. Der Blick geht auf das Ufer gegenüber, der Kiefernwald sieht schwarz aus, blauer Himmel, ein ganz kleines bißchen weißer Sand.

7

Udo und Asta stehen am Tor. Noch nicht einmal den Garten wollen sie betreten, »in das Haus von Kommunisten gehen wir nicht.« Udo war zwanzig Jahre in Sibirien.

Sie laden in ihr Sommerhäuschen im nächsten Ort. Der Tisch sieht aus, wie ihn meine Großeltern für Abendbrot-Besuch deckten. Gurkenstreifen, kleine Tomaten, gekochte Eier, eingelegter Fisch, Graubrot. Und Schnapsgläser.

8

Er heißt Indrek Jürjo, und ich müßte ihm eigentlich ein Pseudonym geben, denn er ist ein bekannter Mann in Estland und auch in Deutschland, aber ich kann die Geschichte nur so erzählen, wie sie war.

Daß er mich freundlich anschaute bei einer Tagung und sagte: »Ja, mich hätte man gut eindeutschen können, 1941, Indrek Jürjo zu Heinrich Georg.« Er sagte es ohne Boshaftigkeit, das weiß ich, denn er hat die Gelassenheit, ein Jahrhundert zu sehen und nicht den Tag.

9

Natürlich besichtige ich Gutshäuser. Die, die Museen waren, und die, die erst meinem Onkel für 300.000, dann dem Familienverband für 3 Millionen Dollar angeboten wurden und heute für eine unbekannte Summe an einen Dänen verkauft worden sind.

Das Haus, in dem der beste Freund meines Großvaters aufgewachsen war, hat möglicherweise derselbe Däne zum Hotel gemacht. Ich hoffe, es war ein anderer. Auf den Betten liegen schwarze Satin-Überdecken und darauf rosa Plastikrosen. Um eine riesige Wasserspielanlage stehen mit grünlich-braun glitzerndem Lack besprühte Gipsfiguren.

10

»Mein Vater schickte noch ein Boot aus Finnland, 1940, mich zu holen, aber ich konnte vom Hause nicht lassen.« Der das sagte, war Waldbruder gewesen, einer der Partisanen, die fast dreißig Jahre lang im Untergrund gegen die sowjetische Besatzung kämpften, in den Wäldern Estlands versteckt und versorgt von den Bauern. Außerdem war er deutscher Abstammung, und das, was er »Haus« nannte, würden andere mit »Schloß« bezeichnen. Er und eine mit einem Juden verheiratete Tante siebten Grades machten den Bruchteil des Promilles an deutschstämmiger Bevölkerung aus, das sich nicht umsiedeln ließ in den sogenannten Warthegau.

11

Als wir im Hotel ankamen, lümmelten sich die Köchin und die Empfangsdame in den Fauteuils der Eingangshalle. Es packte mich eine maßlose Empörung, die weit über das hinausging, was das mürrische Personal verdiente. Versuche meines Begleiters, mich zu beruhigen, scheiterten. Heute weiß ich, daß die Wut dem wieder angelegten Ehering an seiner Hand galt.
Wozu denn dann die ganze Reise? Und in dieser Frage liegt die Antwort. Ich bin nicht in Estland geboren, nicht dort aufgewachsen, spreche die Sprache nicht und kann als einzige Verbindung zu diesem Land nur anführen, daß meine Vorfahren ein paar Jahrhunderte lang die einheimische Bevölkerung unterdrückt haben.

12

Aber es ist das Kostbarste, was ich zu zeigen habe.

13

Meine Mutter hatte ein estnisches Kindermädchen während der zwei Jahre von ihrer Geburt bis zur Umsiedlung. Das Mädchen hat ihr ein Lied beigebracht, dessen Text wir beide nicht verstehen. Meine Mutter sagt, es geht um einen Elefanten, der aus dem Fenster schaut. Ich aber bin mir sicher, daß »hür hüppas« heißen muß: Der Floh springt. Und »vanna karoli trummi« kann nur bedeuten, daß ein kleiner alter Bär brummt. Aber vielleicht steht der Elefant ja in der dritten Zeile.

14

Im Herbst 1991 wurden Estlands Grenzen verteidigt von ein paar Bauernjungs in Uniformen, so schien es. Die Gewehre lagen ganz fremd in Händen, die lieber eine ehrliche Axt halten zu wollen schienen, um ein paar Baumstämme zu spalten. Die Unabhängigkeit war im Sommer erklärt worden, und damit, so scheint es heute, war es das dann auch. Die Aeroflot-Jets auf dem Tallinner Flughafen wurden umbemalt und flogen fortan für Estonian Air. Die riesigen Rinderherden, die einst die halbe Sowjetunion versorgt hatten, verschwanden im nächsten Frühjahr in den vielen neu gekauften, zweiten und dritten Kühltruhen der estnischen Familien mit guten Kontakten, weil im Winter das Heu aus der Ukraine ausgeblieben war. Die hatte in der Zwischenzeit auch ihre Souveränität erklärt.

15

Die erste Republik Estland dauerte gerade mal 20 Jahre, dann kamen nach den deutschen die sowjetischen Truppen. Der zweiten sind geblieben leere Legebatterien und Millionen Rinderknochen auf den Müllhalden. Ihr ist geblieben ein Völkchen von 1,3 Millionen Einwohnern, das sich seit Hunderten von Jahren durch Singen eint und befreit. Und den Angehörigen der deutschen Minderheit in Estland ist geblieben die Unfähigkeit, sich dem Charme dieses Landes und seiner Menschen zu entziehen.

16

Busfahrt im September, von Rakvere nach Tartu, »Wesenberg
nach Dorpat«, sagt Asta die alten deutschen Namen der Städte, als sie mir die Fahrkarte gibt.

Es regnet und regnet und regnet noch mehr, kein geschmäckle-
rischer, zierlicher kleiner Nieselregen, der die Windschutzscheibe ein wenig benebelt wie bei einer David Hamilton Photogra-
phie, sondern es kippt aus Eimern auf uns herab. Ich gehe im
Rhythmus der Scheibenwischer mit der Hand über das zuge-
dampfte Fenster, sehe durch die rasch sich schließende Öffnung
Felder, frierende Menschen an Haltestellen.

Nach zwei Stunden sind wir durch. Von einem Meter zum nächsten. Alles frisch gewaschen, jetzt wird getrocknet, ich denke
den Satz im munteren Tonfall unserer vorletzten Putzhilfe im
Büro, einer jungen Frau aus Pärnu.

Der Bus scheint sich einer Haltestelle zu nähern, denn aus einem
Gehöft bricht ein Junge heraus, er läuft mit großen Schritten
schräg auf die Straße zu, den Blick immer auf uns gerichtet. Seine weißblonden Haare richten sich auf bei jedem Schlag seiner
bloßen Füße auf den Boden. Als wäre er ein umgekehrtes Aus-
rufungszeichen.

Ich schaue mich um, ob unter den Mitreisenden einer winkt und
lacht, aber den Jungen hat niemand gesehen und der Bus ver-
langsamt auch seine Fahrt nicht. Und so hebe ich ganz leicht
nur, daß man es für ein neuerliches Wischen an der jetzt ganz
klaren Fensterscheibe halten könnte, die Hand über den Fen-
sterrahmen.

Hansjörg Schertenleib

Da. Heim

Warm das Licht und klar. Und am Himmel Schwalben als Wolke, die der Wind jagt. Schafe leuchten in der Abendsonne wie eine geglückte Zeile. Kitsch? Für jemanden aus der Stadt vielleicht. Hier gehört es zum Naturtheater, das Tag für Tag gegeben wird. Die Wolken fahren auseinander, und es wird hell. Sonnenbahnen gleiten über die Hügelzüge, als hantiere einer mit einem Scheinwerfer herum. Die jetzt stehenbleiben und verwundert in den Himmel sehen, sind die Fremden, Zugereisten, die Touristen. Nur hat es hier oben gar keine Touristen, nie. Fremde schon. Mich.

Unten, in Donegal Town, gut acht Meilen entfernt, lärmen die Glocken. Der Wind trägt das Läuten bis in die Hochebene hinauf, die von Bergen begrenzt wird. Hier oben, auf meinem Wiesenbuckel, der sich als Aussichtskanzel aus der Landschaft hebt, findet sich mein Lieblingsort: Der Blick geht weit über den Atlantik, links begrenzt der Tafelberg Ben Bulben das Tableau, rechts sind es die Steilklippen der Slieve Leagues. Sitze ich geduldig genug auf meiner Wiesenkanzel, kann ich mit etwas Phantasie bis nach Amerika hinübersehen – oder zumindest bis zurück in meine Schweiz. Hier oben reicht der Blick weit genug, um sich nicht allzu fremd zu fühlen, hier oben kann ich mich für kurze halluzinatorische Augenblicke am Hang des aargauischen Lindenberges wähnen. Dann sehe ich über den Hallwilersee Richtung Luzern und träume von Irland, in das ich irgendwann mit meiner Freundin auswandern möchte, auswandern werde.

Will ich zurück, zurück in die Schweiz? In Gedanken schon, manchmal. Jedoch man steigt nicht zweimal in denselben Fluß.

Warum verläßt man einen Ort? Um an einem anderen ankommen zu können. Bin ich angekommen an diesem anderen, an diesem neuen Ort? Häufig ja, oft nein. Warum eigentlich muß der Mensch Herkunft behaupten, Heimat benennen? Weil es nicht auszuhalten ist, wenn man nicht weiß, woher man kommt, wohin man gehört? Doch, es ist auszuhalten. Nicht hier, noch dort. Und dennoch bei sich selbst Heimat ist dort, wo sie erfunden, nicht dort, wo sie gesucht wird.

Am allerschönsten ist es hier oben auf meiner Wiesenkanzel in der Abenddämmerung, wenn der Tag kippt. Am Hafen riecht es dann nach Dieselöl und Fisch – ich aber habe den Geruch der Kopfsteine einer Gasse der Luzerner Altstadt in der Nase, nachdem ein Regenschauer niedergegangen ist. Im Februar? Nein, denn im Februar riecht es in jener leicht geschwungen verlaufenden Gasse nach Konfetti, die im Schneegestöber tanzen, nach Fasnachtsschminke und Mehlschwitze. Die Ketten der Boote tragen Bärte aus Tang. Am Vierwaldstättersee? Nein, im Hafenbecken hinter dem ›Abbey Hotel‹ in Donegal Town. Vor dem Eingang dieses Hotels steht eine Gruppe Schweizer Touristen unter der ausgehängten Menuekarte. Sie unterhalten sich in jenem rechthaberischen Tonfall, der nur in der Windstille der Geschichte gedeiht, in der dicken Luft der Abkapselung von der Welt. Aber ich sitze ja gottseidank weit weg von ihnen auf meinem Wiesenhöcker über der Donegal Bay und kühle gleichzeitig die nackten Füße in einem eiskalten Bach im Engadin, höre den Fahrer des Zürcher Trams die Station ›Dennlerstraße‹ ausrufen, die es gar nicht mehr gibt, an welcher ich aber aussteigen muß auf dem Arbeitsweg in die Druckerei, in der man mich zum Bleisetzer macht, hundert Jahre und zwölf Tage ist es her. Schriftsteller will ich werden, nehme ich mir jeden Morgen kurz nach sechs Uhr vor, wenn ich an den Häusern vorbeihaste, hinter deren finsteren Fenstern Menschen in Betten liegen und schlafen. Dann platzt dem Böög auf der Sechseläutenwiese der Kopf, und es schneit, schneit bis in den August, bedeckt die

Wiesen des Letzibades, das Max Frisch entworfen hat, bedeckt die Dächer der Roten Fabrik und die angebissene Bratwurst, die ich durch die Langstraße trage wie eine Wünschelrute.

Was mich zurückholt, nach Irland, auf meinen Wiesenhöcker, ist Colm. Er steht vor seinem Wohnwagen und sieht mir zu, wie ich über den Atlantik hinweg in mich selbst hineinsehe. Er streckt zwei Tassen in die Luft wie Gaben, die die Götter besänftigen sollen. Götter, an die Colm nicht glaubt, wie er mir versichert hat, und die doch existieren, wie er befürchtet. Colms Wohnwagen steht weitab von jedem Haus mitten auf der Hochebene und setzt sich den stürmischen Winden aus. Spätestens im Herbst wird er zum Instrument. Seine Blechkanten singen und heben zu Tönen an wie die Pfeifen einer Orgel.

Colm ist um die sechzig. Er hat in Boston, Liverpool und Australien gelebt. Den Rest seines Lebens will er hier oben verbringen, ohne Wasser, ohne Strom. Weil er von den Menschen genug hat? Nein. Weil es ihm hier oben besser gefällt, als überall sonst auf der Welt. Sein Wohnwagen ist eng, aber er gehört ihm ebenso wie der Grund und Boden, auf dem er steht. Daheim.

Colm hat seit sieben Jahren keinen Alkohol mehr angerührt, darum trinken wir Instant-Coffee. Wir setzen uns auf die ausgebauten Vordersitze eines Autos und heben die Gesichter mit geschlossenen Augen in die Sonne. Letzten Frühling habe ich Colm beim Lesen beobachtet. Er saß mit dem Rücken zum Meer vor seinem Caravan. Wenn er eine Seite gelesen hatte, riß er sie aus dem Paperback und übergab sie dem Wind. Manche Seiten hielten sich unglaublich lange in der Luft, narrten die Möwen, drehten Kreise, trudelten, als stürzten sie ab, fingen sich aber wieder auf und wurden so weit über die Hochebene getragen, daß ich sie aus den Augen verlor, bis sie, ich hatte sie schon vergessen, zurückkehrten, um wie Papierflieger irgendwo hinter dem Wohnwagen niederzugehen.

Die Schweiz ist Colms Lieblingsthema. Sein Nachname lautet Hörler, das erzählt er mir erst nach drei Monaten. Seine Vorfahren stammen aus Wädenswil am Zürichsee. In der Schweiz war er nie. Aber ich soll ihm davon erzählen. In seinem Wohnwagen hängt eine Fotografie des Matterhorns. Rede ich Dialekt, bellt sein Hund und verzieht sich. Colm liebt die Sprache seiner Vorfahren. Wir sitzen in der Dämmerung, sehen über den Atlantik, und er spricht mir nach, was ich ihm vorsage. Er lernt keine Sprache, er schluckt Wörter, ich helfe ihm dabei, sich zu erinnern.

Velopumpi.

Helikoptermechaniker.

Schnudderbueb.

Heiweh.

Die Erinnerung denkt nicht nach, sie trägt Bilder zusammen, Gerüche und Farben. Sie spricht zu einem, sie erzählt. Wir erinnern uns auch, um davonzukommen, um durchzukommen.

»Erzähl mir von deiner Heimat«, verlangt Colm.

»Erzähl mir von deiner«, gebe ich zurück.

Wir schweigen. Über dem Atlantik glüht sich die Sonne aus. Wir sitzen und warten, nicht wirklich wach und doch ganz klar, sitzen und warten, bis wir durchs Nadelöhr passen, bis wir leicht genug sind, uns selbst zu tragen, bis wir Teil der Landschaft sind, zurechtgeschliffen vom Wind, daheim in uns.

Bernd Schroeder

Heimat

Mein ganzes Leben lang
War die Heimat da,
Wo ich gerade nicht mehr war.
Immer war ich ihr voraus.
Und doch schreibe ich
Hinter ihr her,
Mein ganzes Leben lang.

Raoul Schrott

Hotels III

wie eingebrannt auf dem karbonpapier des blickes
die straße vom fenster aus die stecknadelköpfe der laternen
die blaue stichflamme aus dem schornstein der karbidfabrik
das grölen der soldaten wenn sie hinaus zur kaserne
torkeln als hätte ich diese stadt auswendig gelernt
wie man ein gesicht zur kenntnis nimmt mit einem kopfnicken
ohne daß es mehr zu sagen hat · ein einfacher durchschlag
des spiegelbildes auf der fensterscheibe vor der evidenz
von häusern und gebäuden · eine blaupause
auf die man rechts unten am rande den nachtrag
einer rückkehr kritzelt · man hat die wände mit den schritten
ausgemessen und den geruch des asphalts im sommer
der eine zweig der quitte der über die zaunlatten hängt
und wo die farbe von der mauer blättert ist was zuhause
ist · die tautologie der ordinaten einer existenz
ihr grundriß gleich ob in zoll oder zentimetern genommen
beschreibt diese abszisse nicht · in die nacht geschnitten
sind die äste des kastanienbaums dort wo sie sich drängen
eine landkarte nur für den maßstab der augen und den spann
der hand aber maßlos und leer in ihrer konsonanz

angedair
landeck, 1.7.93

Helga Schubert

Meine Heimat

Meine Heimat ist die Prärie, Herr Richter.

Der Angeklagte hatte sich trotz seiner Fahne noch aufrecht halten, die rechte Hand auf sein Herz legen und antworten können.

Ich saß im Zuhörerraum des Köpenicker Gerichts in Ostberlin und nicht etwa in Berlin-Hauptstadt der DDR, wie wir in der Schule sagen sollten, war 17, kurz vor dem Abitur. Ich ging in die Oberschule Köpenick und wohnte in Karlshorst, bei meiner Mutter, die den ganzen Tag, auch am Sonnabend, in Berlin-Mitte in Ostberlin arbeitete. Meine Oma, die Mutter meiner Mutter, die bei uns gelebt hatte und immer da gewesen war, wenn ich von der Schule nach Hause kam, war wenige Monate vorher zu Hause vor meinen Augen gestorben. Nun ging ich jeden Tag auf einem Umweg in die einsame Wohnung. Meine Heimat?

Ich war zwar erst 17, besuchte aber wegen der Arbeitsplatzwechsel meiner Mutter schon die siebente Schule und konnte meine schätzungsweise 210 Mitschüler nicht mehr auseinanderhalten. Dazu kamen dann noch die 420 aus den Parallelklassen. Auf den Klassentreffen später zeigten sie mir ihre Klassenfotos, auf denen ich auch zu sehen war, mit Zöpfen und Karokleid oder Pferdeschwanz und Rock, sie wußten alles über mich und die andern auf den Klassenfotos, die zum Beispiel hat zwei Kinder von einem Neger bekommen, vielmehr von einem afrikanischen Studenten aus Prag, der da verheiratet war, in Prag oder Afrika, und als sie das erfuhr, bekam sie einen Waschzwang: Immer, wenn sie alles gewaschen hatte und sie keine schmutzige Wäsche mehr fand, wusch sie die saubere wieder; sie fand dann den in der zweiten Reihe, der sich im Jurastudium aufhängte, sie hat ihn auf seinem Dachboden gefunden, aber nichts mit dem gehabt; der da wiederum durfte nie zu Klassentreffen kommen, weil er was ganz Geheimes war in der Auslandsspionage, das durften wir aber alle nicht wissen, nicht einmal seinen Namen, und das war unser Neulehrer, der uns drei, weißt du noch, in der Theatergruppe das Du anbot, das sollten wir für uns behalten, er kam gerade aus der amerikanischen Gefangenschaft, trug eine Militärwindjacke und bekam dann nach der Wende das Bundesverdienstkreuz wegen des Heimatmuseums, das er sofort nach der Einheit aufbaute, er hatte immer so lässig ok gesagt und uns von der Prärie erzählt, als wir sieben waren (Die Prärie ist das große Steppengebiet auf den Hochebenen Nordamerikas, östlich der Rocky Mountains zwischen Saskatchewan im Norden und dem Golf von Mexiko im Süden). Dann weisen meine 630 Mitschüler auf sich mit ihrem Seitenscheitel damals und ihrem gebügelten Hemd oder ihr Faschingskostüm mit Chinesenhut, und ich stehe als Zwölfjährige verrucht daneben mit Schuhcreme-Wimpern. Sie wohnen immer noch da in ihrer Heimat, in ihrem Elternhaus. Oder nicht weit weg. Du hast ja kein Elternhaus, du kannst ja in dem Sinne gar kein Heimatgefühl haben, sagen sie zu mir. Und dann müssen wir uns wieder so hinstellen wie damals und werden wieder fotografiert, mit Lücken für die Fehlenden. Ich war immer die Neue. Als ich mit sechs zu Hause von meinem Opa Lesen und Schreiben gelernt hatte, vor der Einschulung, mit sechs im Januar 1946 – er war gerade als Lehrer mit seinen Schülern und meiner Oma aus dem Sudetengau geflohen vor den Tschechen, die vergeblich versucht hatten, meiner Oma ihre Brillant-Rubin-Ohrringe aus den Ohren zu reißen, sie waren zu fest eingewachsen, die hatte sie aus ihrer Heimat, dem Elsaß –, und als ihre Wohnung in Berlin-Karlshorst von den Russen inzwischen beschlagnahmt war im Sperrgebiet, brachten sie mich aus ihrer Untermiet-Dachkammer, die ihnen zugewiesen war und in der auch noch meine Mutter mit mir einzog, in Berlin-Karlshorst in die Schule. Diese erste Erste Klasse nach dem Krieg gab es da schon vier Monate. Alle hatten schon eine Freundin. Und als das andere Flüchtlingskind, Eva, ich glaube sie hatte eine Adoptivmutter, mir in einer der ersten Pausen aus Absicht einen Knopf von meinem Kleid riß, mit festem Blick trotz meiner Warnung, einen roten Knopf mit einem goldenen V, ein Stück Stoff hing noch an diesem Knopf von meinem einzigen Kleid, stand ich schweigend auf. Ich packte Evas kurze weißblonde Zöpfe, oben hatte sie einen Hahnenkamm, und schleuderte sie schweigend im Kreis um mich. Ein roter Knopf mit einem goldenen V kann für ein Kind eine Heimat sein, wenn es gerade die Flucht aus Hinterpommern überlebt hat. Ihr Skalp hielt.

Und wo arbeiten Sie?

Ich arbeite bei 200 Grad, direkt am Hochofen, Herr Richter, war die zweite Antwort des Angeklagten.

Ich habe diesen Mann nur 20 Minuten in der Gerichtsverhandlung gesehen, vor 47 Jahren. Er war wegen einer Wirtshausschlägerei angeklagt.

Morgens war ich von der Hentigstraße bis zum S-Bahnhof Karlshorst gelaufen, von dort bis Köpenick gefahren und dann zu Fuß die lange Bahnhofstraße bis zum Ende, dann links über die erste Brücke, am Rathaus vorbei, dem vom Hauptmann von Köpenick, über die zweite Brücke, links das Schloß, dann rechts die Schule.

Immer, wenn wir umgezogen waren und ich am ersten Tag mit der neuen Klassenlehrerin in die fremde Klasse kam und sie mich alle auf einmal so ansahen, wußte ich: Auf ein oder zwei von denen wirst du dich verlassen können. Bis heute: Ich habe die zwei schon gern, wenn ich fremd in der Tür stehe.

Aus der Dienstwohnung meiner Mutter auf dem Gelände der Verwaltungsakademie Forst Zinna ging ich morgens zum

Schulbus. Wir Schulkinder wurden aus dem eingezäunten Gelände zur nächstgegelegenen Zentral-Schule nach Kloster Zinna gefahren, auf diese Weise markiert als die Kinder von denen da, den Fremden hinterm Zaun. Am liebsten hätte ich zu meiner neuen Klasse gesagt, habt keine Angst vor mir, denn meine Mutter ist nicht in der Partei wie die Eltern der andern aus der Verwaltungsakademie. Aber dann wäre ich erst recht verdächtig gewesen, so, als ob ich mich in ihr Vertrauen einschleichen wollte. So mußte ich sehnsüchtig auf das Vertrauen der andern warten. Einmal wollte ich den Weg nach Haus zu Fuß gehen, nur um nicht mit den andern Buskindern zusammenzusitzen und anzuhören, wie sie am liebsten Adenauer aufhängen wollten. Stalinzeit. Aber der Weg war weit und führte durch den Wald. Ich fuhr mit ihnen als Fremde.

Bei meiner Tante in Wilmersdorf bekam ich als Zehnjährige immer ein Stück Apfelkuchen und ein Schälchen frische Schlagsahne vom Bäcker zur Belohnung, daß ich zu den vielen Leuten auf ihrem großen Zettel die Pfundpäckchen gebracht hatte, vorher von ihr abgewogen aus einem Zentner-Jute-Sack gerösteter Kaffeebohnen. Schmuggelware sicher, wer hat sonst einen Zentner Kaffeebohnen im Schlafzimmer stehen. Ich erinnere mich nicht, ob ich auch nur ein Pfundpäckchen mit in den Osten bekam für meine Oma und meine Mutter, ich erinnere mich nicht, ob ich ihnen von dem Schmuggel überhaupt erzählte.
Wenn ich an meine Patchwork-Heimat denke, dann gehören Kaffeeduft, Apfelkuchen und Schlagsahne dazu, richtige Schlagsahne mit einem Muster.
Ich habe so viele Ursprünge, meine Wurzeln habe ich als Drachenschwanz verborgen immer an mir: Im Krieg in Westberlin, als es noch nicht das besondere Westberlin war, geboren, im Seitenflügel in der Großbeerenstraße, im Hochparterre, in Kreuzberg, in der Wohnung meiner Eltern, aber mein Vater war schon weg, als Soldat im Krieg, und bald war er tot. Mein Herkunfts-

land gehörte mir lange nicht mehr, jetzt habe ich es wieder und darf es ohne Visum mit dem Fahrrad besuchen. Ich werde dieses Glück nie mehr selbstverständlich finden, zu unverhofft kam es. Einmal, mit 60, klingelte ich an der Wohnung, in der ich geboren wurde, zum erstenmal in meinem Leben, und ein Mann in kurzen Hosen, der noch von der Dusche dampfte, öffnete mir, ohne die vorgelegte Kette, war ja eigentlich unvorsichtig von ihm in der Gegend, hatte aber keine Zeit, war freundlich, ein ander Mal, ja? Ich hab' mich dann in eine türkische Gaststätte gesetzt an der Straßenecke, die Stühle auf dem Bürgersteig, und die Straßenflucht betrachtet. Eine Fremde war ich und darf dort immer wieder sitzen. Das reicht mir. Als wir am Bahnhof Grunewald bei einem Platzregen mit einer Weißen mit Schuß, er mit Waldmeister und ich mit Himbeere, aus der Gaststätte »Floh« heraus die Autos mit einer Bugwelle an uns vorbeifahren sahen, und die Passanten sich mit hohen Sprüngen durchs Wasser zu uns retteten, da glaube ich, war ich am richtigen Ort.

Ihre Heimat scheint mir eine schwere Last zu sein für manche, sie kommen nicht los von ihr, wenn sie alt sind, wollen sie in ihrer Heimaterde begraben werden. Da sind ihre Wurzeln, sagen sie. Aus dem Haus des Urgroßvaters im sächsischen Vogtland konnte der Urenkel damals die Kirche sehn, mit dem Friedhof – und nun wohnt er selbst da, kurz vor der Rente, aber es stehen drei Tannen in der Sicht, wer konnte ahnen, daß sie einmal so groß werden, als er sie anpflanzen ließ. Sie müssen fallen wegen der Heimat, für den Blick aufs eigene Grab.

Ich bin im Osten groß geworden, das ist aber nicht meine Heimat, ein geschundenes Wort, viele hatten eine Heimat, von der sie traurig sprachen, manche in Ostpreußen oder in Schlesien, und waren Geflohene, Vertriebene, aber so durften sie sich im Osten nicht nennen, ich hatte Mitleid mit ihnen und ihrer Heimatbeschwernis, sah ihre Schwarzweiß-Fotos aus Stettin, von ihren Höfen aus Schlesien, erinnerte ja selbst die Flucht über

Kolberg und Wollin und Swinemünde mit meiner Mutter im Treck, aber aus einer Heimat war ich da nicht vertrieben worden, bei den Verwandten in Hinterpommern waren wir die evakuierten Verwandten aus Berlin. Wir waren eine Last auf der Flucht aus ihrer Heimat, aus ihrer Heimat, wir nahmen den Platz weg für Bettwäsche und Porzellan. Meine Mutter war mit mir im Osten Berlins geblieben nach der Flucht, zufällig, als Witwe bei ihren Eltern, ging nie zurück in die Kreuzberger Ehewohnung, blieb im Osten.

Aber sie hat jeden Tag mit mir die verbotenen Nachrichten im RIAS gehört und sie mir erklärt, so klein ich war, den Rundfunk im amerikanischen Sektor, der alles ganz anders meldete, als wir es in der Schule lernten. Ich habe die Regeln des Ostens gelernt und sie beachtet. Im Strafgesetzbuch las ich wie in einem Märchenbuch die Strafen für alles Verbotene. Aber zu Hause lebte ich im Westen, mit Ironie und Jazz und den Schlagern der Woche erholte ich mich vom Pathos draußen.

Wo ich lebig bin, antwortete Marianne, die Ärztin, da ist meine Heimat.
Lebig heißt: am Leben, das hat sie von den alten Bäuerinnen hier in Mecklenburg gehört.
Und wenn Dein Mann einen Ruf nach Südafrika bekommen würde?
Dann würden wir dahin ziehen. Die Kinder sind doch erwachsen.

Die Wirtin im mecklenburgischen Nachbardorf starb, so wie sie es wollte, in dem Bett, in dem sie geboren wurde. Sogar im selben Zimmer. Dazwischen gab es zwei Kriege, und als die Amerikaner nach dem Krieg für ein paar Stunden als Sieger das Dorf besetzten, sägten sie ihr als Andenken den Reichsadler von ihrer Wanduhr in der Gaststube. Nun fehlte in ihren letzten 57 Lebensjahren etwas an ihrer Heimat.

Seit 28 Jahren lebe ich auch hier, erst im Urlaub, dann einige Wochen, nun viele Monate im Jahr.

Das ist fast die Hälfte meines Lebens.

Hier könnte meine Heimat werden, denn ich habe unser Haus abbrennen sehen vor 20 Jahren und war dabei, als es danach vollständig abgerissen wurde.

Ein ganz anderes Haus haben wir auf einem neuen Fundament an derselben Stelle gebaut, und nun steht es so selbstverständlich eingeduckt unter den Bäumen da, daß sich kürzlich sogar ein Reh wiederkäuend im Garten vor einem Busch niederließ und uns zusah.

In unserem Hauptdorf gibt es einen Heimatverein. Auch wenn jemand hier nicht geboren wurde und nur durch Heirat hergekommen ist, darf er in diesen Verein. Beim Dorffest tanzen sie den Kegeltanz in Trachten, die sie sich schneidern ließen, auch Häubchen gehören dazu, und wenn die Männer nicht reichen, dann muß eine Frau als Mann verkleidet mit Kniehosen einspringen.

Mir haben sie vor ein paar Jahren ein Aufnahmeformular überreicht.

Ich weiß nicht.

Denn meine Heimat ist die Prärie.

Burkhard Spinnen

Träumen in M.

Ich träume, wie die meisten Menschen, dies und das. Mehr oder minder Realistisches und natürlich, wie man so sagt: Traumhaftes. Mit einer auffälligen Regelmäßigkeit aber spielen – welch ein Wort hier! –, also spielen diese Träume in meiner Geburtsstadt M., das heißt: in der Stadt, in der ich geboren bin und bis zu meinem Schulabschluss gelebt habe.

Ich kann noch genauer werden. Die besagte Traumregion ist nämlich geographisch sehr präzise zu beschreiben als der südliche und westliche Hang jener auffälligen Erhebung mitten in der Stadt M., auf deren höchstem Punkt sich der alte Marktplatz und daneben die alte Abtei, die Hauptpfarrkirche und das über die Stadt hinaus bekannte Münster befinden.

Zwei Zugänge führen mich im Traum in dieses Terrain. Der eine liegt an der südlichen Grenze, an der Aachener Straße, die, beginnend an der Kreuzung mit der Waldhausener Straße, zunächst flach und an den Hang gelehnt, nach einer Linkskurve aber steil und gerade den Hügel hinaufsteigt. So steil, dass damals die Straßenbahn den zweiten Teil der Steigung nur in bedrohlich langsamer Fahrt nahm.

Auf der Talseite des unteren, flacheren Teils der Aachener fällt hinter einer Mauer das Gelände steil zur Waldhausener Straße ab, gestützt durch alte Fundamente. Vor dem Kriege müssen hier Häuser gestanden und die Straßen voneinander getrennt haben; wenn ihre Eingänge zur Waldhausener Straße lagen, dann schauten sie rückwärts erst mit dem ersten oder zweiten Stock in die Aachener. Die Waldhausener Straße, die nach der Linkskurve der Aachener ebenfalls steil zum Markt hin ansteigt, war in den 70er Jahren ein belebtes Kneipenviertel in der Stadt M. Ich habe dort viel Zeit verbracht; heute steht das meiste wieder leer, die Gründe dafür kenne ich nicht.

Der zweite Zugang zu meinem Traumterrain liegt an seiner Nordwestgrenze, nahe bei meinem alten Gymnasium, in dem jetzt die Musikschule der Stadt M. untergebracht ist. Das Gymnasium ist in den Hang gebaut; über und neben dem oberen der beiden Gebäude, dem damals so genannten Altbau, beginnt ein Waldstück, mitten in der Stadt, das sich, von privaten Gärten unterbrochen, auf halber Höhe des Hügels bis zum Hang unterhalb des Münsters erstreckt. Wenn ich nach den Schulgottesdiensten zur Schule ging, durchmaß ich dieses Waldstück in seiner ganzen Länge.

In meinen Träumen nun erscheint mir dieses eben beschriebene Terrain, das in der Realität meiner Geburtsstadt M. eine Länge von vielleicht 600 und eine Breite von weniger als 100 Metern hat, ein wenig kompakter oder gedrängter, doch es herrschen darin, je nach dem Zugang, den ich wähle – welch ein Wort hier: wählen! –, ganz verschiedene Stimmungen und Gesetze.

Der Zugang von der Schule her ist immer frei. Allerdings empfängt mich das Waldstück als ein dunkler und unheimeliger Ort. Immer wieder überfällt mich sofort Befremden über die Existenz einer so unwirtlichen, ja unkultivierten Gegend inmitten der Stadt. Es gibt dort Häuser, die ich jedes Mal wieder nie zuvor gesehen zu haben meine, manchmal sind sie baufällig oder halbe Ruinen, es gibt Versammlungsorte, Lichtungen mit in der Mitte platt getretenem Gras und dazwischen sehr steile, sehr gefährliche Wege, bisweilen auch Kanten und Vorsprünge, von denen man über nebliges Gelände sieht. Es spielt sich hier auch immer Undeutliches ab, nichts Bestimmtes; doch meistens kommt, was geschieht, nicht an gegen die Verstörung, die vom Terrain als solchem ausgeht.

Verlasse ich allerdings den Wald in Richtung Münsterkirche, was ich fast regelmäßig tue, so gerate ich in eine Art ferner und schöner, fast möchte ich sagen: herrischer Zeit. Das Münster steht darin viel höher und freier; trotzig, aber nicht unfreundlich blickt es herab über das weite und offenbar nur dünn besiedelte Land zu Füßen des Hügels. Manchmal scheint es so hoch zu liegen, dass um seinen gedrungenen Turm herum ein anderer Wind weht. Eine kräftige Mauer aus groben Steinen umgibt in gebührendem Abstand den hellen Bau, sie umrahmt einen Platz vor seinem Portal, setzt sich fort in die Richtung weg vom Wald, bald drückt sie sich an schmale, ärmliche Häuser, zwischen denen sich winklige Gassen öffnen. Immer ist es kalt, aber meistens sonnig.

Bin ich einmal bis hierher gekommen, betrete ich meistens die Kirche, auch während einer Messe, verlasse sie aber bald wieder, besteige, der besseren Aussicht wegen, die Mauer – doch immer bleibe ich, wenn auch im Innersten ruhelos, in ihrem Umkreis, und niemals gelingt es mir, weiter in die kleine, alte Stadt zu gehen, und das, obwohl die Straßen offen sind und ich vor Neugier darauf, was es dort zu sehen gibt, das heißt: wie meine geschichtslose oder geschichtsvergessene Geburtsstadt M. vor Zeiten ausgesehen hat, schier verzweifeln möchte.

Der zweite Zugang zu meinem Traumterrain, der von der Aachener Straße, ist hingegen meistens schon am Anfang versperrt, und das auf die handgreiflichste Art und Weise. Dicht an dicht stehen hier große, gründerzeitliche Häuser, die Fassaden reich verziert, aber Türen lassen sich nicht öffnen, Straßen sind verbarrikadiert oder enden nach wenigen Metern vor hohen Mauern. Häufig fahre ich, schon wissend, dass wieder alles vergeblich sein wird, bloß langsam in der Straßenbahn marktabwärts und schaue dabei in Richtung Süden über das Meer der Dächer und Schornsteine. Ganz selten nur glückt mir ein Vorstoß, oft laufe ich in diesen Träumen nur ziellos und verbissen auf und ab.

Einmal aber gelangte ich, und davon will ich eigentlich erzählen, in Begleitung zweier Frauen, die ich erst kurz zuvor kennen gelernt hatte, ins Innere des südlichen Traumterrains. Es gelang mir genau von der Linkskurve der Aachener Straße aus, durch das Fenster eines großen Hauses. Das war beschwerlich und gefährlich; und gleich im zweiten Stockwerk angekommen, ging es noch höher über staubige und knarrende Treppen; danach aber war der Weg zu meinem Erstaunen urplötzlich frei. Denn obwohl all die großen Häuser, die hier an schmalen, aber einstmals sicher vornehmen Straßen standen, verlassen waren, geräumt und verriegelt, fanden wir drei, weniger durch Türen als durch Fenster, über Balkons und Gesimse, den Zugang weiter und weiter ins Innere des Viertels und das, ohne jemals tiefer hinunter zu steigen als bis in den zweiten Stock. Es war, obwohl wir nie den Boden unter den Füßen verloren, wie ein Schweben.

Schließlich gelangten wir in eine Wohnung, die mehr noch als die anderen, durch die wir gegangen waren, aussah, als sei sie überstürzt, ja grundlos verlassen worden, freilich so, als sei dies vor vielen Jahrzehnten geschehen. Auch hier war alles besonders alt, einige Möbel waren geblieben, Teppiche, die Tapeten fast unbeschädigt, Bilder noch an den Wänden, Vorhänge vor den Fenstern; und durch die Großzügigkeit der Räume und besonders durch das helle, ja südliche Licht, das in unregelmäßigen Steifen durch die Jalousien fiel, wirkte alles gleichermaßen gediegen wie heiter. Hier hielten wir schließlich an und sahen uns um. Eine der Frauen sprach davon, sie fühle sich beklommen. Unzweifelhaft war niemand sonst zugegen. Und sehr heiß hatte ich mir da plötzlich gewünscht, obwohl ich wusste oder ahnte, dass all dies hier nur auf seinen Abriss wartete, so, genau so zu leben!

Ich trat dabei an eine Tür, die auf einen Balkon führte, zog die Jalousien hoch und ging hinaus. Was ich sah, war weder eine Straße noch ein Hinterhof. Gegenüber, rechts und links umgrenzten vielmehr die Fassadenfronten anderer, ebenso verkommener wie eleganter alter Häuser einen Platz, in den eine

Art Stadion mit steil aufsteigenden hölzernen Tribünen gebaut war. Das Stadion selbst war leer. Aber die Sitzreihen auf den Tribünen aus hellem Holz waren mit roten, samtenen Läufern belegt, und darauf standen, keines im Einzelnen genau zu erfassen, aber in ihrer Gesamtheit ein Bild, das mich im Traum vor Freude aufschreien ließ: Hunderte und aberhunderte kleiner Gegenstände, Schälchen, Flakons, Dosen, Büchsen, Figürchen, Aufsätze, Untersetzer, Töpfchen, Kännchen, Présentées, Büsten, Mappen, Rahmen, alles im Stil der Zeit, wohl unnütz sicher das meiste, streng genommen, Nippes eben, banaler Kitsch, aber voller Heiterkeit und Glück.

Ich sah dies alles lange von meinem Balkon herab an; und ich fühlte, das konnte nur ein Sonntag sein. Und ich war beides zugleich: traurig über den Zustand all dessen, was mich hier umgab, und froh, endlich doch die Gewissheit zu haben, dass, wie immer das auch ausgesehen hatte, in meiner traurigen und heruntergekommenen und immer noch weiter sich verächtlich machenden Heimatstadt M. einmal Stil und Geschmack mussten geherrscht haben. Ich wollte den Frauen davon erzählen, aber als ich mich wieder ins Zimmer wandte, waren sie beide verschwunden.

Tim Staffel

Der Garten

Mitte der fünfziger Jahre beschloß Chruschtschow, nichts, aber auch gar nichts dürfe an Deutschland erinnern. Als hätte es uns nie gegeben, als wären wir nie hier gewesen. Chruschtschow dirigierte sein Planierraupenorchester über die Reste der verhaßten Spuren, die nach den englischen Luftangriffen 1945 noch zu lesen gewesen waren. »Das war ein Fehler«, sagt die Führerin durch das Bunkermuseum und zitiert zum Abschluß der Führung Bismarck. Der Russe brauche lange, um das Pferd vor den Wagen zu spannen, aber wenn er erst mal fahre, fahre er schnell. In Kaliningrad, ehemals Königsberg, halten sie das Pferd am Zaum. Sie sind noch auf der Suche nach einem Wagen, um anspannen zu können.

Mitte der fünfziger Jahre haben die Russen Wald aufgeforstet, um das Gebiet der Stadt herum, die Ostseeküste entlang, auch bei Swetlogorsk, das früher einmal Rauschen hieß. Alte Häuser aus Holz stehen vereinzelt im dichten Mischwald, der bis an die Steilküste heranreicht. Dunkles, grünes Licht füllt die Straßen. Als stehe der Wald schon seit Jahrhunderten, als diene der Wald noch heute als Versteck. Nur an den schmalen, glatten Stämmen der Bäume erkennt man das Nachempfundene, die Kopie des Originals. Dahinter, in das Land hinein, erstrecken sich über langgezogene Hügel Kornfelder, dann unendliche Wiesen, gesäumt und durchsetzt von heckenartigen Buschreihen, inselartigen Wäldchen und vereinzelten kleinen Seen oder Tümpeln. Seltsam vertraut scheint mir diese Landschaft, vergrößert. Als wäre ich schon einmal dort gewesen. In einem anderen Leben.

Große Mutter schließt das Tor auf, nimmt mich entgegen, um hinter mir das Tor zu schließen. Ich drehe mich nicht um, bin schon mit Rosi beschäftigt, die über mein Gesicht leckt, sich im Kreis dreht und pißt, auf die Steinplatten pißt, die zum Haus führen, vor lauter Freude über mein Gesicht leckt, sobald sie an mir vorbeidreht. Große Mutter schiebt uns zum Haus. Weil es regnet, dürfen wir zum Hauseingang hinein ins Haus, in dem mich der Geruch empfängt, vor dem ich mich fürchte, der aus den Ritzen der verschlossenen Türen des verbotenen Gebietes dringt, dem Anbau, den zu betreten mir seit jeher verboten ist, weil dort die Toten behandelt wurden, die jetzt tot sind, weil Großer Vater niemanden mehr behandelt. Rosi stupst mich vorwärts ins Wohnzimmer. Großer Vater wartet schon, »na, mein Junge«. Ich gehe auf ihn zu, bleibe auf einmal stehen, weil ich nicht weiß, wie ich ihn begrüßen, ob ich ihn umarmen soll, weil ich mich plötzlich nicht erinnern kann, ob ich ihn, ob wir uns schon einmal umarmt haben. Rosi funkt dazwischen, mit ihrer Zunge auf dem Weg in meinen Mund, auf ihrem Schenkel die tätschelnde Hand des Großen Vaters, der sich vom deckchenübersäten Sofa erhebt, um die Kaffeetafel am Eßtisch hinter dem Fenstereck zu eröffnen. Das Glas reicht beinah bis auf den Boden, bis unter die Decke. Nach zwei Seiten guckt man raus, Rabenschatten kleben an der Scheibe, damit das Vogelvolk nicht dagegenklatscht, das draußen an den Futtertrögen, unter den Dächern der Vogelhäuser das Lachen anfängt, sobald es mich erspäht. Das wuchernde Grün, das über den Boden kriecht, bis an den Regenhimmel reicht, ist undurchdringbar dunkel. Am Kaffeetisch pickt Pflegespatz Gustav in meinen Kuchen, während Kanarienvogel Hansi über meinem Kopf im Käfig singt und Schildkröte Hilde an der roten Hänsel-und-Gretel-Schnur auf der Fensterbank über der spiralnudelförmigen Heizung auf einen Salatblattberg zuschleicht. Der Restkuchen, den ich vor Gustav retten kann, fällt auf meinen Schoß, wo Rosi sich bedient. Die Wipfel der Tannen tanzen hinter der riesigen

Fensterfront, der Regen prasselt auf die Dächer der Vogelhäuser, versperrt mir den Weg nach draußen. Großer Vater holt Schachfiguren aus einer Schatulle. Die Figuren hat er in Kriegsgefangenschaft geschnitzt, danach brachten die Russen ihm bei, wie man damit spielt, »so wie ich es dir jetzt zeigen werde, Lukas, achte darauf, was dein Großvater macht.« Große Mutter baut eine Staffelei auf und malt in Öl. »Die Pregel floß damals auch durch unser Land, jetzt fließt sie durch das Land der anderen, Lukas, vergiß nie, von wem du abstammst, daß du das Recht hast, eines Tages zurückzukehren, Lukas, den Platz einzunehmen, der dir zusteht, sollen die Fremden sehen, wo sie bleiben, vergiß das nie, Lukas, vergiß nicht, daß wir aus Königsberg vertrieben wurden, daß man uns nie entschädigt hat.« Ich halte das Bild, das sie malt, für eine Sumpflandschaft, konzentriere mich auf die Bauern, die geopfert werden dürfen. Großer Vater staunt, daß ich begreife. »Sag Bauer, Lukas, sag König, Königsberg, was ist das, die Königin.« »Früher hatten wir Personal, hier muß man alles selbst erledigen.« »Ein Turm, der Springer, Lukas.« »Lukas? Hol mir Wasser, Lukas, hörst du nicht.« Großer Mutter fällt es schwer, sich daran zu gewöhnen, daß ihr Personal verschwunden ist. Es war schon schwer genug, das Personal auf der Flucht zurückzulassen, das neue in der fremden Heimat ihren Anforderungen anzupassen, aber seitdem es überhaupt keins mehr gibt, fühlt sie sich beinah gar nicht mehr zu Hause. Der Himmel wird blau. Große Mutter atmet auf; die Führung kann beginnen.

Sobald die Große Mutter einen an die Hand nimmt und durch den weitverzweigten Garten führt, scheint es ihr möglich, sich auf die Gegenwart zu konzentrieren. Auch Rosis Aufmerksamkeiten verschieben sich, als gebe es zwischen buschigen Sträuchern und Bäumen, im wilden Gras und Erdreich noch immer Neues zu entdecken. Große Mutter zeigt mit ihren krummen, blauen Fingern auf Pflanzen und Früchte, zerreibt sie zwischen den hornigen Fingerkuppen, die sie unter meine Nase hält, und lehrt mich Namen, die ich nicht lernen will. Nur den der gewaltigen Trauerweide, dem größten Sonnenschirm der Welt, kann ich mir merken, weil er zum Tierfriedhof der Großen Eltern zu passen scheint, der dahinter liegt, als einziger Ort, den Rosi, der Hund, verächtlich meidet.

Ich habe mich im Labyrinth bezähmter Natur verloren, Große Mutter ist verschwunden. Ich erklimme einen Wall, hinter dem ein Tümpel liegt, kämpfe mich durch die Gräser, die mich an der Nase kitzeln, zur Veranda durch, aber die Türen sind verschlossen, und ich muß pinkeln, doch Große Mutter läßt mich nicht ins Haus. Nachmittagsruhe. Ich stolpere, platsche in den Tümpel, ein Unglück, das nur der tönerne Frosch wahrnimmt, aus dessen Mund ein Wasserstrahl wie ein Pissebogen auf meinen Kopf trifft. Rosi steht am Ufer und bellt, macht aber keine Anstalten, mich herauszuziehen. Völlig durchnäßt, von brennendem Schmerz getrieben, kämpfe ich mich zum kleinen Holzhaus durch, das wie eine Sommerdatsche mitten auf einem Feld zu stehen scheint. Dahinter kann ich mich verbergen, im Verborgenen pinkeln, denke ich, doch ehe ich den schützenden Schatten erreiche, springt Rosi mich freudig von hinten an, und ich lande auf dem Bauch, kann den Druck nicht kontrollieren, nicht länger zurückhalten und spüre die warme Flüssigkeit durch die Hose in den Matsch unter mir sickern. Rosi tanzt um mich herum. Meine Kleidung hat sich in einen Tarnanzug verwandelt. Ich streife durch die Wälder und Felder, die Maschendraht- und Jägerzäune entlang, um wenigstens zu trocknen. Jahre vergehen.

Der Garten wächst und wächst, nur darf er nicht über die durch Besitzurkunden geregelten Grenzen hinauswachsen, also wächst er nach innen, nach oben, bis das Dickicht nicht mehr zu durchdringen ist, so sehr die Großen Eltern sich auch mühen. Auch wenn sie mein Gesicht schon lange nicht mehr mit ihrer Zunge erreichen würde, Rosi lebt nicht mehr. Jede Woche besuchen wir ihr Grab hinter der Trauerweide. Der Garten ist der einzige Ort, an dem man es mit den Großen Eltern noch aushält, auch wenn er mir nichts bedeutet, erlöst er mich doch wenigstens von den Erinnerungen, die ihre Gegenwart besetzen, die mir noch weniger bedeutet. Ich verstehe nicht, warum dieser Garten ihre Liebe und Zärtlichkeit verzehrt, so daß für alles andere nur verzerrte Bitterkeit bleibt. Als gebe es mich nicht, nur diesen Garten, als warteten sie darauf, endlich gehen zu können, hinter der Weide, mit Blick auf das Holzhaus im Feld, für immer einzuschlafen, die Erde über ihnen, ihre Erde, die doch nicht ihre ist.

Ich habe das Grab der Großen Eltern nie besucht, kann mich nicht einmal erinnern, wann sie gestorben sind, vor zehn, zwölf Jahren vielleicht, einer nach dem anderen. Ich fahre mit dem Bus von Kaliningrad in Richtung Swetlogorsk, drücke meine Nase gegen das Fenster. Sobald die poröse Betonwüste hinter uns liegt, färbt sich der Himmel so blau, daß es wehtut. Die Gräser haben eine seltsam grüngraugelbe Farbe, dazwischen die bunten Tupfer der Feldblumen. Die kleinen Häuser aus Holz oder Stein grenzen alle an üppig wuchernde Obst- und Gemüsegärtchen. Ich kenne nach wie vor die Namen der Pflanzen nicht. Der Bus tuckert über Hügelketten, die Alleen entlang die Baumreihen, vielleicht sind es Pappeln, als stünden Soldaten Spalier, um den Prinz von Königsberg zu empfangen. Ich bringe den Fahrer dazu, anzuhalten, gehe den Rest zu Fuß. Ein warmes Kribbeln durchfließt den Körper. Der Sauerstoffgehalt der Luft scheint nach drei Tagen Kaliningrad überdosiert, spült die Lungen frei. Aber da ist noch etwas anderes, als wäre ich schon einmal hier gewesen, seltsam, weil vertraut. Ich stehe im Garten der Großen Eltern. Als würde Große Mutter ihren Arm ausstrecken und mit den krummen, blauen Fingern den Maßstab zurechtrücken. Diese Landschaft ist die Nachbildung ihres Gartens. Die Großen Eltern haben ihre Heimat verpflanzt, sie nachempfunden. Ich taumele, drohe den Boden unter den Füßen zu verlieren, weil ich verstehe, durch ein Gefühl, das alles ausfüllt, begreife ich mit einem Mal, was Heimat bedeuten kann, weil mir bewußt wird, daß ich keine habe. Obwohl ich niemals dort war, bin ich mitvertrieben worden. Weil die Wurzeln über Generationen verzweigen. Sind sie einmal abgetrennt, überliefert sich der Schnitt. Alles, was ich vielleicht einmal als Heimat empfunden haben mag, erweist sich als Chimäre, in dem Moment, da ich plötzlich in der Lage bin, ein Gefühl der Großen Eltern zu erfassen, für sie zu fühlen. Der Prinz von Königsberg ist angekommen. Nun steht er unter einer Weide in der Fremde, die seine Heimat zu sein scheint, und wundert sich nicht mehr, daß er sich, wo er auch hinkommt, wo er auch lebt, als Fremder, zu Hause fühlt.

Anke Stelling

Nichtsdestotrotz

Achthundert Kilometer über die Autobahn, heimwärts, und es zieht. Was mir bekannt vorkommt, sind die Schilder und Leitplanken, man wird hier nicht allein gelassen, irgendein Weg führt immer ins Zentrum. Ins Zentrum wovon? Ins Zentrum dessen, was angezeigt war.
Ich nehme mit Absicht eine spätere Ausfahrt, ich könnte jede Ausfahrt nehmen. Zeig mir ein Haus, ich bewohne es. In Nullkommanichts habe ich den nächsten Bäcker gefunden, die Briefkastentür verbogen, den Nachbarn Vertrauen eingeflößt. Ich bin flink, ich bin flexibel, ich weiß, was zu tun ist.
Als ich zu Hause ankomme, ist es dunkel, kein Wunder, daß ich nichts wiedererkenne. Ich taste mich im Treppenhaus zum Lichtschalter vor. Wohnen heißt nicht, sich zu Hause zu fühlen, oder hat das jemand behauptet? Der Ikea-Katalog zumindest. Spätestens morgen ist wieder eine Woche rum.

Vergiß nicht, worüber du dich beschweren wolltest:
Es wird schon wieder gegen sechs Uhr dunkel. Ständig ist es kalt im Zimmer. Die Kastanienbäume werden aufgefressen, und niemand trägt mehr einen Hut im Regen.

Nichtsdestotrotz werde ich am Morgen die Decke zurückschlagen. Am Himmel ist ein rosa Streifen zu sehen, der Tag beginnt. Ich gehe in die Küche, setze Wasser auf, schäle eine Banane. Eins nach dem anderen, der Tag beginnt, das Radio hilft dabei – lockt mit zehntausend Euro, nur um nicht wieder ausgeschaltet zu werden. Ich gähne.

»Zehntausend Euro! Da hat's dir die Sprache verschlagen, Andi, was?«

»Oh danke! Danke! Tausend Dank!«

Ich höre Autolärm von unten, auch die Straßenbahn ist voll besetzt. Menschen fahren zur Arbeit, sie machen da weiter, wo sie gestern aufgehört haben; Andi zumindest hat heute was, woran er sich freuen kann, zehntausend Euro extra, die Kollegen werden staunen.

Der Kaffee ist alle, der Mülleimer quillt über; es wird langsam Zeit hinunterzugehen.

An der Ecke wartet schon die alte Frau im Hosenanzug:

»Sagen Sie, welcher Tag ist heute?«

»Freitag.«

»Freitag. Merkwürdig. Mir war wie Dienstag.«

Das sagt sie jedesmal. Einen Hund hat sie nicht, der Hund liegt vor dem Supermarkt und ist krank, zumindest laut Pappschildauskunft seines bärtigen Herrchens. Heute gehört die leere Sinalco-Kiste dem Vietnamesen; gestern hatte der Bärtige sie sich geschnappt und sein Pappschild drangelehnt, da wurden dem Vietnamesen die Knie steif, und er ist früher aufgestanden, um draufzusitzen, wenn der Bärtige kommt. Unter dem Imbißwagen steht ein Rucksack mit Zigarettenstangen; die Nachfrage ist rapide gesunken, nur vom Gerüstbau kommt ab und zu noch einer vorbei. Dafür werden drinnen im Imbißwagen unermüdlich Quarkkeulchen ausgebacken. »Vorsicht heiß!« heißt es bei der Übergabe, und der kranke Hund hebt wachsam den Kopf.

Vergiß nicht, was du noch fragen wolltest:

Wann ist es üblich geworden, im Gehen zu essen? Womit tröstet der Bärtige sich am Abend, wenn er vormittags schon ein Bier trinkt? Wie wird Andi reagieren, wenn ihn gleich zwei seiner Kollegen um Geld anpumpen?

»Frau Grohse, bitte zum Storno, Frau Grohse bitte!«
Wieder konnte sich jemand erst spät entscheiden, was er haben möchte und was nicht. Die Kassiererinnen reden sich mit Nachnamen an, liebevoll verkleinert sind sie Grohsi und Schmitty; der Herr vor mir hat ausschließlich Waren gewählt, die ich noch nie in meinem Leben im Haus hatte. Im Fernsehen tauschen Familien ihre Mütter, die sich dann ekeln vor dem Dreck der anderen, alles live, alles echt, ein großes Abenteuer. Ich mach mir das selbst und kaufe nächstes Mal nur Sachen ein, die ich allerhöchstens aus der Werbung kenne.

Schmitty beachtet mich nicht, plaudert mit Grohsi, nimmt nebenbei einen Schein entgegen. Ich suche Kontakt im Eingangsbereich, werfe mein Wechselgeld in einen Hubschrauber mit Kind; die Mutter seufzt, sagt: »Guck mal, na, das ist ja nett.«

Für den kranken Hund bleibt auch diesmal nichts übrig.

Vergiß nicht, wovor du dich hüten wolltest:
Mit anderer Leute Kindern anbändeln. Mal ganz aus Versehen die Pille vergessen. Das Gratis-Abo annehmen, die Quarkkeulchen essen. Den Vietnamesen zum Kaffee einladen.

Im Radio wird zweimal pro Stunde Andis Dankeschön wiederholt. Wer weiß, wieviel von dem Geld noch übrig ist. Ich mache den Abwasch und wische die Küche. Die Küche ist mein kleines Reich, das Radio hilft dabei, spielt *Heaven On Earth* und *I Will Survive*, ich putze, ich schwinge den Schrubber. Dann wieder Andi, langsam habe ich genug von ihm, nicht mal eine Frage mußte er beantworten, nur der fünfzehnte Anrufer sein. Prompt klingelt mein Telefon. Ulrike ist dran.

»Hallo«, sagt sie, und: »Das rätst du nie.«

Ich weiß nicht, wie ich reagieren soll, womöglich kann ich jetzt auch mal gewinnen.

»Ich bin bereit«, sage ich.

»Berthold hat mir einen Antrag gemacht.«

»Aha. Und darauf du?«

»Na klar, hab ich gesagt, was soll's!«

Ich schweige. Bestimmt hat sie recht.

»Und?« frage ich. »Freust du dich?«

Danke! Danke! Tausend Dank! Mit zehntausend Euro läßt sich knapp die Hochzeitsfeier bezahlen, für den kranken Hund bleibt schon wieder nichts übrig.

»Und ob ich mich freue. Du bist die Brautjungfer.«

Ein hübscher Kranz aus hellrosa Wicken. Nur nicht die Braut ausstechen! Wer die Schönste ist, steht fest. Aber seht ihr nicht dieses Leuchten in den Augen der bescheidenen Brautjungfer? – Und schon ist es um den Bräutigam geschehen.

»Wann soll's denn losgehen?«

»Noch dieses Jahr.«

Vergiß nicht, womit du dich beeilen müßtest: Heiraten, Kinderkriegen, ein Haus bauen. Ab nächstem Jahr fällt die Zulage weg. Nicht, daß du sie je bekommen hättest; wo ist eigentlich dein Bonusheftchen vom Zahnarzt? Sei ganz ruhig. Du hast auch erst mit fünfzehn einen Busen gekriegt.

Wenn ich's mir aussuchen könnte, würde ich ebenfalls Berthold nehmen. Aber Berthold ist belegt, und Andi hat bestimmt auch schon was vor. Der Vietnamese macht den Job nicht zum Spaß, hat zu Hause drei Kinder, bleiben der Bärtige und die Jungs vom Gerüstbau. Ich ende noch wie die alte Frau im Hosenanzug.

Oh, once in your life you'll find someone –

»Das war der Money-Hit, wer ist am Apparat?«

Freitags gibt es Fisch. Ich gebe mir Mühe mit der Zubereitung, auch wenn das heißt, daß die Küche dann wieder dreckig wird. Langsam nähert sich der Nachmittag, und ich muß mir überlegen, wozu ich heute noch gut bin.

Ich schreibe. Ein Gedicht, inspiriert vom Money-Hit:

Einmal im Leben
Ist's aus mit dem Streben.
Dann triffst du den einen –
Denkst: den oder keinen.
Wird die Seele gesunden?
Der Bauch sich rasch runden?
Sei ganz ohne Sorgen!
Vielleicht kommt er schon morgen.

Es wäre an der Zeit, etwas Vorzeigbares zu produzieren. Potential ist vorhanden, aber die Geduld fehlt, der Wille zum Werk, der Glaube an Schönheit und Eigenart. Ich hefte das Gedicht in den Ordner mit der Aufschrift »Erledigt«.

Vergiß nicht, worüber du in Wahrheit schreiben wolltest: Das Leid vietnamesischer Zigarettenverkäufer in einem Gesellschaftsroman von selten erreichter Treffsicherheit und betörender Spannung. Das Innenleben der Supermarktkassiererin in einem psychologisch genauen, packenden Monolog. Den Zusammenhang zwischen zunehmender Heimatlosigkeit und dem Markterfolg generationsumfassender Erinnerungsbücher in einem scharfzüngigen Essay.

Berthold tut gut daran, die Finger von mir zu lassen. Ich sitze vor dem Fernseher und warte auf den Beginn der Vorabendserien. Gestern hat Beatrice von Beyenbach sich selbst und ihren Ex-Mann Martin im Yachthafen in die Luft gesprengt. Ein Versehen, eigentlich sollte Bernd dran glauben. Es gab Zeiten, da sprengte sich Pierrot le Fou blau angemalt und mit voller Absicht selbst in die Luft, das war Kunst, davon ist nichts übriggeblieben. Ich liebe Martin, um Beatrice ist es nicht so schade. Es wird schon wieder gegen sechs Uhr dunkel, beim Fernsehen ist das von Vorteil; mal sehen, was die Beyenbach-Kinder auf der Beerdigung tragen.

Leise, ganz leise kommt auf seinen schwarzen Samtpfoten der Gute Abend ins Zimmer, setzt sich neben mich aufs Sofa und legt mir den Kopf in den Schoß. Ich atme auf, wieder ein Tag geschafft, heute geht nichts mehr, ich kann getrost vor dem Fernseher sitzenbleiben. Oder aufstehen und sehen, was der Abend draußen zu bieten hat.

Ulrike und Berthold sitzen beim Spanier und stibitzen sich gegenseitig die Tapas von den Tellern. Ich bestelle Schnaps, um sie einzuschüchtern.

»Wie war dein Tag?« fragt Ulrike.

»Danke«, sage ich und kippe den Schnaps hinunter.

Berthold schmunzelt, das hat nichts zu bedeuten, es liegt in seiner Physiognomie.

Wir schweigen.

»Laßt uns über die Hochzeit reden«, sage ich endlich.

»Ehrlich?« ruft Ulrike und fängt sofort an.

Ich schweife ab. Was macht der Wirt mit den Untertassenkeksen, die die Gäste nicht aufessen? Serviert er sie ein zweites Mal? Ißt er sie selbst? Wieviel Rabatt bekommen Grohsi und Schmitty auf die Waren im Supermarkt? Wachsen Kapern auf Bäumen oder an Büschen? Brauen Vietnamesen Bier, und wenn ja, nach welchem Reinheitsgebot? Wäre es günstig, das alles zu wissen? Wann habe ich angefangen, mir ununterbrochen Fragen zu stellen, anstatt mit angemessener Systematik ein paar Antworten zu recherchieren?

Nichtsdestotrotz weiß ich, was zu tun ist. Ich nicke an den richtigen Stellen: Brautstrauß ja, Brautstrauß-Werfen nein, Gasthaus meinetwegen, Nebenzimmer auf keinen Fall. Es gibt Restinstinkte, die mir Ulrike als Freundin erhalten. Unter dem Tisch spüre ich Bertholds Knie an meinem, aber auch das liegt gewiß in seiner Physiognomie.

Vergiß nicht, wohin du gehörst:
In eine schöne, im Verhältnis nur harmlos heruntergewirtschaftete Industrienation mit abwechslungsreicher Landschaft. In eine privilegierte, hervorragend ausgebildete, den Alltagsmühen dennoch nicht entfremdete Bevölkerungsschicht. Zu netten, warmherzigen Eltern und in einen ungezwungenen Kreis junger Intellektueller voller Selbstironie.

Heimat wäre, ein paar Dinge wieder als selbstverständlich zu nehmen.

Marlene Streeruwitz

Das Neueste aus meiner Heimat.

In Wien waren 500 Flüchtlinge obdachlos. Standen. Jetzt, Ende
November. Standen ohne ein Dach über dem Kopf da. Und
ohne Versorgung. In einem neuen Asylgesetz war den privaten
Hilfsorganisationen die Obsorge entzogen worden. Die Flücht-
lingshilfe war privatisiert worden. Die staatliche Bürokratie
wollte die Kontrolle über die Mittel direkter ausüben. Eine Firma aus Deutschland hatte den Auftrag bekommen. Für die 500
Flüchtlinge in Wien hatten die Kapazitäten dann aber doch
nicht gereicht. Als Obdachlose auf den Straßen Wiens. Das hätte die Weihnachtseinkaufsstimmung stören können. Die Kontrolle über diese Personen wäre verlorengegangen. Also durften
die privaten Hilfsorganisationen wieder tätig werden. Die pri-
vatisierte Rechnung war nicht aufgegangen.
Die 500 Flüchtlinge, für die es keine Unterkunft gegeben hatte.
Erst sollten sie noch in Zelten untergebracht werden. Jetzt.
Ende November. Diese 500 Personen. Die sind jetzt in einem
Gebäude untergebracht worden. Vom Roten Kreuz. Die sind
jetzt in Zimmern untergebracht. 6 Personen. 8 Personen. Immer
in geraden Ziffern. Wegen der Stockbetten. In den Zimmern.
Sonst gibt es nichts. In diesen Zimmern. Ein Tischchen für alle.
Sessel. Nur das Bett ist der Person zugeteilt. Ist das Bett dann
die Heimat. Muß ein solches Bett. Oben oder unten. Muß das
eine Heimat werden. Kann das eine Heimat sein. Im Vergleich
zu den Bewohnern eines Asylantenheims, in dem die Matratzen
von 3 Personen benutzt werden müssen. In einem 3er Rhythmus. Im Vergleich zu diesen dreifach belegten Matratzen ist ein
solches Bett dann wahrscheinlich doch eher Heimat.

Heimat. Durch die unglaubliche Überladung an Bedeutung ist das ein vollkommen entleerter Begriff. Eine Überschrift zu ganzen Welten. Und immer geht es um die Bindung von Gefühlen an Orte. Um eine Sättigung der Vorstellung von diesem Ort mit Gefühlen. Immer geht es um Gefühlsfülle, die sich in der Nennung des Orts verbergen kann. Verbergen läßt. Verbirgt. Natürlich hauptsächlich für die Personen, die eine Heimat haben. Und deshalb anderen Heimat streitig machen. Streitig machen können.

Heimat zu haben. Das schließt das immer ein. Daß die von einem oder einer entworfene Heimat alle anderen Heimaten ausschließt. Und deshalb niemand anderer eine haben kann. Im nettesten Fall ist das dann ein Unvermögen, sich in eine andere Vorstellung von Heimat einfühlen zu können. Der Normalfall wird sein, nur die eigene Heimatvorstellung als Heimat gelten zu lassen. Und alle anderen haben dann keine. Das Selbst Heimat Haben nimmt den anderen die Heimat. Und will den anderen auch keine geben. Freiwillig jedenfalls nicht.

Es wäre ja auch möglich, daß ein so stark emotionalisierter Begriff ein Verständnis für diesen Begriff herstellt. Daß Personen, deren Begriff von Heimat überreich besetzt ist, es verstehen, daß andere Personen in einer ähnlichen Gefühlsüberfülle leben. In der Romantik war das kurz so. So scheint es heute. Ganz knapp bevor diese Gefühle für die nationalistische Eingrenzung benutzt wurden, gab es der Schönheit und der Gewaltigkeit der Natur gegenüber so etwas wie ein internationalistisches Heimatgefühl. Das war ständisch beschränkt. Aber das reichte über Grenzen. Über territoriale Grenzen. Nur. Da war Deutschland noch nicht geeintes Territorium. Da war gerade noch nicht die magische Besetzung des Körpers des Souveräns auf das Land übergegangen. Da war die Landschaft noch nicht der Hort all der verschobenen Erlösungswünsche. Der Heilungswünsche. All der von Gott auf den Souverän verschobenen Heilsvorstellungen, die, von Reformation und Gegenreformation verdrängt, als kindliche Gefühle überleben mußten. Bewältigt sind sie ja nicht worden. Auch Luther hat, wie jede Aufklärung, nur die rationale Oberfläche neu geordnet. Und wie in jeder Aufklärung mußten die Gefühle ihre Erscheinungsweise in dieser Abdrängung den Möglichkeiten anpassen. Die Sehnsucht nach der Aufhebung in Gottes Liebe in ihrer irdischen Version als Liebe zum Souverän wurde die Liebe zu dem Ort, der nun für den Souverän zu stehen kam.

Eine Frage ist nun, ob der deutsche Nationalismus sich gerade so entwickelte, weil es das Wort Heimat schon gab. Oder ob das Wort Heimat nur als Gefäß all der verdrängten Gefühlsströme diente und daraus seine Überfülle entstanden ist. In jedem Fall ist Heimat ein sentimentalisierter Gewaltbegriff. Und in jedem Fall ist die Vermeidung dieses Worts in der Folge des propagandistischen Gebrauchs im Dritten Reich einem trotzig überschwenglichen Einsatz des Worts gewichen. Und das hat Logik. Das ist in der Übertragungslogik des westlich-christlichen Gefühlsüberschwangs die Abstraktion des kindlichen attachments in religiöse Gottesliebe. Dann in den Souverän als Gottes Stellvertreter auf Erden. Dann in Ort und Sprache als Nation. Dann in »Rasse«. Und nach einem kurzen Aussetzen nun in eine nationalisierte Vorstellung von Geld. Mit allen Eigenschaften von Geld. Denn immer spiegelt das Wort Heimat die gemeinten Sinneinheiten wider. Wandelt die Gefühlskraft der kindlichen Sehnsucht nach Sicherheit und Wohlgefühl in die jeweils notwendige Form. Macht diese Form darin notwendig. Und der Person selbst nicht mehr erreichbar. Baut die Person in diesen Gefühlsstrom ein. Macht die Person diesem Gefühlsstrom abhängig, und zwingt die Person zu ewiger Verstärkung.

Die Methode dieser Verstärkung in den letzten hundertfünfzig Jahren ist Nostalgie. Nostalgie der Kindheitserinnerungen. Also der schönen Kindheitserinnerungen. All der Erinnerungen, die die Kindheit als goldene Zeit aufsteigen lassen. Und Heimat, das ist dann der Ort dieser goldenen Zeit und der Versatzstücke dazu. Das Haus. Die Straße. Der Garten. Die Wiese. Die Geräusche. Die Farben und Gerüche. Und wie das Licht durch Blätter zu Gold gefiltert auf ein weißes Tischtuch fällt. Der andere Teil der Erinnerungen. Die Ängste. Die Unsicherheiten. Die Langeweile. Das Ungenügen und das Versagen. Der dunkle Teil wird ausgespart. Die Erinnerung an die Kindheit wird sauber in den hellen Farben gehalten und kann so immer die Vergangenheit werden, die so nie war und in die man sich deswegen immer zurückwünschen kann. Diese Helligkeit. Diese Vergoldung. Die wird dann auf den Ort verschoben. Die wird mit dem Namen des Orts verbunden. Heimat wird eine Gegend. Und wenn die Zeiten nicht so großzügig sind. Wenn es eng wird oder wenn alles eng gemacht wird. Wenn die Unsicherheiten steigen und wenn das Bisherige gefährdet scheint. Wenn die Boote voll genannt werden und Alterspyramiden lauern. Dann fallen Schatten über die Helligkeit. Dann wird das Gold matt. Bedrohung wird hergestellt, indem alle dunklen Begriffe hervorgeholt werden, die verdrängt sind, aber nicht vergessen. In der Teilung in ein eindeutig Helles an Heimat und an ein eindeutig Dunkles von Nicht Heimat ist die erste Stufe der Einteilung in Freund und Feind hergestellt. Hell und Dunkel teilen die Welt in zwei Sphären ein. Zugehörigkeit wird so immer unter Ausschließung der Anderen formuliert. Heimat. Das Wort Heimat macht diese Eindeutigkeit erst möglich, weil Heimat so unverrückbar stillsteht. Wenn einer oder eine sagt, sie käme von da oder da. Dann ist in diesem Bericht eine Bewegung enthalten. Ein Weg führt da weg. Hat da weg geführt. An andere Orte. Die anderen Orte tauchen auf, in einer solchen Beschreibung. Von der Heimat läßt sich nur sagen, daß sie ist. »Das ist meine Heimat.« Heißt das dann. Und da kann es sich um Kontinente handeln. Die Heimat ist unverrückbar unveränderlich. Und alles andere muß sich daran messen. Kein anderer Ort kann für sich gesehen werden. Das Brot von dort wird immer mit dem Brot von damals konkurrieren müssen und darin immer schlechter abschneiden. Was kann sich schon mit den vergoldeten Tagträumen der Nostalgie messen.

Und dann stellt sich der Besitz von Heimat gegen den Erwerb von Heimat. Wenn es nur die eigene geben kann. Dann muß in der Beschränkung der anderen sich der eigene Begriff von Heimat herstellen. Daß die 500 Flüchtlinge im Novemberwetter auf der Straße stehen. Das ist dann folgerichtig. Diese 500 obdachlosen Flüchtlinge geben den 7 Millionen Österreichern und Österreicherinnen ihre Heimat. Immer wieder. In der noch einmal anderen Geschichte des Heimatbegriffs des Österreichischen zieht diese Ausgrenzung depressiv gefärbtes Wohlbehagen der Inländer gegen heimatlose Ausländer nach sich. Wohlbehagen ist österreicherischerweise immer mit Dysphorie verbunden. Zu lange blieb der Souverän das Objekt kindlicher Begierde, und zu lange war das einzig Bürgerliche, das vorzuweisen war, die sentimentale Bindung an die dynastische Vaterfigur des letzten Kaisers. Das Nationale kam nie zum Zug. Nie so richtig. Nichts gehörte den Österreichern. Jedenfalls nicht exklusiv. Die Sprache nicht. Das bißchen Land, das dann übrigblieb. Nur Religion und Kaiser. Im Ersten Weltkrieg wurde dann ja auch für Gott, Kaiser und Vaterland gestorben. Das hätte auch im Mittelalter so heißen können. In der Zwangsdemokratisierung nach dem Zweiten Weltkrieg ging das Feudale als Identitätskern endgültig verloren. Wie gesagt. Dysphorie und Neid sind das Ergebnis. Heimat ist da dann eine Hohlform. Außen die Nostalgie und innen die Niedergeschlagenheit, die zu Neid gedreht wird. Weil man sonst gar nichts verstünde. Und. Die 500 Flüchtlinge sind obdachlos. Und ein überhaupt nicht mehr menschenrechtskonformes Asylgesetz wird mit zustimmendem Murmeln aus der Bevölkerung installiert. Es gibt also nichts Neues aus meiner Heimat.

Ich. Ich habe mich des Begriffs Heimat entschlagen. Zu religiös legt sich der Heimatbegriff meiner Heimat vor die Sicht auf die Welt. Zu intolerant wird das Andere nur in Beziehung zum Heimatlichen gesehen. Zu einseitig war der Geschmack des Brots immer nur nicht der Geschmack des heimatlichen Brots. Zu einschränkend war die Heimat immer der Maßstab für Fremde. Ich komme aus einer Kleinstadt bei Wien und lebe an vielen Orten der Welt. Ich bin da dann immer zu Hause. Und. Ohne, daß die Sehnsucht mit der Heimat sich dazwischendrängt. Da ist Weltnahme möglich. Da ist Teilnahme möglich. Ohne die Beschränkung, in einer einzigen Zugehörigkeit von allen anderen ausgeschlossen zu bleiben und nichts wissen zu dürfen. Von den anderen. Und wie das Licht durch Blätter zu Gold gefiltert auf ein weißes Tischtuch fällt. Anderswo.

Birgit Vanderbeke

Da fehlt doch was

Eines Morgens wachst du auf und hast das Gefühl, über Nacht ein ganzes Stück kleiner geworden zu sein. Unangenehmes Gefühl. Nicht daß du gestern abend zu viel getrunken hättest, obwohl dir sonderbar flau ist und eigentlich nicht nach Aufstehen zumute. Deine Frau hört in der Küche Radio. Demnächst acht Uhr, sagt dein Wecker. Demnächst die Nachrichten, denkst du, und gehst im Kopf die Acht-Uhr-Nachrichten durch. Sie sind gerade nicht so berauschend, die Acht-Uhr-Nachrichten. Die Zeit überhaupt ist nicht so berauschend, wenn man es sich genau überlegt, und du fängst an, es dir auszumalen, und da fällt dir auf, daß du überall hindenken kannst, wo du willst: überall fürchterlich, und keiner kennt sich damit mehr aus oder scheint eine Ahnung zu haben. Du wirfst einen Blick aus dem Fenster, freundliches Spätsommerlicht. Genau das Licht, bei dem du eigentlich Lust haben müßtest, aus dem Bett zu springen, dich in den Tag zu stürzen, irgendwas zu vollbringen, einen Baum auszureißen oder einen zu pflanzen. Mit dem Licht ist etwas nicht ganz in Ordnung, denkst du. Es tut, als wäre es freundliches Spätsommerlicht, aber je länger du hinschaust, um so klarer wird dir, es ist etwas Dunkles an diesem Licht, und da erschrickst du nun, als dir das klar wird, und schlagartig fällt dir ein, was deine Mutter immer gesagt hat, wenn einer von euch ins Schlafzimmer kam, die Vorhänge aufriß und sagte, das ist doch kein Tag zum Liegenbleiben, schau dir nur an, draußen scheint doch die Sonne. Dann hat sie bloß abgewinkt und gesagt, das ist doch egal, das ist eine dunkle Sonne, und wer immer die Vorhänge aufgerissen hatte, schüttelte dann den

Kopf, weil sie eben so war und weil es oft einfacher war, wenn sie liegenblieb. Wenn sie nicht liegenblieb, wurde es meistens schwierig. In ihrer Welt nämlich waren alle anderen größer. Größer als sie und größer als du und sogar größer als der Vater, der dir im übrigen schon groß genug vorkam, groß und grausam. Jedenfalls bis zu dem Tag, an dem du – gleich bei der ersten Ohrfeige –, fast ohne nachzudenken, einfach die Hand gehoben und zurückgeschlagen hast. Danach war er immer noch groß, aber du fingst an, ihn einzuholen und weiter zu atmen, wenn er das Zimmer betrat.

Charlie, rufst du in die Küche. Deine Frau ruft zurück, du schläfst aber heute lange, und als sie rüberkommt, sagst du, Charlie, mit dem Licht ist was nicht in Ordnung. Sie scheint an dir nichts Ungewöhnliches zu finden, aber vielleicht schaut sie auch nicht richtig hin. Was ist mit dem Licht, sagt sie, und es ist wirklich eine Frage. Findest du nicht, es ist anders als sonst, sagst du, und sie sagt, wieso. Nur so, sagst du, weil es am Licht offenbar nicht liegen kann. Du stehst besser auf, trinkst mit Charlie einen Kaffee, während die Acht-Uhr-Nachrichten überhaupt nicht berauschend sind und eindeutig den Eindruck verstärken, mit dem du heute aufgewacht bist. Du bist in dem Tag heute nicht zu Hause. Kennst du das, fragst du deine Frau, daß man sich plötzlich fremd in seinem eigenen Leben vorkommt. Charlie sagt, und dann ist das Licht so komisch? Genau, sagst du. Na ja, sagt Charlie, genaugenommen gibt's ja auch keinen Grund, sich besonders zu Hause zu fühlen in diesem Mistladen von Welt. Du bist ihr dankbar dafür, daß sie dich nicht behandelt, als wärest du krank. Du bist nicht krank.

So also fängt dieser Tag an. Die Kinder sind längst in der Schule, und bei dem Gedanken, daß sie natürlich längst in der Schule sind, wie immer, ganz genau wie immer, wird dir flau, und die Acht-Uhr-Nachrichten mit der zur Dauer gewordenen Katastrophe darin, der süßstoffsüße Tee und der Blick in den Vorgang Dachsler, für den du um elf Uhr Termin hast, machen dir endgültig klar, daß etwas anders ist, als es sein sollte. Dachsler zum Beispiel. Wie zum Teufel bist du darauf gekommen, diesen Fall zu übernehmen? Es lag von Anfang an auf der Hand, daß Dachsler seine Mieter aus dem Haus hatte ekeln wollen, und als das nicht funktionierte, versuchte er es mit Klagen. Was hast du mit Leuten zu tun, die ihre Mieter aus dem Haus klagen wollen. Was hast du überhaupt mit all den Leuten zu tun, deren Streitigkeiten du vor Gericht austrägst, Versicherungsfälle, Schadensersatz, Schmerzensgeld, Nachbarschaftsquerelen, dein Leben ist selbst ein einziger Versicherungsfall geworden, Versicherung für, Versicherung gegen, du selbst hast dich doch immer mit Charlie darüber lustig gemacht: als ob man sich überhaupt versichern könnte, das Leben ist nicht gemacht für Versicherungen; aber das scheint dir endlos lange her, inzwischen gehen die Kinder seit Jahren Tag für Tag in die Schule und sind tadellos versichert, nur das Licht ist heute so anders, und Dachsler liegt dir im Magen, weil dir plötzlich wieder einfällt, wieso du diesen Beruf hast, wieso du diesen Beruf unbedingt haben wolltest, seit du lieber selbst fünf Seiten Strafarbeit erledigt hast als hinzunehmen, daß Sarah von einem Lehrer, der am liebsten vom Krieg und seinen Kriegsverletzungen erzählte, bestraft wurde, weil sie ihren Atlas auf den Knien hatte. Warum soll Sarah den Atlas nicht auf dem Knie haben dürfen, sie stört doch niemand, hast du gesagt, dir die fünf Seiten eingehandelt und den beißenden Satz, so so, einen Anwalt der Geknechteten haben wir da.

Den Fall Dachsler hast du in zwanzig Minuten durch und vor dem Mittag noch ein Gespräch mit einer alten Klientin in einer Testamentssache, die ein glatter Fall von Paranoia ist, weil du schon weißt, daß ihre Kinder nichts anderes im Sinn haben, als an ihr Vermögen zu kommen, das im übrigen seit Jahren bereits durch etliche Testamente auf raffinierte Art vor eben diesen Kindern geschützt ist und den Lebensinhalt der Klientin sowie einen regelmäßigen, wenngleich kleinen Teil deiner Honorare ausmacht. Normalerweise amüsierst du dich über die alte Ackermann, diese winzige Person mit den vielen Klunkern an der Hand, die in einem einzigen Gespräch vor Bosheit nur so überläuft, und Charlie amüsiert sich am Abend, wenn du erzählst, die Ackermann war heute wiedermal da, die alte Hexe, aber heute bist du nicht aufgelegt für Paranoia, einmal hättest du nicht übel Lust, ihre Tiraden gegen die Kinder zu unterbrechen und ihr zu sagen, friß sie doch alle auf, deine Kröten, und dann ist Ruhe, aber dazu braucht man den richtigen Moment, und dann verpaßt du den richtigen Moment, und später, beim Mittagessen, erzählst du Hubert bloß, daß die Ackermann wiedermal da war; Hubert fragt nicht nach, weil seine Frau gestern einen Fahrradunfall hatte, er sagt, dem Baby ist gottseidank nichts passiert, weil sie es nicht vorne drauf hatte, sondern das Anhängerwägelchen genommen hat, obwohl ich das viel gefährlicher finde. Und du fragst nach seiner Frau. Paar Prellungen, sagt er, und das Fahrrad natürlich hin. Ihr seid ins »Lido« gegangen, wegen der Minestrone, die dort selbst im Spätsommer noch wie Ferien schmeckt, ab Oktober nehmen sie sie von der Karte, aber die Minestrone schmeckt irgendwie heute schon wie Oktober, wahrscheinlich haben sie kein frisches Basilikum mehr gekriegt, und die Nudeln sind viel zu weich, aber außer dem »Lido« gibt es nur noch den traurigen Griechen, der lieber pleite gehen als am Knoblauch sparen würde, und das geht nicht an Tagen mit Klienten. Wieso eigentlich geht das nicht an Tagen mit Klienten? Beim Espresso nach der Minestrone zündet sich Hubert eine Zigarette an und rückt mit der Sprache raus: Ob du ihm eine Strafsache heute nachmittag abnehmen könntest – seine Frau liegt mit ihren Prellungen, und das Baby muß doch mal raus bei dem schönen Wetter. Vitamin D, sagt er, wegen dem Vitamin D. Und da ist es wieder, das dunkle Licht, das heute gar nicht so aussieht, als könnte es Vitamin D von sich geben, aber du läßt dir die Strafsache erklären und sagst nichts über das Licht, während Hubert mit Rauchen und seinem Baby beschäftigt ist und dir mit Eifer und Leidenschaft nahelegt, daß der Täter eine Jugend hatte. Hubert kommt gerade erst von der Uni und denkt, weil Täter eine Jugend hatten, dürften sie in Diskotheken mit Bierflaschen anderen Leuten die Köpfe einschlagen. Du hast dir das Rauchen längst abgewöhnt, aber manchmal zum Kaffee hättest du gern eine Zigarette, du fragst also nach dem Staatsanwalt und weißt, daß sie das nicht dürfen, jedenfalls nicht bei diesem Staatsanwalt, der dir mit einem Mal so groß vorkommt. Jedenfalls größer als du.

Am Nachmittag schaust du mal in die Akte, in der nicht nur Diskotheken und Bierflaschen vorkommen, sondern eine Jugend auch für Autodiebstähle und Hehlerei herhalten müßte, und plötzlich weißt du, daß alles zu spät ist. Daß du was hättest ändern müssen, grundlegend. Daß du zu klein bist. Daß ein Befreiungsschlag nötig gewesen wäre und daß er irgendwann vielleicht möglich gewesen wäre. Ein Rundum-Befreiungsschlag. Daß es vor Jahren einmal Weichen gegeben haben muß, die du übersehen hast, daß du irgendwann einmal hättest abhauen müssen. Daß die Ohrfeige nicht genügt hat, um groß zu werden. Daß deine Kinder jetzt zu Hause sitzen und am Computer Feinde erlegen und Helden sind und das Böse bekämpfen und später mal eine Jugend hatten. Vielleicht.

Da fehlte doch was, denkst du und erinnerst dich vage, daß es vielleicht nicht immer gefehlt hat in deinem Leben, du fragst dich, ob es in Charlies Leben auch sowas gibt, was fehlt, aber du kommst nicht darauf, was es ist, und im Einschlafen heute abend, nach den Spätnachrichten – in denen das Böse bekämpft, die Renten gekürzt und die dauernden Katastrophen bestätigt worden sind und es endlich richtig dunkel geworden ist –, grübelst du nach und sagst, Charlie, da fehlt doch was, aber was. Charlie sagt, irgendwo zwischen dem Friedenspreis und dem Neujahrsskispringen. Ja, sagst du, und schläfst ein und schläfst wie seit Jahren, ohne zu träumen.

Stephan Wackwitz

Das Kattowitzer Gefühl. Fragment

I.

Vor zwei oder drei Jahren habe ich damit begonnen, mich zu verschiedenen Jahreszeiten und in verschiedenen Lebenssituationen auf merkwürdig sentimentalische Tages- und manchmal auch Übernachtungsausflüge in das oberschlesische Industriegebiet zu begeben (als sei es an bestimmten Herbst- oder Frühsommerwochenenden das einzig mögliche Ziel, mich zwischen Katowice und Bytom aus der Welt und aus der Zeit zu verlieren). Auf diesen Fahrten, Spaziergängen und Stadtwanderungen durch Südpolen ist eine zunächst ganz unerklärliche Heimatanmutung (»das Kattowitzer Gefühl«) oft so stark geworden, daß ich mir in manchen Straßen und Hinterhöfen, auf gewissen weiten Plätzen, an deren Rand neugotische Backsteinkirchen stehen, viertelstundenlang mit aller Anstrengung meines Wachbewußtseins sagen und klarmachen mußte, daß ich nicht gerade durch ein mir aus irgendeinem Grund unbekannt gebliebenes Viertel von Berlin wanderte; daß ich nicht in Hamburg oder in Stuttgart war. Sondern in Zabrze, dem ehemaligen Hindenburg, in Bytom/Beuthen, in Myslowitz, in den mir zumindest vom Namen her schon früher bekannten Städten Gleiwitz oder Kattowitz, in Sosnowiec.

Seit der industriellen Revolution des neunzehnten Jahrhunderts verfügte Preußen, das mächtige Rückgrat des dann bald gegründeten Deutschen Reichs, über zwei Industr* reviere von gesamteuropäischer Bedeutung, von denen eins so weit entfernt vom brandenburgischen Kernland gelegen war wie das andere (und die damit gleich das preußische Eisenbahnschienennetz als die wichtigste Infrastruktur des neuen Landes hervorbrachten): das Ruhrgebiet und Oberschlesien. Beide Gegenden bestehen bis heute aus einem Kontinuum ununterscheidbar ineinander übergehender Städte. Beide haben ihre architektonische und städtebauliche Gestalt um die Wende zum zwanzigsten Jahrhundert erhalten. »Erbaut 1900«; »Erbaut 1902«; »A. D. 1896« lese ich über den von ernsten, nackten und bärtigen Karyatiden getragenen Portalen der großstädtisch überdimensionierten Appartmentblocks, Hotels und Verwaltungspaläste in Bytom, Zabrze und Myslowice; dergleichen steht auch in den entsprechenden Kartauschen in Duisburg, Bochum und Iserlohn. In gewisser Weise kann man deshalb vom Ruhrgebiet und Oberschlesien als von preußischen *Kolonien* sprechen, die zwar über tausend Kilometer voneinander entfernt lagen, deren Häuser, Straßen, Villen, Fabriken und Parks aber in derselben Formgesinnung errichtet worden sind und die sich heute noch in derselben Weise und aus denselben Gründen ähneln, wie im neunzehnten Jahrhundert vielleicht Singapur und Hongkong sich gleichgesehen haben.

1961, als ich neun Jahre alt war, zogen meine Eltern mit mir von Süddeutschland nach Iserlohn, in eine am Rand des Ruhrgebiets gelegene Mittelstadt, die vor der Reichseinigung 1870 durch die Produktion von kleinen Stahlwaren wohlhabend geworden war: mit Nadeln, Schreibfedern und Metallknöpfen. Die Entscheidung, eine wichtige Eisenbahnmagistrale um die Stadt herumzuführen, hat ihre Entwicklung dann im zweiten Drittel des vorletzten Jahrhunderts gleichsam arretiert. Von da an ist es mit Iserlohn nur noch bergab gegangen (oder wenigstens nicht mehr bergauf; was bei Städten so gut wie dasselbe ist). Die heruntergekommenen Repräsentationsbauten des auf jene koloniale Weise städtebaulich unvollendeten und seither nur noch verwahrlosenden Stadtzentrums von Iserlohn sind auf den umliegenden Hügeln heute noch eingefaßt von Parks, überdimensionierten Fabrikantenvillen, gußeisernen Straßenlaternen und Kastanienalleen, die einem, wenn man dort spazierengeht, ein freiluftmuseumsgenaues Gefühl dafür vermitteln, wie das Großbürgertum im neunzehnten Jahrhundert gelebt hat. »Das zentrale Geschäftsviertel, das ehrlich gesagt nicht besonders imponierend war, ließ ich links liegen und kletterte steile Straßen mit immer schöneren, herbstlich erglühenden Laubbäumen hinauf, die freundliche Gewölbe über dem Katzenkopfpflaster stiller Fahrbahnen bildeten«, heißt es in Lars Gustafssons Erzählung über »Die vier Eisenbahnen von Iserlohn«.

In einer jener Fabrikantenvillen war unsere Familie in den frühen sechziger Jahren eine Weile mehr gestrandet, als daß wir dort wohnten, in hohen Räumen, die durch Zwischenwände verkleinert und eigentlich verschandelt worden waren, und wo in meinem Kopf seither die Romane J. D. Salingers über die New Yorker Familie Glass spielen. In der nahegelegenen Schule, einem neugotischen Bau, der eine große Uhr im Giebelfeld seiner Backsteinfassade hatte, lernten wir das Deutschlandlied, zeichneten wir mit Buntstiften Querschnitte von Kohlebergwerken in unser Heft. Im Herbst ließ ich auf einer nahegelegenen, heideartig weiten, verlassenen und abschüssigen Wiese Drachen steigen. Undeutlich palastgroße Gebäude standen am Horizont. Mein Schulweg führte über lange Treppen mit eisernen Geländern, großen Bäumen, Felsen und stillgelegten neubarocken Brunnen. Auf einem dunklen, nach trockenem Holz riechenden Dachboden, an einem weißgestrichenen Küchentisch, baute ich Detektor- und später Röhren- und sogar Transistorradios und hörte in meinem Kopfhörer zum ersten Mal »I wanna hold your hand« von den Beatles.

Freud hat in seiner »Traumdeutung« bestimmte nächtliche Besuche in Städten, Zimmern, Häusern und Labyrinthen, die dem Träumer dann plötzlich bestürzend bekannt vorkommen, als durch unbewußte Zensur bearbeitete Frauenkörper gedeutet. Wenn Freud recht hat, könnten demnach meine wiederkehrenden und immer sehr rührenden Traumbegegnungen mit allerlei Palästen, Städten, Dachböden, kein Ende nehmenden Wiesen und Zimmerfluchten Erinnerungen an eine Mütterlichkeit sein, die ich damals in die merkwürdig fragmentierten Überbleibsel der kolonialpreußischen Stadtlandschaft Iserlohns hineinphantasiert habe, auf der Suche nach einem Halt in der Wirklichkeit, den mir damals, in den letzten zwei oder drei Jahren meiner Kindheit, schon niemand mehr hat geben können. Und überall, wo mir seither die großbürgerlichen städtebaulichen Arrangements des neunzehnten Jahrhunderts begegnet sind: auf den gebogenen Straßen und den steilen Staffeln, die auf die Stuttgarter Villenhügel führen, am Rand des Hampstead Heath, im Blick aus draperieverhangenen Fenstern von Lodzer Fabrikantenpalästen auf Fabriken und Arbeitersiedlungen hinaus; und jetzt eben vor allem in den Straßen, Plätzen und Parks des oberschlesischen Industriegebiets – überall da war eine geträumte Wiese an einem innerstädtischen Iserlohner Abhang nicht weit, über der ein Drachen im Herbstwind fliegt, von der man auf wieder andere (auf ins Unendliche weitergehende) Hügel, Bäume und Häuserreihen sieht und an deren oberem Rand sich felsen-, bären- oder überhaupt *prima-materia*-haft kompakte und dunkle Gebäudebrocken türmen.

II.

In der Phantasieschöpfung des späten österreich-ungarischen Kaiserreichs, dem ehemaligen Königreich Galizien und Lodomerien – im ostpolnischen Zamosc etwa, in Tarnow, Krakau,

Biecz und sogar noch auf dem durch eine Durchgangsautobahn für alle Zeiten zerstörten Marktplatz des oberschlesischen Bedzin – sind ältere, noch spätmittelalterliche Kolonialatmosphären zu spüren als nordwestlich von Kattowitz. Die galizischen Städte entwickeln sich aus weiten, quadratischen, im 13. Jahrhundert auf gerodetem Land angelegten, für unabsehbare frühneuzeitliche Zukünfte geplanten Marktplätzen, auf deren Leere (die langen, glühenden Sommer hindurch; an den düsteren Schneetagen der kein Ende nehmenden Winter) Paläste und Bürgerhäuser herabschauen, die von den italienischen, deutschen, schottischen, flämischen, griechischen, armenischen und jüdischen Entrepreneurs der Ostkolonisation und der Renaissance gebaut worden sind.

Diese Flächen, Perspektiven, Treppen, Denkmäler und Fassaden könnte De Chirico gemalt haben. Die schnellfliegenden Wolken der unabsehbaren eurasischen Ebenen sind über einem. Man befindet sich noch am Rand des Habsburgerreichs (die Hauptstadt heißt hier noch Wien); aber es geht von diesen Plätzen schon nach Kiew, Odessa und Nowgorod weiter, eigentlich schon nach Indien. »Als Ulrich gegen Abend des gleichen Tags in … * ankam«, heißt es in Robert Musils »Mann ohne Eigenschaften«, »und aus dem Bahnhof trat, lag ein breiter, seichter Platz vor ihm, der an beiden Enden in Straßen auslief und eine beinahe schmerzliche Wirkung auf sein Gedächtnis ausübte, wie es einer Landschaft eigentümlich ist, die man schon oft gesehen und wieder vergessen hat.«
Die »beinahe schmerzliche Wirkung auf das Gedächtnis«, von der Musil spricht, ist allen Koloniallandschaften eigen, eben weil sie eigentlich phantasierte Landschaften sind (ein ganzes Volk hat sich so lange eingeredet, daß sie zukünftig zu ihm gehören sollten, und ist soviele Tode dafür gestorben; auch Jorge Luis Borges' Pampa gehört zur realen – oder vielleicht eben doch eher literarischen – Gattung der kolonialen Landschafts-

phantasmen). Die Weite und Seichtigkeit jenes Bahnhofsvorplatzes der anonymen galizischen Stadt, in der Ulrich jetzt gleich seine Schwester Agathe treffen wird, ist ein koloniales Bild der österreichisch-ungarischen Reichsimagination. In Galizien wird jeder Bahnhofsvorplatz zu einem Bild Asiens: eines von hier aus jeweils unendlich weitergehenden flachen Kontinents (Drieu de La Rochelle hat Borges gegenüber vom argentinisch-uruguayischen Kontinentalebenengefühl als von einem »horizontal vertigo« gesprochen).

Im preußisch-oberschlesischen Zabrze/Hindenburg kann man auf eine ganz andere Weise als 100 Kilometer weiter östlich spüren, daß man sich in der Kolonie eines vergangenen Reichs befindet. Hier liegt nicht der Traum von kontinentweiten Ebenen in der Luft, sondern die Imagination einer – allerdings auch unendlichen – Stadtlandschaft, deren Quartiere Berlin, Paris, London heißen. Und nirgends ist mir so klar geworden, was der preußische Kolonialismus gewesen ist und sein wollte, wie auf meinen Spaziergängen in der zweiten großen deutschen Industrielandschaft neben dem Ruhrgebiet, die zum Teil schon nach dem Ersten, vollends dann aber nach dem Zweiten Weltkrieg einem Land zugeschlagen worden ist, dessen Volk dort gar nicht zu Hause war oder hinwollte, sondern 1945 selbst aus der heutigen Ukraine oder aus Litauen vertrieben worden war und sich in fremden, entvölkerten Städten zurechtfinden mußte, wo (wie mir eine polnische Freundin, die in Paczków aufwuchs, als eine ihrer eindrücklichsten Kindheitserinnerungen erzählte) noch auf den Wasserhähnen die Aufschriften für »warm« und »kalt« in einer Fremdsprache angebracht waren.

Denn um zu verstehen, was uns und den Polen miteinander passiert ist, muß man sich klarmachen, daß Stalin in Jalta mit Duldung Roosevelts und Churchills ja nichts anderes dekretiert hat, als daß Polen mal eben dreihundert Kilometer weiter nach

Westen wegtreten sollte wie ein Rekrut auf dem Exerzierplatz zwei oder drei Schritte nach rechts oder links: dem besiegten Deutschen Reich auf die Zehen. So daß es dem oberschlesischen Industrierevier so erging, als sei zum Beispiel das Ruhrgebiet vor fünfzig Jahren einem sozialistisch gewordenen und hermetisch abgeriegelten Belgien zugeschlagen und im übrigen schnell vergessen worden; als könnten wir jetzt erst wieder nach Dortmund, Castrop-Rauxel, Düsseldorf (oder nach Bayern oder nach Baden) fahren, um uns sehr zu wundern, wie deutsch diese Städte aussähen, obwohl sie doch in einem fremden Land liegen und im übrigen seit 1945 nicht mehr allzuviel dazugebaut oder auch nur repariert worden ist.

Und so wollte es mir beim Gehen durch die langen geraden Boulevards beispielsweise von Kattowitz scheinen, diese Straßen seien so deutsch wie in Deutschland selber keine mehr. Karyatiden, Girlanden, Büsten, der industriell vorfabrizierte Bauschmuck der wilhelminischen Neorenaissance mit all seinen Giebeln, Kolonnaden, Friesen sahen großväterlich ernst auf mich herab, und im Fluchtpunkt war eine neugotische Kirche sichtbar. Unter den Bäumen vor der Musikakademie verwehten eines Samstagnachmittags Klavierläufe und Celloklänge im Septemberwind, und ich sah über die Eisenbahnlinie hinweg auf die Backsteinflächen und Kirchtürme im Tal. Der hohe, für Gebäude der weltlichen und geistlichen Macht verwendete Stil der wilhelminischen Kolonialarchitektur ist die Neugotik gewesen. Weiter oben am Hang, in den nach 1922 gebauten Prestigebauten der polnischen Administration, mußten ihre hysterisch in sich verkrümmten und auf sich selbst verweisenden Formen einem merkwürdig modernistischen, irgendwie heute noch sehr sinnfällig den transatlanischen Woodrow-Wilson-Geist der Zwischenkriegsperiode verkörpernden Klassizismus weichen. Auf den weiten Flächen vor dem sandsteinhellen, ernst-vernünftigen Gebäude des oberschlesischen Sejm und der Pantheon-Kopie der Kattowitzer Kathedrale (beide sind zwischen 1925 und 1927 gebaut worden) habe ich mich wie auf der Pariser Place Chaillot gefühlt und brauchte einige Zeit, bis ich vor den Kassettenfenstern, den wuchtig-urbanen Landhausformen, den vernachlässigten Rosenbeeten, hinaufblickend zu den wohnzimmergeräumigen Balkonen einer eleganten Apartmentsiedlung der Jahrhundertwende, in deren Innenhof ich an einem sehr heißen Julitag eine große Flasche Sprudel austrank, das ursprüngliche Kattowitzer Gefühl wiederfand.

David Wagner

Tortenstückchen (Springform)

Tortentraum. Wir wohnten über einer Konditorei und ich, acht oder neun Jahre alt, konnte nachts, alle anderen schliefen, unbemerkt einen Schlüssel vom Brett im Flur nehmen, in die Backstube hinuntergehen, mich zwischen Rührmaschinen mit menschengroßen Knethaken bewegen und über den Rand der riesigen Schüsseln beugen, um mit ausgestrecktem Finger an die Masse unten am Schüsselboden heranzukommen. Im Traum hatte ich Angst, hineinzufallen und nicht wieder herauszukommen, bevor die Knethaken ihre ferngesteuerte Knetarbeit begännen. Ich sollte doch noch vorne, im von der Straße her fahl erleuchteten Verkaufsraum, als Kuchengespenst auftreten.

Tantennahrung. Torte war das von den Kuchentanten Tante Mia, Tante Thea, Tante Gretl, Tante Reserl, Tante Mila, Tante Fanny bevorzugte Grundnahrungsmittel. Nie sah ich sie etwas anderes essen. Jede Tante hatte ihre eigene Torte, die sich aus ihrer jeweiligen privaten Tortengenealogie ableitete. Es gab die besondere Käsetorte, die Großvaterschokoladentorte, die Linzer Torte, wie Tante Gretl sie machte, und die Apfeltorte, die nur Tante Mila, weil sie in dem Haus in den Streuobstwiesen wohnte, backen konnte.

Tortenboden. Ein abgekühlter Tortenboden läßt sich mit einer Schnur durchschneiden, die dazugehörige Illustration, die ich als Kind im großen Koch- und Backbuch meiner Mutter entdeckte, hielt ich lange für eine Strangulationsanleitung.

Sonntagnachmittag. Nachkriegsglück. Und daß die Tanten nach so viel Tantennahrung noch in ihre Autos paßten. Kaffeetrinken bei Oma und Opa, *Kaffee* immer auf der ersten Silbe betont. Käsesahne, Himbeersahne, Buttercremetorte. *Die Funktion der Torte,* sagte mein Vater, sei die kontrollierte Verschwendung, der Sonntagnachmittagskaffee die institutionalisierte Völlerei. Meine Oma sagte, *iß Junge, iß.*

Sahnetorte. Schwere deutsche Sahnetorten sind Material für Tortenschlacht und Tantenkaffeeklatsch. Die Elvis-Presley-, die Helmut-Kohl-, die Ich-hab's-ja-verdient-, Ich-fress-mich-dick-Torte, Nachrichten am Sonntagabend, *Heute wieder zwei Schwarzwälder-Kirsch-Tote.* Papa sagte, *Irgendwann wird sie so fett sein, daß nur noch ein Kran sie aus ihrem Wohnzimmerdivan heben kann,* er meinte Tante Fanny, meine Sahnetante. *Torte ist von weicher Substanz,* sagte sie, *da muß ich nicht kauen.* Aufgeweichter Biskuit läßt sich zwischen Zunge und Gaumen zerdrücken, Buttercreme braucht keine Zähne.

Zwei Eier. Noch zu Schwarzmarktzeiten, nicht lange nach dem Krieg, mein Großvater war schon wieder aus der Gefangenschaft zurück, mußte Großmutter ins Krankenhaus. Als sie entlassen wurde, empfing meine Mutter, damals ein Kind, acht oder neun Jahre alt, sie mit einem Rührkuchen. *Selbstgebacken,* sagte sie, *sind sogar zwei Eier drin.* Und sie muß *zwei Eier,* die beiden Eier waren unter großen Schwierigkeiten ertauscht worden, besonders betont haben. Meine Großmutter und mein Großvater mußten furchtbar lachen. Und sie, sagte meine Mutter, habe gar nicht gewußt warum.

Tortenguß. Erdbeerkuchen im Garten, der Guß hielt die Früchte in erstarrter Glitschigkeit zusammen. Machte aus dem Kuchen Aspik, eine Art Erdbeerkuchensülze.

Backbücher. Wenn ich nachts nicht schlafen kann, sitze ich in der Küche und lese in dem großen Backbuch von Dr. Oetker. Jede Lehramtsstudentin, Medizinerin, Juristin, Kunsthistorikerin, deren Wohnung ich je betreten habe, in deren Küchen ich je gesessen habe, alle Frauen, bei denen ich gewohnt habe, besitzen es, hatten es, auch wenn sie es noch nie benutzt hatten, in ihrer Küche stehen. *Ich backe halt gern* hört man eigentlich oft.

Tortenpornographie. Hochglanztortenphotographie in Frauen-, Eß- und Kochzeitschriften, im Sonderheft Modetorten. Schöner Essen und Trinken und Backen und meine Familie, mein Partner und ich. Photoshopbilder, nebelverhangen; Baiserhauben, klarlackveredelt; Beerenarrangements, nachbearbeitet.

Tortenheber, Kuchengabeln, Sahneschüssel, Sahnelöffel. Sahnelöffel gab es zwei. Einer von beiden kam, ich könnte nicht sagen abwechselnd, sonntags, manchmal auch samstags oder an irgendeinem Frühsommerfeiertag unter der Woche zum Einsatz. *Kuchengabel, Tortenplatte, Tortenheber.* Wörter, die ich – lange bevor ich schreiben konnte oder mir überhaupt vorstellen konnte, wie und daß sie überhaupt geschrieben wurden – mindestens so interessant wie das Wort *Gabelstapler* fand. Gabelstapeln hieß das Spiel, das ich spielte, wenn ich den Tisch decken sollte.

Tiefkühltorten. Das Rohe und das Gekochte. Und das Tiefgefrorene. Das Tiefgefrorene hat Lévi-Strauss zum Glück vergessen. Ich sehe sie im Vorbeigehen, in der Tiefkühltruhe im Supermarkt, kartonverpackt. *Coppenrath & Wiese, Alt-Böhmische Kuchen.* Tiefgefroren, verschiedene Sorten, je zwölfhundertfünfzig Gramm, drei Euro neunundfünfzig. Dazu die Sprühsahne *Chantilly,* dreißig Prozent Fett aus der zweihundertfünfzig Milliliterdose, neunundneunzig Cent.

Backen. Die unumkehrbare chemische Reaktion. Gebackener Kuchen wird sich nie in rohen Teig zurückverwandeln lassen, Kuchen bleibt Kuchen. Es sei denn, er wird gegessen. Nur die Sandkuchen aus den Sandkastenförmchen zerfallen immer wieder zu dem Sand, aus dem sie gemacht sind.

Sandkuchen schmeckte schon wegen seines Namens körnig, knirschend, wie schlecht gewaschener Feldsalat. Marmorkuchen schmeckte allerdings nie nach Marmor. Ich kannte Marmorkuchen, bevor ich wußte, was Marmor war. Weißer Marmor, ich war ein wenig enttäuscht, sah gar nicht wie Marmorkuchen aus.

Amerikaner. Einen Amerikaner verspeisen. Einen Kameruner essen, einen Kopenhagener. *Iß mein Junge, iß*, Menschenfresserei in Deutschland. Der vorgetäuschte Kannibalismus verdoppelt den Genuß. *Hhhmm, ich rieche Menschenfleisch. Ich esse Arme und Beine, ich beiß ihm den Kopf ab.*

Käsekuchen. Kuchen mit Käse? Was soll das eigentlich sein? Mittelalter Gouda? Mit Löchern? Stinkerkäsekuchen? Limburger Käsekuchen. Der Name war mächtiger als der Geschmack und das Wissen, daß der Käse eigentlich Quark war.

Savarina. Jeden Tag eins. In Bukarest habe ich fast jeden Tag eins gegessen, sieben Wochen lang. Wenn ich kein Savarina aß, dann aß ich drei oder vier der schmalen, nur fingerbreiten Apfelstrudelstreifen. Apfelstrudel heißt auf rumänisch *strudel cu mere*, phantasieübersetzt Strudel mit Mutter, Mutterstrudel. Ich habe mich durch die Bukarester Konditoreien gegessen, über den Bulevardul Magheru, den Bulevardul Regina Elisabeta hinauf und in seine Nebenstraßen hinein. Savarina waren Teil der französischen, der strudel cu mere Teil der Habsburger Hinterlassenschaft. Kam mir so vor, als sei die sonst immer bloß imaginierte Ursprünglichkeit, der reine Geschmack, gerade hier, weit vom Stammland, erhalten geblieben. Durch die Fenster der Patisserien waren Frauen mit weißen Hauben beim Ausziehen des Strudelteigs zu sehen, der sehr dünne Teig wird mit bräunlicher Apfelmasse bestrichen, die später, im gebackenen Strudel, leicht säuerlich schmeckt.

Kuchentante. Jede Tante hatte ihre Torte, jede Tante hatte ihren Toten. Immerzu hieß es, *Soundso hat diese Torte ja so gern gegessen, iß mein Junge, iß.* Und mir kam es vor, als sei ich verpflichtet, noch ein Stück für den nie gekannten Onkel Rudi, für Onkel Karl und Onkel Max mitzuessen. *Mein lieber Karl, der in Frankreich, mein lieber Max, der in sibirischer Erde friert. Mein lieber Mann hat sie so gern gegessen*, sagte Tante Reserl. Und legte mir noch ein Stück Großvaterschokoladentorte auf den Teller.

Zimtwaffeln. Sie wohnte an der Mosel, wir besuchten sie immer nur an Allerheiligen, jedes Jahr. Auf dem Friedhof, der gleich unter den Weinbergen lag, roch es nach dem Weihrauch, den der Pastor auf jedes Grab sprenkelte, in Tante Mias kleinem Haus nach Zimtwaffeln. Den Onkel zu dieser Tante gab es nur als jungen Mann in Uniform auf einem silbergerahmten Photo, ewig alterslos. Zu den Zimtwaffeln gab es Unmengen sehr steifgeschlagener Schlagsahne. Den ganzen, langen, früh dunkel fallenden Nachmittag hindurch zog Tante Mia die Allerheiligenwaffeln aus ihrem Gußwaffeleisen. Später mischte sich Moselwein in den Waffelgeruch. Und von draußen der Herbst und das brackige Wasser, das sich kurz vor der Staustufe kaum bewegte.

Tantenrezepte. Das Rezept konnten wir retten, bevor sie ganz und gar gaga war, sagt meine Cousine. Ihre Großmutter war berühmt für ihre Buttercreme. Familientorten werden manchmal vererbt, meist gehen sie verloren. Die Großvaterschokoladentorten, das Zimtwaffelrezept, die Linzer Torte wie Tante Gretl sie machte. Die Nachgeborenen streiten sich, ob sie mit Johannisbeer-, Himbeer- oder Pflaumenmarmelade gemacht werden muß.

Streusel. Die Masse aus Butter und Zucker und wenig Mehl, die an den Fingern meiner Mutter klebte, Streusel wurden mit den Händen gestreuselt. Ich durfte mitstreuseln, ferkeln, naschen. Die noch ungebackenen, weichen Streusel schmeckten mir viel besser als die harten, die später auf dem Kuchen lagen. Nach dem Streuseln ließ meine Mutter mich die Teigreste von ihren Fingern lutschen, *Eine Frage,* sagt meine Cousine dreißig Jahre später, *war das der Anfang deiner Perversion?*

Sonntag und seine Rituale, Sonntagnachmittagskaffee, Kaffee und Kuchen mit Oma und Opa, Kaffeetrinken, die vierte Mahlzeit. Oder Ersatzmahlzeit, statt des Mittagessens. Tee und Torte, irgendwann nach dem späten Frühstück. Tee und Konditortorten, als beide Großmütter tot waren. Und keine der Tanten mich mehr erkannte.

Frankfurter Kranz. Der Frankfurter Kranz stand auf dem Sofatisch im Wohnzimmer ihrer Altbauwohnung, die hohe Decke erinnerte mich an eine Kirche. Das Sofa, auf dem ich sitzen mußte, hatte Sprungfederpolsterung. Sobald ich mich bewegte, wippte ich auf und ab. Den Kaffee goß meine Tante aus einer Porzellankanne, die eine Warmhaltehaube aus Stoff trug, über Onkel Edzard, dem pensionierten Oberregierungsdingsbums, hing ein präparierter Wildschweinkopf, neben dem Sofa lag die Frankfurter Allgemeine, darunter die Neue Revue.
Onkel Edzard, vor dem Krieg ein obereifriger Unterdingsbums, tat immer so, als lese er die Frankfurter Allgemeine, blätterte tatsächlich aber durch die Neue Revue. *Schaut sich wieder nackte Weiber an,* sagte Tante Thea zu ihren Schwestern, mei-

nen Tanten. Meine Tanten aßen den Frankfurter Kranz, die Uhr auf der Anrichte schlug jede Viertelstunde. Ich kratzte die Creme aus dem Stück auf meinem Teller und fürchtete, auf die durchbrochene Tischdecke zu kleckern. Später, wenn es in dem Geweihwohnzimmer wieder nach Wein riechen würde, den meine Tanten aus grüngerillten Römern tranken, und ihre und auch die Aufmerksamkeit meines Onkels ein wenig nachgelassen haben würde, dann würde auch ich mir in einer der Illustrierten Busen und Schamhaare ansehen, dachte ich, da hing die große, geheime, nie gestellte Frage aller Tanten schon wieder vor den Hauern der Wildschweintrophäe im Raum, sie lautete warum, warum in Gottes oder drei Teufels Namen, hatte von allen Männern ausgerechnet der immer schlecht gelaunte Oberpedant Onkel Edzard überlebt?

Geburtstagstorte. Mit brennenden Kerzen, einer Zahl und bunten Liebesperlen oder Smarties. Und silbernen Kügelchen, die ich Gewehrkugeln nannte.

Tortenjahr. All die Torten, die ich gegessen habe. Frühe Kirschen, Frühsommer mit Erdbeeren, Erdbeeren auf Biskuitboden, Erdbeeren in der Biskuitrolle. Biskuitrollen mit Johannisbeeren, mit Himbeeren. Johannisbeertorte mit Baiserhaube, die Brombeerbiskuitrolle, *Paß auf beim Schneiden, am Rand quillt die Sahne heraus*. Der Sommer besteht aus den Beeren, die auf die Tortenböden kommen, den Kuchen, die gebacken werden. Pflaumenkuchen, Zwetschgenkuchen, Prummetarte, die Wespen im August, die Apfelkuchen mit den eingeschnittenen Apfelvierteln, halb im Teig versunken. Apfelkuchen von neuen Äpfeln, Kletzenbrot, Früchtebrot, Stollen, Tarte Tatin aus den im Apfelkeller eingelagerten Äpfeln.

Apfelkuchen. »Der Kuß war aber eigentlich ein Stück Apfelkuchen, welches ich begierig aß. Da es jedoch den Hunger, den ich im Schlaf empfand, nicht stillte, überlegte ich, daß ich wahrscheinlich träumte«, Gottfried Keller, *Der Grüne Heinrich*.

Tortenuhr. Der Kuchen, die Uhr. Von dieser Torte fehlen schon zwanzig, fünfundzwanzig Minuten. Eine halbe Stunde. Auf diesem Kuchen ist es zehn nach zehn, der Kuchen lächelt, fünf vor zwölf. *Es ist noch ein Viertelstunde Kuchen da.* Die wird doch wohl noch zu essen sein. Iß mein Junge, iß. Das vorvorletzte Stück verschwindet immer. Die beiden letzten werden eingepackt.

Mohnkuchen. Meine Mutter sagte, Mohn habe leicht betäubende, eventuell sogar berauschende Wirkung, schreienden Kleinkindern habe man früher in ein Stück Leintuch gewickelten Mohn zum Lutschen gegeben, die Kinder hätten dann immer sehr schnell aufgehört zu brüllen, fällt mir, Mohnkuchen im Mund, wieder ein. Und ich bilde mir ein, Mohnkuchen hätte tatsächlich eine leicht berauschende Wirkung, plötzlich sehe ich rote Klatschmohnblüten, die, vom Feldrand gepflückt, gleich wieder auseinanderfallen. Die dickeren Kapseln, die von den Ziermohnblüten im Garten blieben, hatte ich ein oder zwei Sommer lang regelmäßig mit den Fingernägeln angeritzt, interessierte mich, ob sich daraus nicht doch Rohopium oder gar Heroin gewinnen ließe. Ist aber nichts draus geworden. Ich sage jetzt mal nicht *leider nichts geworden,* sondern einfach *nichts geworden.* Meine Mutter wollte sich übrigens nie richtig daran erinnern, ob sie auch mir Mohn zum Lutschen gegeben hatte. Ich hab da so einen Verdacht.

Johanna Walser

Heimat als Friedenswunschwort

Vermutlich ist Heimat ein Wunschwort, der Wunsch, irgendwo bleiben zu können, wo es nicht fürchterlich sei. Aber wo in der Welt gibt es schon den Ort, die Gegend, wo alles Schwere erspart geblieben wäre und bliebe? Daher ist, was zum Wort »Heimat« sprachlich entsteht, vielleicht angstvolle Beschwörung von Wünschenswertem, von jeweils Vertrautestem. Und das bestimmt nicht einfach, weil es den Menschen schon gut geht, sondern weil sie wünschen, sich sorgen, sich ängstigen. Du darfst dich davor hüten, Erzähltes allzu wörtlich zu nehmen. Schon im Wort steckt Erfindungsreichtum. Trotzdem kann, wenn einer über Heimat erzählt, ein anderer sich in dieses Wünschen einfühlen, sich darauf einlassen mit dem Erzählenden zu wünschen, aber er kann es auch nicht hören wollen, weil er weiß, dass es illusionär ist, also fürchtet er, ihm helfe es nichts, was auch stimmen kann. Wiederum kann der von Heimat Schwärmende erschrocken verstummen, wenn er merkt, dass er nicht helfen kann und an das Illusionäre seiner Versuche erinnert wird. Dem Illusionsärmeren kommt, dass ihm geholfen werden soll, absurd vor. Dass soviele Bücher und Filme zum Thema Heimat entstehen, zeigt, dass Menschen Sehnsucht nach Illusionen haben, dass es ihnen hilft, diese zu pflegen. Schon mit Friedensillusionen kann sich einer helfen inmitten des Lärms des Unfriedens. Im Innersten ist die Beschäftigung mit Heimatillusion eigentlich ein Friedenswunsch. Sich Friedenswünschen zu widmen, sie Sprache werden zu lassen, sie zu bebildern, fördert Menschen. Auch wenn nicht alle sie deshalb schon immer verstehen können. Vielleicht. Überall sucht sich, findet der Wunsch nach Frieden Sprache, Bilder. Die Sprache selbst, wie die Natur, die Landschaft in ihrem jahreszeitlichen Fluss, lässt uns an Heimatvorstellungen teilnehmen.

Maike Wetzel

Die Führerin

Willeke klaubt einen meiner Papierschnipsel vom Boden auf und trägt mit unerbittlich lauter Stimme vor: »Fangen die Wörter im Hintern an/zu brennen/rennst du über die Küste hinaus/werd' ich meinen Kopf begraben/in den Schößen anderer.« Er lacht grell auf, wie eine Ziege. Ich halte meinen Blick gesenkt, Willeke schaut triumphierend – wieder ein Grund mehr, mich zu verachten –, und Katja, die Fatale, beginnt mit betont langsamen, gleichmäßigen Bewegungen ihre Hände aneinander zu schlagen. Ihre Handflächen lösen sich schwerfällig voneinander, als klebe Teig daran. Sie hat die Anmut eines Lamas. Ich frage mich, wer sie mehr stört, Willeke oder ich, seine Begleiterin. Katja ist der Gast in diesem Hotelzimmer, das Willeke und ich zu unserer Arena gemacht haben, doch wir sind die Fremden. Katja ist einheimisch, sie sollte uns führen. Es wurde nichts daraus. Statt durch die Stadt zu wandern, sitzen wir in diesem muffigen Raum mit den stumpfen, abgenutzten Decken über allen Möbelstücken. Kaja lähmt uns, wir können uns nicht bewegen. Wir wollen sie betrachten ohne die verwirrende Weite der Stadt um uns herum.

Bereits auf der Reise hierher, bevor wir Katja kannten, gerieten Willeke und ich aus dem Tritt. An der polnischen Grenze zur Ukraine schwebte unser Zugwaggon zwei Stunden lang in der Luft, hoch gehoben von einem hydraulischen System. Bärtige Arbeiter schwenkten den Zug, versahen ihn mit einem anderen Fahrgestell und setzten ihn von den europäischen Schienen auf die andere Spurbreite der ehemaligen Sowjetrepubliken. Seitdem wir uns auf anderen Schienen bewegen, ist das Planetensystem »Willeke und ich« außer Kontrolle geraten, Anziehungs- und Abstoßungskräfte halten sich nicht mehr die Waage. Dass Willeke die nicht für ihn bestimmten Schnipsel aufliest, ist nur einer der vielen Streiche, die er mir seit neuestem spielt. Es geht nicht um den lächerlichen Brief – ja, es stimmt, es ist meiner, ich wollte ihn an Katja schicken, ich dachte, sie damit zu gewinnen, sie mit dem Versprechen leidenschaftlicher Rache zu beeindrucken. Doch Katja spricht gar kein Deutsch, nur Englisch, ich notiere trotzdem für sie, über sie, gegen Willeke.

Willeke hat angefangen mit Ekel erregendem Spott alles um ihn herum zu sezieren, was er in die Hände bekommt, deshalb huschen meine Hände verstohlen über die Serviette auf meinen Knien unter dem Tisch, mit einem Bleistiftstummel schmiere ich nieder, was mir gefällt, was mir gefiele mit Katja – nur um das Geschriebene gleich danach in kleinste Fetzen zu zerreißen. Auch jener Briefschnipsel an sie, aus dem Willeke höhnisch zitierte, wäre nie abgeschickt worden, nicht einmal übersetzen hätte ich ihn lassen. Es war mir nicht möglich in dieser Stadt, einen Dolmetscher für meinen Brief zu suchen. Ich will noch nichts aus der Hand geben. Ich denke, der erste Schlag muss sitzen, ich habe nur einen.

Ich starre auf die alten Frauen auf der Straße, sie recken uns Brotlaibe entgegen wie winzige Bomben, »Kaufe Brot, kaufe Brot, erlöse mich.« Ich bin zum ersten Mal in Kiew. Willeke und ich sollten Land vermessen, in der Vorstadt. Doch die Geräte dazu blieben beim Zoll hängen, unser Aufenthalt hat nun ein anderes Ziel, Katja. Niemand von uns beiden spricht Russisch. Ich glaube, es war eine Mischung aus Langeweile und verbohrtem Narzissmus, die Willeke hierher trieb. Er hatte sich in der Wirklichkeit der Postsowjetunion spiegeln wollen. Ich kenne Willeke. Bereits bei unserem ersten gemeinsamen Auftrag im Schwarzwald – wir teilten ein Zimmer in einer altmodischen Pension mit Lavendelduft in der Bettwäsche – begann er mit seinem vorwitzigen Gesicht in meinem herumzustochern. Er kam mir gerade recht. Selbst lang gestreckt, mit breiten Beinen auf seinem Billardtisch, bildete ich mir noch ein, gnädig zu wirken. Das war eine Haltung, die mir gefiel. Ich gewährte Willeke meinen Körper und riskierte keine Seelenpein. Willeke wusste, worauf es mir ankam und dass, so lange er seine Forderungen nicht übertrieb, wir einen guten, gesichtslosen Austausch haben würden. Er war zufrieden damit, er wollte nicht mehr, ich war so gut wie jede andere.

Erst die ukrainischen Schienen, die blutfarbene Suppe mit den Roten Beten darin, und Katja, ja zuallererst wohl Katja, hat uns aus dem Gleichgewicht gebracht, Willeke und ich sind nun keine halbherzigen Geliebten mehr, wir fühlen eine neue Unruhe, ein beängstigendes Drängen. Wir sehnen uns, nach einer Frau, die wir kaum kennen.

Katja, die sowjetische Prinzessin, sie sitzt auf dem Plumeau, streicht sich die dunklen Haare aus dem Gesicht und sagt, sie werde oft mit Dana Scully von den »X-Files« verglichen oder mit Jennifer Page, einem US-Starlet, ein Mädchen, das sich mit einem Hauch von Lied in die Hitparaden erhob. Es ärgert mich, dass sie von solch banalen Mythen spricht. Katja gleicht keiner der beiden Frauen. Sie hat nur dieselben Mundwinkel mit den leicht darüber gewölbten Wangen, die ihr diesen trotzig-hochmütigen Ausdruck geben. Ihren Verlobten in Sibirien liebt sie »very, very much«. Am Abend in der Bar mit den Ausländern, zwischen all den properen Mädchen mit den breiten, schwarzen Gummigürteln um die Taille, tanzt Katja nicht. Sie ist die einzige, die sitzen bleibt. Ein Mann mit Schultern hängend wie Kleiderbügel kommt an unseren Tisch und flüstert ihr etwas Unanständiges ins Ohr, ich erkenne es an seinem Blick. Sie verzieht den Mund und sieht noch verächtlicher aus als sonst. Ihre Augen sind fast asiatisch, sie ist groß und schwer, aber nicht beleibt, sehr elegant in jeder ihrer Bewegungen. Sie kommt aus Turkmenistan. Willeke legt vertraulich einen Arm um ihre Hüfte. Sie schaut in seine Richtung, durch ihn hindurch. Willekes Hand gleitet langsam von ihr auf den Stuhl ab, er tut, als wolle er sich abstützen. Ich stochere im Eis meines Cocktails. Katja geht mit dem Kleiderbügel-Mann hinaus in den Schnee. Vielleicht hat er ein Auto, ich hoffe es. Sie kommt wieder und ist heiser. »Es ist nicht deine Schuld, dass du hässlich denkst«, sagt Willeke zu mir, und das sagt er wohl nur, weil er betrunken ist. Wir haben beide etwas übrig für Katja und wissen nicht, ob Begehren reichen wird, wen sie will. Ich notiere verstohlen unter dem Tisch: »Die Körper im Verlag der Seelen haben einen Funken Verstand / eine Ahnung vom Glück.« Meine Hände, meine Glieder, mein Hirn, alles pocht. Ich hoffe auf Katja, auf eine Berührung von ihr, Willeke gilt es abzustreifen. Wir trinken Wodka, pur und auf Eis. Willeke grübelt, Katja rät uns zu tanzen, sie stellt sich dumm. Ich frage nach den Toiletten, sie begleitet mich. Drinnen vermisse ich die Kabinen, es gibt nur eine breite Rinne. Katja hockt sich nieder. Eine halbhohe Stellwand verbirgt ihre Gestalt links neben mir. Im Spiegel gegenüber sehe ich mich selbst, dahinter die weiß gefliese Wand, mein Gesicht ist bleich, an den Wangen rot gefleckt vom Alkohol, meine Augen sind schwarze Murmeln. Katja wage ich nicht anzuschauen. Ich denke an Willeke, an seine Wut. Er würde gern hier neben Katja knien. Katja zieht ihre Hose hoch, schließt den Reißverschluss, sie sagt »You will need your own paper. Do you have a handkerchief?« Sie reicht mir ihre Taschentücher, steht vor mir einen winzigen Augenblick lang, ich senke den Blick, sie geht zum Waschbecken, kämmt sich die Haare. Ich stecke die Tücher ein, stattdessen verwende ich meine eigenen.

Eingehakt wie Grundschülerinnen gehen wir zurück in die Bar. Die Scheinwerfer pumpen Gelb in die Gesichter. Willeke redet den Rest des Abends kein Wort mit mir.

Am nächsten Morgen erwache ich mit einer langen Blutspur auf der Wange, säuberlich geritzt, nicht tief, wie mit einer Nadel gezogen. Ich sehe es im Spiegel des Badezimmers, nachdem ich dorthin wankte, denn meine Blase drückte im Schlaf. Willeke schlummert im Bett am Kopfende des meinen, unsere Matratzen bilden ein gleichschenkliges Dreieck, unsere Köpfe zeigen zur Spitze, die nicht vorhandene Verbindungslinie an unseren Füßen ersetzt ein ukrainischer Läufer in Schlammfarben. Ich überlege, Willekes Haare abzuschneiden, doch es erscheint mir keine Strafe, deshalb lege ich mich wieder hin. Morgen reisen wir ab.

Katja gibt ein Fest für uns, wir wissen nicht, was sie feiert, offiziell heißt es, unseren Abschied. Keiner von uns war je allein mit ihr. Auch heute sitzen Willeke und ich eingequetscht zwischen Onkeln, Tanten, Kusinen, Kollegen. Katjas Mutter hat Teigtaschen gekocht, Heringssalat, Kaviarbrote. Die Fischeier platzen zwischen meinen Zähnen, ich schlucke das salzige Gelee. Willekes Blick hängt an Katja, als wäre sie ein Pendel, schuld an seiner Hypnose. Einer ihrer Onkel haucht mir ins Gesicht, Zwiebelatem, er fragt und fragt in brüchigem Englisch, ich halte den Faden locker, aus den Augenwinkeln sehe ich wie Willeke tanzt, er tanzt mit Katja, erst um sie herum, dann, frech geworden, zieht er sie heran, sie lehnt sich an seine Brust. Ich schweige, der Onkel stockt, er forscht, woran ich denke. Ich kann es ihm nicht sagen. Ich denke an die rote Spalte seiner Nichte, ihren Harzgeruch. Ich verlasse das Fest. Ich sage dem Onkel, Kiew ist eine Traube mit zu vielen Kernen für mich, es bleibt kein Saft.

Im Hotelzimmer riecht es nach Chlor, in der Toilettenschüssel schäumen Seifenblasen. Zum ersten Mal war das Zimmermädchen hier. Ich schließe den Deckel, gehe zurück ins Zimmer, werfe die Schuhe ab und dann, erst dann, sehe ich es: Auf meinem Bett liegt eine Rose, hellgelb, daneben einer meiner Fetzen Papier. Willekes Laken dagegen ist leer. Die Blume kann nur von Katja stammen, ein letzter, erster Gruß. Ich fühle mich erleichtert, befreit. Ich verschlinge die Blüte sofort.

Michael Wildenhain

Heimat

Sie sagen: Gib zu, dass du ein Jude bist. Sie sagen: Komm, sag, dass du ein Jude bist. Sie sagen: Du musst es nur sagen.
Er sagt: Ich bin ein Jude. Sie sagen: Du lügst.
Sie stehen, während die Sonne schräg durch die schmalen Fenster gleitet, im Halbkreis vor ihm. Wenn sie sich bewegen, wirbeln die Füße Staub und Kornhülsen auf, die im Licht, das sich im stumpfen Fenster bricht, zu tanzen scheinen. Sie sagen: Bist du ein Jude?
Er sagt: Ja. Und danach, die Lider gesenkt und den Blick auf eine schartige Fuge vor sich im Betonboden geheftet – und, bloß am Rand des Gesichtsfelds, auf einen Steintrog des lange, seit Jahren, denkt der Junge, nicht mehr benutzten Stalls –, sagt er: Nein, ich bin kein Jude.
Warm streicht ein Streifen Sonne – der Vogelkot am Fensterglas blinkt, als enthielte er Steine mit Einschlüssen oder Splitter aus Eisen, und beginnt (sonderbar, würde der Junge, sähe er auf, sicher denken) zu leuchten – über das Haar, dann die Schläfe, die Wange des auf einem Stuhl ohne Sitzfläche sitzenden Jungen. Er flüstert: Ja, ich bin … ich bin ein Jude, ja.
Sie lachen.
Aber sie lachen nicht laut.
Sie lachen, da sie zu viert sind (vielleicht) und den Jungen, der ein Jude sein soll oder keiner, im Halbkreis umstehen. Und sie halten, drei nur von ihnen, in ihren Händen, an deren Fingern sie Ringe tragen aus nicht rostendem Stahl, die Sonne fängt sich in dem nüchtern wirkenden Schmuck, sie halten, verborgen in der Höhlung ihrer Hände, Zigaretten. *Bei Feuer Hast!*

steht auf einem Schild aus stellenweise brüchigem Emaille, das ein Nagel, notdürftig noch, neben der Tür an der Wand der Stallung hält –

im Winter wird das Schild, denn daran muss der Junge, der angestrengt zu Boden blickt, die Inschrift aber kennt, nun denken, wohl von der Wand fallen, das Emaille wird splittern, brechen, und der Rost wird mit der Zeit über die Schrift, *Bei Feuer Hast!,* hinwegwandern –

oft denkt der Junge an Dinge, die Dinge sind ihm ein Trost. Denn sie sind fest. Nicht leicht zu ändern, schwer zu verformen. Es sei denn, sie werden zerstört.

Jetzt tritt einer der vier jungen Männer, die den Jungen im Halbkreis umstehen, vor und hält die Glut der Zigarette – zögernd, beinahe behutsam – an die Haut am Hals des Jungen, die Hände hängen frei neben dem Stuhl und baumeln und schlenkern, nicht heftig, bewegen sich kaum, als dem Jungen die Glut die Haut am Hals versengt und es im Stall, der nicht benutzt wird, seit Jahren, nach verbranntem Fleisch riecht – bist du ein Jude, fragen sie und drücken seinen Kopf am Kinn nach oben.

Und der Junge erwidert: Nein.

Und er muss sich beherrschen, um nicht zu weinen, und denkt, ich weiß nicht, woher mich die Erinnerung an einen Vogel überkommt, der, wenige Wochen ist es her, an die Scheibe der Schulturnhalle geflogen und danach gestorben ist.

Ich habe ihn begraben, denkt der Junge. Gemeinsam mit meinem Bruder.

Es war der Tag, denkt der Junge, als ich mir die Ränder meiner Haare habe blond färben lassen.

Niemand, denkt der Junge, sagt: Die Ränder meiner Haare.

Daran denkt der Junge, während er spürt, wie ihm ein zweiter junger Mann (jener vier, die ihn umstehen) eine weitere Zigarette, deren Glut auf die Brust drückt, dort, wo das T-Shirt die Haut nicht bedeckt. Der Junge riecht den Geruch verbrannten Horns, den Geruch seiner Haare, die ihm an wenigen Stellen auf der Brust zu wachsen beginnen, die blond sind, so dass sie niemandem auffallen. Ich finde, denkt der Junge, das eigentlich besser, ich bin doch kein Affe. Nein, schreit der Junge, nein, ich bin kein Jude. Nein, schreit der Junge, nein. Und danach schluchzt er, ohne zu weinen, während ihm einer der, die ihn umstehen, einen Nietengürtel ins Gesicht schlägt, so dass die Lippen des Jungen aufplatzen und ihm Blut über Mund, Kinn, Hals und das versengte Haar in den wie immer schmutzigen und ausgeleierten Kragen des T-Shirts mit der Nummer 69 läuft. *Bei Feuer Hast.*

Bist du ein Punk, brüllt der junge Mann, der den Nietengürtel in den unbenutzten Steintrog wirft. Bist du ein Punk und färbst dir deswegen deine Haare, brüllt er und hält ein Feuerzeug an die blonden Haarspitzen des Jungen. Wehr dich, flüstert der junge Mann, wehr dich, wenn du ein Mann bist. Wehr dich – bist du ein Jude?

Der Geruch der Haare, die versengt sind, wie geschmolzen, steigt dem Jungen, der den Blick gesenkt hält, sich nicht wehrt, nur dasitzt in der Sonne, beißend in die Nase, und er möchte nichts mehr riechen müssen, Horn nicht, keine Haare und auch kein versengendes Fleisch.

Peng, hat der Bruder immer gesagt, tot. Der, das meinten die Leute des Ortes, gar nicht sein richtiger Bruder sei. Aber der Junge mag den Bruder, der, das Gesicht verkrampft zu einem Lächeln, die Kopfsteinpflasterdorfstraße entlang fährt, ein rasender Reiter, und: Peng! ruft, Peng! Bist tot. Und der Junge lässt sich dann von einem Zaun rückwärts in eine Hecke fallen, die Hände eng an die Brust gepresst, dort wo das Herz ist oder die Lunge, Peng! Peng!, stundenlang kann der Bruder, nie ist das Lächeln ein wirkliches Lächeln, auf den bloßen Fahrradfelgen über das Kopfsteinpflaster der wenig befahrenen Straße des Ortes reiten, bis vor zu den Stallungen manchmal, *Bei Feuer Hast,* oder – Peng, bist tot! – am Waldrand entlang bis zum See.

Die vier, die jetzt im Pulk vor dem Jungen und nicht mehr im Halbkreis um ihn herum stehen, hänselten den Bruder und schubsten ihn manchmal und nahmen ihm das Fahrrad, das nur noch auf Felgen fuhr, weg.

Aber sie gaben es ihm irgendwann wieder zurück, denkt der Junge. So dass der Bruder, *Matt Dillon – Rauchende Colts,* denkt der Junge, wieder an mir vorbeireiten konnte, die Zähne gebleckt und das Holzstück gereckt, peng!, und ich falle rückwärts in eine Hecke, deren Blätter und Äste dicht sind und mich fangen wie ein Tuch.

Bist du ein Jude?

Einer der vier jungen Männer hat dem Jungen die Faust auf die Wange geschlagen, die Finger mit den Ringen aus nicht rostendem Stahl: Bist du ein Jude, und hat ihm den Stuhl, kein Ansatz erkennbar (aber, ja, der Junge erkennt nur das langsame Wandern der Sonne über das sonderbar blinde Schild an der Wand bei der Tür), weggetreten, der Junge – wehr dich, ich kann nicht – liegt nun zwischen den Spelzen und Hülsen im Staub und hält seine Hände, als wären sie mit einer Schnur zusammengebunden, hinter dem Rücken verschränkt. Und einer der vier jungen Männer, die ihn umstehen, tritt dem Jungen in den Unterleib.

Er hat nicht getroffen, nicht richtig. Der Junge krümmt sich dennoch zusammen und lächelt und spürt eine Sehnsucht nach seinem Bruder, wie er sie selten vorher empfunden hat. Er meint, nun erst zu wissen, ganz sicher, dass der rasende Reiter, *Festus,* ganz gewiss *Festus,* sein Bruder sein muss, er wünscht sich, bei seinem Bruder zu sitzen und – Kabel1 *Rauchende Colts* – das selten gewaschene Hemd des Mannes zu riechen, der ein Kind geblieben ist. Der Junge möchte sein Gesicht darin vergraben, Du bist ein Jude, und weint.

Unsicher sehen die vier zur Tür, an der der Bruder des Jungen, der am Boden liegt, vorüber fährt, und horchen, ob das Klappern der Felgen und der Kette am Blech des Kettenschutzes aussetzt, und nach einem Augenblick, als warte der Bruder, einsetzt und zurückkehrt zu den Ställen, die lange nicht mehr benutzt worden sind. Aber der Bruder des Jungen radelt, peng!, weiter zum See.

Gibt es eine Mutter?

Es gibt eine Mutter, der Junge jedoch kennt nur die alte Frau Mahlow, die taub ist und bei der er mit seinem Bruder lebt.

Aber der Junge denkt, während er auf dem Boden im Staub liegt, an seine Mutter. Und er denkt an seinen Bruder, so, wie er oft, wenn er abends nicht einschlafen konnte, gehorcht hat, auf den Atem des Bruders, der nur im Schlaf lächeln kann, ohne das Gesicht, wenn er lacht, zu verkrampfen, so, wie er oft an seine Mutter gedacht hat, die, daran glaubt der Junge sich noch erinnern zu können, einmal bei ihnen war.

Sie hat ein Kleid getragen, das ähnlich grün war wie die Hecke im Sommer. Die Hecke, deren Blätter so weich sind, dass der Junge, peng!, sich, ohne zu schauen, rückwärts hineinfallen lassen kann. Und ihre Haare sind blond gewesen, aber nur an den Rändern.

Wieder tritt einer der vier jungen Männer nach dem Jungen. Aber er tut es lustlos, beinahe ohne Kraft.

Wehr dich, sagt er. Doch die Worte sind schon, indem er sie ausspricht, vergessen. (Sie reiten, Phoneme, auf einem Sonnenstrahl hoch durch das Fenster, um das Blinken des Kots, Hühner vielleicht oder Tauben, an der Scheibe zu ergründen.)

Jude? – Nein, sagt der Junge. Punk und außerdem Jude? Nein, brüllt der Junge und klammert sich an den Turnschuh des jungen Mannes, der, da er nach dem Jungen getreten hat, noch vor dem Jungen, Jude, in der Luft hängt. Langsam pendelt die Sohle, bis sie der Junge mit beiden Händen umfasst, hin und her.

Lass los, sagt vor ihm der junge Mann. Und in seiner Stimme schwingt, gleich dem leisen Pendeln der Sohle, ein Staunen, ein dünnes Zittern – ich glaube das einfach nicht – mit.

Der Junge zerrt an dem Turnschuh, als wolle er sich daran hochziehen. Nun spürt er den Schmerz von der Glut, fühlt das rohe

Fleisch, spürt die Wunde, empfindet den Geruch versengter Haut als ungut und zugleich drängend, ich bin kein Jude, und schämt sich, und schämt sich auch seiner Scham. Und vergisst, was er gedacht und was er (vielleicht) empfunden hat, und sieht seinen Bruder noch einmal, den wilden Reiter, am Fenster in der Tür vorbeigleiten.

Und ruft: Ich bin kein Jude. Ich bin, er flüstert und lässt, er möchte die Sohle säubern, den Turnschuh los, wie ihr.

Beiß in den Trog, sagt einer der vier jungen Männer, der, der nicht raucht und nie geraucht hat, indem er auf den runden Rand aus Stein deutet, die Tiere, die Rinder oder die Schweine, werden mit ihren Nüstern und Schnauzen darüber gefahren sein, wenn sie getrunken haben. Oder, Du bist ein Jude, das Kraftfutter im Trog gefressen haben, das Mahlen der mächtigen Zähne, so rasch es eben ging.

Der Junge beißt, das Blut am Kinn und auf seinem Hals ist getrocknet, in den Rand des Trogs.

Er schmeckt (und dabei denkt er an sein Skateboard, das ihm Frau Mahlow gegeben und von dem sie behauptet hat, es käme, du hattest ja Geburtstag, von der Mutter) den Stein, den viele Tiere vor ihm berührt haben.

Die Sonne, weitergewandert, streift das versengte Haar, das an den Enden blond ist. Und dann die Wange des vor dem Steintrog am Boden kauernden Jungen: Der wartet und trotz seiner Schmerzen staunend die Härte des Steins an den Kanten der oberen Schneidezähne wie einen undeutlichen Trost spürt, als einer der vier jungen Männer mehrfach, er trägt festes Schuhwerk, auf den, Du bist kein Jude, Kopf des vor ihm Kauernden springt und ihm den Schädel bricht und den Jungen tötet.

Roger Willemsen

Bonner Mythen

Komm heim, sagt die Landschaft, blickt auf zum Flugzeug und breitet die Arme aus. Geziegelte Kirchen, geriffelte Felder, Flecken Mischwalds, sogar Landstraßen und an Landstraßen Straßendörfer, Haufendörfer, Sprengel, Weiler. Vom Laufband angenommen, rolle ich nach Jahren in Abwesenheit der Wiederbegegnung mit Bonn entgegen. Heim ins Vaterland der Verbraucher, sagt Laetitia Casta, die mit nackten, von innen erglühten Beinen aus der Flughafendecke steigt. Willkommen, sagt der organisierte Konsum, willkommen, aber entscheide dich: Willst du eine Heimat bewohnen oder einen Standort?
Flughäfen bleiben vom Pathos des Heimatgefühls verschont. Was Köln-Wahn hieß, heißt Köln/Bonn, könnte aber auch Detroit, Texas, Singapur heißen.
Ich nehme die Bahn, und wirklich, sie begleitet noch immer die Ausläufer eines Vorgebirges namens »rheinische Toskana«, ein Spargel-Dorado mit Brombeerwein-Plantagen, Baumschulen, Weiß- und Spitzkohlfeldern. Kann man aus einem Zug ins Land sehen, ohne die Vorstellung: Wenn man auf diesem Hof lebte, wie würde sich das Leben ändern? Vor dem Feld, das im Sommer braun wird, im Geruch des Tauwetters, mit den Geräuschen der Tiere, die in der Frühe auf die nahe Weide getrieben werden, mit Blick auf die entfernte Bahn, die man von hier vorbeirattern sähe, und man dächte: Wie würde sich mein Leben ändern, wenn ich in der Bahn säße und diesen Hof vorbeifliegen sähe ...?
Hier und da Fachwerkhäuser, auf ihren Türbalken die Kreide-Runen der letzten Dreikönigssänger. Idyllisch soll das wirken,

beschaulich, mit dem Kreuz im Giebel, so, als wäre es die Aufgabe jedes Hofes, jedes Baumes, jedes Ackers und jeder Wolke, das Wort »Heimat« zu buchstabieren oder »Unser Dorf soll schöner werden«. Wenn es einmal leicht war, von hier zu verschwinden, wie könnte es jemals schwer sein, zurückzukehren? Und worauf kann ich also eher verzichten – auf das Weggehen oder auf das Wiederkommen? Und was macht jemand, der in seine Heimat zurückkehrt und ein Autobahnkreuz findet, wo sein Elternhaus war? Steht er da und sagt: Meine Kreuzung, meine Heimat? Sucht er sich ein Surrogat, eine zweite Heimat? Steht er mit Tränen in den Augen da? Den Wald dort, dann den Acker, den Schwung der Hügellinie, die einsame Bahnstrecke: Wie viel kann man ihm wegnehmen, und er nennt es immer noch »meine Heimat«?

Eine ungefährdete Heimat müsste jenseits der Zivilisation liegen, als ferner, der Zeit entzogener Winkel. Also ist sie immer fiktiv, und fatal wird es nur, wo man aus dem Sentimentalen etwas Politisches macht. Vermutlich würde es den Menschen das Sprechen über ihr Land erleichtern, wenn sie sich alle als Heimatvertriebene erkennen wollten, davongejagt aus künstlichen Paradiesen. Dann lohnte es sich also nur von der Heimat zu sprechen als von einem Mangel, dem Inbegriff des Verlorenen.

Ich nehme ein Taxi. Es passiert den Hofgarten hinter dem prachtvollen kurfürstlichen Bau der Universität. Der Fahrer fragt nach der Hoteladresse. Ich nenne einen Namen, weil ich mich an eine Aussicht erinnere, an einen Teppich mit Sternen darauf und gemalte Zirruswolken an der Zimmerdecke.

»Da wollen Sie hin?«, fragt der Taxifahrer skeptisch. »In dem Hotel fliegen doch die Heiratsschwindler aus den Fenstern!«

Woher er das weiß? Zehn Jahre lang kam ein Herr hierher, umgarnte Frauen, flanierte mit ihnen in den Rheinauen, kehrte zurück ins Hotel, aß gepflegt, liebte sie anschließend stürmisch ...

»Woher wissen Sie das?«

» . . . und die ließen sich alles abschwatzen. Eines Tages ist dann vorn die Polizei vorgefahren, und hinten ist er aus dem Fenster gesprungen, hat sich das Bein gebrochen, das war's. «

»Und woher wissen Sie das? «

»Ich hab eines seiner Opfer geheiratet. «

Ein Märchen mit glücklichem Ausgang, genannt Wohnsitz im Siebengebirge, das entstand, als die Sieben Riesen, die das Rheintal aushoben, ihre Spaten abklopften. Noch ein Märchen. Auf der anderen Seite das Vorgebirge mit seinem Kottenforst, dessen Wälder bis in die Eifel reichen, bis fast vor Heinos Café in Münstereifel. Ende der Märchen.

Weder die Verkehrsführung noch die Stadtarchitektur noch strohfeuerartige Versuche, ihr Urbanität zu verleihen, konnten Bonn je ruinieren, nicht den Alten Friedhof, die Universität, das Bonner Münster, den Markt mit dem Rathaus, den Bahnhof, auf dessen Stufen Heinrich Bölls Clown zuletzt sitzen bleibt, nicht den Alten Zoll, von wo das romantische Sehnen über den Rhein zieht und die Gewissheit, dass Johannes Brahms hier die Liebe lebte und Robert Schumann in Wahnsinn verfiel.

Passé, wie die Demonstrationen, die diese Stadt überzogen, aber weder Notstandsgesetze noch Pershings wegdemonstrierten, und die doch der hartleibigen Beharrlichkeit der Bonner Bürger nichts anhaben konnten. Mit dem Abzug des politischen Personals sind sie in eine stabile Seitenlage zurückgekehrt, die ihnen gut tut, endlich frei vom Repräsentationsgedanken!

Die richtige Antwort auf die Frage »Wie jehdet? « lautet in Bonn immer noch »Muss «. Es *muss* gehen, und Spaß *muss* sein, das sind ur-rheinische Imperative. Immer »musste « es gehen: Damals, als noch Politiker ihre Futterplätze am Rhein hatten, und heute, da sie weggezogen sind, um Berlin Flamboyanz zu geben und von dort die »Provinzialität « Bonns zu beklagen. Ach was: Bonn vereitelte die Selbstentfaltung deutscher Weltpolitiker, deren Biographien sich in einem Radius von 200 Kilometern erschöpften.

Indem man abfällig von der spießigen »Bonner Republik« sprach, suchte man doch nur wieder einmal seinen Nationalcharakter loszuwerden. Bonn sollte keine geographische Größe mehr sein, sondern eine anthropologische, Inbegriff dessen, was der Deutsche an sich nicht mag. Deshalb suggeriert der Ex-Bonner Politiker gern: Du brauchst nur umzuziehen, schon wirst du mediterran.

Zurück zur Natur geht auch nicht. Aus den Gemüsefeldern von ehemals sind die Bildtapeten des vorindustriellen Zeitalters geworden. Der Bauer fährt nur noch aus folkloristischen Gründen Traktor, und Gelb ist die Hoffnung. Der Gelben Post wird hier das höchste Gebäude Nordrhein-Westfalens gebaut, und »Hauptstadt des Eierlikörs« ist Bonn auch geblieben, doch in die alten Regierungsgebäude hat man so lange Ausländerheime, ausländische Vertretungen und internationale Organisationen stecken wollen, bis die Einheimischen fürchteten, Bonn werde die deutsche Bronx.

Da bleibt sich der Bonner gleich. Anfang der siebziger Jahre, als Straßenumfragen noch kein Genre waren, machten wir Schülerzeitungsredakteure eine Recherche zur Frage: »Wie gefällt Ihnen Bonn?« Die Antworten damals: »Heimat is Heimat, da kann nix passieren« (ein Angestellter), »Bonn klaaaaasse, ganz klaaaaase, Köln scheiße« (ein Penner), »Ja, Mensch, ich bin ein Beethoven« (ein Aussteiger), »Zu viele Fremde hier« (ein Marktverkäufer), »Lieber nix sagen« (ein Afroamerikaner).

Ein paar Jahre später war ich Nachtwächter an dreißig Wachstellen in der Stadt und lernte sie von unten kennen. Im Stollen der U-Bahn-Baustelle sammelten sich nachts die nettesten Penner um ein Feuer. Im Bundespresseamt kam mir auf dem nächtlichen Flur eine barbusige Angestellte entgegen, gefolgt von hoch bezechten Herren, und rief: »Ich kann doch nicht mehr, ich kann doch nicht mehr.« Im Bundeskriminalamt bewachte ich zwei Schlüssel mit dem Anhänger »Carlos Akte«, und im amerikanischen Konsulat, wo wir den Botschafter beschützten, legten sich die Patrouillengänger nach Mitternacht unter die Rhododendrenbüsche und machten ihr Nickerchen.

Das nächtliche Bonn war besser als sein Ruf. In der Südstadt lebten noch Kommunen, die mit kollektiver Vaterschaft Kinder zeugten, hinter dem Bahnhof gab es eine Bar mit der rätselhaften Aufschrift »Weltsexreport mehrerer Liebestollen«, nicht weit davon das »Maddox«, den Club, dessen Besitzer eines Tages von einem Geschichtsstudenten mit einer Machete gefällt wurde, weil er doch die »Verkörperung des Bösen« sei.

In der Immenburgstraße hinter dem Busbahnhof schließlich lag das mythische Bonner Bordell mit seinem gekachelten Fachwerk-Entrée und einem Labyrinth aus Fluren, Zimmern und Betten mit Blick auf den Fernseher, eine Verlängerung der Fußgängerzone eigentlich, die auch nichts anderes ist als ein System von Fluren und Salons.

Es ist Samstagnacht. Der Omnibusbahnhof liegt wie ein Chitinpanzer an der Straße. Ich biege in die Immenburgstraße ein. Auf einem Container ein kotzender Türke. Sonst niemand weit und breit. An den unbeleuchteten Fassaden von Speditionen und Schlachthofverwaltungen entlang, an der Telefonzelle mit dem rosa Hörer vorbei. Von hier aus werden offenbar nur betrogene Ehefrauen oder Huren angerufen. Alles in diesem Umfeld hat plötzlich mit dem Freudenhaus zu tun. Selbst die Schreie des Viehs, die der Wind aus dem nahen Schlachthof herbeiträgt, klingen nach dem kleinen Tod, nicht nach dem großen. Noch die lieblose Sauberkeit der Straße wirkt wie unter einem großen Sagrotan-Tuch entstanden, und im einzigen Schaufenster hier steht vor der Gardisette-Gardine ein Trockenblumenstrauß samt Schild »Nur Dekoration«.

Am Samstag fahren die Wagen um diese Zeit dicht an dicht. Der Bauzaun gegenüber steht auch noch, hinter dem sich schon vor fünfzehn Jahren die Männer im Dunklen erleichterten. Der Boden hier müsste geodelt sein von den Körpersäften unglücklicher Männer. Die einen stehen nebeneinander als Freunde und bringen sich in Form. Die anderen haben sich nicht getraut, stehen allein und tun nur so, als müssten sie pissen.

Und die Tagesmythen?

Aus dem Hofgarten steigen immer noch Marihuanawolken auf, zwei Frauen beschriften auf dem Bauch liegend weißes Papier, die eine rot gelockt und sommersprossig, die andere eine Perserin, abseits drei Türken, die die Frauen schon unter sich verteilt haben. Dazwischen missmutige Klassenkämpfer mit Rucksack, Fußball spielende Mädchen, Hundeführer, Sonnenanbeter, Satanisten um eine imaginäre Mitte gedrängt, auch Irokesen-Schnitt-Träger, ein viriler Liliputaner, eine Marktfrau mit Kurzhaarfrisur und Solariumsbräune und langhaarige Universitätslehrer schlurfen in Jeansjacken vorüber, abgeklärten Schrittes, wie Bonn, das auch nie hetzt. Ja, die Stadt ist lässig, und sei es auch nur, weil sie ihre Zukunft endlich hinter sich gebracht hat. Alle haben die Heimat mitgenommen, die einen ins Grab, die anderen in die Ferne, die dritten ins Vergessen, die vierten in den Stumpfsinn. Doch ist Heimat noch Heimat ohne Eltern, ohne Lehrer, ohne Mädchen, ohne Kaufmannsladen? Und wenn ein Karpfen im Waschbecken aufwächst, nennt er es später »Heimat«?

In der Nacht sitze ich hinter dem Bahnhof in einem Imbiss und esse mit einem Fremden aus Mali.

»Wann haben Sie Ihre Heimat zuletzt gesehen?«

»Neulich, im Fernsehen. Da sah ich meine Heimat, die Leute saßen alle auf dem Boden vor der Tür und aßen mit den Händen.« »Und?« Er schlägt mit der flachen Hand auf den Resopaltisch und greint: »Nicht mal das hier ist mein Lebensstil. Mein Gott, ich hab Heimweh selbst nach den Fliegen!« Ich auch.

Ror Wolf

Zornheim Ende August
1982

Wenn ich beschreiben müßte, was ich höre,
und das, mein Herr, was ich *nicht* hören kann,
die Luft, den Dampf, den Pfiff der Eisenbahn,
den Donner und die Stimmen der Tenöre,

und das Geräusch der Nacht, vom Mond beschienen,
die angestrahlten Hallen, liederschallend,
die Straßenbahnen, hart zusammenprallend,
das Loch und das Zerreißen von Gardinen;

den Treibhausdunst, teils teils, das Nebeltreiben
und das Herüberwehen von der Küste
zum Beispiel, wenn ich das beschreiben müßte,
ich würde es, mein Herr, bestimmt beschreiben.

Wenn ich beschreiben müßte, was ich fühle,
den Kopf, den Arm, das Bein, die Hand, den Fuß,
den Tag, die Nacht, den Anfang und den Schluß,
den Tisch, den Boden und darauf die Stühle;

die Schnecken fett im Regenwasserbecken,
das Kellerfenster und das Frühstücksglück,
den Gartenschlauch, das Pflaumenkuchenstück,
die Kaffeeflecken auf den Wachstuchdecken;

das Weinstockspritzen und die fürchterliche
blauvitriole Sotte und die weiße

verdammte Tauben-, Katzen-, Krähenscheiße,
die tiefen dicken Schnakenplagenstiche,
die schwarzen Fliegen an den Fensterscheiben,
den Schrank, das dicke Bett, auf dem ich stehe –
wenn ich beschreiben müßte, was ich sehe,
mein Herr, ich würde es bestimmt beschreiben.

Mein Herr, zum Beispiel wenn ich dieses Rollen
und dieses Rauschen und das dünne Wehen
beschreiben müßte und das leichte Drehen,
ich würde es beschreiben, wenn Sie wollen,

und dieses Pfeifen etwa, dieses Pfeifen,
wenn ich das hier beschreiben müßte, Herr,
ich würde es beschreiben, ungefähr,
ich würde die Gelegenheit ergreifen

und es beschreiben, Herr, ich würde Ihnen
das Pfeifen, wenn Sie wollen, und das Tropfen
beschreiben und, mein Herr, das kalte Klopfen,
das wilde Wimmern hinter den Kaminen,

das kurze Keuchen auf der Feuerleiter,
das Keuchen und zum Beispiel dieses Knallen,
und beispielsweise das Hinunterfallen,
ich würde es beschreiben undsoweiter.

Und wenn ich gehen müßte, hier, von hinten,
vielleicht von hier bis nach – vielleicht bis dort,
mein Herr, ich würde gehen, jetzt, sofort,
und danach würde ich, mein Herr, verschwinden.

Feridun Zaimoglu

Heimatsplitter

Türkenglück

Der rauhen Spiele ist sie müde: Feryal: Für die Weile einer kurzen Auszeit will sie dem ganzen Mist die Augen verschließen, und da sie jetzt auf knappem Badetuch sich ausstreckt, eine wunderbar Wehrlose, bläst sie die Backen leer, hofft nur, daß keiner kommen möge, der Dichter ist oder vorgibt zu sein. Doch der Mann, in Hörweite, keine zwei Badetücher von ihr entfernt, hat Rang und Namen, sie erkennt ihn, und auch wenn sie sich von ihm abwendet, weiß sie, sie wird ihn ansprechen. Was ist das? Die Ruhe vor dem klassischen Eröffnungszug, ein kitschiges Liebesstück, ein blöder Mist – sie wird die Augen aufsperren müssen. Sie hätte viel darum gegeben, von dieser drohenden Verwicklung verschont zu bleiben, ihr Kosmetiktäschchen liegt, achtlos hingeschleudert zwischen Tinnef und Schmerzschundschwarten, Tagesschminke hat sie nicht angelegt. Zwei Tage vor der Abreise schlägt ihr Herz anders, einem Drecksstück, das der junge Dichter ist, könnte sie verfallen. Langzeitprognosen liegen ihr nicht. Sie stellt sich vor, wie es wäre, so lange nicht von der Stelle zu weichen, bis er sich an sie gewöhnt, in wenigen Stunden Wellenschlag. Und wenn er sie anspräche, würde sie von ihrem wundersamen Aberglauben sprechen: Niemals, wirklich niemals, verleiht sie einem Nachbarn einen Holzlöffel, denn das hat Verarmung zur Folge. Sie wartet nach dem Abschied eines Gastes einen halben Tag, und erst dann räumt sie den Tisch, wäscht ab, fegt die Krümel auf den Küchenbodenkacheln zum Kehrichthaufen zusammen. Sie nimmt den Topf vom Herd, kaum daß das Wasser kocht – würde sie es weiter kochen lassen, würde sie das Unheil eines Rohrbruchs heraufbeschwören. Der Dichter würde auf diese Beispiele mit Praxistests kontern, mit der Wucht des materialistischen Alltags, der gegen die Unwucht des Glaubensmaterials pralle. So spricht er, und so macht er von sich reden, sie hat ihn in einer Kultursendung das Drecksstück mimen gesehen. Zigeunerbrüstige Luftelfen wie Feryal stoßen ihn ab – er, der, wie er behauptet, seit zehn Jahren seine Zähne nicht putzt, Liebe für »eine abstrakte Scheiße« hält, wird Feryal anspucken, sobald ihr Schatten auf ihn und sein knallgelbes Badetuch fällt. Sie spricht ihn an, natürlich. Sein Blick bleibt ungebührlich lange auf ihren Silikonkissen hängen, auf ihrer molligen Oberweite, der Leimrute für Männerinsekten. Es ist ihr gutes Recht, im Gegenzug seine Genitalbeule in der Badehose zu betrachten, kaltblütig, geradezu philosophisch beiläufig. Er sagt, es gebe für sie beide ja nun keinen Anlaß, aus den Deckungen zu springen, sie sagt, seine moderne Auffassung der Dinge kotze sie an, lasse sie vor der Zeit menstruieren. Ihre Worte treiben ihm die Schamröte ins Gesicht, ob sie ein Flintenweib sei, will er wissen, ob sie nicht auch glaube, daß man wildfremden Männern am Strand nicht solche Sachen eröffne. Und übrigens, er heiße Ismet und schreibe Poeme.

Wieso hat sie sich auf der Stelle umgedreht, bei der Wendung um ihre Achse mit ihren großen Fersen kleine Kuhlen in den Sand gebohrt, wieso hat sie ihr Badetuch gefaltet und in ihre Strandtasche gepackt, wieso hat sie die Lust verloren auf dieses kleine miese Spielchen? Die Ästheten stinken wie offene Leichen auf dem Präpariertisch, die Provokationen dieser Männer, im Leben wie in der Liebe, sind mindestens ennuyant, wenn nicht sogar ein guter Grund, nur noch mit Frauen ins Bett zu steigen. Die Ästheten, denkt Feryal, und auch solche Halbästheten wie du einer bist, sagt Feryal später zu mir, versuchen uns Luftelfen mit ihrem Lärm, ihrem Mauldreck, ihrem abgewichsten Charme, wach zu halten. Ihr seid erledigt. Schön, sage ich, wir sind korrupte verschrammte Kampfmodelle, kauf dir doch einen Barbaren, du wirst sein schönstes Beutegut sein. Sie geht auf meinen Blödsinn nicht ein, wer bin ich schon, wer ist das Dichterseelchen schon. Ihr Aberglaube feit sie vor Plastik, und die Silikonzwillinge, die bei jedem Schritt massig zittern, locken Fliegen an. Ein Barbar, sagt sie, wird mir willkommen sein, er muß einen heidnischen Glauben an die Wunder der Chirurgie bewahrt haben. Ich kann ihm beibringen, daß er nur seine Zeit vertut, wenn er mir Angst einzujagen versucht.

Der rauhen Spiele ist sie also doch nicht müde, und als ich diesen Gedanken nicht für mich behalten kann, sagt sie: Was weißt du denn von Türkenglück? Es geht seit Ewigkeiten so, und du wirst mich nicht zum Unglück zwingen können. Recht hat sie, ich geb' es gerne zu: Zum Glück gehören ein paar Kleinigkeiten, Krankheit mal ausgenommen, herrlich ist dieses hochinfektiöse Totheitsgefühl im Orient. Feryal wird morgen so lange neben dem Dichter liegen, bis ihre Lust am leichten Verfall ihn zermürbt. Ihre Silikonkissen zählen nicht, er wird schon noch verstehen.

Ein Viertel Neger

Der Neger liebt nach Gewicht, sagt der Talkmaster, und der Beifall des Volkes im Studio ist ihm sicher. Und das Mädchen mit den Ährenzöpfen, das dumme Mädchen auf dem heißen Stuhl, weiß nicht, ob des Mannes Kenntnis ihm aus erster Hand bekannt ist, ob es ihm zugrinsen soll, weil es vielleicht Sympathiepunkte einbrächte – Punkte, die das Mädchen bitter braucht, es liegt im Rückstand. Ihr Mitstreiter hofft natürlich, daß die Göre sich blamiere in aller Öffentlichkeit, und er schaut drein wie ein Trauerberater, der Fruchtton der Scham auf ihren Wangen freut ihn über die Maßen. Wie peinlich kann es werden, sagt der Showmaster, wie weit können wir gehen, was ist alles drin? Er schaut das Mädchen an – bauchfrei, sexdürr, süchtig nach süßen Mehlspeisen –, und nach kurzer Sekundenweile brüllt es vor Lachen, es kann nicht an sich halten, der Neger liebt es dick, und die Dicken lieben die Neger, schreit die Göre, und alle im Studio lachen mit, weil sie immer lachen, wenn es was zu lachen gibt. Und jetzt muß der Mitstreiter dazwischen grätschen, und er schreit, das Bullensperma des Negers habe ein Abperleffekt an Muschmusch der weißen Frau, und plötzlich ist es still, der Showmaster schaut ihn an, das Publikum hält den Atem an, und dann tönt die Sirene los, der Kerl ist zu weit gegangen und disqualifiziert. Zwei Mannsbrocken stürzen sich auf ihn und schleifen den vor Verlustkummer Winselnden durch die sogenannte Trotteltür, und das letzte, was der Zuschauer noch vernimmt, ist der Schrei eines Proleten, der beteuert, er habe doch nur scherzen wollen. Er sei vom Aussehen her auch ein Viertel Neger. Die pneumatische Tür schließt sich hinter ihm, das dumme Mädchen klatscht vor Freude in die Hände. Man soll nicht auf Mündungsfeuer ansetzen, sagt der Showmaster, er näselt und lispelt, sein halbes Gesicht hängt ihm herunter, vor einem Jahr hat ihn eine Zecke gebissen. In den Illustrierten wurde er als Mann des Volkes gefeiert, als er im Krankenbett erklärte, wolle weiterhin auf Sendung gehen, er müsse die Kritikerhyänen enttäuschen, schließlich habe er die Zecke gleich nach dem Biß zwischen den Nägeln zerquetscht. Also wendet er sich dem Mädchen zu, legt eine Kunstpause ein, und sagt, wagen wir den optimalen Fehltritt, riskieren wir unseren Ruf, haben Sie, verehrtes Mädchen, den Mut hier Ihre Brustknospen aus dem Korsett heraus zu schälen, geben Sie doch gleich auf, Sie trauen sich nicht! Das Mädchen weiß, was sie den Onanisten der Nation schuldet, es greift mit der Rechten in seinen Ausschnitt, und da schreitet der Showmaster ein und faßt sie ans Handgelenk, für einen Moment sieht es aus, als wolle er die Hand der Göre einfach nur führen. Schluß, sagt er, soweit so gut, Sie sind mir eine Irre, meine Damen und Herren, hier ist sie, die Frau ihrer Träume, Applaus für unsere Sau der Woche!

Hart wie Kruppstahl, zäh wie Leder, sagt eine Tresenmutti, und als ich mich zu ihr in der hinteren Stuhlreihe in der Suffpinte umdrehe, sehe ich, daß sie mit einem blutjungen Penner Händchen hält. Er streichelt ihr mit seiner freien Hand den deformierten Daumen. Die Frauen sind völlig aus dem Häuschen, sie hatten auf den Mitstreiter gesetzt, der die Nerven kurz vor Schluß verlor und diesen wirklich unschönen Mistdreck von sich gab, einfach nur Richtung halten, das dumme Gretchen mit der Fieberblase auf der Lippe wär schon bald auf ihrem Schleim ausgerutscht. Die Schlampe in der Schleimpfütze, johlen zwei Prolls am Tresen, keiner lacht, keiner stimmt ein, und die beiden kommen ohne Tadel und mit halber Ehre davon. Der Showmaster hat ihrer aller Sympathie, er bittet Galgenvögel und halb alphabetisierte Püppis auf die Bühne, und das ist für das Volk da draußen am Bildschirm so, als würde es Gold in der Mannschaftswertung gewinnen. Die Mutti sagt, die Püppi zeigt nur ihren Mädchenbauchspeck, und sonst hat es doch nix im Leierkasten, und der junge Penner sagt, so'n Mädchen würd nie im Leben einem Mann in Not 'n Euro in die hohle Hand legen. Fünfzigtausend auf dem Konto, haben oder nicht haben, sagt die Mutti, Bargeld lacht, und wir sind voll im Eimer. Es bedarf keines verabredeten Zeichens, sie alle in der Pinte wollen sich trollen und zahlen erst mal die Zeche, das Programm war was für Herz und Nieren, es mag ein jeder ein Stück Glück schnappen, und wenn jetzt im Fernseher die Göre ihr dummes Gesicht auf Hochglanz poliert, und die Kneipenproleten reif für das nächste Ding. Aber erst mal Zeche zahlen, dann die Glieder schütteln im Freien, dann ab nach Hause, dann vor dem Bildschirm liegen, daß man das nächste Mädchen mit einem Nieren-Decolleté auch nicht verpaßt. Die echten Neger schleichen auf den Straßen, gehen vorbei an dem herauskommenden

Schwarm weißer Säufer, an Rastplätzen des Menschenmülls, und wer ihnen was hinterherruft bekommt 'ne harte Schelle rechts und links.

Jihad light

Sonntagmorgen, kaum sind die Hälften des Schnittbrötchens weggeputzt, gehen die Idioten des kleinen Glücks mit ihren Lieben hinaus, und die Gesichter wie klebrige Kinderhände, das Plastiklochband der Schirmmütze preßt sich unterhalb des Hinterhaupthöckers in das Zivilistennackenfett, und nun, da mein Haß jede Hemmung fahren läßt, denke ich: Deutschland ist wie Rumänien im Nieselregen. Nur ein Narko-Mucker hat die Füße auf die Fußrasten seines Mopeds gestemmt und schaut die Promenaden-Mischlinge im Schein seiner Rauschsonne an. Schwäne füttern, den Enten hinterher grinsen und dankbar sein, daß die Fellachen weit weg sind: Hier herrschen andere Verkehrsformen, am Ruhetag ist man mit seinen Lieben ... na ja ungezwungen. Arschlastige Passanten, wohin das Auge reicht, ein besonders debiler Knallknirps richtet seinen Laserpointer mal auf eine Stirn mal auf einen Schritt, und ein paar Hängehosenrapper rufen Hurra. Auf dem Hundeauslaufrasen bringen sich die Singles in Stimmung, die Frauen haben eine kosmetische Angebermaske aufgelegt, wenn sie ihre Atomratten herbeibellen, fliegen die Drosseln auf. Die Männer sind sensibel und werfen scheue Blicke auf kalkweiße Titten, sie wollen ja schließlich final ficken. Ein Kulturjournalist, auf seine alten Tage fett und mittelschichtsfad geworden, stellt mich wie die Beute, und weils Parlieren ihn über die Runden bringt, stemmt er seine These des Tages in Stellung. Die geht so: DU, mein Lieber, kannst von der Hinterlist nicht lassen, sieh sie dir an, die netten Bourgeois', sie sind es zufrieden, ihre Heimnorm siegt über die dirty tricks der Jihadisten, also über eure schmutzigen Geschäfte und Fantasien, Kampf den falsch schnurrenden Hippies. Der Henker wohnt immer außerhalb der Festung, sage ich, und er geht kopfschüttelnd davon, der fette Sack, der hammerharte Bürgerhänfling.

Ein Klassenindikator der mittelständischen Niete ist das Pastellhafte, das Pastose. Die schreiende Farbe ihm ein Greuel, das kommt nur dem Zigeuner auf den Leib, und ansonsten gilt: pointierte Ansicht zur gestreiften Regimentskrawatte. Montagmittag strömen die Angestellten zum Wuchersupermarkt, schnappen den Fertigsalat in Plastikdose und eilen im Sturmschritt zur Kasse, wobei sie gern aus Versehen alles anrempeln, was im Wege steht. Ich stehe am Gemüsetresen und reiße den Steckrüben die Strünke ab, meine Zwergkaninchen lieben dies Kraftfutter, und alle zwei Tage gehe ich los zum illegalen Rupfen. Der Kulturjournalist baut sich neben mir auf, die ernste Miene hat er einem Franzosendorsch abgeschaut, und er sagt, er habe nachgedacht über meine Worte, wenn ich so wolle, sei ich mein eigener Henker, mit dem ziselierten Mauldreck käme ich nicht weiter, und überhaupt würden ihn meine Groschenhefte in üble Laune versetzen. Was tun? Bin ich zivilisiert? Ich glaube nicht, es fiele also nicht weiter auf, würde ich ihm den Kohlrabi auf den Kopf ballern – doch stattdessen ziehe ich einmal kräftig an seiner Halsbinde, und die Krawattennadel fährt mir in den Handballen. Der Bürgerhänfling hat eindeutig Punkte gemacht, er zieht, wie eine Hyäne keckernd, ab zum Joghurttresen. Ich bin mir sicher, morgen werde ich ihn wiedersehen, und ich bereite mich schon jetzt darauf vor, ich muß ihn mit einem einzigen Satz niederstrecken, eine Jihad-Attacke, babarisch, gut und vernichtend. Tod und Teufel.

Es kommt wie es kommen muß – diesmal stellte ich ihn vor dem Blumenladen zwischen Friseursalon »Happy Haircut« und dem Urologen Henschel, bei meinem Anblick weicht er zurück, ich schaue drein, wie als wollte ich einen Fisch ausdarmen. Ehe er sich versieht, bin ich ganz nah an seinem Gesicht, und ich zische ihm zu, er sei ein Lufterfrischer, dann drehe ich mich um und gehe weg. Ein Bürgerhänfling läßt sich aber nicht so leicht beleidigen, er ruft mir hinterher, ich sei ein Zarenmörder, und mit solchen Antipersonen wie mich werde man schon fertig. Schönes Rumänien, schöner Schein. Was soll noch kommen, wenn die Kulturbüttel Gefechtsalarm geben, wenn sie schreiben und schreien, daß die Perspektiven der Nichtbürgerlichen in absurden Winkeln krängen? Wir brennen uns zahm, wir Schreiber, wir Spieler, wir fremden Figuren. Ein Straßenhändler bietet Poster aller Sympathien feil, die Kiffer des Viertels lassen sich ein ganz bestimmtes Dekoplakat einrollen: ein Pfauenhahn mit aufgeschlagenem Rad schwebt majestätisch über den Gischtkämmen. Die Freundin des Hökers schüttelt mißmutig den Kopf, ausgerechnet ein Machovogel mit bunten Oberschwanzdeckfedern ist in der Narkoszene sehr beliebt. Als sie mich sieht, hält sie sich die Nase zu, sie traut mir nicht übern Weg. Liebes Tagebuch, werde ich schreiben, ich weiß zwar nicht, wie man eine Artischocke ißt, aber die meisten Leute da draußen essen den Grillhahn auch mit den Händen.

Herrenrecht

Nachts um halb vier sagt die Regisseurin, die ich fast nur mobil erreichen kann und die einen Schreckschwips in die Leitung japst, weil der Kater – kein Nachttier, eher ein dickes Erdhörnchen – seiner Herrin auf den Schoß springt, sagt sie todmüde: Komm an die Rampe und interessier mich. So laute ein übler Regiespruch, und sie wolle weg von den Schweinen des Betriebs, und was solle das, wenn jeder im Betrieb, wenn fast jeder in der Kultur sagte, es gehe ihm gut, er habe sich auf niedrigem Niveau stabilisiert. Dein Stück, sagt sie, verkraftet eine entschiedene Strichfassung, und überhaupt, ich will im Sommer einen Zuchtboden, aus dem ich wachse und sprieße, aber ich glaube, ich muß ins Bett, wir reden morgen. Ich lehne mich zurück, und der teure Stuhl, auf dem ich sitze, kippt mit – der Angestellte im Fachgeschäft hatte ihn als Dynamikwippe mit Gewichtsregulierung gepriesen. Man kann denken, was man will in Kiel, früher oder später stößt man auf Sonne und Sommermond. Und das in einer Stadt, in der jeder ein Backensolo kassiert, der von Wellness spricht. Gut so. Und am nächsten Tag sind die Schlieren und Streifen am Himmel schnell vergangen – ein Vogel, ein Baum- und Borkenklopfer, keckert in Intervallen; der Nachbar hat sich im Hintergarten auf zwei Handtücher gelegt, die Kinder rupfen Halme, die Frau auf der Gartenliege schaut immer wieder hoch, wie als müßte sie fürchten, daß ich auf ihre Köpfe spucke. Ich aber, wie ein blöder Streber, will laut Anweisung die Überlänge kappen und wende ein Blatt nach dem anderen, sitze da und lege dem Rampenschurken Worte in den Mund: »Die nächste Saison wird furchtbar sein!« Es gelingt nichts, soviel ist sicher nach vier Stunden Arbeit; Dialoge, Monologe, Handlung und Finale: Eine Geschichte über Solospargel, Solisten und Soloartisten, die sich verlieben, wenn sie Glück haben. Vielleicht, denke ich, sind im Sommer draußen viel mehr Möglichkeiten. Vielleicht sollte ich zum Küstenstreifen fahren, dort gehen die Menschen auf und ab, dort sind sie erhitzter als zu Hause oder in der Stadt.

Am Strandkiosk gibt es Suppe mit Putenstücken oder die tote Oma, den Schokokekskuchen der Siebziger. Die Männer sind eindeutig in der Überzahl, und sie sitzen auf Gartenstühlen und prüfen mit scheelem Blick ihre Hemden auf Achselschweißringe. Bald sitzt auch der erste Bekannte mit am Tisch und greift sich unter die Achseln. Ein dauergeiler Prolet, der er ist, pfeift auf jeden Auftrittscharme.

Und nach knapp zehn Minuten machen die wenigen Frauen, die ihre Möpse und französischen Bulldoggen gassiführen, um uns einen großen Bogen. Der Bekannte gibt mir eine Kunstkarte zur Ansicht weiter: Zwei chinesische Gerichtsdiener drehen einem Delinquenten das Ohr samt Knorpel herum und heraus. Damit wolle er Geschäfte machen, sagt der Mann, also mit Zucht- und Ordnungsszenen aus dem 19. Jahrhundert, und er habe sogar komplette Schauderserien, Bilder des Vollzugs der Herrenrechtlichen Körperstrafe. Eine russische Herrin, die ihre Dienstbotin mit der Rute auspeitschen läßt, habe man damals geachtet. Ich kann ihm nicht folgen, ich bin hier an der Küste, weil ich etwas von der Liebschaft der Ausflügler mitbekommen will, also stehe ich auf und setze mich an einen anderen Tisch. Lange noch werde ich sitzen und warten müssen, das glaube ich schon, doch dann sagt eine Frau ihrer Freundin, sie habe nicht die Absicht, mit einem Mann zusammenzukommen, der größere Brüste habe als sie, und ich kann mein Glück nicht fassen, ich stehe auf und rase zurück, streiche die Dialoge der letzten Szene. Im Sommer vertragen die Menschen keine harte Häme und keinen harten Händedruck. Im Sommer ist jede Pointermechanik vergeudet. Ein leichtes Liebesstück werd ich schreiben, und wenn die Tage kürzer werden, geh ich über zu Graubrot und blutigem Spiel.

Henning Ziebritzki

Schöner Platz

Ich sah dich nach unserem Abschied, war dir in die Menge etwas gefolgt, bis sich neben unseren Schritten ein massiger Körper im Unterholz hochriß. Knackende Bespannung, als seine Kontur durch haariges Licht brach. So dicht und trocken war der Wald, daß meine Zigarette, fallengelassen, für eine Katastrophe gereicht hätte.

Mir fehlte noch die Hälfte, um mit den anderen fortzugehen. Rhythmisch spuckte das Förderband Gepäck aus einem verborgenen Umschlagraum. Ein Kinderwagen, Tennisschläger, ein Cellokasten, in Plastikfolie geschweißt und mit Sicherheitsetiketten, liefen zwischen Koffern und Leere an mir vorbei wie Stücke von etwas, das unten zerlegt wurde.

Was für eine Aussicht! Die vielen Fenster perforierten immer neue Muster vor den schwarzen Himmel, wenn jemand kam und jemand ging. Irgendwo dort war meine Wohnung. Geblendet saß ich da und versuchte, uns mit müden Augen zu verstehen, ein Möchtegern-Seher – sperrig wie Splitter, die Balken quer in der Helle der offenen Schiebetür.

Joseph Zoderer

À propos Heimat

Wenn ich das Wort Heimat in den Mund nehme, spüre ich spontan eine Art Irritation, und ich muß eingestehen, daß mich anderes mehr beunruhigt, z. B.: Wie lange wird dieser Planet noch bewohnbar sein?

Bevor mir Heimat in den Sinn kommt, fallen mir Dinge und Gedanken ein, die mit Neugier und Sehnsucht und Einsamkeit zu tun haben – Liebe, Tod und jede Art von Warum.

Aber vielleicht hat das alles erst recht mit Heimat zu tun, ich meine: So zufällig der Ort der Geburt sein mag, er ist der Ort der ersten Begegnung mit diesem Planeten, also ist er auch der intimste Ort der Frage: Warum bin ich hier, und was ist das, wo ich bin, und warum bin ich überhaupt?

So seltsam, ja so absurd es uns oft vorkommen mag: Der Mensch will anscheinend zuerst seiner selbst gewiß sein, bevor er sich seiner Erde vergewissert. Inmitten oder trotz katastrophaler Lebensverhältnisse ringen das Individuum und ebenso kulturelle bzw. ethnische Minderheiten um Identität und Anerkennung ihrer Eigenheit, wie Leute, denke ich manchmal, die in einem schon abbrennenden Haus noch nach ihrer Geburtsurkunde suchen.

Ich glaube, daß es zu den menschlichen Grundbedürfnissen gehört, und zwar wie Luft, Wasser und Brot: Die Würde seiner selbst, seine Identität zu schützen und zu bewahren und sich ihrer immer aufs neue zu vergewissern.

Weil Heimat für mich der absolute Ort des Selbstverständlichen ist, ist Heimat für mich auch der absolute Ort des Fragens, der Ort der Herausforderung, die Lebensprovokation: Eine glatte Wand, eine perfekte Mauer, die mich reizt, nach Rissen zu suchen.

Ich bin an einem kuriosen Schnittpunkt Mitteleuropas geboren, südlich der Alpen, in einem Darmgekröse aus Gebirge und Tälern, unter Gletschern und zwischen Kühen, Palmen und Apfelbäumen, in diesem Südtirol der Kontraste, einem kleinen Land, das über siebenhundert Jahre ein Teil des habsburgischen Kaiserreichs war und das dann als politisches Tauschobjekt nach dem Ersten Weltkrieg aus der Umklammerung des Faschismus in die offenen Arme des Nationalsozialismus wechselte. Heute tragen wir hier alle – Deutsche, Italiener und Ladiner – als Bewohner dieses Landes die Folgen der Geschichte aus, und jeder Tag ist ein Tag in einem unabsehbaren Lernprozeß der gegenseitigen Toleranz und Achtung. Aber wer ist sich dessen schon bewußt? Wer will sich dessen bewußt sein? Ich glaube, daß dieser Planet zu klein ist, um die Dummheit immer engerer Abgrenzungen und nationalistischer Egoismen zu verkraften. Die Zukunft wird, ob wir wollen oder nicht, plurikulturell sein. Um so wichtiger erscheint mir das Wissen des Einzelnen von seiner Herkunft, das Identitätsbewußtsein, denn aus dem Wissen der Vergangenheit kommen die Verantwortlichkeit für die Gegenwart und die Ruhe zum Dialog: Nur wenn wir uns besser kennen, erkennen wir auch, wie wenig uns im tragischen Dasein unterscheidet. Wir mögen anders sein, aber wir sollten unser Anderssein nicht als Grund verstehen, um aufeinander einzuschlagen. Warum zeigen wir uns nicht auf vorgehaltenen Händen das Schöne unserer anders gewachsenen Eigenheit?

Ich bin einer von einer Viertelmillion deutschsprechender italienischer Staatsbürger, ein deutschschreibender Schriftsteller mit italienischem Reisepaß in Südtirol.
Meine Eltern haben mich mit meinen Geschwistern aus der Heimat weggebracht, in die Steiermark nach Graz, als ich vier Jahre alt war, wenige Monate nach der Abstimmung für Deutschland oder Italien im Januar 1940. Von da ab lebte ich in der Fremde, als wäre sie meine Heimat, und ich kannte auch keinen

Unterschied, nicht einmal den: daß ich auf der Straße, im Hinterhof und in der Schule wie alle anderen meines Alters im Grazer Dialekt redete – ihre Sprache war meine Sprache, aber daß sich hinter der Tür der elterlichen Wohnung die Worte plötzlich in meinem Mund veränderten … Die Worte verwandelten sich in meinem Kopf flugs in andere Worte, auf jeden Fall sprach mein Mund sie ganz anders aus: Südtirolerisch, ich redete hinter den Wänden unserer Wohnung mit einer anderen Zunge, ohne es wahrzunehmen, ich redete wie ein Meraner, nicht wie ein Grazer Kind.

Ich war ein Mittdreißiger, als ich mir schließlich eine fixe Adresse in meinem Geburtsland gab.

Ich weiß, daß Heimat für viele so etwas wie Nest bedeutet, also Sicherheit, Ruhe, Gewohnheit, vor allem dieses: Vertrautheit. Vertrautheit mit der Sprache, mit den Gebräuchen, mit dem Charakter der Menschen und nicht zuletzt mit der Natur eines bestimmten Gebietes. In diesem gewachsenen Konsens ist jedoch oft Abwehr, ja Aggressivität enthalten gegen alles Neue, Fremde, auch Angst und Ohnmacht gegenüber dem Übermaß an Nachrichten und Information über die immer undurchschaubarer werdenden Probleme in dieser Welt. Also muß die Vertrautheit mehr denn je gesichert werden, man hockt zusammen und lacht über alles, was anders ist, auf deutsch heißt das: Stammtisch, es ist die schlimmste Art von Heimat, die ich kenne: Die Heimat der Vorurteile, die Heimat der bösartigen Dummheit, die Heimat der feigen, selbsternannten Besserwisser. Sie schließen die Türen zu neuer Erfahrung und sie bestrafen alles, was aus der Reihe tanzt, also was nicht dem Gewohnten entspricht.

Heimat ist für mich kein Verdienst, kein Leistungsabzeichen. Zufällig wie der Ort der Entbindung kann Heimat nichts als ein mehr oder weniger angenehmes Geschenk sein. Wäre ich neben einer leeren Konservendose in dieser Welt erwacht, in irgendeiner Öde, Wüste oder Berghöhle: Das wäre heute meine Heimat, an die ich mich aus jeder geografischen Entfernung – vielleicht im vierzigsten Stockwerk eines Hochhauses oder im Gemüsegeschäft eines anderen Kontinents erinnerte, vermutlich mit verklärender Sehnsucht, wahrscheinlich würde ich mich an die Säuseltöne des Windes in der Konservenbüchse zu erinnern versuchen und mich danach sehnen als einer Form meiner Heimat. Worauf aber sollte ich dabei stolz sein?

Würde mich jemand fragen, was für mein Schreiben wichtig ist, müßte ich mit einem Wunsch antworten: Geheimnis.
Manchmal scheint mir Heimat das Gegenteil davon zu sein, und manchmal weiß ich, daß ich nichts so wenig kenne wie sie, und was ich von ihr zu kennen glaube, stößt mich ab oder schließt mich aus. Manchmal tröste ich mich, denke ich: Heimat war ein Irrtum, den ich nicht vermeiden konnte, aber meistens denke ich: Heimat ist mein geliebtes Unglück.
Was mich am meisten anzieht an diesem Unglück, ist die Geheimsprache, die dieses Unglück hat, es verbindet mich mit fast allem, auf alle Fälle mit allem, was zuvor war, und vielleicht kommt auch daher die Würde der kleinsten Eigenheit, ich meine die Kraft und die Erinnerung, die unser aller Leben einbettet in eine geschichtliche Heimat, mit einer neugierigen Verantwortung für die Zeit nach uns.

Wo wohnen die Wünsche? Eher wohl in der Ferne – die Ferne ist der Raum, wo das Unbekannte wohnt – die Heimat aber ist die Höhle oder die Hölle des Gewohnten oder die makellos graue Wand, auf die wir solange starren, bis unser Blick ein Loch gebohrt hat, durch das wir fliehen können in unsere Träume.

Heimat ist ein Glück, von dem man eines Tages nichts mehr weiß, sie ist in unseren Knochen, in unserem Wimpernschlag, sie ist alles und daher auch nichts, sie ist eine feine Nestwolle, Küchengeruch, die Stimme der Mutter, einmal lockend und ein andermal schimpfend. Und schließlich wird in der Gemeinschaft, in der alle sich kennen, die Welt aufgeteilt, und zwar in Urteilen und in Verdammnissen, und die Macht ist schon verteilt, und alle kehren in ihre Schlupfwinkel zurück, tauchen auf und verschwinden wieder, allmählich wird die Heimat zu einer Glasglocke, unter der das Atmen immer schwerer fällt, man müßte schreien, damit das Glas zerspringt und man endlich das berühren kann, was man durch das Glas sieht.

Ja, gewiß, Heimat ist das, was man so gut kennt, daß man unter Umständen nichts mehr damit anzufangen weiß.
Heimat ist die intimste und abgenützteste Sprache, vor allem die Sprache der unterdrückten Seufzer. Mit der Heimat sind die Zufriedenheit, aber auch der Hunger nach Gefahr gewachsen – sie, die Heimat, ist und war die erste Kupplerin zwischen dem Fragenden und der Welt.

Ich habe Lesen und Schreiben gelernt in Graz, an einem Ort, an dem ich nicht geboren bin, ich war das Kind von Auswanderern, von Deutsch-Optanten. Als ich die Welt zu erforschen begann, war Krieg, ich bin noch nicht zehn gewesen, als der Zweite Weltkrieg zu Ende ging. Ich spielte auf Trümmerhaufen, zwischen Häuserruinen, ich sammelte Granatsplitter, ich rannte jede Nacht mit meiner Mutter und meinen Schwestern über Stiegen in einen Keller, um uns zu verstecken vor explodierenden Bomben. Ich habe als Kind Menschen in einzelne Teile zerfetzt gesehen, ich habe mir als Kind oft Schlupfwege gegraben, Tunnels, durch Haufen zitternder Menschen im Hauptluftschutzbunker der Stadt Graz. Ich war ein glückliches Kind, ich hatte eine Mutter, die mich anschrie in Todesangst und die mich küßte in Todesangst, ich hatte einen kleinen Hund und ich hatte Geschwister, mit denen ich streiten konnte. Ich habe eine glückliche Kindheit gehabt. Das behaupte ich nicht erst hier und heute, denn auch jetzt könnte ich, ohne zu lügen, darauf schwören, daß ich nie eine langweilige Kindheit hatte, und ich erinnere, daß ich mich in den Pausen, zwischen einer Entwarnung und dem nächsten Fliegeralarm, viel an einem Flußufer herumtrieb, und daß das Dickicht aus Unkraut von Geheimnissen knisterte, auch wenn die Brennnesseln mich brannten. Ich habe mich nie gelangweilt. Erst Jahrzehnte später, als ich darüber zu schreiben begann, dachte ich: Das war eine Kindheit, die ich meinen Kindern nicht wünschen möchte. Und trotzdem – diese Kindheit war mein geliebtes Unglück, und ich wußte nicht, was Unglück ist.

Ich habe oft sagen hören, daß Heimat dort ist, wo die Freunde sind, daß Heimat also der Ort der Freundschaft ist; Max Frisch und viele andere haben es gesagt. Und es ist ganz und gar nicht falsch, nur darf man eine Unterscheidung nicht vergessen: Es gibt, jedenfalls für mich, eine *Kopfheimat* und eine *Atemheimat*. Die Kopfheimat ist eine individuell gefundene oder gewählte, sozusagen existentialistische Heimat, der Ort, die Landschaft oder die Stadt, wo man sich mit seinen Erfahrungen einrichten kann unter Freunden, denn Freunde machen jede Fremde zumindest weniger fremd, mit Freunden könnte man sich geradezu die Heimat aussuchen, ich meine die Kopfheimat, den Ort, wo man sich zu Hause fühlt. Man trifft sich nach getaner Arbeit, man ißt und trinkt miteinander und teilt Neugier, Traurigkeit, Wut und Hoffnung, man freut sich auch miteinander. Aber seltsamerweise träumt man dann doch noch immer von einer Heimat, die etwas ganz anderes war: Ein Pfirsich auf einem Brückengeländer, eine vollgeschissene Kinderhose, die Mutter herunterzog und schimpfend auswusch im nächsten Bach. Und so weiß ich erst im Rückblick, was meine Heimat war, etwas aus Unwichtigem: Sandlöcher, Grasverstecke, Kohlekeller und die Angst, an die ich mich wie an die Rufe meiner Mutter gewöhnt hatte. Oft denke ich: Wo ich mehr Angst durchstehen mußte, dort bin ich mehr als anderswo daheim gewesen, geradeso als hätte ich mir mehr Heimatrecht erworben durch mehr Angst. Und tatsächlich dachte ich manchmal: Ich bin mehr Grazer als die meisten der jetzt dort lebenden und dort auch geborenen Menschen, ich, der ich dort nicht geboren wurde, aber der sich dort als Kind vor den Bomben in den Kellern hatte verkriechen müssen.

Die Heimat der Kindheit ist gemacht aus einem Gewebe imaginärer Räume; diese Heimat haben wahrscheinlich auch heimatlose Kinder, was immer wir darunter verstehen: Die Kinder von Flüchtlingen, die Kinder von Vertriebenen, von Auswanderern. Diese Heimat kann das Dunkel eines Kleiderschranks sein oder das Halbdunkel eines Zugabteils zu Füßen der Mutter oder des Vaters oder sogar fremder Menschen. Und Zuggeräusche vermischen sich mit Sommerstaub und dem Geruch zerdrückter Insekten.

Nur die Kindheit hat von allem scheinbar Unwichtigen für immer Besitz ergriffen, von Kieseln, Holzspänen und uralten Träumen. Eigenartigerweise verläßt uns nicht dieses scheinbar so Unwichtige, und irgendwie erkennen wir daran die Welt, irgendwo in der Welt stoßen wir immer wieder darauf, auf diese Heimat. Dieses scheinbar Unwichtige der ersten Jahre wird uns bis zum Ende Schlupfwinkel bieten für Träume und Hoffnungen.

Keine Kopfheimat kann das wichtige Unwichtige unserer Kindheit ersetzen.

Ich erinnere mich an das Statement einer jungen türkischen Dichterin, die als Kind nach Deutschland gebracht worden war. Sie, die zwischen Karlsruhe oder Kaiserslautern und Berlin so scheinbar problemlos aufgewachsen war, wie ich (abwechselnd) in österreichischen, schweizerischen und italienisch annektierten Orten, sie, diese deutsche Türkin, sagte: Ich habe nur profitiert, ich wünsche mir noch viele dieser Heimaten.

Ich hörte diese Aussage wie einen Triumphschrei, wie einen Befreiungsschrei oder auch wie eine Kampfansage, und ich glaubte sie so zu verstehen: Ich habe nicht nur die Türkei, ich habe auch Karlsruhe und Berlin zu meiner Heimat gemacht, mit jeder neuen Heimat bin ich reicher geworden, an Erfahrung, und auch weltoffener, wohl auch toleranter. Für mich dachte ich: Natürlich wäre es schön, den ganzen Globus als Heimat benutzen zu können, überall den Fuß hinsetzen zu dürfen, als beträte man das Schlafzimmer der Eltern. Doch zugleich dachte ich, daß jede neue Heimat nur eine Heimat ohne Kindheit sein kann, eine Kopfheimat ohne Wurzeln, eine tabula rasa. Wer sich an diesen leeren Tisch setzt, kann auf ihm, wenn er will, die Früchte seines Lebens häufen und sich mit seinen Freunden daran erfreuen. Aber dieser Tisch wird ihm keine Vergangenheit bieten, und es werden darauf die Erfahrungen und die Weisheit der Vorfahren fehlen, er wird sein Leben lang ein Neuangekommener sein, oft nur ein Abenteurer ohne Verantwortung aus dem Gestern für morgen. Er, der nicht die Legenden kennt, die im hunderte Jahre alten Baum wohnen, er wird die uralte Weide fällen an der Wegbiegung, wenn er Holz braucht.

Kind oder Erwachsener – wir tragen die Folgen der Geschichte aus. Wir müssen uns unbedingt besser kennenlernen, um sie gemeinsam zu ertragen. Um eine Heimat zu haben, für die wir uns nicht umbringen müssen.

Quellenverzeichnis

Ilse Aichinger, *Deutschlandbilder*. Aus: *Film und Verhängnis*. © S. Fischer Verlag GmbH, Frankfurt am Main 2001

Zsuzsa Bánk, *Árpi*. Aus: *Der Schwimmer*. © S. Fischer Verlag GmbH, Frankfurt am Main 2002

Thomas Brussig, *Churchills kalter Stumpen*. Aus: *Am kürzeren Ende der Sonnenallee*. Fischer Taschenbuch Verlag, Frankfurt am Main 2001. © Verlag Volk und Welt GmbH, Berlin 1996

Günter de Bruyn, *Unzeitgemäßes*. Aus: *Unzeitgemäßes. Betrachtungen über Vergangenheit und Gegenwart*. © S. Fischer Verlag GmbH, Frankfurt am Main 2001

Hilde Domin, *Rückkehr*. Aus: *Das zweite Paradies*. Fischer Taschenbuch Verlag, Frankfurt am Main 1993. © S. Fischer Verlag GmbH, Frankfurt am Main 1993

Hilde Domin, *Ziehende Landschaft*. Aus: *Nur eine Rose als Stütze*. Fischer Taschenbuch Verlag, Frankfurt am Main 1994. © S. Fischer Verlag GmbH, Frankfurt am Main 1959

Julia Franck, *Der Hausfreund*. Aus: *Bauchlandung*. © DuMont Buchverlag, Köln 2000

Robert Gernhardt, *Heimat*. Aus: *Körper in Cafés*. Fischer Taschenbuch Verlag, Frankfurt am Main 1997. © Robert Gernhardt 1987. Alle Rechte bei S. Fischer Verlag GmbH, Frankfurt am Main

Eckhard Henscheid, *Erste Ausfahrt*. Aus: *Helmut Kohl. Biographie einer Jugend*. © Haffmans Verlag AG, Zürich 1985

Judith Hermann, *Wohin des Wegs*. Aus: *Nichts als Gespenster*. © S. Fischer Verlag GmbH, Frankfurt am Main 2003

Thomas Hürlimann, *Heimatluft. Wie Aristophanes die Schweiz erfand*. Aus: *Himmelsöhi, hilf! Über die Schweiz und andere Nester*. © Ammann Verlag & Co., Zürich 2002

Angelika Klüssendorf, *Aus Sicht der Beobachterin*. Aus: *Alle leben so*. © S. Fischer Verlag GmbH, Frankfurt am Main 2001

Lena Kugler, *Odessa*. Aus: *Wie viele Züge*. © S. Fischer Verlag GmbH, Frankfurt am Main 2001

Michael Kumpfmüller, *Vermessung der Heimat*. Aus: *Durst*. © Verlag Kiepenheuer & Witsch, Köln 2003

Reiner Kunze, *Ankunft in meiner stadt*. Aus: *sensible wege und frühe gedichte*. Fischer Taschenbuch Verlag, Frankfurt am Main 1996. © S. Fischer Verlag GmbH, Frankfurt am Main 1984

Reiner Kunze, *In Salzburg, auf dem Mönchsberg stehend*. Aus: *gedichte*. © S. Fischer Verlag GmbH, Frankfurt am Main 2001

Katja Lange-Müller, *Sklavendreieck*. Aus: *Die Enten, Die Frauen und die Wahrheit*. © Verlag Kiepenheuer & Witsch, Köln 2003

Monika Maron, *Eigentlich sind wir nett*. Aus: *Geburtsort Berlin*. © S. Fischer Verlag GmbH, Frankfurt am Main 2003

Christoph Meckel, *Ein unbekannter Mensch. Bericht*. Fischer Taschenbuch Verlag, Frankfurt am Main 1999. © Carl Hanser Verlag, München Wien 1997

Christoph Ransmayr, *Die vergorene Heimat. Ein Stück Österreich*. Aus: *Der Weg nach Surabaya*. © S. Fischer Verlag GmbH, Frankfurt am Main 1997

Kathrin Röggla, *hochdruck/dreharbeiten*. Aus: *Irres Wetter*. Fischer Taschenbuch Verlag, Frankfurt am Main 2002. © Residenz Verlag, Salzburg und Wien 2000

Gerhard Roth, *Über »Die Stadt«*. Rede anlässlich der Übergabe des Goldenen Ehrenzeichens der Stadt Wien am 12. 2. 2003. © Gerhard Roth

Literarische Anthologien

**Da schwimmen manchmal ein paar
gute Sätze vorbei**
Aus der poetischen Werkstatt
Herausgegeben von Heinz Ludwig Arnold
Band 15127

Chatwins Rucksack
Portraits, Gespräche, Skizzen
Herausgegeben von Hans Jürgen Balmes
Band 15508

Verwünschungen
Herausgegeben von Jörg Bong und Oliver Vogel
Band 14754

Berlin ist ein Gedicht
Lyrische Grüße aus der Hauptstadt
Herausgegeben von Peter Geißler
Band 15433

Sommerkinder
Geschichten aus den großen Ferien
Herausgegeben von Ingrid-Maria Gelhausen
Band 15042

Petersburg erzählt
Herausgegeben von Christoph Keller
Band 13236

Fischer Taschenbuch Verlag

fi 666 005 / 1

Fischer Lexikon Literatur
Herausgegeben von Ulfert Ricklefs
Drei Bände in Kassette

Band 15496

Das Fischer Lexikon Literatur mit 80 umfangreichen Sachartikeln, verfasst von den bedeutendsten Fachvertretern aller literaturwissenschaftlichen Disziplinen, ist ein unentbehrliches Standardwerk für alle Studierenden und Lehrenden der Literaturwissenschaft. Mit Bibliographien zu den einzelnen Artikeln und einem umfangreichen Personen- und Sachregister.

Fischer Taschenbuch Verlag

fi 15496 / 1

W.G. Sebald

Fischer Taschenbuch Verlag

fi 555 033 / 1